如果是真的，就太奇怪了

CURIOUS, IF TRUE: STRANGE TALES

〔英〕伊丽莎白·盖斯凯尔 著　　吴建国 译

Elizabeth Gaskell
Curious, If True: Strange Tales

Simplified Chinese edition copyright © 2018
by Shanghai 99 Readers' Culture Co., Ltd.
All rights reserved.

图书在版编目(CIP)数据

如果是真的,就太奇怪了/(英)伊丽莎白·盖斯凯尔著;吴建国译.—北京:人民文学出版社,2017
(域外聊斋)
ISBN 978-7-02-012713-9

Ⅰ.①如… Ⅱ.①伊… ②吴… Ⅲ.①短篇小说-小说集-英国-近代 Ⅳ.①I561.44

中国版本图书馆 CIP 数据核字(2017)第 085911 号

责任编辑	卜艳冰
特约策划	邱小群　骆玉龙
封面设计	高静芳

出版发行　人民文学出版社
社　　址　北京市朝内大街 166 号
邮政编码　100705
网　　址　http://www.rw-cn.com

印　　制　山东临沂新华印刷物流集团
经　　销　全国新华书店等

开　　本　890 毫米×1240 毫米　1/32
印　　张　9.875
字　　数　270 千字
版　　次　2018 年 4 月北京第 1 版
印　　次　2018 年 4 月第 1 次印刷

书　　号　978-7-02-012713-9
定　　价　45.00 元

如有印装质量问题,请与本社图书销售中心调换。电话:010-65233595

目　录

形形色色的失踪案……………………………………… 1
老保姆的故事…………………………………………… 13
乡绅的故事……………………………………………… 33
可怜的克莱尔…………………………………………… 47
葛里菲斯家族的厄运…………………………………… 103
不肖之子………………………………………………… 142
如果是真的，就太奇怪了……………………………… 186
洛伊丝女巫……………………………………………… 203
灰色的女人……………………………………………… 270

形形色色的失踪案

我对《家喻户晓》[1]并没有每期必看的习惯，不过，最近有一位朋友给我送来了几本过期杂志，建议我把那些"但凡与'负责案件侦查的警察和维护社会治安的警察'相关的所有文章都看一看"，我便遵嘱照办了。我并没有像大多数读者那样把它们都通读一遍，因为这些文章周复一周，每期都有发表；也没有在其间看看停停，而是毫不间断地连续看完的，这就像在阅读一部有关伦敦这座大都市的警察局的通俗发展史一样。而且，在我看来，人们不妨把它当作一部有关英国每一座大城市的警察部队的发展史来看。等我把这些文章全都看完之后，这一时期所登载的其他文章我都不想再看了，宁愿让自己沉浸在千头万绪的遐想和对往事的回顾之中。

往事如烟，我首先回想起的是，我的一个亲戚是怎样被一个熟人用意想不到的方式找到的，不禁莞尔一笑。此人当时怎么也想不起来把B先生的地址放在哪儿了，要不就是把他的住址给遗忘了。我的这位亲爱的表兄，也就是B先生，尽管在很多方面都表现得非常可爱，却有一个小小的怪癖，喜欢搬家，平均每三个月就要搬一次家，常常让他那些乡下的朋友摸不着头脑。那些人刚刚打听到汉普斯特德区[2]贝勒路十九号，就不得不忍痛割爱，赶紧把这个地址忘掉，再重新记下坎伯韦

---

[1] 《家喻户晓》(*Household Words*)，英国周刊，由英国著名小说家查尔斯·狄更斯创办于十九世纪五十年代。杂志名取自莎士比亚剧作《亨利五世》中的台词"Familiar in his mouth as household words"。应狄更斯之邀，盖斯凯尔普长期为该杂志供稿。

[2] 汉普斯特德（Hampstead），英国著名的富人住宅区，位于伦敦西北郊。

尔区[1]布朗大街271/2号,凡此种种,不一而足,害得我宁可去背诵一页《沃克发音词典》[2],也不愿费功夫去记住他那些形形色色、来自四面八方的地址。最近三年来,每逢我要给B先生写信,就不得不去查找那些五花八门的地址。去年夏天,他再度享受乔迁之喜,搬到一个富丽堂皇的居民村去了,那里距离伦敦不足十英里,附近有一个火车站。于是,他的那位朋友便上那儿找他去了。(至于那位乡下朋友是如何循着蛛丝马迹把B先生曾经居住过的三四个不同的宅邸都问了一遍,才终于弄清他目前就住在R地的经过,我现在就不说了。)他那天整整一个上午都在村子里到处打听B先生的具体住址,不料,那儿住着许多身份显贵的名流雅士,都是到此地来消夏避暑的,因此,当地各行各业的摊贩、店主都说不清B先生究竟住在哪里;在邮局里,他的信件也无人知晓该怎么投递,根据当时的情形来判断,那些信件往往都直接寄往他在城里的公司了。最后,那位乡下朋友只好一路闲逛着回到火车站的售票处。然而在等火车的时候,他不死心又去打听了一番,权当最后再努力一次,询问的是火车站的那位售票员。"不知道哇,先生,我也说不清B先生到底住在哪里——有这么多达官贵人乘火车来来往往呢。不过,我可以很有把握地说,站在那个柱子边的那个人肯定能给你提供一些情况。"他指给询问者看的那个人是个商贾模样的人——虽然派头十足,却丝毫没有矫揉造作、假充"斯文"的架势,而且显然也没有什么急事要办,只是在那儿懒洋洋地打量着时不时走进车站的那些旅客。然而,见有人来开口向他询问,他马上便彬彬有礼、不假思索地作了回答。"B先生吗?那位身材高大、浅黄色头发的绅士?没错,先生,我认识这位B先生。他住在莫顿别墅区八号——他最近这三个多星期以来一直住在那儿;不过,你来得不是时候啊,先生,他现在不在家。他乘十一点的火车进城去了,通常会乘四点半那趟火车回来。"

那位乡下朋友已经没有时间再劳而无获地重新返回村中去查找,去核对这番话的真实性。他向为他提供信息的那个人道了谢,说他以后

---

1 坎伯韦尔(Camberwell),伦敦市一行政区,位于伦敦南部。
2 《沃克发音词典》(*Walker's Critical Pronouncing Dictionary and Expositor of the English Language*),由英国著名演员、演说家、教师、词典编纂家约翰·沃克(John Walker,1732—1807)编纂,出版于1791年。

再进城到B先生的公司去拜访他。不过，在动身离开R地火车站之前，他再次跑去询问了那位售票员，问他推荐自己去打听情况，了解他朋友确切住址的那个人究竟是什么来头。答案是："警察局的一名警探啊，先生。"我无需再赘言了，连B先生后来也大为吃惊，因为事实证明那名警察所言无误，他把每一个具体细节都说得非常准确。

听说了我表兄和他朋友的这段轶事趣闻之后，我所想到的是，人们从此恐怕再也写不出情节类似卡莱博·威廉姆斯[1]这样富有传奇色彩的故事了；对于读书不求甚解的看官来说，这类小说的主要看点无非是其介于希望与恐惧之间的游离徘徊，小说的主人公或许有望逃脱追捕者对他的穷追不舍，或许到头来还是无法逃脱。这部小说我很久以前看过，如今我已经不记得那位"备受侵犯和伤害的绅士"叫什么名字了，就是卡莱博肆意侵犯过其隐私的那位绅士；但是他对卡莱博展开的追捕行动，我至今仍记忆犹新——他对卡莱博的形形色色的藏身之处的潜心侦察、他对任何蛛丝马迹都不肯放过的全力追踪——事实上，这一切都取决于他自己的精力、聪慧和锲而不舍的韧劲。小说的看点在于人与人之间的那种相互斗争，以及谁也不知哪一方最终会成功地战胜对手的那种不确定性：一方是那个冷酷无情的追杀者，另一方是那个足智多谋的卡莱博，为了掩饰自己，他想尽了一切办法。如今，在一八五一年，那位吃尽了苦头的主人准会动用警探来解决问题，至于警探是否能成功破案，这一点恐怕是不会有任何悬念的，唯一的问题大概是时间。藏身之处也许还没被找到，岁月却流逝了，不过，这一点也可能并不是一个久拖不决的问题。如今已经不再是人与人之间的斗智斗勇，而是一个庞大的、有组织的机器与一个弱小、孤独的人之间的较量；我们既没有希望，也没有恐惧——惟有毫无悬念的结局。但是，倘若我们把这些关于追捕和逃遁的素材从这位传奇作家的创作宝库中抽取出来，只要这起追逃案被局限在英国，我们无论如何也不会再有那种困扰了，心里不会再

---

[1] 英国小说家威廉·戈德温（William Godwin, 1756—1836）的小说《卡莱博·威廉姆斯历险记》（The Adventures of Caleb Williams, 1794）中的人物。用人卡莱博·威廉姆斯因暗中监视其雇主福尔克兰先生而被以莫须有的罪名逮捕入狱，后越狱逃走。尽管他在逃亡途中不断易容更名，乔装扮扮，却仍遭到追捕，最终还是被"备受侵犯和伤害的绅士"福尔克兰所擒获。这部小说又名《卡莱博·威廉姆斯：天网恢恢，疏而不漏》（Caleb Williams: Things as They Are），被认为是英国侦探小说的开山之作。

老想着是否有神秘失踪的可能性。

小时候,我时常会在父母允许的情况下,由一位非常机智的老妇人带着去陪一位亲戚喝茶,那位老妇人已年届一百二十岁了——或者说,那时候我就是这样想的;现在看来,她那时大约只有七十岁左右,大概是吧。她很活泼,也很聪颖,而且见多识广,有一肚子值得大讲特讲的奇事趣闻。她是施耐德家族的一位远房亲戚,埃奇沃思先生[1]曾经从这个家族娶过两房妻子;她知道安德烈上校[2]曾经混入过老牌辉格党[3],知道那位美丽的德文郡公爵夫人[4]以及那位"米色加蓝色的克鲁夫人[5]"当时都聚集在辉格党的旗下;她父亲曾经是大美人儿林丽小姐[6]最早的赞助人之一。我之所以列举这些史料,目的是想说明,她不仅才智过人,而且受到过各种社会关系耳濡目染的熏陶,再加上她本来就天资颖慧,说起那些精彩绝伦的故事时,由不得你不信。不过,我听她讲述过不少有关离奇失踪的故事,那些故事久久地萦绕着我的心中,比任何传奇故事都令人难以忘怀。其中有一则故事如下:她父亲的庄园位于什罗普郡[7],他家停车场的大门正对着一片稀稀落落的村庄,他本人就是这个村庄的一地之主。那一带房屋形成了一条凌乱不堪、毫无章法的街道——这边是一块菜园子,那边是一个农场的山墙根儿,间或有一排简陋的农舍,如此等等。那时候,有一对人品非常高尚的夫妻居住在村头那幢房屋或小别墅里。他们在村子里名气很响,而且备受尊敬,因为他们恪守孝道,悉心照料着丈夫的父亲,一个瘫痪的老人。冬天,他坐在炉火边的

---

1 埃奇沃思(Francis Ysidro Edgeworth, 1845—1926),英国著名哲学家、政治经济学家,曾对十九世纪统计学方法作出过巨大贡献。

2 安德烈上校(Major John Andre, 1750—1780),英国军官,在美国独立战争期间被美国大陆军逮捕,并以间谍罪被处以绞刑。

3 老牌辉格党(the Old Whig Society),英国十八世纪影响最大的政党之一,英国自由党的前身,主要由英国贵族地主和中产阶级富人所构成,反对英王乔治三世,赞成实行君主立宪制,支持一切与其主张相一致的英国政治家。

4 此处指乔治安娜·斯宾塞(Georgiana Spencer, 1775—1806),是德文郡第五任公爵威廉·卡文迪什(William Cavendish, 1748—1811)的第一任妻子,也是辉格党著名的政治活动家和骨干成员。

5 克鲁夫人(Frances Anne Crewe, 1748—1818),英国驻巴伐利亚特使福尔克·格雷维尔男爵(Fulke Greville, 1717—1806)的女儿,英国政治家约翰·克鲁男爵(John Crewe, 1742—1829)的妻子,据说是当时英国的头号大美女,也是英国政界智慧超群的女才子。

6 林丽小姐(Elizabeth Linley, 1754—1792),英国著名女歌手、爱尔兰剧作家兼诗人理查德·谢里登(Richard Brinsley Butler Sheridan, 1751—1816)的妻子。

7 英国英格兰人口最稀疏的乡间地区之一。

轮椅上取暖；到了夏天，他们就把他抬出屋来，让他在屋前的空地上晒太阳，静静心心地享受这人伦之乐，因为他能看到不时地从他眼前往来经过的村民们。要是没有人搀扶，他自己是没法从床榻移坐到轮椅上的。六月里的一天，赤日炎炎，闷热难当，全村人都趁着太阳好，外出到草场忙活去了，村里只剩下那些老老小小没去。

我上面说到的那位老父亲那天下午也像往常一样被抬出屋来在外面晒太阳，他的儿子和儿媳也都晒草去了。可是，等他们忙到黄昏时分回到家里时，那个全身瘫痪的老父亲却不见了踪影——莫名其妙地失踪了！而且从那天起，人们就再也没听到他的任何音信。讲述这个故事的那位老妇人有一个特点，只要拉开话匣子，她总是用朴实无华的语言，平心静气地娓娓道来。她文文静静地说，凡是能够去打听的地方，她父亲都去打听了，事情发生得十分蹊跷，根本无法解释。谁也没看到村里有什么陌生人来过；他儿子的住处那天下午也没有发生过任何入室抢劫事件，否则，老爷子也许会成为劫匪的一大障碍而惨遭毒手。他的儿子和儿媳整个这段时间都在野外忙农活，而且一直跟村里的乡亲们在一起（何况他们还是出了名的孝子，始终在悉心照料这位生活不能自理的老父亲）。总而言之，这件事实在太蹊跷，根本无法解释，也在无数人头脑里留下了不可磨灭的沉痛印记。

我敢担保，倘若有警探出马，不出一个星期准能破案，但凡与此事相关的每一个证据都能被核查得水落石出。

这个故事虽然有它的神秘性，固然让人心痛，却并没有造成什么严重后果，因而还算不上具有悲剧色彩。我接下来要讲的这个故事（尽管很传统，但是我在本文中所讲述的有关失踪案的这些奇事趣闻，都是经过人们准确无误地反复传诵过的，而且向我提供情况的那些人也都认为它们是绝对真实的。）却带有严重后果，而且还是令人伤感的后果。故事发生在一个乡间小镇上，小镇的周围有好几位家大业大的乡绅所建造的宅邸。大约一百年前，这个小镇上住着一位从事法律事务的代理人，同他的母亲和妹妹生活在一起。他为附近的一位大财主当业务代理，也就是按照契约所规定的日子帮他去收房租，这件事当然是众所周知的。他每到这些时候就会去一家小酒馆，离家大概有五英里，租户们就在那儿跟他碰头，把他们应付的租金交给这个年轻人。等房租都收齐之后，他会请大家吃顿饭。有一天夜里，那场宴请活动结束之后，他没有回家。他从此再也没有回来过。聘用他做代理的那位乡绅，只好花钱雇请当时横行乡里的那些多戈贝利之流[1]四处去找他，要把这笔下落不明的现金追回来；那位视他为顶梁柱和主心骨的母亲，凭着她矢志不渝的母爱，也在以坚忍不拔的精神到处找他。可是他再也没有回来。于是，久而久之便谣言四起，说他肯定携着这笔钱款逃到国外去了。他母亲耳边成天听到的都是这种风言风语，却又没法证明儿子的清白，如此这般的折磨，搅得她肝肠寸断，不久便离开了人世。许多年过去之后，我想大概有五十年之久吧，小镇上的那个家境富裕、既是屠夫又是牧场主的人也死了。不过，在临死之前，他坦白交代了事情的真相，说他曾经拦路抢劫过某某先生——案情就发生在离小镇很近的那片灌木丛生的荒地里，差不多就在他自己家附近能听得见喊声的地方，他本来只打算抢走某某先生身上的钱款，但是却遭到了他始料不及的拼命抵抗，他情急之下失手捅死了某某先生。当天夜里，他把某某先生的尸体深深掩埋在了那片荒地松软的沙土下。后来，人们果然在那里找到了某某先生的尸骨，但是已为时太晚，他那可怜的母亲根本不知道某某先生的名声总算清白了。他姐姐随后也去世了，终身未嫁，因为谁也不想承担随时都有可能出现的风险跟这户人家结亲。如今，谁也不关心他到底是有罪还是清白无辜的了。

要是我们的警探制度那时候就建立起来了该多好啊！

上述这个故事几乎称不上一则没法破解的失踪案。不过只有一代人没能破解它而已。然而在流传于上个世纪的那些传说中，无论怎样猜想也永远破解不了的失踪事件却比比皆是。我就亲耳听说过这样一起失踪案（我记得我曾经看到过，在《钱伯斯通俗文学周刊》[2]的前几期里，有一期也刊登过这则故事），说的是发生在林肯郡[3]的一场婚礼上的离奇失踪事件，时间大约为一七五〇年左右。那时候，新婚夫妇不一定非得外

---

[1] 多戈贝利（Dogberry）和弗吉斯（Verges）是莎士比亚剧作《无事生非》（Much Ado About Nothing，1599）中的两个愚蠢至极而又专横跋扈的地方治安官。

[2] 英国较有影响的文学刊物，由芝格兰出版家兼政治家威廉·钱伯斯（William Chambers，1800—1883）创办于1832年，原名为《钱伯斯爱丁堡周刊》（Chambers's Edinburgh Journal）。

[3] 英国历史文化名城，位于英格兰东部。

出蜜月旅行不可,但是婚宴还是必不可少的,于是,这对新人和他们的亲朋好友们便举行了一场欢快、热闹的婚宴,地点不是在新郎家,就是在新娘家。在这桩无头案中,前来参加婚礼的所有宾客都到新郎家去闹洞房了,后来大家便分散开来,有的在花园里漫步,有的在屋子里休息,等着婚宴开席。照理说,新郎应当始终陪着他的新娘才对,然而意想不到的是,他突然被一个家仆叫走了。那个家仆说,外面有一个陌生人想跟他谈谈,从那以后,人们就再也没有看见过他。无独有偶,在费斯蒂尼雅戈[1]附近的林区有一座年久失修、无人居住的威尔士风格的大礼堂,那一带也流行着与此相同的故事。在那个故事里,新郎也是在他的新婚之日被人叫出去与一位陌生人见面的,没想到,从那一刻起,他就永远从人间大地上消失了。不过,在那一带,人们说起这桩无头案时,总要添上一段新的内容,说那位新娘独自活到了高寿——度过了七十多个春秋。但是,在那漫长的岁月里,日复一日,只要有阳光或月光照耀大地,她都会端坐在那儿举目眺望——坐在一扇殊无二致的窗户前向外眺望,因为在那扇窗户前,只要有人朝这屋子走来,她都能看到。她的全部念想,她的所有心智,都沉浸在那单调乏味、望穿秋水的翘首企盼中。在她去世前的漫长岁月里,她一直稚气未改,唯独念念不忘一个愿望——坐在那扇高高的落地窗前,举目眺望那条公路,盼望他从那条路上向她走来。除了抑郁寡欢,湮没无闻,她的忠贞不渝丝毫也不亚于伊凡吉琳[2]。

这两则情节相似的故事,说的都是发生在新婚之日的离奇失踪案,按照法国人的说法,都是"得到人们公认的事实"。故事表明,凡是有助于增强通讯设施的任何手段,凡是有助于增强通讯工具的系统性的任何措施,都有助于增强我们对现实生活的安全感。只要让哪个新郎来尝试一下就知道了,让他抛下他那"凶悍泼辣的新娘凯瑟琳[3]"扬长而去试试看。要不了多久,他就被遣送回家了,像一个回来讨饶的胆小鬼,已

---

1 英国历史悠久的矿业城市,位于威尔士。
2 美国诗人亨利·朗费罗(Henry Wadsworth Longfellow,1807—1882)的叙事长诗《伊凡吉琳》(*Evangeline*,1874)中的女主人公。少女伊凡吉琳及其未婚夫被迫离开家乡,流离失所,毕生都在寻找她失踪的新郎,经过辗转寻觅,终于在死亡中团聚。这首诗着意描写宁静的田园景色和劫后被拆散的恋人的痛苦。
3 莎士比亚喜剧《驯悍记》(*The Taming of the Shrew*,1593)中的女主角。

经被那份电报吓破了胆，而且是被一名警探押解回来的，终究没能逃脱他命中注定的婚姻。

再说两桩关于离奇失踪的无头案，我的故事也就讲完了。我把最后这个尚未过时的故事先提前说吧，因为这个故事最令人伤感，况且我们也要用令人愉快的方式收尾才好（也算赶一回时髦吧）。大约在一八二〇至一八三〇年间，北谢尔孜住着一位可敬可亲的老妇人和她的儿子，儿子想通过自己的发奋努力掌握大量医学方面的知识，将来好外出谋生，到波罗的海的轮船上当一名随船医生，大概还想用这种方式挣下足够的钱去爱丁堡读一个学期的书。他的所有计划后来都被进一步落实，促成他的各项计划的人，是小镇上的那位乐善好施的G大夫，此人如今已经作古了。我觉得，在他这桩事情上，那种司空见惯的前期交代就无需再说了。这个小青年很勤快，做了许许多多帮人跑腿和打杂的活儿，即便是一个出身比他高贵的年轻绅士想必也比不上他。他和他母亲住在一个小巷里（或者"靠帮佣为生"），小巷从北谢尔孜的主街延伸出来，直通河滨。G大夫通宵都在照看一位病人，在一个隆冬季节的清晨，他一大早就离开了她，想回家去睡一觉。但是在回家前，他拖着沉重的脚步先去了他徒弟家，让徒弟赶紧起床，随后到他家去一趟，因为有些药必须在他家里调制，然后再把药给那位女病人送过去。于是，那可怜的少年便遵嘱来到师父家，配好药剂，随后就带着药上路了，时间大约在那个冬日清晨的五点钟至六点钟之间。人们从此再也没有看见过他。G大夫一直在等他过来，以为他待在他母亲家没出门；母亲也在等着儿子，以为他像平常一样上班去了。然而，据人们后来回忆说，那条定期开往爱丁堡的小船就是在这段时间里驶离港口的。那位母亲苦熬了一辈子，到死都在翘首期盼儿子回来。若干年过去之后，"黑尔和博尔克系列恐怖案"[1]宣布告破，人们似乎这才恍然大悟，隐隐约约觉得他已经凶多吉少了。不过，我倒从来没有听说过有什么确凿的证据来证明这一点，的确，这种说法充其量只不过是人们的推测而已。我应当再补充

---

[1] 黑尔（William Hare, 1790—1860）和博尔克（William Burke, 1792—1829）是英国十九世纪二十年代期间臭名昭著的杀人魔王，在爱丁堡至少谋杀了十五人，并且以8英镑到14英镑不等的价格，把尸体卖给诺克斯博士尸体解剖所，该案若干年之后才告破。博尔克后被当众处以绞刑，但黑尔被释放。

一点,所有认识他的人都言之凿凿地说他有矢志不渝的意图,因而在行动上也坚定不移,人们这样说的目的,就是为了最大限度地说明这种推断并不可靠,说他肯定逃往海外去了,或者用这种不择手段的方式突然改变了他的人生规划。

我最后讲的这个故事,是过了多年之后才告破解的那些离奇失踪案中的一件。曼彻斯特有一条相当繁华的大街,从市中心出发,通向郊区的某些地方。这条大街有一个路段名叫盖拉特,后来忽然兴旺起来,成了名流雅士的钟情之地,相比之下,原先的乡野之地,如今已更名为布鲁克大街。该路段原来的路名取自一座黑白相间的古老宫殿,根据建筑风格来看,这座宫殿应当建造于理查德三世时代[1],或者大约在这个时代前后。如今,这座历史悠久的宫殿依然残存的部分已经被关闭了,关闭了不过才几年时间,因为人们从主干道上依然可以看到这座古老的建筑,它很不景气地坐落在一片空旷的土地上,看上去差不多有一半是废墟。我相信,有好几户穷苦人家就蜗居在这里,他们把这破破烂烂的公馆里的几间出租屋租下了来。但是这座建筑物从前却是杰拉尔德宫(杰拉尔德与盖拉特,简直是天壤之别啊!)。建筑物的周围是一片公园,有一条清澈的小溪蜿蜒从中流过,园内有几处景致宜人的钓鱼池(这些钓鱼池的名字一直保留到了晚近时期,就挂在附近一条马路的路牌上),有几片果园,几处鸽棚,还有一些与昔日庄园主们的豪华宅邸相类似的附属建筑。我可以肯定,当年建造这座大宅的人家是莫斯利家族,这个家族说不定还是曼彻斯特那位封建领主庞大家族的一个分支呢。只要随意查看一下上个世纪制作的有关该地区的地图,就能找到这座旧时代遗留下来的建筑物的最后那位庄主的姓名,我要讲述的故事也与他有关。

很多很多年以前,曼彻斯特有两位老姑娘,她们是出身高贵的大家闺秀。她们一辈子都生活在城里,因而特别喜欢讲述她们记忆中曾经发生过的那些变迁,她们讲述的那些事情可以追溯到距今七八十年以前。对她们父辈那一代人以前所流传的许多秘闻的来龙去脉,她们也了若指掌。她们的父亲,连同她们的祖父,都是曼彻斯特当地令人尊敬的律师,在上个世纪大部分历史进程中一直都是。他们还兼做着本县好几

---

[1] 公元1483—1485年。

户人家的法律代理。由于城市的迅速扩张，那几户人家不得不舍弃了他们的老宅，好在任何一块土地都在不断增值，他们也从中得到了一定的补偿，有些人或许选择了卖掉他们的土地。久而久之，那两位 S 先生，父子二人，都成了当地名气很响的专门承办财产转让事务的律师，当然也掌握了不少关于人家不可告人的发迹史的秘密，其中有个秘密就与盖拉特宫有关。

这座宫殿的主人，大约在上世纪上半叶的某个时候，年纪轻轻就结了婚。他和他的妻子生育了好几个子女，一家人低调而又幸福美满地在一起生活了好多年。后来，终于有生意上的事情迫使丈夫不得不北上去了伦敦——那时候，去伦敦的旅程得花一个星期。他写过信给家人，告知家人他已平安到达。我认为，他从那以后再也没有写信回来。他似乎已经被伦敦这座大都市的万丈深渊吞没了，因为没有一个亲朋好友（那位女主人在伦敦拥有众多有权有势的亲朋好友呢）能够确切地向她提供她丈夫的下落。人们普遍认为，他遭到了几个拦路抢劫的劫匪的袭击。在从前那些岁月里，伦敦的确有劫匪，专门在大马路上伺机抢劫路人。人们认为，他当时肯定作了殊死抵抗，结果被劫匪杀害了。他妻子盼望还能再见到丈夫的满腔希望渐渐落空了，于是，她便死了心，全心全意地抚养她的几个孩子。他们就这样年复一年地过着，日子倒也平静得很，直到他家业的法定继承人终于长大成人。这时候，那位法定继承人必须先出具某些特定的契约，然后才能合法继承这个家族的庞大产业。这些契约是 S 先生（这个家族的律师）签署的，并由他亲自交给那位下落不明的绅士保管，就在他最后那次莫名其妙地动身前往伦敦的前夕交给他的。我认为，他的伦敦之行多多少少与这些契约有关。这些契约很可能依然还在，没准已经落在伦敦的某个人手里了，这个人或许知道，或许并不知道这些契约的重要性。不管怎么说，S 先生给他的客户提了个建议，说他应该在伦敦的各家报纸上刊登一则告示，措辞要写得十分巧妙，这样，无论持有这些重要文件的是什么人，他都会明白，这则告示是有针对性的，不至于另有其人。按照律师的吩咐，这则告示刊登出来了。可是，尽管每隔一段时间就重复刊登一次，结果都如石沉大海，毫不见效。不过，后来终于有人寄来了一个神秘的答复，大意是说，那些契约依然还在，理应放弃，但是必须满足某些条件才行，而且只能当面交给那个法定继承人本人。于是，那个年轻人便动身去了伦敦，走走停停，按照所给的指令，来到芭比肯[1]区的一座古宅前。到了这儿，才有一个汉子上来跟他说话，此人显然一直在等候他的到来。那汉子对他说，他必须服从安排把眼睛蒙起来，必须听从他的指挥。他被人牵着穿过了好几条长长的通道，然后才离开了那幢古宅。到了其中一条通道的尽头，他被塞进了一抬轿子，被人抬着走了大约一个多小时。他事后老是说，他当时被人抬着转了不知多少个圈子，还说，据他估计，他最终被放下来的地方距离原先的起点并不太远。

等到蒙眼布被摘下来之后，他发觉自己正处于一间优雅别致的起居室里，周围摆满了家族产业的各种徽章和纪念品。有一个已经人到中年、风度翩翩的绅士昂然走进屋来，告诉他说，这件事还得再过一段时日才可兑现（那人应当用某种具体方式向他示意过，至于究竟还要等多久，当时并没有明说），他必须对天发誓，保证严守秘密，绝不说出他是如何把这些契约拿到手的。他的誓言得到了对方的认可。于是，那位绅士便颇为动情地承认说，自己就是那位法定继承人已经失踪多年的父亲。如今看来，他那时似乎坠入了爱河，恋上了一个年轻貌美的姑娘，那姑娘是曾经与他合租一屋之人的朋友。在这位少女面前，他一直表白自己是未婚，她非常乐意听他甜言蜜语地向她求婚，况且她父亲，伦敦城里的一位店老板，也不反对把女儿许配给他——原因是，这个来自兰开夏郡的土财主天生一副极讨人喜欢的相貌，而且具有很多诸如此类的优点，这位店老板认为，他身上的这些优点可以为他招徕很多顾客。经过一番商议，这门婚事便敲定下来。这位祖上具有骑士血统的家族的后裔，就这样与伦敦城里的那位店老板的独生女结了婚，成为这家店铺生意场上的一名地位较低的合伙人。他对儿子说，他对自己迈出的这一步从来没有后悔过，说他现在这个妻子虽然出身卑微，却娇媚可爱，温顺贤良，而且充满柔情蜜意；说他现在的家庭也有很多子女；说他和他们在一起的日子过得很兴旺，也很美满。他怀着友好的感情询问了他第一任妻子（更确切地说，应当是他名正言顺的结发妻子）的状况。至于他的庄园和家产，他赞成发妻的做法，也赞成她对自己子女的培养教育。

---

[1] 伦敦市中心历史悠久的街区。

但是，他认为他已经对她死了心了，就像她对他也已死了心一样。等到他有朝一日真的死了，他保证说，他会把一封特殊的信函寄给他远在盖拉特的儿子的，他详细说明了那封信的具体内容。从此往后，他们父子之间不会再有任何音信来往了，因为他已经隐姓埋名生活了这么多年，试图追查他的下落是没有用的，即使发过的誓并没有禁止这种努力。我敢断言，那个年轻人并没有想追查父亲下落的强烈愿望，父亲仅仅只是个名分而已。他回到了兰开夏郡，接管了曼彻斯特的那份财产。许多年过去之后，他才收到了那封神秘的通知，说他父亲真的已经亡故了。接到父亲的死讯后，他把如何找回那些地契的相关具体细节都逐一列举出来，交给了 S 先生，并告诉了一两个亲友。这个家族覆灭之后，或者从盖拉特搬走之后，这件事也就不再是什么严格保守的机密了，而告知我这宗离奇失踪案来龙去脉的人正是 S 小姐，即这个家族代理律师年事已高的女儿。

请允许我再重申一遍，我为我生活在有警探的时代而感到很欣慰。假如我遇害了，或者犯了重婚罪，不管怎么样，我的亲朋好友们反正会因为了解事情的真相而得到慰藉的。

（吴建国　译）

老保姆的故事

我的心肝宝贝们，你们都知道自己的母亲曾经是一个孤儿，并且还是独生女。我还敢说，你们对自己的外祖父曾经在威斯特摩兰[1]做牧师也有所耳闻，那个地方是我的故乡。有一天，你们的外祖母来到村子里的学校，向女教师们打听这里有没有哪位学生愿意去当保姆。那时候，我还只是一个小女孩，在这里上学。我可以告诉你们，当老师把我叫起来时，别提我有多么骄傲了，她说我是一个好姑娘，不但针线活儿做得好，而且为人诚实可靠，父母可能穷了点儿，但是非常受人尊敬。这位年轻貌美的女士提到即将出生的孩子时，脸涨得通红；而我一想到能够服侍其左右，并且照料她的孩子，也涨红了脸，因为我想，世上恐怕没有比这更好的差事了。但是，我看得出来，你们对我的这部分故事并不太在意，你们更感兴趣的是接下来发生的事情。我这就向你们讲讲故事的来龙去脉。在罗莎蒙德小姐（就是当时腹中的孩子，现在已是你们的母亲）出生之前，我就受雇并寄宿在牧师的住所里。诚然，罗莎蒙德小姐刚出生时，我几乎没帮上什么忙，因为她从未离开过母亲的怀抱，整夜都靠在她身边呼呼大睡。有时夫人会将孩子放心地托付给我，令我感到无比的自豪。不论在此之前，还是从那以后，我再也没见过如此乖巧的孩子，尽管到你们小时候也很乖巧，但是在甜美可人这一制胜法宝面前，你们中的任何一个都比不上你们的母亲。小姐在这一点上继承了她母亲的秉性，那可是真正的大家闺秀啊，她是诺森伯兰郡[2]芬尼伏勋爵

---

[1] 英格兰历史上39个郡之一。
[2] 英格兰最北部一郡。东临北海，北接苏格兰。

的孙女——芬尼伏小姐。我想,她既没有哥哥姐姐,也没有弟弟妹妹,在没有嫁给你们的外祖父之前,一直在我们勋爵家长大成人。当时你们的外祖父只是区区一个牧师助理,他父亲在卡莱尔[1]开店。但是,他一直是一个头脑灵活、举止优雅的绅士,在教区里,他也是一个工作极其勤奋的人,他所在的教区面积辽阔,分散在威斯特摩尔费尔[2]山上各个角落。在你们的母亲罗莎蒙德小姐大约才四五岁的时候,她的父母在两个星期之内相继去世了——一个刚走,另一个就跟着走了。唉!那段日子真令人伤心欲绝啊。当时,我的主人刚结束了一段长途旅行回到家中,浑身湿透,疲惫不堪,而我正和年轻貌美的女主人一起等待着第二个宝宝的降临。没想到,主人发了一场高烧之后,就撒手人寰了;随后,她也一病不起,是一口气在支撑她,直到她生下那个早夭的宝宝,在咽气之前,她把宝宝放在自己的怀里。临终之际,女主人躺在病榻上央求我,要我无论如何都不要丢下罗莎蒙德小姐;就算她不曾提及一个字,我也会带着这个小孩共度此生的。

　　我们悲痛的心情还没有完全平复下来,紧跟着要处理的事情,便是等候遗嘱执行人和监护人来处理后事。一位是我家女主人的表兄芬尼伏勋爵,他并不富裕;另一位是我家主人的哥哥易斯威特先生,他在曼彻斯特经营店铺,当时并不阔绰,后来,凭借庞大的家族,他的事业才开始蒸蒸日上的。唉!我也不知道是出于他们的安排,还是因为女主人在病榻上写给她那位勋爵表兄的一封信的缘故,反正最终的处理结果是,我和罗莎蒙德小姐被安排前往诺森伯兰郡的芬尼伏庄园了。勋爵把这件事说得像女主人的遗愿一样,希望罗莎蒙德寄居在勋爵家,仿佛他本人也没有表示反对,因为这么大的房子,多一个人少一个人也没有多大区别。我那个人见人爱的小东西,不管诞生在哪个家庭,都犹如一道阳光,而他们对她的态度却与我所预期的有所不同——房子也不像之前说的那么豪华——令我感到比较欣慰的是,河谷镇[3]上所有的父老乡亲听说我将成为我家小姐在芬尼伏勋爵的芬尼伏庄园的女仆时,都对我刮目

1　英格兰西北部城市。
2　英格兰地名。
3　位于英格兰北部约克郡。

相看。

但是，我误认为我们将会前往勋爵的住处。到了那里才发现，勋爵家族早在五十多年前就已经离开了芬尼伏庄园。虽然她由这个家庭抚养成人，但我却从未听说我那年轻可怜的女主人曾经住在那里。对此我感到遗憾，我原本希望罗莎蒙德小姐的童年能够在她母亲生前的住处度过的，但事实并非如此。

我鼓足勇气向勋爵的手下询问了许多问题，得知芬尼伏庄园气势宏伟，坐落在坎伯兰[1]菲尔斯山脚下，只有勋爵年迈的姑奶奶芬尼伏小姐和几个用人住在庄园里，但那是个宜居之地。勋爵先生认为，罗莎蒙德小姐很适合在那里住上几年，而且她的到来，可能会给他那年迈的姑奶奶解解闷。

勋爵先生吩咐我几天后替罗莎蒙德小姐收拾好行李。别人都说他和所有芬尼伏家的勋爵们向来都很骄傲自大，是很难应付的人，而且不到必需时绝对不浪费口舌。乡亲们还说，他曾经爱过我的女主人，但是女主人深知，他的父亲会反对他俩成婚，所以，她从来不听勋爵对她讲的话，而是嫁给了易斯威特先生。不过，这些事情我之前并不知道。不管怎么样，勋爵反正终身未娶。但是他从不关心罗莎蒙德小姐。我想，如果他真的喜欢过她死去的母亲，他可能早就会在意小姐了。勋爵让他的手下送我们去芬尼伏庄园的大宅，吩咐他当晚在纽卡斯尔会合，这样，在他摆脱我们之前，就没有足够的时间让周围的陌生人知道我们。于是，他就把孤苦年少的我们（我当时还不到十八岁）留在了陈旧而又空荡荡的庄园大宅里。好像昨日才抵达这里似的，我们一大早离开了我们亲爱的牧师住所。虽然我们一路上都坐在勋爵的马车里，但是由于回想起太多的往事，我俩都心如刀绞、泣不成声。时值九月的傍晚，在一个到处是煤矿工人、烟雾缭绕的小镇上，我们停了下来，最后一次更换了马匹。途经公园和庄园大宅时，罗莎蒙德小姐早已经睡着了，亨利先生让我叫醒罗莎蒙德小姐，认为她应该看一看这里。我不想这么做，但是我害怕他会在勋爵面前说三道四，还是按他说的做了。我们沿途见到了小镇上所有的标志性建筑物，甚至还穿过村庄，随后，马车驶入了大型

---

[1] 英格兰西北部历史上的郡名，现位于坎布里亚郡。

野生动物园内的重重大门——这里与北方的公园有所不同,公园里岩石林立,流水湍湍而过,荆棘林蜿蜒遒劲,还有那片古老的橡树林,这一切都历尽风霜,洁白一片,斑驳凋零。

大约又赶了两英里的上坡路,我们看到了庄严宏伟的大宅,宅邸周围环绕着许多树木,甚至连刮风时也有树枝在墙头刮蹭摇曳,有些树上悬挂着折断了的树枝。这地方无人打理,没有人来给树木修剪枝叶,让布满青苔的行车道保持整洁,只有大宅的正前方是干净整洁的。宽阔的环形车道周围没有布满野草,门前有许多窗户,那里既没有树木,也没有藤蔓。门前左右两边各有一间凸出的厢房,刚好连着其他厢房的正面。尽管这座庄园荒废已久,但仍比我所想象的要气派多了。庄园后面是宽广荒芜的费尔斯山。后来我发现,面对庄园望去,左边是一个老式的小巧玲珑的花园,一扇门从西厢房正对着花园。这花园当初是为了某位芬尼伏小姐特地从一片茂密的树林里开辟出来的,但是那些大树的枝桠长大之后又遮住了花园的阳光,这园子里几乎没有几朵花能够存活。

车子驶进了大门的入口处,走进大厅,我以为我们会迷路的——里面简直太宽敞、太气派了。天花板的中央悬挂着一个纯青铜枝形吊灯,我以前从未见过这种灯,满怀惊讶,目不转睛。在大厅的尽头有一个巨大的壁炉,要是在我的村子里,恐怕有房子的一面墙那么大。壁炉旁有一个巨大的柴架堆放柴火,边上放着一个笨重的老式沙发。在你进门时,往左边走,大厅的对面——就是屋子的西边——有一架嵌入墙内的巨大风琴,它的体型大得占满了这面墙的主体部分。沿着同一边继续走,有一扇门,门的对面是壁炉,两侧各有一扇门通往东边厢房的前门。但是,我住在庄园期间,从未穿过这些门,因此,我无法告诉你们门背后究竟是什么。

夜幕将近,大厅内还没有点灯,看起来黑暗阴沉,不过我们在大厅也没有片刻停留。替我们开门的老仆人向亨利先生鞠了个躬,带我们穿过位于大风琴后面的那扇门,穿过几间较小的大厅和几条走廊,进入了西边的客厅。他说,芬尼伏小姐就坐在那里面。可怜的罗莎蒙德小姐紧紧地搂着我,似乎很怕在这巨大的庄园里走失。至于我自己,也不比小姐强到哪里去。西边客厅里亮起了温馨的灯火,陈列着很多高档舒适的家具,令人赏心悦目。我觉得芬尼伏小姐大概是一位年近八旬的老妇人，但我不得而知。她高高瘦瘦，脸上布满了细纹，仿佛用针尖把整张脸划过一遍似的。她的双眼炯炯有神，我猜想，这也许能弥补她那聋得要用喇叭才能与之交流的耳朵吧。跟她坐在一起，正在一同缝补壁毯的是斯达克太太，此人是她的女仆和伴侣，她俩年纪相仿。她和芬尼伏小姐从小就住在一起，看上去更像是小姐的朋友，而不是女仆。她面容阴沉，冷若冰霜，一副铁石心肠的样儿，好像从来没有爱过或在乎过任何人似的。我想，除了她的女主人，她大概谁都不在乎，况且，由于芬尼伏小姐后来失聪了，她待小姐如同待孩子般百般呵护。亨利先生转达了勋爵的消息后，便和大家鞠躬辞别了——丝毫没有留意到可爱、年幼的罗莎蒙德小姐向他张开了双手——只剩下我们两个人站在那里，被两位老妇人透过老花镜上下打量着。

她俩摇铃叫方才那位为我们引路的老仆人带我们去房间时，我心中暗暗感到一阵窃喜。于是，我们走出了那间宽敞的客厅，穿过另一间客厅，出来后又走了很长一段楼梯，沿着宽阔的画廊走着——这儿有点像图书馆，所有的书籍都朝同一方向放置着，而写字台则摆放在另一边——我们终于到了自己的房间，隔壁就是几个厨房。这一点我倒一点儿都不难过，因为刚开始的时候，我还担心自己会迷失在这无边无际的宅子里呢。这里有一间很旧的育婴室，很久以前给年幼的勋爵和小姐们使用过，里面的金属壁炉里燃烧着温馨的火焰，炉盘上是沸腾的水壶，桌上摆放着各式各样的茶具。出了房间就是夜间育婴室，紧挨着我的床摆放着罗莎蒙德小姐的婴儿床。老詹姆斯呼唤他的妻子桃丽丝来欢迎我俩的到来，他俩都非常热心善良，不久，我和罗莎蒙德就感觉像在家中一样。喝完下午茶后，小姐坐在桃丽丝的腿上，喋喋不休地牙牙学语。我很快便得知，桃丽丝也来自威斯特摩兰，这让我俩的距离拉近了不少，仿佛是老相识似的。他俩是我见过的心地最善良的人。詹姆斯几乎在勋爵家度过了大半辈子，应该没人比他俩待在庄园的时间更长。他曾经还看不上他的妻子，因为在他们结婚之前，桃丽丝只住过农舍。但是，他后来对她非常倾心，他可能真的爱上了她。他俩手下有一个用人，专门负责粗活，大家都叫她艾格尼丝。这个家庭由她、我、詹姆斯和桃丽丝以及芬尼伏小姐和斯达克太太组成，别忘了，还有我那年幼的罗莎蒙德小姐！虽然大家现在对小姐十分关心，我时常在想，小姐来这儿之前，他们都在做什么。厨房和客厅一模一样。当小姐像小鸟儿般到处玩耍、扑闪，还时不时兴奋得嘀嘀咕咕时，向来面无表情、一脸沮丧的芬尼伏小姐和冷酷无情的斯达克太太脸上便会流露出喜悦之情。我敢肯定，当小姐溜进厨房时，她们总是会感到很失落，不过，她们放不下高高在上的架子，强求小姐陪着她们，而且小姐的品位对她们而言也是不小的意外。然而可以肯定的是，用斯达克太太的话来说，想想小姐父亲的来历就不觉得奇怪了。对罗莎蒙德小姐来说，这个气势宏伟、古老幽深的庄园就是名胜古迹。在我的跟随下，她到处摸索了一遍，只有那个常年房门紧锁、无人问津的东厢房除外。但是，庄园的西面和北面有许多有趣的房间，室内充满了让我们好奇万分的物品，而欣赏过这些作品的人也不见得就有多少见识。窗户被四处横扫的枝桠和长势繁茂的藤蔓遮得严严实实，但是，在这绿叶映衬的阴暗中，我们还能看到一些古老的中国器皿和精雕细琢的象牙匣子，以及那些沉甸甸的书籍。当然，最值钱的还是那些古老名画。

我记得有一次，我的小宝贝想让桃丽丝陪我们去那个房间，告诉我们这些画上分别都是些什么人，因为这些画像上的人都是勋爵家族的成员，尽管桃丽丝叫不上每个人的名字。我们浏览了大部分房间，当我们来到一间庄严肃穆的陈旧客厅时，墙上挂着一幅芬尼伏小姐的画像，或者，用她家曾经对她的称呼，格蕾丝小姐的画像，因为当时她是妹妹。她过去一定是一个大美人！但是，这样一副镇定傲慢的神情，还有她那美丽的双眸里透露出的居高临下的神情，微微抬起的眉毛，好像在思索，怎么能够有人看着她还会感到不耐烦。她那微微上扬的嘴角，正冲着站在画像前的我们，我们站在那里仔细地凝望着。我从未见过她所穿的衣服，但一定都是她年轻时喜欢的样式：头戴一顶河狸皮似的质地柔软的白色礼帽，遮住一点点眉毛，帽子的一边还有漂亮的羽毛点缀。她的蓝绸缎长袍在开口处露出了做工考究的白色衬衣。

"好吧，我能肯定，"我说，我看够了，"正如所言，'凡有血气的，尽都如草'[1]，但是，看到芬尼伏小姐现在的样子，谁会想到她曾经是个活脱脱的大美人呢？"

---

1 出自《圣经·新约·彼得前书》第 1 章第 24 节。

"是啊，"桃丽丝说道，"世事难料，不过，如果我主人的父亲所言属实的话，那么，她姐姐芬尼伏小姐应该比格蕾丝小姐还要漂亮。她的画像就在某个地方，但是，如果我带你去看，你必须保密，连詹姆斯都不能告诉，不能说你看过画像了。你觉得你的小姐能保守秘密吗？"她问我。

我不敢保证，那可爱的小家伙胆大包天、心直口快，所以，我让她找个地方躲起来。然后，我帮桃丽丝将一幅正面倚着墙壁的巨幅画像翻过来，这幅画像没有像其他画像那样挂着。的确，芬尼伏小姐的美貌更胜一筹，她也有一种不屑一顾的孤傲，但是，这方面很难比出高下。要不是桃丽丝给我看画像时有点儿惴惴不安，我能看上一个小时，她匆忙又将画像放回去，叮嘱我赶紧去找罗莎蒙德小姐，因为这个庄园里有一些见不得人的地方，怕孩子看到会不好。我还算一个勇敢、精明的姑娘，没有把这个老妇人的话太当回事儿，因为我也和其他孩子一样喜欢在教区里玩捉迷藏。随后，我就跑去找我那个小宝贝了。

渐入冬季，白天越来越短，我敢肯定，我时常能听见一些响声，仿佛有人在弹奏大厅里的那架风琴。我并不是每天夜里都能听到，但是，可以肯定，我经常听见。每当我安顿小姐睡下，卧室里寂静无声，我坐在她旁边时，我就时常听到那风琴声在远处起伏作响。第一天夜里，我下楼去吃晚餐时，我问桃丽丝是谁在演奏曲子，詹姆斯轻描淡写地说我是个傻瓜，误认为风吹树叶的声音是曲子，但是我看见桃丽丝一脸惊恐地望着他，帮厨女佣贝斯也是欲言又止、脸色苍白的样子。我明白，大家都不喜欢我的问题，于是我就噤口不语了，直到只剩下我和桃丽丝两人的时候，我知道我能从她嘴里得到很多消息。第二天，我找了个合适时间，好言相劝般地问她是谁在演奏风琴，因为我知道那是风琴声，而不是风声，我在詹姆斯面前只字不提。但是，桃丽丝已经有过教训了，我敢肯定，从她那里我也得不到答案。所以，我后来尝试问过贝斯，尽管在她面前，甚至在詹姆斯和桃丽丝面前，我总是高人一等，贝斯比其他仆人稍微好一些。她嘱咐我绝不能说出去，万一我说出去了，也不能说是她告诉我的。不过，确实有个奇怪的声音，几乎在冬天的每个夜晚和暴风雨来临之际，她都经常听见这奇怪的声音，人们都说是老勋爵在大厅里演奏风琴，正如他生前常演奏一样。但是谁是老勋爵，他为何演奏风琴，而且为何偏偏在有暴风雪的冬季的夜晚，这些疑惑她也无法告诉我。好吧！我之前说过我很勇敢，曼妙的曲子回荡在庄园的上空也是很令人愉悦的事情，管他是谁在演奏呢。现在犹如刮起了一阵狂风，像幽灵般在横扫肆掠，随后又变成了一片寂静。只有音乐和曲子才有节奏，风声何谈节奏。开始我以为贝斯不知道是芬尼伏小姐在演奏风琴。但是，有一天，我亲自来到大厅，打开风琴，仔细查看风琴四周，之前我在克罗斯维特教堂[1]时就会演奏风琴，我看到它里外都已完全破损，尽管我当时很勇敢，状态也还好，且正值中午时分，我还是感到有点儿毛骨悚然。我合上风琴，飞快地奔向我那明亮的育婴室。从那之后，有很长一段时间，我不喜欢听音乐了，比詹姆斯和桃丽丝更不想听。一直以来，罗莎蒙德小姐越发变得惹人心生怜爱了，芬尼伏小姐和斯达克太太喜欢和小姐一起早早地享用晚餐。詹姆斯站在芬尼伏小姐的椅子后面，我站在小姐的身后，一切井然有序。晚餐之后，她在寂静无声的客厅角落里玩耍，芬尼伏小姐在打盹儿，我在厨房里吃晚饭。但是，后来，她很乐意和我一起待在育婴室，因为，正如她所说，芬尼伏小姐太忧郁了，斯达克太太又很愚钝，只有她和我很快乐。不久，我没再注意那奇怪而绵延起伏的音乐声，要是我们不知道声音从何而来，这对人也并无大碍。

那年冬天很冷。十月中旬开始下霜了，而且持续了好几个星期。我记得，有一天在晚餐时，芬尼伏小姐抬起她那忧伤沉重的眼睛对斯达克太太说："恐怕我们会迎来一个可怕的冬天。"话里透着一种奇怪的意思。不料，斯达克太太却假装没听到，故意高声谈论其他事情。小姐和我没有在意下霜，并不是我们所有人都不在意！只要天气晴朗，我们就去爬庄园后面的那片陡峭的山坡，爬上贫瘠荒凉的费尔斯山。迎着新鲜却刺骨的空气，我们在那里赛跑。有一次，我们沿着一条陌生的小路下山，途经两棵古老的冬青树，它们生长在从庄园东边到下山小路的中间位置。然而，白天越来越短；老勋爵，假如真是他的话，演奏出的风琴声更加急促、悲伤。有一个周日的下午——当时应该是将近十一月末——等芬尼伏小姐打盹后，桃丽丝从客厅走出来时，我让桃丽丝照

---

[1] 坐落于英国坎布里亚郡凯斯维克教区。

看一下小姐。因为外面太冷，不能带她一起去教堂做礼拜，但是我必须去。桃丽丝爽快地答应了，再说她很喜欢这孩子。尽管阴沉乌黑的天空笼罩着苍茫的大地，仿佛夜幕未曾退去，天气寒冷，贝斯和我却兴高采烈地出发了。

"快要下雪了。"贝斯对我说道。果然，等我们到达教堂时，外面就飘起了鹅毛般的大雪——雪花几乎将窗户遮盖得严严实实。我们从教堂出来时，雪已经停了，我们拖着沉重的步伐走在蓬松柔软、深及脚脖子的雪地里。我们回到大厅之前，月亮升上来了，天色变得稍微明亮了些——能看清外面的月光是什么样子，飞舞的雪花又是什么样子了——当时两三点钟，我们在做礼拜。我还没告诉你们呢，芬尼伏小姐和斯达克太太是从来不做礼拜的，她们时常一起以安静忧郁的方式默读祈祷书。她们似乎不会在这漫长的周日里丢下手头正忙着的壁毯针线活。所以，当我到厨房找桃丽丝、接罗莎蒙德小姐跟我一起回楼上时，得知小姐正和她俩在一起时，我并没有感到意外。小姐在客厅里表现很乖，都没进过厨房，正如我叮嘱过的一样。因此，我放下东西就去找她，带她到育婴室去吃晚餐。但是，当我走进客厅时，却见两位老太太一丝不动地坐在那里，只说了一句话，表情似乎一点儿也不开心快乐，因为罗莎蒙德小姐不曾接近过她俩。我还以为罗莎蒙德小姐自己躲起来了，她喜欢这样玩，而且还让她们装作不知道她躲在哪里。所以，我小心地向沙发底下、椅子后面窥视着，假装我非常担心会找不到她。

"怎么了，海斯特？"斯达克太太语气尖锐地说。我不知道芬尼伏小姐是否看到我了，正如我所说的，她耳朵很聋，很安详地坐着，带着绝望的表情，目光游离不定地望着壁炉。"我只是在寻找我的心肝宝贝。"我回答道，尽管看不到小姐，我仍以为她在客厅里，就在我附近。

"罗莎蒙德小姐不在这里，"斯达克太太说，"早在一个小时之前，她跑去找桃丽丝了。"接着，她也扭过头去继续盯着火苗。

听到这话，我的心情一落千丈，我开始希望自己要是没有丢下我的心肝宝贝就好了。我回到桃丽丝那里告诉她情况。詹姆斯那天刚好出门了，但是她和我，还有贝斯，提着灯上了楼，首先进育婴室去寻找；随后，我们在这巨大的庄园里四处查看，呼唤着、恳求着罗莎蒙德小姐从躲藏处出来，不能用捉迷藏来吓唬我们。但是无人回应，毫无声响。

"啊!"最后我说道,"她是否进了东边厢房,藏在那里了?"

但是,桃丽丝说,那是不可能的,因为连她自己都未曾进过东边厢房。她认为那屋子的门一直都是锁着的,钥匙在我的勋爵的管家手里,不管怎么说,她和詹姆斯都没见过钥匙。于是,我说,我得再回去找找看,她是否躲在客厅里,连老太太都不知道。而且要是我在那里找到她,我要好好打她一顿,因为她让我担惊受怕了,但是,我绝不是有意要打她。我回到西边的客厅,告诉斯达克太太说,我们到处都找不到小姐,请求去所有的家具里找找看,因为我认为她可能在哪个温暖的角落里睡着了。随后,我们又出发去寻找,屋子里的每件家具里,我们之前已经找过的地方,又去找了一遍,但还没有找到。芬尼伏小姐浑身剧烈地颤抖着连连摇摇头,斯达克太太也回到温暖的客厅里。但在这之前,她们都让我保证,一旦找到罗莎蒙德小姐,就送到她们身边来。多么糟糕的一天!我记得,我当时望着白雪皑皑的巨大的前庭院子,开始担心再也找不到她了。上楼时,我朝窗外看了看,然而外面明朗的月光下,我能看见十分清晰的两行小脚印,脚印是从大厅门口出来的,绕着墙角直到东边厢房。我不知道自己当时是怎么走下楼梯的,我拉开大厅结实、沉重的大门,撩起长袍的裙摆盖头上当斗篷,就跑了出去。在东边墙角的拐弯处,我看到雪地里有个跌倒的黑影。但是,当我再次走到有月光照着的地方时,看到那里有一些小脚印,一直通向费尔斯山上。天气寒冷刺骨,我跑起来的时候,冰冷的空气几乎要撕裂我的脸庞,但我还是继续向山上奔跑着,哭喊着,以为我那可怜的心肝宝贝一定是冻死了,或者受了惊吓。跑到冬青树附近时,我看到牧羊人从山上走了下来,怀里抱着一个用灰色大衣裹起来的东西。他朝我大声呼喊着,问我是不是丢失了一个孩子。我当时哭得说不出话来,他将孩子面向我,我看到那弱小的孩子静静地躺在他怀里,脸色煞白,全身僵硬地躺在他怀里,似乎已经死了。他说,在寒冷的夜晚来临之前,他正上山去赶羊,在冬青树底下(冬青树是山路上的黑色标志,周围并无其他灌木丛),他看到了我的小姐——我的小羊羔——我的女王——我的宝贝——在雪地里冻得全身僵硬地睡着了。啊!再次将她抱在怀里时,我悲喜交加,不再让牧羊人抱着她。我将包裹着的孩子紧紧搂在怀里,让她紧贴着我温暖的胸膛,感觉这生命又从死亡的边缘被拉了回来,四肢慢慢地变得柔软了。但是，等我回到大厅时，她还是特别僵硬，我紧张得说不出话来。我们直接向厨房走去。

"拿炭炉过来。"我说道。我把她抱到楼上，贝斯把炭炉点着，在育婴室的火炉旁边给她脱衣服。我呼唤着我能想得起来的她的所有的甜美昵称——尽管我早已泪眼模糊，最后，啊！她终于睁开了她那双蓝色的大眼睛。随后，我把她放进暖和的被窝里，让桃丽丝下楼向芬尼伏小姐汇报一切都好。我下定决心，整晚都会守在她的床边。她那可爱的脑袋一沾枕头，立刻就睡得很安稳，而我看护着她直到天亮。她醒来时，很开心，而且头脑清醒——或许我当时记得是那样——我亲爱的孩子们，现在我都还记得。

她说当时她想去找桃丽丝，因为两位老太太都睡着了，待在那里感到很枯燥。穿过西边的走廊时，她透过高大的窗户看到外面有雪花在飘啊——飘啊——很轻柔、很缓慢。但是，她想看看覆盖在地面上的皑皑白雪，所以径自走向了大厅。然后，她走到窗户前，看到马车道上铺满了晶莹、柔软的白雪。她站在那里，看到了一个还没她大的小女孩，"她很漂亮，"小宝贝说道，而且这个小女孩在呼唤她出去，"她长得甜美、可爱极了，我不得不出去。"然后，这小女孩牵起她的手，两人并排绕到了东边的拐角处。

"你现在可真是个淘气的小姑娘啊，尽在跟我编故事，"我说，"你妈妈正在天堂里，她生前可从来没给她的罗莎蒙德小姐编过故事，如果她能听到她——而且她知道她的女儿，我敢说，她肯定能听到——你在编故事！"

"是真的，海斯特，"孩子抽噎起来，"我说的都是实话，确实是真的。"

"别跟我说这些！"我严厉地说，"我沿着你的脚印在雪地里走过，我只看到了你的脚印。如果你和那个小女孩是手牵手并排向山上走去的，你不觉得应该也有一行脚印和你的脚印并排吗？"

"我是情不自禁地跟她一起走的，亲爱的，亲爱的海斯特，"她哭着说，"要是没有脚印，我也没在意她的脚印，她冰凉冰凉的小手紧紧拉着我的手。她带着我向费尔斯山上走去，一直走到冬青树那里，我看见有一个女士在那里哭喊。但是，一看到我，她就不哭了，露出了自豪、安详的微笑，她把我抱到她的膝盖上，开始哄我睡觉，就这些，海斯特——但是，这都是真的。我亲爱的妈妈知道我没说谎。"她哭着说道。她一遍又一遍地讲述着她的故事，而且每次都一模一样，所以，我以为这孩子准是发高烧了，便假装相信了她的话。最后，桃丽丝敲门送来了小姐的早餐，她告诉我说，两位老太太在楼下吃奶酪，她们要和我谈话。

天黑之前，她俩一直在育婴室里坐着，直到罗莎蒙德小姐睡着了，所以，她们只能看看小姐——没有问我任何问题。

"我会弄清楚事情的来龙去脉的。"我自己在心里暗暗估摸着，穿过了北边的画廊。"然而，"我鼓起勇气，"我离开后，是她们负责看管小姐的，小姐神不知鬼不觉地偷偷溜出去这件事，该受责备的人是她们。"我大胆地走进客厅，跟她们讲了事情的经过。我对着芬尼伏小姐的耳边大声对她讲了一切。但是，当我提到外面雪地里有另外一个小女孩劝诱小姐出去，带她走到冬青树旁边的那位高贵、美丽的女士身边时，她举起了胳膊——那苍老、萎缩的胳膊——大声哭喊道，"啊！上帝，原谅我！仁慈的上帝！"

斯达克太太握住她的胳膊，而且相当用力，我觉得是这样。但是，芬尼伏小姐挣脱了她的束缚，以一种狂野的警告和命令的语气对我说：

"海斯特！让罗莎蒙德小姐远离那个孩子！那会诱惑她去死的！那个罪恶的孩子！告诉小姐，那是个邪恶、淘气的孩子。"紧接着，斯达克太太便让我赶紧出去。的确，我不该在那儿，我很乐意走。但是，芬尼伏小姐还在大吼大叫，"啊！仁慈的上帝！你不会原谅我的！那是在很多年之前——"

在那之后，我一直心神不宁，无论白天还是夜晚，我再也不敢离开罗莎蒙德小姐了，唯恐她看到幻觉或者其他东西后，可能又会溜出去。再说，因为从芬尼伏小姐奇怪的言谈举止中可以看出，她已经疯了，我担心再有类似的事情发生（你们知道的，在这个家里），会扰乱小姐的心智。

天寒地冻天气一直没有停过。那天夜里，风暴比平时更加剧烈，在一阵狂风中，我们听到老勋爵弹奏风琴的声音中夹杂着风声。不过，也许是老勋爵，也许不是，无论罗莎蒙德小姐走到哪里，我就跟到哪里。

我对这可爱、绝望的孤儿的爱,比对这洪亮、可怕的声音还要强烈。另外,似乎像她这个年龄的孩子,也需要依赖我把她哄得开开心心的才是。所以,我们一起玩耍,一起散步,从这里到那里,走过所有的地方。在这漫无边际的房子里,我再也不敢让她离开我的视线半步。事情发生在圣诞节不久之前,有一天,我们一起在大厅里玩弹珠游戏(不是你们那种玩法,但是她喜欢用可爱的小手滚动光滑的白色弹珠,她不管怎么玩,我都喜欢)。不久以后,我没太在意,屋子里的光线变得很昏暗,然而屋外还是很明亮的,我正打算带她回到育婴室,就在那时,突然,她大声叫喊起来:

"你看,海斯特!你看!雪地里有个可怜的小女孩!"

我朝狭长的窗户那边看了看,千真万确,我看到了一个年龄比罗莎蒙德小姐要小一点儿的小女孩——在这寒冷的夜晚却衣衫褴褛——正在呼喊着,在猛烈地敲着窗玻璃,似乎想要进来。她似乎要号啕大哭了,直到罗莎蒙德小姐再也忍不住,飞快地奔向门口去开门,就在那时,闭合的风琴突然发出了雷鸣般的声响,我简直吓坏了。那天晚上冷得出奇,静得可怕,所有我能记起的是,尽管那个幽灵般的孩子用小手使劲地敲打着窗户,可我却听不到任何声响。而且,尽管我看到她在哀号、在叫喊,我也没听见任何啜泣声。我不太清楚,我就记得当时那些情况。那巨大的风琴声让我陷入了一片恐慌。但是,我还记得,就在罗莎蒙德小姐打开大厅的门之前,我一把将她抱住,带她离开,但她挣扎着、尖叫着,走进宽敞、明亮的厨房时,只见桃丽丝和艾格尼丝正在忙着做肉馅。

"小宝贝怎么了?"桃丽丝尖叫道,她看到我抱着在撕心裂肺般啜泣的罗莎蒙德小姐。

"她不让我开门让那个小女孩进来,如果她整夜待在费尔斯山上,她会冻死的。残忍无情的海斯特。"她边说边打我。但是,她更加剧烈地拍打我时,我看到了桃丽丝满脸惊恐的表情,这一下把我吓得血液都凝固了。

"快去把厨房的后门关上、闩好。"她对艾格尼丝说。她默不作声,给了我一些葡萄干和杏仁,让我来安慰罗莎蒙德小姐。但是,小姐还在为雪地里的那个小女孩抽噎着,毫不理会任何好吃的东西。我感到欣慰的是，她哭着哭着就睡着了。后来，我悄悄下楼对桃丽丝说，我已决定好了，我要带我的心肝宝贝回到我父亲的房子里去住，在阿伯莱维特[1]，也许我们会过着简朴、宁静的生活。我说，我已经被老勋爵的风琴声吓怕了，而且，现在又加上亲眼看到了那个呻吟的小女孩。很明显，附近这一带并没有小孩在拍打、撞击玻璃试图闯进来，而且也听不到任何哭声和响动——她右边的肩膀上有一道黑色的伤口。在那之后，罗莎蒙德小姐又再次见到了那个劝诱她走向死亡的幽灵（桃丽丝知道，这一切都是真的）。我再也无法忍受了。

我看到桃丽丝脸色突变。我说完之后，她告诫我说，我不可以带罗莎蒙德小姐离开这里，勋爵才是罗莎蒙德的监护人，我无权带她走。她反问我愿不愿意丢下这个我深爱着的孩子，仅仅由于耳闻目睹了一些对我并无害处的声音和景象，就忍心丢下她？再说，要是轮到他们的话，是不是早已就习以为常了？我浑身充满了热血沸腾却颤抖不安的激情。我说，她能对我坦白这些发生过的景象和声响，就很不错了，而且那些事情，十有八九和那个幽灵般的孩子生前的事情有一定联系。最后，我奚落她，让她说出她所知道的一切。后来，我宁愿她没告诉过我真相，因为这只会让我倍感恐惧。

桃丽丝讲述的这些故事，是她从一些老邻居那里听说的，故事发生在她第一段婚姻期间。当时，这个庄园偶尔还有人来拜访，那时候，它在村子里还没烙上臭名，她听到的故事可能不是真的，也可能是真的。

老勋爵就是芬尼伏小姐的父亲——桃丽丝称她为格蕾丝小姐，莫德小姐是姐姐，同样被称为芬尼伏小姐。老勋爵被骄傲冲昏了头脑。他是我见过或听说过的最骄傲自大的人，她的女儿们也跟他一样。尽管有很多人供她们挑选，但是她们觉得无人能够配得上自己。她们的画像就挂在庄严肃穆的客厅里，从画像上可以看出，她们年轻时确实是天姿国色。但是，有句古话说，"骄者必败"，而这两位傲慢的美人却同时爱上了一个男人。他只不过是一名外籍音乐家，她们的父亲曾跟他一起到伦敦的马诺庄园演出过。就以上所说，老勋爵对音乐的热爱，仅次于他的骄傲自大。听说他能演奏几乎所有的乐器，令人奇怪的是，音乐也无法

---

[1] 位于英格兰西北部。

让他的性格温和下来。人们说，他是一个残酷无情的老人，他的残忍也令他可怜的妻子感到心碎。爱上音乐之后，他就失去理智了，为了音乐，他可以不惜一切代价。所以，他请来了那个外籍音乐家，他演奏的音乐十分美妙动听，连树上的许多鸟儿都会停止鸣叫来聆听他的音乐。而且，从某种程度上说，这个外籍绅士深得老勋爵的欢心，他不用为老勋爵做任何事情，只是每年必须来庄园演奏。那架大风琴就是他从荷兰带过来的，矗立在大厅里，原先也放在现在这个位置上。他教老勋爵演奏风琴，没想到，演奏了多次之后，芬尼伏勋爵竟忘却了所有事物，一心陶醉在他的风琴和名曲里，而那个外籍黑人（音乐家）正和两位年轻小姐中的一位在林中漫步——此时若是莫德小姐，彼时便是格蕾丝小姐。

莫德小姐等到了那一天，俘获了他的心，事实便是如此。而后，她俩便私底下秘密地结婚了。在他来年拜访之前，莫德小姐在莫尔斯镇的一个农舍里产下了一名女婴，而她的父亲和格蕾丝小姐以为她一直在都卡斯特[1]赛马。尽管她已经成为人妻，身为人母了，但她的性格还是没有变得温柔，仍旧和从前一样傲慢。或许变得更加傲慢了，因为她嫉妒格蕾丝小姐，她的外籍丈夫也曾向格蕾丝小姐求过爱——为了转移格蕾丝小姐的视线——他是这样告诉他妻子的，但是，格蕾丝小姐要比她更胜一筹。她对丈夫和妹妹变得越来越极端凶恶，而前者——他能轻易摆脱这种让人难以忍受的人，在他国销声匿迹了——在那年夏天按照约定前来拜访的一个月前逃走了，而且用近乎威胁的口吻说，他再也不会回来了。与此同时，小女孩的母亲——莫德小姐，把孩子丢弃在农舍里，自己常常备好马鞍，骑着马疯狂地奔上山来看看她，至少每周一次——那是她爱之深却又恨之切的地方。而老勋爵却依旧沉溺在他的演奏上——在他的风琴上演奏，仆人们认为，这曼妙的音乐使他的脾气变得温和了，（桃丽丝说）他可能听到什么传言了。他的身体也在日渐衰弱，连走路都需要拄着拐杖了。他的儿子——也就是如今的芬尼伏勋爵的父亲——在美国陆军军队里服役，另外一个儿子是海军。所以，莫德小姐可以独自出门，她和格蕾丝小姐之间的关系则变得越来越冷漠，仇恨不

---

[1] 英格兰最古老的赛马中心之一，坐落于英格兰南约克什尔。

断加深,到最后,两人见面几乎不说话,除非老勋爵在旁边。外籍乐师第二年夏天又回来了,但却是最后一次,因为她们使他的生活充满了嫉妒和盛怒,他对此感到疲倦不堪,于是干脆就逃走了,再也杳无音讯。另外,莫德小姐一直打算在父亲与世长辞之际,将结婚一事公开,她现在已是一个被人抛弃的妇人——没有人知道她已经结过婚了——而且还育有一女,她自己也不敢相认,尽管她喜欢用思忖这事来消遣。同住一个屋檐下的父亲让她感到惧怕,妹妹则令她憎恨。又一个夏天过去了,那个黑人再也没有如期而至,莫德小姐和格蕾丝小姐变得愈发消沉忧郁,尽管她们还和以前一样漂亮,却变得形容枯槁。但是,不久之后,莫德小姐变得振奋起来,因为她的父亲愈加虚弱,演奏音乐时都不大能动弹了,而她和格蕾丝小姐几乎是分开住的,有各自独立的房间,一间是西厢房,莫德小姐住东厢房——那两个房间现在都房门紧锁。所以,她以为可以让她的女儿过来和她一起住了,只要别人不张扬出去,就没人会知道这事,倘若有人问起,她就说这是她一个同性朋友的孩子,她非常喜欢这孩子,别人应该也会相信。桃丽丝说,事情的经过就是这样的,大家都知道。后来,无论发生什么事情,都没有人知道,只有格蕾丝小姐和斯达克太太除外,即使那时她只是格蕾丝小姐的贴身女仆,但是跟格蕾丝小姐的姐姐比起来,却更像是朋友。但是,仆人们以讹传讹地认为,莫德小姐要比格蕾丝小姐更胜一筹。斯达克太太得知,一直以来,那个外籍黑人一直在取悦格蕾斯小姐,假装和她相爱——就是莫德小姐的丈夫。格蕾丝小姐从那以后容颜黯然失色,而且她还经常听到人们谣传她迟早会打击报复,斯达克太太一直去东厢房打听情况。

　　新年刚过不久,在一个非常可怕的夜里,地上堆了一层厚厚的积雪,空中的雪花仍在漫天飞舞——急速飘落的雪花让外面的人睁不开眼——随着一阵巨大、狂乱的噪声传来,老勋爵那可怕的诅咒声和发誓声盖过了一切声音——盖过了小孩子的叫喊声、野蛮女人傲慢的反抗声、乱糟糟的打击声——而后便是死一般的寂静——呻吟声和哀号声渐渐消失在山上!随后,老勋爵召集起所有仆人,对他们发下毒誓,言辞更加可怕,他说他的女儿让他丢尽了颜面,他要把她扫地出门——让她带着孩子一起滚蛋。倘若有人敢帮助她们——给她们食物、提供住所,他便诅咒他们永远不能踏入天堂。当时,格蕾丝小姐脸色煞白,一动不动地站在他身边。

等她父亲说完,她长叹了一口气,她的复仇任务差不多完成了,她的目的也就达到了。但是老勋爵再也没有碰过风琴,不到一年就过世了。难怪! 接下来的一个荒凉可怕的夜晚,牧羊人沿着费尔斯山路下来,发现莫德小姐坐在冬青树底下,已经疯得在傻笑,看护着一个死去的孩子——她右边的肩膀上有个可怕的记号。"但是她不是因肩膀的伤口而死的,"桃丽丝说道,"是霜冻和寒冷杀死了她——所有生物都栖息在洞穴里,所有野兽都在蜷缩着——然而这孩子和母亲却被撵出家门,游荡在费尔斯山上! 现在你知道一切了! 我想知道你现在是不是不那么害怕了?"

我比以前更加害怕了,但是我说过,我不是个胆怯的人。我希望罗莎蒙德小姐和我最好永远离开这恐怖的房子,可是我不能丢下她不管,我也不敢带她离开这里。但是啊! 我该如何看着她,监护她呀! 离天黑还有一个多小时,我们就提前把门窗关好、闩牢,绝不会晚五分钟。但是,我的小姐还是能听到那个奇怪的孩子的叫喊声和呻吟声,而且不是我们所有人都能阻止和说服她别去找那个小女孩,别让她从狂风暴雪里进来。一直以来,我都尽可能躲着芬尼伏小姐和斯达克太太,因为我惧怕她们——我知道关于她们的不好的事情,她们老是带着灰暗、冷酷的表情和梦幻般的眼神回首悲伤的往事。但是,哪怕在我的恐惧里,依然还怀有一丝遗憾——再怎么说,她也是芬尼伏小姐。过去做错的事情没能让她燃起一丝希望,只是让她的脸上永远充满了绝望的表情。说到底,我很同情她——她感到很压抑,却又从不说话——我为她祈祷,我教罗莎蒙德小姐为那些曾经犯过极大罪恶的人祈祷。但往往是,在她跪在那儿读着这些祈祷词时,她会听到声音,然后便会起身说道:"我听到我的小女孩在伤心地哭喊——啊! 就让她进来吧,要不然她会死的!"

那天晚上——就在刚过完新年不久,正如我期望那样,漫长的冬季总算过完了——我听见西边客厅里的铃声响了三次,这给我提了个醒。我不能让罗莎蒙德小姐一个人独处,她已经睡着了——因为老勋爵演奏的风琴声比以前愈加狂野了——唯恐我的宝贝醒来听到那鬼孩子的声音。我知道,她不会看到她的鬼魂的,因为我已经把窗户关得很紧。所以，我把她从床上抱起来，拿起离手边最近的外套把她裹起来，抱着她去了楼下的客厅，两位老太太跟往常一样坐在那里做壁毯针线活。我进来时，她们抬头看了看，斯达克太太吃惊地问道："为什么把罗莎蒙德小姐从被窝儿里抱到这里来？"我开始小声说道："因为我怕我一走开，外面雪地里的野孩子就会诱惑她出去。"她立刻打断我了的话（朝芬尼伏小姐瞥了一眼），说芬尼伏小姐要我解开一些织错了的线头，她俩看不清，也解不开。于是，我把我的小宝贝放在沙发上，在她们身边的凳子上坐下来，当我听到狂风骤起怒吼咆哮时，我内心里对她们更加了充满敌意。

尽管狂风在呼啸着，罗莎蒙德小姐却睡得很安稳。外面的狂风在摇晃着窗户，而芬尼伏小姐却默不作声，也没有抬头环顾四周。突然，她直起身站起来，举起一只手，似乎在吩咐我们听外面声音。

"我听到了一些声音！"她说，"我听到了可怕的尖叫声——我听到了我父亲的声音！"

就在那时，我的心肝宝贝惊醒了，突然开口说："是我的小女孩在哭喊，啊，她哭得好凄惨！"她试图起来去找那小女孩，但是，她的双脚被毯子紧紧裹住了，我把她抱了起来，因为她们能听见、而我却听不见的那些声音让我全身开始起鸡皮疙瘩了。不到一分钟，就听见有两种声音传了过来，很快便交融在一起，充斥着我们的耳朵。我也听到了说话声和尖叫声，却再也听不到狂野的寒风在外面的肆虐声了。斯达克太太看着我，我也看着她，可是我们都不敢作声。突然，芬尼伏小姐拔脚朝门口走去，走进了前厅，穿过西边的大厅通道，再打开门，走进了宽阔的大厅。斯达克太太紧跟其后，我害怕得连心脏几乎都停止跳动了，但是我半步也不敢离开。我紧紧地将我的小宝贝搂在怀里，又和她们一起出去了。大厅里的尖叫声越来越大，尖叫声是从东厢房里传出来的——越来越近——近得就像在紧锁着的房门的另一边——近在门后。随后，我便注意到，巨大的青铜吊灯似乎全部亮起来了，尽管大厅里还是一片昏暗，在宽阔的壁炉里，火苗正在燃烧，却没有一丝热度。我害怕得浑身发抖，把我的心肝宝贝搂得更紧了。但是，如我前面所说，东边的房门在摇晃，而她，竟突然挣扎着要离开我的怀抱，一边哭喊着："海斯特，我必须走！我的小女孩就在那里，我听到她的声音了。她要来了！海斯特，我必须走！"

我使出浑身力气紧紧抱住她，我铁下心，我会紧紧抱着她的。我的脑海中时刻铭记着，哪怕我死了，我的手也不会松开她。芬尼伏小姐站在那里聆听着，还没有注意到我的心肝宝贝已经挣脱到地面上了，我跪在地上，用两只胳膊搂住她的脖子。她仍在颤抖着，哭喊着，要挣脱开来，离我而去。

突然，东边的房门传来了雷鸣般的撞击声，仿佛被一阵狂暴的力量撕扯开了，大白天有束神秘的光线照射进房间，里面有个满头白发、目光闪烁、身躯高大的老年人的身影。他驱赶着身前那个举止之间充满仇恨、表情严肃而面容姣好的女人，她身边有个小女孩在抓住她的裙子。

"噢，海斯特！海斯特！"罗莎蒙德小姐哭着说，"就是那个女士！在冬青树底下的那个女士。我的小女孩就和她在一起。海斯特！海斯特！就让我跟她一起走吧，她们在呼唤我，要跟她们在一起，我能感觉到她们，我必须走！"

她再次使出浑身解数，浑身剧烈抖动着想要逃走，但是，我把她搂得越来越紧，直到我怕会弄疼她，但是我绝不会让她跟这些可怕的鬼魂一起走。鬼魂朝着宏伟的大厅门口走来，门口的狂风在向它的猎物垂涎三尺地嘶吼着，但是，那个女人还没走到门口就转过身去了。我能看到她那凶恶、自大、蔑视的表情，对老人拒不服从，但是她也害怕得浑身发抖——随后，她狂暴而又可怜地举起双手来保护她的孩子——她那弱小的孩子——生怕她被落下的拐杖打到。

罗莎蒙德小姐被一种比我还强大的力量折腾得筋疲力尽，在我的怀里抽搐着、哽咽着（因为我那可怜的宝贝变得越来越虚弱了）。

"他们要我一起到费尔斯山上去——他们在召唤我。啊，我的小女孩！我要跟随你去，可是残忍、罪恶的海斯特紧紧抱住了我。"但是，一看到那落下的拐杖，她便失去了知觉，多亏上帝。就在那一瞬间——那个身躯高大的老头，头发如同火炉爆炸般热气腾腾，正要挥鞭痛打那浑身颤抖的小女孩——只听我身边的老妇人，芬尼伏小姐，在大声喊叫，"啊，父亲！父亲！原谅无辜的孩子吧！"但是，就在那时，我看到——我们都亲眼目睹到了——又出现了另外一个鬼魂的样子，在大厅朦朦胧胧的蔚蓝色的光线中愈发显得清晰可辨。我们之前都没有看到站在老人身边的另一个女人，她满脸写着无尽的仇恨和胜利的蔑视。那个影子看上去非常美丽，她头上那顶白色、柔软的帽子压得很低，遮住了她高傲的额头，她那红色的嘴唇微微翘起，那影子穿着敞开的蓝绸缎长袍。我曾经见过这身影，完全是芬尼伏小姐年轻时候的模样。那些可怕的鬼魂在向前移动。全然不管芬尼伏小姐野性的哀求——那落下的拐杖打在小女孩的右肩上，那个妹妹（芬尼伏小姐）却冷酷无情，若无其事地看着这一切。但是，就在那时，昏暗的光线突然明亮起来，那冷冰冰的火苗也在散发着热量，而芬尼伏小姐却全身瘫软地倒在我们脚边——致命的一击。

是的！那天晚上，她被抬到床上之后便卧床不起了。她躺在床上，面对着墙壁，在一直不停地低声自言自语："唉！唉！年少无知，暮年受罚！年少无知，暮年受罚！"

（周本香　译　吴建国　校）

乡绅的故事

一七六九年，有一位绅士（"绝对的绅士。"乔治酒馆的店主如是说）来拜访克拉弗林先生的老屋，这个消息让巴福德小镇笼罩在一阵兴奋中。这所房子既不在镇上，也不在乡下。它位于巴福德郊区，在直通德比的大道边上。最后一位在这所房子里居住的人是克拉弗林先生，他是一位名门绅士，出身于诺森伯兰郡。他少年时曾在巴福德住过，后来，家里年长的一辈去世后，他回来继承房产。我说的这个老屋，由于涂上了略带灰色的墙粉，人们叫它白屋。它后面是一个极漂亮的花园，克拉弗林先生让人建造了一个相当不错的马厩，用的都是当时最新的修缮方法。建马厩是想着能把房子租出去，因为那个郡里流行狩猎，除了这些，就没有别的什么可说了。房子里有很多卧室，有些得穿堂过室才能进去，有的时候，往往得连续穿过五间。还有几间窄小的起居室，四周围着护墙板，涂上了深石板色。有一间很好的餐厅，上层是一间客厅，这两间都带有赏心悦目的拱形窗，可以观赏到花园。

以上是白屋所能提供的膳宿条件。对外人来说，它似乎不怎么诱人，虔诚的巴福德人却认为它是镇上最大的房子，而且还是克拉弗林先生款待镇上和郡里那些有脸面的大人物的场所。要想感受这种充满愉快记忆的场景，你得在这个四周都住着绅士的小镇待上几年。那时，你就能懂得，在当地人看来，名门望族对你以礼相待是多么有身价的事情，如同比克斯塔夫先生的守护人得到了一对镶银边的蓝袜带[1]一样。之后，他们一整天都感觉飘飘然的。如今，克拉弗林先生不在了，镇上和郡里

---

[1] 象征最高荣誉。

那些有脸面的大人物该在哪里聚会呢?

我提及这些事情,是为了让你们能了解巴福德人对白屋出租的热切期盼。为了更加突出,你们必须自己再添加一些忙乱劲儿,一些神秘感,因为小镇上发生任何一件小事,都能引起巨大的轰动。这样,你才不会对下面的场景感到惊奇。有二十几个衣着破烂的小淘气跟着之前提到的那位"绅士"来到白屋门口。虽然在经纪人的办事员琼斯先生的陪同下,他已经察看这幢房子一个多小时了,可是,在他还没有离开之前,就已经有三十多个人加入到了这些满怀好奇的人群中,等着收集哪怕一丁点儿琐碎的消息呢,直到他们被赶到听不到说话的地方。过了一会儿,"绅士"和经纪人的办事员出来了,后者随着前者跨过门槛时正在说着话儿。绅士的个子很高,衣着考究,长得也很英俊,但是他滴溜溜转的淡蓝色眼睛中却流露着一种邪恶的冷冷的目光,这是一个敏锐的观察者不会喜欢的。当然,这群淘气包和营养不良的女孩子中也不会有目光敏锐的观察者。但是他们靠得太近,使人不便,绅士举起右手的短马鞭,朝靠得最近的那个人猛抽了一两下,他们哭号着跑开时,他脸上露出残忍的喜悦。一瞬间,他的面部表情就变了。

"给!"他掏出一把钱,有银币,也有铜币,扔进人群中,嚷道,"抢吧,夺吧,小家伙们!下午三点来乔治酒馆,我还会扔给你们一些。"所以,当他和办事员一起离开时,孩子们都向他欢呼。他窃笑起来,像在玩味一个绝妙的点子似的。"我要耍耍这些小鬼,"他说,"他们跟在我身边鬼鬼祟祟地偷听,我要好好教训他们一下。告诉你我会怎么做吧。我要用火铲把钱币烧得滚烫,把他们的手指烫坏。到时候,你过来看看他们痛苦的表情,听听他们的号叫吧。如果你下午两点钟能跟我一起用餐,我会非常高兴,到那时,关于房子的事情,我也可以定下来了。"

办事员琼斯先生应允下午两点到乔治酒馆来。但是,不知何故,他很厌恶这位请客的人。琼斯先生甚至压根儿都不愿意想起这个人,一个满口袋都是钱币的人,养着那么多马,又亲密地谈论一些大人物的事情——尤其是,还想租下这白屋——绝不可能是一个绅士。然而,这位罗宾逊·希金斯先生究竟是个什么样的人呢?这种不安的疑惑一直萦绕在这位办事员的脑海里,即使在希金斯先生以及他的仆人和马群入驻白屋很久之后。

白屋被重新粉刷了一遍（这次用的是一种淡黄色），随和的房主高兴地对屋子进行了彻底的整修。而对于内装饰，租户似乎花多少钱都愿意，实际是既十分浮华，又给人深刻印象，足以使白屋在虔诚的巴福德人心中引起一阵轰动。原先的石板色被刷成了粉红色，又衬以金色，老式的楼梯扶手颜色以新近流行的镀金来代替，但是，最重要的是，那马厩真是一派奇观。自罗马皇帝以来，从没人为照料马匹提供这么好的条件，简直是既舒适又健康。因此当那些马儿被牵着穿过巴福德，全身披戴齐整，只露出眼睛，弯着弓形精致的脖颈，怀着压抑的急切心情，以短促而又高昂的步子腾跃着行走时，人们都觉得没什么好奇怪的。只有一个马夫跟来，但是需要有三个人来照料它们才行。因而，希金斯先生想雇用两个巴福德的小伙子，巴福德人对此也十分赞同。一方面，雇用闲荡的孩子这一行为是善意的、体贴的；另一方面，这些孩子在希金斯先生的马厩中可以得到锻炼，以后也能适应在唐卡斯特或纽马克特[1]工作。巴福德位于德比郡地区，紧邻莱斯特郡，不得不养着一个狩猎队和一群猎犬。猎犬的主人是一个叫哈里·曼利爵士的人，他只干这一行。他是按照"叉子的长度"来衡量一个人的，而不是根据容貌或者脑袋的形状。这位哈里爵士惯于观察，他知道人们身上有一种很长的类似于叉子的东西，他要等看完一个人骑上马背才给予赞许。如果这个人的姿势端正从容，身手比较轻盈，又有胆气，哈里爵士才会跟他称兄道弟。

希金斯先生参加了狩猎季的第一次聚会，他不是以赞助者的身份，而是作为业余爱好者参加的。巴福德的狩猎者为他们自己的勇猛善骑而引以为傲，而且他们天生对自己的地区就很熟悉。然而这个没人认识的外地人，恰好在猎狐之际到来了，他坐在马背上，呼吸均匀，沉着冷静，狐狸光滑的毛皮分毫未被破坏。在砍下狐狸尾巴的时候，他正在朝着那个老猎人振振有词，而那个老头儿，只要哈里爵士对他稍加斥责，就会非常暴躁。他做过马童、马夫、偷猎者，还干过其他的工作，已经有六十多年的经验，如果狩猎队里有哪个人敢对此说一个不字，他肯定会暴跳如雷。他——老艾萨克·沃姆利温顺地听着这个外地人说的至理

---

[1] 英国赛马比赛的发源地。

名言,只是偶尔快速地抬起头来,狡猾地瞥一眼,就像那只可怜的垂死狐狸锐利、狡猾的目光一样。猎狗在围着狐狸嚎叫,不管短鞭的警告,此时鞭子已经放进了沃姆利的旧口袋里。当哈里爵士骑马进入满是死灌木和潮湿、打结、长满杂草的矮树林中时,后面跟着的狩猎者,一个接一个地跑了过去,希金斯先生脱帽行礼——半是谦恭,半是高傲——眼角有一丝暗笑,望着落在后面的一两个人的狼狈样。"极好的狩猎啊,先生,"哈里爵士说,"您第一次在我们这里狩猎,希望您能常来啊。"

"先生,我希望能成为狩猎队中的一员。"希金斯先生说。

"能有您这样一位勇敢的骑手加入进来,我非常高兴——荣幸之至啊。我想,您这次是为了'铜门'[1]而来吧,我们这里有一些伙计却——"他对一两个怯懦的人皱了皱眉,没再说下去,"请允许我自我介绍一下——猎犬的主人。"他在马甲口袋里摸索到正式印有他姓名的名片,"这儿有几个朋友愿意到我家去吃个便饭,阁下可愿光临寒舍?"

"我叫希金斯,"外地人鞠躬回答道,"我最近才到,住在巴福德的那幢白屋里,还未来得及送上介绍信呢。"

"不必客气!"哈里爵士回道,"一个像您这样的人,拥有那样的宅邸,拥有您手中那样漂亮的狐尾,骑马到本地来(我可是一个莱斯特郡人!),任何一家都会欢迎的。希金斯先生,如果能在用餐时与您进一步熟悉,我会引以为豪的。"

希金斯非常懂得该如何增进如此开始的交情。他可以唱一首好歌,讲一个好听的故事,还可以玩一些恶作剧,非常会处事,像某些人具有的本能一样。他懂得在这种情况下可以对谁开这种玩笑,既不至于因怨恨而招来惩罚,又有把握能从那些喧闹、热烈且富有的人那里获得掌声。十二个月以后,罗宾逊·希金斯先生就成了巴福德狩猎者中最受欢迎的成员,他以两匹马的马身长度打败了其他人,就像他的第一个赏识者哈里爵士所说的那样。那是一天夜里,哈里爵士在离开一个老狩猎乡绅举办的晚宴时说的。

"因为,你知道的,"乡绅赫恩握着哈里爵士的手说,"我的意思是,您看,这个年轻人看上了凯瑟琳。她是个好姑娘,而且,根据她母亲的

---

[1] 意指"收获之门"。

遗嘱，结婚时会有一万英镑的遗产。不过——原谅我，哈里爵士——我不想我的女儿这么轻易地下嫁于人。"

虽然哈里爵士有很长的路要走，只有一弯初升的新月的亮光照着，但是，他善良的心为乡绅赫恩颤抖而含泪的疑虑所打动，于是，他停下来转身回到饭厅，更加坚定地说：

"善良的乡绅，我可以说，这会儿我已经知道这个人了，我从未结交过比他更好的人。如果我有二十个女儿，我愿意让他从中随便挑一个。"

乡绅赫恩从没想过要向他的老朋友询问对希金斯先生作出如此评价的根据，他说得如此真诚实意，没有理由怀疑他有充分的根据。赫恩先生不是怀疑论者，不是思想家，也不是一个天性多疑的人，只是对自己唯一的女儿凯瑟琳的爱，才让他在这件事上特别焦虑。等哈里爵士说完之后，虽然脚下不稳，他还是步履蹒跚地走进了客厅，他那美丽含羞的女儿凯瑟琳和希金斯先生紧挨着站在壁炉前的地毯上——他低声细语，她低眼聆听着。她看起来非常高兴，那副表情十分像她已故母亲在乡绅还是个年轻人时的表情，于是，他就只想着如何让她最高兴。他的儿子也就是继承人将要结婚，还会带着他的妻子回来跟乡绅一起住。巴福德距离白屋不远，骑马还不到一个小时的路程。即使他想到了这些，他问希金斯先生是否想留在这里过夜——新月已经下沉——道路将陷入一片漆黑；凯瑟琳带着一种急切的美丽表情，但是并没有太多的顾虑，抬头望着年轻人，等着回答。

老乡绅给了他们很多这类鼓励。有一天早上，他发现凯瑟琳·赫恩小姐失踪了，每个人都感到非常惊讶，和此类情况惯常的结果一样，他们发现了一个纸条，上面写着，她跟"心爱的人"私奔了，跑到格雷特纳·格林小镇[1]去了。没人能理解为什么她不能乖乖地待在家里，在教区的教堂里结婚。她一直是一个浪漫而又多愁善感的女孩，漂亮而又深情，又被过分溺爱，严重缺乏常识。（她那宽容的父亲一想到女儿对他那不变的深爱缺乏信任，就感到非常伤心。）然而，当他异常愤怒的儿子从男爵的府上回来时（那是他未来岳父的房子，那里各种形式的法律

---

[1] 苏格兰著名的逃婚小镇。

和礼仪都将伴随他自己临近的婚礼），乡绅赫恩言辞恳切地为这对年轻人干的事情辩护，并且声明这是他女儿的一种精神，对此他很钦佩，也很自豪。然而到最后，乡绅的儿子纳撒尼尔·赫恩先生还是声明说，他和他妻子与他妹妹和她的丈夫将不会有任何关系。

"等你见了他再说，纳撒！"老乡绅颤抖地说道，他预料会有家庭不和。"他配得上任何女孩。只要问问哈里爵士的意见就知道了。"

"混蛋哈里爵士！他认为只要一个人马骑得好，其他都可以不管了。这个人——这个家伙是谁？他是从哪儿来的？他有什么财产？他家还有些什么人？"

"他是从南方来的——萨里郡，或者是萨默塞特郡，我记不清了。他生活富足，大方慷慨。巴福德商人都说他花钱如流水，他花钱像个王子。纳撒，我不认识他的家人，但是他用盾形纹章作封印，如果你想知道，这或许能告诉你——而且他定期去南方收租。噢，纳撒！如果你能对他友好些，我会像镇上其他人家的父亲一样，对凯蒂的婚礼感到非常满意的。"

纳撒尼尔·赫恩先生表情阴郁，自言自语地咒骂了一两句。可怜的老人因纵容两个孩子而自食恶果。纳撒尼尔·赫恩先生和夫人与凯瑟琳和她丈夫从不往来，乡绅赫恩从不敢请他们到莱维森来，虽然那是自己的房子。相反，每当他去白屋拜访时，总像个罪人似的偷偷地去；如果他在那里过了一夜，第二天回来时总是躲躲闪闪的。无礼自负的纳撒尼尔一眼就能看透他。这对年轻的赫恩夫妇是唯一不去白屋拜访的人。毫无疑问，希金斯夫妇比他们的哥嫂更受欢迎。希金斯夫人是一个美丽而又性格温和的女主人，她所受的教育并没有让她感觉无法忍受她丈夫周围缺乏举止文雅的人。她对镇上还有郡里的人都保持着温和的笑容，在她丈夫想要成为广受欢迎的人这一计划中，她无意识地扮演了一个极好的角色。

但是，总有人会存心不良地品头论足，根据简单的前提得出恶意的结论，而在巴福德，这只乌鸦是普拉特小姐。她不打猎——所以，希金斯先生令人钦佩的骑术并不能吸引她；她不喝酒——希金斯慷慨大方地宴请宾客的美酒无法安抚普拉特小姐；她讨厌有趣的歌曲和滑稽的故事——所以，用这个方式无法得到她的认可。而这三个受欢迎的秘密成就了希金斯先生引人入胜的魅力。普拉特小姐坐着，看着。在希金斯先生讲完最好的故事之后，她表情阴郁，不为所动。不过，她那双眼睛丝毫不眨，流露出的是一种敏锐的针刺般的目光，希金斯先生与其说是看到，倒不如说是感觉到的，当这种目光看向他时，即使在很热的天气里，也会让他颤抖。普拉特小姐是一个宗教异议者，为了取悦这位女末底改[1]，希金斯先生邀请普拉特小姐参加礼拜的宗教异议者牧师，与他和他的同伴保持良好关系，捐给教堂的穷人一大笔钱。这一切都白费功夫——普拉特小姐丝毫不为所动。希金斯先生也意识到了，不管他做出多大努力来吸引戴维斯先生，在另一面，总有一个人在秘密地影响着，把他的言行作着怀疑、猜忌、邪恶的解释。普拉特小姐，是一个矮小、平庸的老女人，靠一年八十英镑维持生活，是受人欢迎的希金斯先生的眼中刺，尽管她对他从不说不礼貌的话——实际上，她反而以一种生硬、客套的礼节对待他。

希金斯夫人的眼中刺——她的痛苦是：他们没有孩子！哎！瞧她站在那儿，多么羡慕别人有五六个孩子的忙碌生活啊。每当被人发现，她便渴望而又懊悔地深深叹一口气，然后继续往前走。不过，这倒还好。

大家都注意到，希金斯先生非常注重健康。他吃、喝、锻炼、休息，按照他自己的某些秘密的规则行事，偶尔他也会放纵一下自己，但只是在极少数情况下——例如，当他从南方收租回来的时候。因为巴福德方圆四十里都没有马车，他便像其他绅士一样，如果有马，他们宁愿骑马——这就消耗很大的体力——好像只有极力放纵自己才能得到补偿似的。镇上谣言四起，说是他回来后把自己封闭起来，纵情饮酒很多天。但是，没人被允许参加这种狂欢。

有一天——人们之后记得很清楚——猎犬在本镇不远处集合起来，在荒草丛生的一处灌木林里发现了狐狸。那个地方刚开始的时候是被几个较富裕的镇里人圈起来的，他们想给自己多盖几幢房子，比他们那时居住的还要多。他们之中，领头的是一个达金先生，他是巴福德的律师，所有郡上家庭的代理人。达金律师事务所办理附近的租约、婚姻协议、遗嘱等事务，已经有好几代历史。达金先生的父亲承担着为当地的

---

[1] 末底改是一位犹太人，他帮助以斯帖去对付宰相哈曼，拯救了整个民族。哈曼被处死后末底改被封为宰相。

地主收取租金的事务，正如达金先生以及他的儿子、儿子的儿子从那时以来所做的。他们的业务是世袭的产业，对于他们与乡绅之间缔结的关系，他们感到一种自豪的谦卑，其中还掺杂着一种古老的封建感情。他们深谙乡绅家族的秘密，关于他们的财产和产业，比乡绅自己都清楚。

在威尔伯里荒地，约翰·达金先生为自己建造了一座房子，他称它只是一个村舍。虽然只有两层高，但是绵远宽阔，还请来德比郡的工作人员装饰屋子，使它尽可能完善齐全。花园虽不太大，但是精致高雅，种植的都是一些罕见的品种。对这个拥有这么考究的地方的主人来说，在某种程度上，那天发生的事情是一种耻辱。那天，那只狐狸，跑了大约数英里的一大圈之后，躲进了这个花园里。一个绅士狩猎者，带着当时那个地方乡绅惯有的傲慢而又粗鲁的态度，践踏着天鹅绒般的草坪，鞭打着餐室的窗户，寻求同意——不！不是这样——更像是告知达金先生他们的意图——他们要全体进入花园把狐狸找出来。对这样的要求，达金先生却强颜顺从了。达金先生强迫自己以一种男性格丽泽尔达[1]的姿态对他们笑脸相迎，之后他又拿出家里所有的食物准备午餐，他很准确地猜到，对于追赶了六个小时的人来说，一顿家常便饭就非常满足。他毫不勉强地容忍了肮脏的靴子踏进他那精致而又干净的房间。当希金斯先生小心翼翼、带着好奇的眼光察看房间，吃力又无声地踮着脚尖来回踱步时，达金对此非常感激。

"达金，我要建一所你这样的房子。而且，我敢保证，没有比你这个房子再好的样板了。"

"啊！希金斯先生，我这个寒舍对您来说太小了。"达金先生回答道，然而，对于他的赞美之词还是轻轻搓着手，显得很高兴。

"绝对不小！绝对不小！让我看看。有餐室，有客厅。"他犹豫了一会儿，正如他所料，达金先生补上了空白。

"四个起居室和卧室。请允许我带您转一下。我得承认，这个房子的设计耗费了我很大的精力，虽然比您需要的小得多，但是，仍然可以给您一些启发。"

他们离开了正在吃饭的绅士们，后者嘴里盘子里满满都是食物，狐

---

[1] 意大利文艺复兴时期作家薄伽丘作品《十日谈》最后一个故事的女主人公，以耐心顺从著称。

狸味道盖过了火腿的味道。他们仔细查看了下层的所有房间。之后，达金先生说：

"如果您还不累，希金斯先生，如果您累了一定要阻止我。我们去楼上，我给您展示一下我的密室——这是我的个人爱好。"

达金先生的密室是中间那个房间，在门廊上面，形成了一个阳台，那里放满了精心挑选的盆花。里面有各种各样精致的装置，掩饰着达金先生的特定业务所需要的所有箱柜；虽然他的办公室在巴福德，但是他把贵重的东西都放在这里（是他自己告诉希金斯先生的），这里比办公室安全，那里每天夜里锁了门之后就没人了。但是希金斯先生狡黠地戳了他一下，提醒说，他自己的房子也并不很安全。巴福德狩猎的绅士们在那里午餐之后两周，达金先生牢固的箱子就在他楼上的密室里被盗了，窗户上安装着他自己发明的别人难以解开的弹簧栓，这个秘密只有他自己以及几个亲密的朋友知道，他曾自豪地向他们展示过。这个牢固的箱子里装有他为六个地主在圣诞节收来的租金（那时没有比德比郡更近的银行），这个低调富裕的达金先生只能通知他的经纪人停止购买佛兰德画家的作品，他需要钱来补偿失去的租金。

那时的多戈贝利和弗吉斯们[1]根本就没本事找到盗窃者或盗窃者们的任何线索。虽然抓到了几个流浪者，也把他们带到了顿欧弗先生和希金斯先生的面前，这两位先生是经常出席巴福德法庭的法官，但是却没有对他们不利的证据，过了两三天就把他们释放了。但是，希金斯先生一直开达金先生的玩笑，问他可否推荐一个安全的地方来保存财物，又或者，问他最近是否有更多的发明使家里免遭盗贼。

这件事过了大约两年之后——也就是希金斯先生结婚后的第七年——有一个周二的晚上，戴维斯先生坐在乔治酒馆的咖啡间里看报纸。他加入了一个绅士俱乐部，他们偶尔会在这里打惠斯特牌[2]，看看那时出版的为数不多的报纸和杂志，谈论德比市场和全国的物价。这是一个寒冷的星期二的夜晚，没几个人在房间里。戴维斯先生急切地想读完

---

[1] 多戈贝利（Dogberry）和弗吉斯（Verges）是莎士比亚剧作《无事生非》（*Much Ado About Nothing*，1599）中的两个愚蠢至极而又专横跋扈的地方治安官。
[2] 一种纸牌游戏。

《绅士杂志》上的一篇文章，实际上，他从中做了摘录，想进行答复，然而没钱购买一份，所以在俱乐部待到很晚。时间已经是九点多了，十点钟咖啡间就要关门了。但是，他正在写的时候，希金斯先生进来了。他冻得面色苍白而又憔悴。戴维斯先生独自拥有炉火好大一会儿了，他礼貌地移到一边，并且把房间里仅有的伦敦报纸让给了这个新来的人。希金斯先生接过报纸，说了几句天气的严寒。但是由于戴维斯先生正专心致志于他读的那篇文章以及想做的答复，没有立即回应他。希金斯先生把椅子拉近炉火，把脚放在壁炉的围栏上，弄出抖抖索索的声音。他把报纸放在靠近他桌子的一边，坐着那儿盯着炉火的灰烬，俯身朝着灰烬，好像骨髓里都侵入了寒气。终于，他说道：

"那报上没有关于巴斯谋杀案的报道吗？"戴维斯先生这时已经做完了笔记，正准备离开，听了这话马上停下来问道：

"巴斯发生谋杀案了吗？没有啊！我一点儿也没看到——谁被谋杀了？"

"啊！那是一件骇人听闻的谋杀案！"希金斯先生说，眼光没有从火上移开，一直盯着，直到眼圈泛白。"一起可怕、可怕的谋杀案啊！我真不知道那个谋杀犯会有什么样的下场？我想到了那个红彤彤的耀眼的火焰中心——看上去多么遥远啊，这遥远的距离把它放大成了十分可怕、不可遏制的东西。"

"亲爱的先生，您在发烧啊，一直在打颤呢！"戴维斯先生说，私下里猜想着，他的伙伴有发烧的症状，神志不清。

"没有！"希金斯先生说，"我没有发烧，是因为今晚太冷了。"然后，他跟戴维斯先生聊了一会儿《绅士杂志》上的那篇文章。因为他自己也喜欢读书，所以，他对戴维斯先生的追求比巴福德大多数人更感兴趣。最后，快到十点了，戴维斯先生起身要回家去了。

"别，戴维斯先生，别走啊。我想请您留步。我们可以来一瓶波尔特，让桑德斯高兴起来。我想跟您说说这桩谋杀案，"他继续说道，放低声音，哑着嗓子，"她是一个老妇人，当她靠着壁炉读《圣经》时，他杀了她！"他用一种奇怪的探寻的眼光望着戴维斯先生，似乎想从这个恐怖的想法中寻求点儿同情。

"亲爱的先生，您说的是谁呢？您一直说的谋杀案是什么啊？这里没人被谋杀啊。"

"没有,你这个傻瓜!我告诉过你,在巴斯!"希金斯先生发怒地说,接着又平静下来,变得很和顺。他们一起坐在火炉旁,他把手放在戴维斯先生的膝头上,温柔地挽留他,开始讲述他满心想着的罪行,但是他的声音和态度却压抑得如同石头般沉静。他根本不看戴维斯先生的脸。据戴维斯先生后来回忆,一次又一次地,他的手紧握起来,像夹紧的老虎钳。

"她和女仆住在一幢安安静静的老式街道上的小房子里。人们说她是一个善良的老妇人,虽然如此,她总是存钱,从来也不施舍给穷人。戴维斯先生,不施舍给穷人,这是非常邪恶的——邪恶的——邪恶的,是不是?我经常施舍给穷人,因为我曾经在《圣经》中读到过,'慈善的行为能遮掩许多罪孽',这个邪恶的老妇人从来不施舍,就是一味地存钱,不停地存啊,存啊。有人听说了这件事。我认为,是她在他的道路上布满了诱惑,上帝必将惩罚她。这个男人——或者说,这个女人,谁知道呢?这个人听说她上午要去教堂,她的女仆下午去。所以,当时女仆在教堂,屋里和街道都相当安静,冬夜降临之际,她正手捧着《圣经》在打瞌睡——这一点,你注意到没有!这是有罪的,上帝迟早会给她报应的——有人从黄昏中走上楼来,我提到的那个人站在了房间里。开始他——不!开始,当然只是假设,您明白的,这些只不过是猜测——假设他只是礼貌地让她把她的钱给他,或者告诉他钱在哪里。但是,这个老守财奴反抗他,既不求饶,也不交出钥匙,甚至在他威胁她的时候,两眼直盯着他,好像他是个婴儿——啊,上帝!戴维斯先生,当我还是个无知的孩童时,我曾经梦到过我也犯了同样的罪。我哭醒了,我母亲抚慰我——这就是我现在仍在发抖的原因——还有严寒,真的非常非常冷!"

"他真的杀了那个老妇人?"戴维斯先生问道,"请原谅,先生,我对您的故事很感兴趣。"

"对!他割断了她的喉咙。她还躺在她那安静的小客厅里,苍白、可怕的脸仰着,躺在血泊中。戴维斯先生,这种酒跟白水一样,我必须喝点儿白兰地!"

戴维斯先生非常惊恐,这个令他的伙伴十分着迷的故事同样也迷住了他。

"他们发现谋杀的线索了吗?"他问道。希金斯先生喝了半杯纯白兰地,然后说:

"没有!无论如何都没啥线索。他们永远也不会发现他的。而且,戴维斯先生,如果他最后对自己所犯下的罪恶后悔了,自我惩罚,我也不会感到惊奇——如果是这样,在末日审判时会不会宽恕他呢?"

"上帝才知道呢!"戴维斯先生郑重地说,"真是个可怕的故事啊,"他振作起来继续说道,"听完这个故事,我真不想离开这温暖、明亮的屋子,走进黑暗。可是我又不得不走,"他扣上大衣的纽扣——"我只想说,我希望而且相信,那个谋杀犯会被找到的,而且要把他绞死——如果您听从我的建议,希金斯先生,那您就将床暖好,最后再喝上一杯加糖浆的牛奶甜酒。还有,如果您愿意,我就把我给那位饱学之士的答复在刊登于《老城报》之前,先给您看看。"

第二天早上,戴维斯先生去拜访普拉特小姐。她身体不适,他以和蔼可亲、令人愉快的方式把昨天夜里听到的关于巴斯谋杀案的全部内容都讲给她听了。他真的编了一个相当连贯的故事,让普拉特小姐多留意那个老太太的命运——主要是因为她们的处境很相似:她也私下存钱,只有一个女仆,星期天下午独自留在家里,让她的女仆去教堂。

"这是什么时候发生的事?"她问道。

"我不知道希金斯先生是否说了哪天。我想,一定是星期天。"

"今天是星期三。坏消息传得真快!"

"是啊,希金斯先生以为这桩案子已经登载在伦敦报纸上了。"

"绝对不可能。希金斯先生从哪知道的?"

"我不知道,我没问。我想他是昨天刚回来的,有人说他是去南方收租的。"

普拉特小姐哼了一声。一提到希金斯先生的名字,她总是哼一声,发泄她的厌恶和怀疑。"好吧,我得有好几天见不到您了。贾德佛瑞德·默顿邀请我去跟他和他的姐妹待几天。我想,这对我也有好处。再说,"她补充道,"冬夜里——这些谋杀犯还在乡村逃窜——在紧急情况下只能向佩吉一个人求救,我不喜欢这样的生活。"

普拉特小姐去表哥默顿先生那里住了一段时间。他是一位活跃的地方法官，享有声誉。有一天，在收到一些信之后，他走进屋里。

"杰西，这些是关于你们那个小镇道德沦丧的评论，"他指着他手里的一封信说，"你们中间有一个杀人犯或许是他的朋友。上周末，巴斯有个老太太被割喉了。我收到了内政部的一封信，请求我在查找罪犯上给予'有效的帮助'，像他们常说的那样。那家伙当时好像很渴，而且很高兴，因为在干那件可怕的事情之前，他打开了那个老太太放在边上的一桶姜汁酒。他用一页信纸把塞子裹了起来，可以假设，信是他从口袋里拿出来的。后来人们找到了这封信的一页，外边只有这些字：'ns，乡绅，……福德，……沃斯，'有人很聪明地猜到是凯格沃斯附近的巴福德。我猜想，信纸的另一边暗指一匹马的名字，虽然这名字很奇怪，叫'支持教会和国王，打倒议会'。"

普拉特小姐立即注意到了这个名字。因为仅在几个月前，这个名字伤害了她作为一个异议者的感情，所以她记得很清楚。

"纳撒·赫恩先生有，或者说曾经有过（因为我好像是在证人席上，我必须注意时态）一匹马，叫这么个荒谬的名字。"

"纳撒·赫恩先生。"默顿先生重复了一下，记下了这个信息。随后，他又重新提起了内政部的那封信。

"还有一小片钥匙，在试图打开书桌时折断了——好吧，好吧，没什么重要情况了。我们必须依靠这封信来破案。"

"戴维斯先生说，希金斯先生告诉他——"普拉特小姐开始说。

"希金斯（Higgins）！"默顿先生惊叫道，"以字母 ns 结尾。是希金斯，就是那个跟纳撒·赫恩的妹妹私奔的无耻之徒吗？"

"对！"普拉特小姐说，"但是，虽然他从不是我所喜欢的人——"

"ns，"默顿先生重复着。"想想就可怕，狩猎者的一员——善良乡绅赫恩的女婿！在巴福德，还有谁的名字是以 ns 结尾的？"

"还有杰克森、黑金森、布伦金索普、戴维斯和琼斯[1]。表哥！有件事情让我感到很震惊——希金斯先生怎么会把周末下午才发生的事情在周二就全部告诉了戴维斯先生呢？"

---

1 杰克森（Jackson）、希金森（Higginson）以 n 结尾，布伦金索普（Blenkinsop）包含 ns，戴维斯（Davis）和琼斯（Jones）以 s 结尾。

没有必要再多说了。那些对拦路抢劫的盗贼感到好奇的人可能会发现，在年鉴中，希金斯的名字跟克劳德·杜瓦尔[1]的名字一样显眼。凯特·赫恩的丈夫在公路上"收租"，像当时其他的"绅士"一样。但是，在遭遇了一两次运气不佳的冒险之后，一听说巴斯老太太有数目不菲的存款，他便从抢劫变为了谋杀，一七七五年，他因谋杀罪在德比郡被处以绞刑。

他是个好丈夫。他可怜的妻子寄宿在德比郡，目的是为了能在最后时日接近他——他那可怕的最后时刻。除了她丈夫的牢房，她的老父亲也跟着她四处奔走，而且因为他曾促成她嫁给了一个自己并不太了解的人而不断地自我谴责，这令她心如刀绞。他把乡绅的头衔让给了他的儿子纳撒。纳撒非常富有，他无助的傻父亲对他已经毫无用处。然而，对于他那丧偶的女儿来说，这痴傻慈爱的老人是她的全部所有，是她的骑士，她的保护人，她的同伴——她最忠实、慈爱的伙伴。只是他永远拒绝做她的顾问——他悲哀地摇摇头说：

"哎！凯特，凯特！假如我是个足智多谋的人，我就能更好地为你出谋划策，你也不用逃到布鲁塞尔这里来，躲避着每一个英国人的眼光，好像他们知道你的隐私一样。"

不到一个月前，我还看到了白屋，它正等着出租。自从希金斯先生租过之后，这可能是第二十次出租了。但是巴福德一直流传着这样的传说：从前有个拦路抢劫的强盗在那里住过，他积攒了无数珍宝，而这些不义之财依然藏在无人知晓的某个隐蔽的房间里，但是没人知道在房子的哪个部位。

你们有谁愿意成为租户，努力找到那个神秘的小房间？我可以给任何一个申请者提供确切的地址。

（刘亚利　译　吴建国　校）

---

[1] 十七世纪在英国拦路抢劫的法国大盗。

可怜的克莱尔

第一章

　　一七四七年十二月十二日，我的生活不可思议地和一些奇怪的事件联系在了一起。事发之时，我和故事的主人公们并没有任何关系，我甚至都不知道他们的存在。我认为，大多年长的人都和我一样，更愿意以一种浓厚的兴趣和念念不忘的心境来回顾自己的职业历程，却并不过多在意这些事件本身。即使这些事件可能会引起大众更浓厚的兴趣，但是时隔不久便会在他们眼前烟消云散。如果这种情况普遍适用于大部分年长之人，那与我到底有多大的相似之处呢！如果我现在开始讲述与可怜的露西相关的灵异事件，那我就必须从回顾一些往事开始。初识她时，我只是了解其家史，不过，为了使大家清楚地知道这个故事，我必须按照事情发展的先后顺序、而不是我对事件认识的顺序来讲述。

　　兰开夏郡[1]的东北部有一块被称为博兰德谷的地方与克雷文地区相邻，其中有一座古老的大屋，斯塔基庄园。它更像是一座由一排排房屋围起来的城堡的主楼，体型庞大，呈灰白色，而不像是一座建造规整的大屋。我起初还以为这座房屋只是由其中央的高塔所构成的，因为当时苏格兰人正在向南发动可怕的突袭。斯图亚特王朝[2]建立之后，这些地方的财产更加安全了，于是当时，斯塔基家族建造了更多两层的低矮楼

1　英格兰西北部的一个郡，也是英国工业革命的发源地。
2　1371—1714年间统治苏格兰，1603—1714年间统治英格兰和苏格兰。

房，所有这些房屋都围绕着城堡的基底而建。在我所生活的年代，有一个大花园坐落在房屋附近的南山坡上；但在我初识这个地方时，农场上的这块果园是其仅有的一块耕地。麋鹿过去常常出现在从休息室的窗户旁可以看到的视线之内，如果它们没有那么野性和胆怯的话，我们就可以近距离观察了。斯塔基庄园本身就坐落在高地的阴影地带或者说半岛地区，在陡峻的山丘处突伸出来，形成了博兰德谷。从山脚至山顶，岩石遍布，暗淡荒凉；山丘的低凹处如同穿着一件由遒劲杂乱的矮树丛和绿色蕨类植物编织而成的衣裳，一片灰蒙蒙的广阔的原始森林像高塔一样耸立着，覆盖着该处的每一个角落，犹如幽灵般的白色树枝直指空中，仿佛在向上苍祈祷。他们告诉我说，这些树木是七国时代[1]遗留下来的一部分森林，后来甚至成了当地的地标物。及至枯萎垂老之时，树木上部裸露的枝干光秃秃的，枯死的老树皮早已剥落。

　　房屋的不远处有少许村舍，显然和城堡建于同一时代，可能是为斯塔基家族的随从所建造的，好让他们、他们的家人以及他们的少量牛羊能够在封建领主的土地上有一席生存之地。有一些村舍已经逐渐衰败。它们的建造方式十分奇特：每隔一段看似必不可少的距离，将坚实的木柱牢固地夯入地下，另一端则固定、连接到一块儿，形成圆形货车的形状——宛如尖头的、形状巨大的吉卜赛帐篷。将泥土、石头、柳条、垃圾、砂浆等填充在木柱之间的空隙中，用来挡风遮雨。那些破陋的住宅的中心处用于生火，屋顶上的孔就构成了唯一的烟囱。世上再没有比苏格兰高地小屋或爱尔兰小屋更加简陋的建筑了。

　　在本世纪初，这处房产的主人是帕特里克·伯恩·斯塔基先生。他家是忠实的罗马天主教徒，坚持旧时的信仰，认为和新教徒的后代结婚是一种罪恶，无论他或她是否愿意接受天主教的信仰。帕特里克·斯塔基先生的父亲曾经是詹姆士二世[2]的追随者，而且，在灾难性的爱尔兰运动中，他与一位美丽的爱尔兰少女伯恩小姐坠入爱河，她对宗教的痴迷决不亚于斯塔基对斯图亚特王朝的忠诚。他逃往法国之后，又重返爱

1　指公元五世纪到九世纪，居住在英格兰的盎格鲁－撒克逊部落的非正式联盟，由肯特、萨塞克斯、威塞克斯、埃塞克斯、诺森布里亚、东盎格利亚和麦西亚七个小王国组成。

2　詹姆士二世（1633—1701，1685—1688年在位），最后一位天主教的英国国王，后来在与议会斗争的"光荣革命"中被剥夺王位。

尔兰，与伯恩小姐结婚，并将她带到了位于圣日耳曼的教廷。詹姆士国王流亡期间，这位生活毫无规律的乡绅陪伴在其左右，他认为某些特许权已经伤害了其貌美的妻子，这让他很反感。因此，他愤然离开了圣日耳曼，来到安特卫普，并在几年后秘密返回斯塔基庄园。有一些兰开夏郡的邻居们为他提供帮助，以抑制他对权力的渴求。他自始至终是一个坚定不渝的天主教徒，而且是一个忠实的斯图亚特王朝和君权神授观[1]的拥护者，然而他的宗教信仰的核心却是禁欲主义[2]——他在圣日耳曼时密切接触的那些人的行为，是很难通过思想坚定的道德家的审查的。所以，在得不到尊重的时候，他会拥护并真诚地尊重那些品德高尚、为人正直的人，尽管他仍认为那些人是篡位者。威廉国王[3]的政府无须担心这样一个人。因此，正如我所言，他带着一颗纯洁的心灵，贫困潦倒地回到了他的祖屋，而随着主人从朝臣到士兵再到流放者的身份变化，他的祖屋也令人悲哀地沦为一片废墟。通往博兰德谷的小路仅仅只能通过马车，事实上，从鹿园前往这幢房屋的道路两旁都是耕田。夫人——乡村农夫们过去常常如此称呼斯塔基夫人——骑在丈夫身后的马鞍上，用手轻轻抓着他骑马用的皮带抱紧他。小主人（就是后来的乡绅帕特里克·伯恩·斯塔基）在仆人的帮助下骑着小马。有一位中年妇女迈着坚实有力的脚步，走在拉着许多行李的马车旁。一位美丽耀眼的女孩坐在高高垛起的一摞摞邮件和箱子上，在最上面的行李箱上休憩，随着马车在深秋泥泞的道路上摇晃，她也淡然地来回摇摆。女孩身穿安特卫普的罗缎，头戴西班牙斗篷，其外表装束显得很怪异。多年后，有一位老农向我描述过此般景象，所有乡下人都把她当作一个外国人。男孩和他们的狗结伴而行。他们静静地一路走来，目光暗淡、表情严肃地注视着那些从散落的村舍走出来、向这位货真价实的乡绅鞠躬行礼的人，只听他们说道："终于回来了。"人们惊奇地注视着这支小队伍，被外来语的声音所打动，有几个外语单词在他们当中传开。有一个正在凝眸观望的小

---

[1] 封建君主专制制度的一种政治理论，认为国王的权力是上帝授予的，具有天然的合理性，国王代表上帝在人间行使权力，管理人民。
[2] 在西方中世纪的基督教教义中，禁欲主义是一种要求人们严格遵守宗教生活、节制肉体欲望的道德理论。
[3] 指威廉三世国王（1650—1702，1688—1702 年在位），在英国光荣革命之后，他和玛丽二世共同加冕成为英国国王。

伙子被乡绅叫去马车周围帮忙，并且陪同他们一直来到庄园。他说，那位女士从后座下来时，我之前描述过的那位别人骑马而自己步行的中年妇女快步走向前去，搀扶着斯塔基夫人（身体瘦小而纤细）的胳膊，抱着她越过门槛，然后把她安顿在她丈夫的房间内，与此同时，嘴里还在诉说着激情而古怪的祝福话语。乡绅站在一旁，先是开怀大笑，但是听到祝福之语时，他脱下皮帽，低着头。戴着黑色斗篷的女孩走进漆黑大厅的阴影处，亲了一下夫人的手。那个小伙子回来时，把他所知道的一切都告诉了聚集在他身旁的村民们，这些人急切地想打听到所有的事情，想知道乡绅究竟支付了多少酬劳给他。

据我所知，乡绅归来之时，庄园极度荒废。坚固的灰蒙蒙的墙壁还是那么坚实，完好无损，然而内部的房间已经被挪作他用。大客厅已经改成了谷仓，织锦室用来堆放羊毛了，如此等等。但是，随着时间的推移，东西都被清理掉了。尽管乡绅没钱购买新家具，但他和妻子都有充分利用旧家具的窍门。他绝不是低劣的工匠，而她不论做什么事情，都有一种优雅之美，而且能把她的优雅之美传递给她所接触的所有东西。此外，他们还从欧洲大陆购置了许多奇珍异宝，也许我应该这么说，这些东西——雕刻、十字架和精美的油画——在英格兰可谓凤毛麟角。博兰德谷木材丰富，炽盛的炉火在所有黑漆漆的古屋里舞动闪烁，形成了如家一般温馨舒适的景象。

为什么要告诉大家这些呢？我和这位乡绅以及斯塔基夫人并无任何瓜葛，然而我深深思念着他们，弄得我好像不愿谈及如今与我的生活离奇地交织在一起的这些活生生的人似的。夫人在爱尔兰一直是由将其抱在怀里的那个女人照料的，夫人也希望她陪伴自己到她丈夫在兰开夏郡的居所来。在短暂的婚姻生活之外，这个女人布丽姬特·菲茨杰拉德从未离开过她的孩子。她嫁给了一个地位更高的男人，但婚姻并不幸福。丈夫去世后，她的生活变得比丈夫初次见到她时还要穷困潦倒。她只有一个孩子，就是坐在载满家具的马车上的那个靓丽的女孩，这些家具是运往庄园的。她守寡时，斯塔基夫人再次把她纳入帐下。她带着自己的所有财产和女儿跟随着女主人。她们先后在圣日耳曼和安特卫普住过，现在来到了兰开夏郡的女主人家。布丽姬特一到那里，乡绅就给了她一套属于她自己的屋子，而且还精心为她装饰房间，比做自己家以外的其他任何事情都要尽心。这屋子只在名义上是她的住所,她经常住在庄园内的大房子里。事实上,丛林中有一条小路从她家直通主人家。女儿玛丽按照她自己的想法随意地从一处房子搬到另一处房子。夫人非常喜爱这位母亲和她的女儿。她们深深影响着她,并通过她影响到了她的丈夫。无论布丽姬特或玛丽想做什么,肯定都会得到准许。虽然富于野性和激情,但她们本质上是有雅量的。只是,她们不受其他人的喜欢,其他仆人都害怕她们,私下里觉得她们好像是这个家庭的统治之魂。乡绅已经失去了涉足世俗事务的兴趣,夫人温顺、柔情并且容易屈服。夫妻俩深爱着对方和他们的儿子,但他们越来越规避因为决定一些事情而招致的麻烦,因此,布丽姬特才能实行如此专断的权力。但是,如果说其他人都屈服于她心灵的魔力,她的女儿却会经常对抗她。她和母亲太过相似,以至无法达成一致意见。她们之间有疯狂的争吵,还有更加令人匪夷所思的和解。争吵正酣之时,她们都可能会刺伤对方。一直以来,她们两个人,尤其是布丽姬特,可能会情愿为对方奉献自己的生命。布丽姬特爱女之深,是她女儿无法知晓的,否则,我应该这样认为,玛丽决不会再像以前那样厌倦回家,她祈求女主人为她在海外争取一些条件,好像在期待挣脱少女的海洋,而那里有更加欢快的大陆生活,她最欢快的年华应该在这些场景中度过。她和青年人的想法一样,自己是母亲唯一的孩子,离开母亲的两三年,只不过是生命中小小的一部分,生命仍会继续前行。布丽姬特却不这么想,却因为太过自大而没有表达出自己的想法。她的孩子希望离开自己,可是为什么她非要离开不可呢?人们说布丽姬特在这两个月中老了十岁,因为她以为玛丽想离她而去。而实际上,玛丽只是想离开这个地方一段时间,寻求一些改变,如果能够带着母亲一块走,她会非常感激的。事实上,斯塔基夫人已经将情况告知了国外的某位贵夫人,离开的日子渐行渐近,玛丽泪如泉涌,深情地拥抱着母亲,发誓永不离开她。布丽姬特最终还是松开了女儿的胳膊,擦干泪水,告诉女儿要遵守诺言,并勇往直前,去开拓一片广阔的世界。玛丽离开时,大声哭泣,不停地回头探望。布丽姬特静寂得犹如死去一般,几乎听不见她的呼吸,她闭上了冷酷无情的眼睛。最后,她回到自己的家里,举起一把沉重的旧长椅朝门砸去。她一动不动地坐在已经熄灭的火堆灰烬旁,对夫人的甜言蜜语充耳不闻,好像祈求离开这里去照料女儿。她对一切充耳不闻,冷酷无情,呆若木鸡,足足坐了二十多个小时,直到夫人三顾茅庐,带着一只西班牙小猎犬从大房子穿过铺满雪的小路过来。那是玛丽在大厅内饲养的宠物,它一整晚不停地寻找消失的女主人,在她身后不停地发出呜呜声。夫人眼含泪花讲述了这件事,透过紧闭的大门,她看到女仆脸上一如昨日般痛苦而又僵硬的表情。她怀里的小狗在寒冷的天气里不断打着冷颤,开始发出悲悯的哭泣声。布丽姬特振作起来,来回走动着,倾听着外面的声音。她以为那段长长的哀怨声是小狗为她的女儿发出的,她拒绝照料女主人,却得到了玛丽一直疼爱的那只不会言语的小可爱。她打开门,从夫人怀里接过了这条小狗。夫人随后进了屋,亲吻并安慰她,但她没有在意她,或者说,她什么事都不在意了。年轻貌美的夫人除了带着小主人帕特里克去大厅取暖和进餐之外,一整夜都未离开布丽姬特。次日,乡绅亲自过来,带来一幅景色幽美的异国画作——《圣心圣母图》,天主教徒是这么称呼的。这是一幅圣母玛丽亚的画像,万箭穿心,每一支箭代表着她深重的哀痛。我第一次见到布丽姬特之时,这幅画就悬挂在她的房间里,现在这幅画归我了。

若干年过去了,玛丽仍在国外,布丽姬特依然镇定而严厉,不再活跃,不再富有激情。这只米尼翁小狗已然成了她的宠儿。即使在多数人看来她非常沉静,但我却听说,她时常与它言语。乡绅和夫人尽其所能照料着她,关心着她。在他们看来,她和以前一样尽心尽责,忠诚可靠。玛丽经常写信给她,似乎非常满意自己的生活。但后来信件来往中断了,我无法确定究竟是在这之前还是之后,沉重的、令人哀伤的灾祸降临在斯塔基家。乡绅身患重病,夫人照料时受到感染,不幸去世了。可以肯定,是布丽姬特自己亲自照顾夫人的,而不是其他女佣。年轻貌美的夫人轻轻垂下了头,垂落在出生时把她接入怀中的布丽姬特的胳膊上,气息消失。乡绅勉强痊愈了,但不再那么健硕,再也没心情笑脸常开了。他比以前更为频繁地禁食祈祷,人们说他打算放弃财产继承权,带着所有财产在国外修建一座修道院,他祈盼着小乡绅帕特里克有朝一日在那里会成为受人尊敬的神父。但是,由于天主教徒受到严格的约束,受到继承权和法律方面的束缚,他不能这么做。因此,他只能委托与他具有相同信仰的绅士作为儿子的监护人,划拨出大量经费,趁他年少之时教会他做人的道理，也在地产管理上花费了不少金钱。当然，他也没有忘记布丽姬特。临终时，他躺在病床上，派人召唤她过来，问她是需要一笔现金，还是为她存留一小笔养老金。她立即回答说，她想要一笔现金，因为她想到了女儿，想把这笔钱留给女儿，而养老金会随着她的离去而消失的。乡绅给她留下了一套房屋和一笔不菲的金钱。随后，乡绅便怀着一颗毅然决然、视死如归之心离开了人世。我估计，古往今来的随便哪一位绅士都会像他这样离开这个世界的。监护人带走了年幼的小乡绅，留下孤苦伶仃的布丽姬特。

我之前说过，她已经有一段时间没有收到玛丽的来信了。后者在最后一封信中谈到了与女主人一同旅行的情景，女主人是国外某个位高权重的官员的英国妻子；还谈到了自己很有可能会成就一段美好姻缘，却并没有提及那位男士的名字，因为她想保留这个秘密，作为送给母亲的一个惊喜。后来我了解到，其地位和财富比她所期望的要优越得多。随之而来的是长时间的杳无音信，夫人和先生却都先后离开了人世。布丽姬特内心满是焦虑，她不知道向谁才能打听到女儿的下落。她不会写字，都是靠乡绅帮忙来保持她们之间的沟通交流。她徒步去了赫斯特，在那里找到了一位在安特卫普时就认识的好心牧师，让他帮忙写信，但却一直没收到回信。那情景就像对着令人惊惧、万籁俱寂的夜空呼喊一样毫无回应。

有一天，早已习惯于目睹布丽姬特出出进进的邻居们却没看见她。她从不和他们有任何交往，但是看见她的身影已经成为他们日常生活的一部分。日子一天天过去了，房门依然紧闭，窗户里没有任何灯光或火光，他们心中渐渐感到疑惑起来。终于有人前来敲了敲门，才发现房门紧锁。两三个人凑在一起，才敢透过空空的百叶窗向里窥望。但是最后，他们还是鼓足了勇气仔细观察，这才发现，布丽姬特不是因为意外事件或死亡从他们狭小的世界里消失的，而是预先设想好的。那些小件家具都打好包装在箱子里，不会受时间和潮气的影响。《圣心圣母图》被摘了下来，不知去向。总而言之，布丽姬特远走他乡了，至于去往何处，她没有留下任何蛛丝马迹。后来人们才知道，她和可爱的小狗踏上了寻找女儿的漫漫长途。即使有途径找人代写信或寄送信件，因为不会读书识字，她也不大有信件往来。但是她笃信自己那份对女儿的强烈爱意，坚信母爱的本性会帮助她寻找到女儿。此外，异国旅途对她来说也并不新奇，她的法语足够她向别人说明自己的旅途目的；由于具有信仰上的优势，她成为很多遥远的、热情好客的慈善女修道院欢迎的对象。但是斯塔基庄园附近的乡下人对此却一无所知。他们以一种麻痹、懒惰的姿态来猜测她到底有什么样的遭遇，不久便彻底不再想她。几年过去了，庄园和庭院一片荒芜。小乡绅生活在遥远的地方，受监护人的教导。客厅里的羊毛和玉米都坏掉了。乡里人经常讨论的无聊话题是，是否应该破门闯入老布丽姬特的房子，免得里面遗留的东西生锈和蛀虫，否则这肯定会带来令人悲痛的灾难。但是，一想起她那刚毅的性格和火爆的脾气，他们心头的火苗顿时被浇灭了。关于她傲慢的精神和强烈的意志力的传言早已在人群中传播开来，一想到碰触她的物件、家什就会冒犯她，他们就会有一种恐惧感——人们相信，无论生死，她都会报复的。

　　她突然回来了，就如同她先前离开时一样悄无声息，毫无预兆。有一天，有人忽然注意到有一道蓝色的薄烟从她家的烟囱里袅袅升起。中午时分，阳光照进敞开的大门。几个小时之前，有人看见一位历经长期旅途、满脸带着疲惫和哀愁的老妇正在把水罐浸入井中汲水，并且还说，有一双深黑、庄重的眼睛在朝他打量，极有可能就是布丽姬特·菲茨杰拉德的那双眼睛。如果真是她的眼睛，那么她肯定经受了地狱火焰般的烤炼，犹如一只棕色的、受到惊吓的凶猛野兽。渐渐地，很多人都看到了她，那些与她目光对视的人都会小心翼翼地躲着，免得再被她发现。她养成了自言自语的习惯，自问自答，根据角色的变化更换音调。难怪敢于晚上在她家门外偷听的人坚信，她是在和幽灵谈话。总之，她不知不觉地为自己揽上了女巫的坏名声。

　　那只可爱的小狗陪伴她走遍了大半个欧洲大陆，是她唯一的伴侣，也是对过去快乐时光的无声纪念。有一次，小狗病了，她抱着它走了三英里多路，并且向人咨询康复的方法。这个人是上一个乡绅的马夫，因治疗动物的各种疑难杂症技艺高超而远近闻名。不知道他用了什么灵丹妙药，这只小狗居然痊愈了，他们听见了她的感谢之词，中间夹杂着祝福（与其说是祈祷，倒不如说是许诺他会获得好运）。第二年，他的好运得到了应验：母羊成双成对，牧场的青草也变得郁郁葱葱。

一七一一年,小乡绅的一位监护人菲利普·坦皮斯特先生认为,自己良好的射击技术必须在他监管的土地上才能得到施展,因此,他带着四五个绅士朋友在庄园的大厅待了一两周。人们传言,他们在这里喝酒喧嚣,过得相当逍遥。我只听过其中一个人的名字——吉斯伯恩乡绅,他差不多已经到了中年的岁数,大多数时间待在国外。我认为他认识菲利普·坦皮斯特先生,因为他曾经服务于后者。在那个时代,他勇敢风流,心粗胆大,宁可陷入争吵也不愿解脱出来。他脾气暴躁,无论是人还是牲畜,他都不会饶恕。不过,了解他的人常说,他心地善良,滴酒不沾,不发脾气。我刚开始了解他时,他已发生了翻天覆地的变化。

有一日,乡绅们都出去狩猎,但据我所知,大家所获甚少;不管怎么样,吉斯伯恩先生反正是空手而归的,因此他想来点恶作剧。在回家的路上,他把枪上膛了,看上去就像一个冒险家一样,正当他准备离开布丽姬特房屋附近的树林时,小狗米尼翁跑了过来,正巧穿过他走的路。一部分是因为放纵的本性,一部分是因为要将懊恼的情绪发泄到某个活物身上,吉斯伯恩先生端起枪,开了火,但愿他没开那一枪,而这一枪正好击中了米尼翁小狗。听到小狗的哀嚎声,布丽姬特从屋内走了出来,一眼就看到了发生的一切。她把小狗搂在怀里,认真查看着它的伤口。可怜的小狗眼睛明亮地望着她,拼尽全力摇着尾巴,舔舔主人的手,而那只手上却沾满了血。吉斯伯恩先生用一种带着懊怒的忏悔语气说:

"你不该让你的小狗挡我的路。小淘气鬼。"

就在此时,米尼翁,她失去的女儿玛丽的小狗,陪伴她走过多年痛苦岁月的宠物,伸展四肢,在她的怀里慢慢僵硬起来。她径直走向吉斯伯恩先生,用她那灰暗、可怕的眼神注视着他那很不情愿、满含愠怒的脸。

"那些带给我伤害的人永不会兴旺发达的,"她说,"我在这个世界上,既孤独,又无助,天堂的圣人们会更多地倾听我的祈祷。倾听我的祈祷,你们[1](圣人)请保佑我们!倾听我的祈祷,将悲伤和痛苦降临到这个既凶狠、又残忍的人身上吧。他杀害了世上唯一爱我的动物——我

---

[1] 此处原文 ye 是英语古体词,是"你们""汝等"的意思,多用于诗歌或宗教中,用于加强情感。

真爱的这个无声的小动物。圣人啊,请为此将悲伤和痛苦降临到他身上吧!他看到我孤身一人,而且十分贫穷,就认为我孤立无助,但是,难道像我这样的人就得不到上天的支持吗?"

"来,来,"他带着一些懊悔,但是并没有一丝害怕,说,"给你[1]一克朗[2],再去买一条狗吧。拿着,别再诅咒啦!我丝毫不在乎你的威胁。"

"你不害怕吗?"她向前走了一步说道,诅咒的哭泣变成了低声的哭泣,令吉斯伯恩先生身后的随从猎场看守人毛骨悚然。

"你应该活着看到你最喜爱的生物,它只爱你一个人。唉!即便它是人的生物,但它如同我那死去的可怜的女儿那般纯真、令人喜爱,你应该看看这个生物,因为它的鲜血使我们感到恐惧和厌恶,它的死亡令我们十分伤心。啊,神圣的上天呀,倾听我的祈祷吧,不要让无助的人失望!"

由于手上沾满可怜的米尼翁小狗的涓涓血滴,她猛然扬起右手时只见血花飞绽,有一两滴鲜血飞溅在希斯伯恩先生的猎装上——对那些随从来说,这可是一个不吉的凶兆。但主人只是尴尬地笑了笑,那是勉强装出来的、不屑一顾的哈哈一笑,随后便继续朝大厅走去。然而,他还没等到进屋,就拿出了一块金币,吩咐那个小男孩在他回到村子之时转交给老妇人。多年之后,他告诉了我这件事,说他当时"十分害怕"。他来到了房屋前,徘徊良久,就是不敢进屋。最后,他透过窗户向里看去,透过时而闪烁的火光,他看见布丽姬特俯身跪在《圣心圣母图》画前,小狗的尸体躺在她和圣母画像之间。她正在发疯般地祈祷,从她张开的双臂可以看出。那少年更是倍感恐惧,畏畏缩缩地溜开了,他聊以自慰的是,他把那块金币塞进了破旧不堪的门缝底下。第二天,这块金币被丢在粪堆处,即使一直放在那里,也没有人敢去动它。

与此同时,吉斯伯恩先生既想刨根究底,然而心里又有些忐忑不安,打算向菲利普先生打听布丽姬特是何许人也,以减轻内心的不安。菲利普先生只能简单描述她,因为他之前并不认识她。但是,斯塔基家族的一位老仆人,在这种情形下恢复了大厅仆人的身份。以前他就是一

---

[1] 此处原文 thee 是英语古体词,是古英语 thou 的宾格,是 "你" 的意思,多用于诗歌或宗教中。
[2] 旧时英国的货币单位,1 克朗相当于 5 先令。

个恶棍,在布丽姬特风生水起的日子里她不止一次帮助过他,使他免于被解雇,他说:

"她会成为阁下所指的老巫婆。她需要加以躲避,假如世上真有一种女人需要躲避的话,这个人就是布丽姬特·菲茨杰拉德。"

"菲茨杰拉德!"两位绅士立即异口同声地说。但是菲利普先生率先继续说道:

"我肯定不会说要躲避她的话,迪肯。为什么呢,她肯定是可怜的斯塔基家族恳求我照顾的那个女人。我上次来的时候,她离开了这里,没有人知道她的去向。我明天要去见她。您不要介意,老兄,如果有人伤害她,或者再说她是个女巫,我家里有一群猎狗,它们能找到那个爱撒谎的骗子的气味,能找到那个狡诈之人。所以,说到要躲避你那已去世主人忠诚的老仆,你可要小心了。"

"她是不是有一个女儿?"过了一会,吉斯伯恩先生问道。

"我不知道——对!我想起来了,她是有一个女儿,类似于斯塔基夫人的侍女。"

"请你们尊重她,"谦卑的迪恩说,"布丽姬特夫人确实有一个女儿,仕女玛丽,到国外之后杳无音信,村民们说,是这件事把她的母亲逼疯了。"

吉斯伯恩先生用手遮住了自己的双眼。

"我真希望她没有诅咒我,"他喃喃自语道,"她有着常人没有的魔力。"过了一会儿,他大声说,没人能准确理解他的意思,"呸!不可能!"他要了瓶红葡萄酒,然后同其他几位一起开怀畅饮起来。

第二章

现在是该将我本人与书中所描写的人物联系在一起的时候了。为了让你们了解我是怎么跟他们搅和在一起的,我必须先简单介绍一下自己。我的父亲是德文郡一位中产阶层绅士的小儿子,我最年长的伯父继承了先辈的庄园,我的二叔成了伦敦有名的律师,而我的父亲却做了牧师。同大部分贫穷的牧师一样,我父亲有一个很大的家庭,因此,当我在伦敦的单身伯父提出要照顾我,并培养我成为他商业上的继承人时,毫无疑问,我十分高兴。

就这样,我来到了伦敦,居住在我伯父的家里,这里距格雷律师学院[1]不太远,他拿我当亲生儿子一样对待和尊重,与他在办公室一同工作。我非常喜欢这位老绅士。他是很多大法官的代理人,虽精通法律,但他尽可能多了解人性和法律,这才达到了今日的地位。他过去常说,他的事业是法律,他的兴趣是纹章学[2]。他熟知家族史,而且深谙其中所包含的种种悲惨的人生历程。在闲暇时间,听他讲述在人生道路中偶然发现的一些盾形纹章的故事,几乎同看戏或听浪漫的传奇故事一样有趣。许多根据家谱而产生的有争议的财产案件都交由他来处理,因为他是这方面的权威。如果前来向他咨询的是一位年轻律师,他会分文不取,只给他不厌其烦地大讲一通纹章学的重要性;如果是一位成熟的、拥有良好声誉的律师,他会狠狠敲他一笔,事后还会冲我说他坏话,说此人忽视了律师职业中极其重要的一部分。他的房子位于新建的、庄严宏伟的奥蒙德大街上,室内有着一个漂亮的图书室,但是所有书籍都是关于过去的实务,并没有任何对未来的计划或展望。部分是出于要照顾在家的家人,部分是因为我的伯父确实教导我要享受他乐于从事的这种实践,我只好不停地连续工作。我怀疑我工作得过于卖力。不管怎么说,反正在一七一八年那年,我的身体状况并不太好,我那好心的伯父对我病歪歪的样子深感不安。

有一天,他两次摁响门铃,走进位于格雷律师学院小巷深处昏暗办公区的律师事务所。这是在传唤我,于是,我便走进了他的私人办公室,当时里面正好有一位绅士在场——此人很面熟,是一位爱尔兰律师,名气虽响,却名不副实——他正准备离开了。

伯父慢吞吞地搓着双手,在思考着什么。我在那里足足等了两三分钟之后,他才开口讲话。过了一会儿,他吩咐我当天下午必须整理好旅行箱,当晚就动身,要乘驿马赶往维斯切斯特。如果顺利,我应该在五天的旅程结束时抵达那里。然后,我必须等待一个小包裹到达之后,再

---

1 英国四所律师学院之一,负责向英格兰和威尔士的大律师授予执业认可资格。
2 西方一门研究纹章的设计与应用的学问。

继续赶往都柏林。到了那儿之后,我必须继续赶路,前往某个名叫基尔杜恩的小镇。在那个小镇上,我必须小住一段时日,在那儿作一番调查,事关一个家族的年轻后裔究竟是否存在,该家族一些价值不菲的地产已经由女方继承。我见过的那位爱尔兰律师已经被这个案件搞得身心俱疲,焦头烂额,他不想再大费周折,愿意爽快地将财产让给那位突然冒出来索要财产的男人。他把案情的来龙去脉摆在伯父面前,伯父也早就预料到可能会有很多要优先考虑的财产主张人,那位律师祈求伯父来接管整个案件。倘若还年轻的话,伯父巴不得能亲自去爱尔兰一趟,挖掘出有关该家族的每一片纸屑,从而获得有关这个家族的每一句传闻。但他毕竟年纪大了,又身患痛风症,这才委托我前往爱尔兰。

于是,我便遵嘱去了基尔杜恩镇。在某种意义上,对于追溯家族系谱,我和我的这位伯父拥有相同的兴趣。我一到现场很快就发现,如果那位爱尔兰律师鲁尼先生发表他自己的观点,认为这些财产应该让给第一主张人,这会使得他自己和此人都陷入困境。该案中有三个穷苦的爱尔兰人,他们每个人都与上述那位财产所有人有较亲近的血缘关系。但我大胆推测,在上一代人中,肯定有一位亲缘关系更近的人,此人却并未被计算在内,其踪迹也未被律师们发现,直到我循着蛛丝马迹从这个家族年长族人的记忆中查找到了他的存在。他后来怎么样了?我来回奔波,继而又长途跋涉来到法国,再次回来时,我找到了一丝线索,追查到此结束。此人天性狂野、放浪形骸,留下了一个孩子,是一个儿子,然而品行比其父亲更糟糕。这个休·菲茨杰拉德先前和伯恩斯家族的一位非常漂亮的女仆结了婚——虽然是一个世袭等级比他低得多的女子,但是品格却比他好。婚后不久,他便离开了人世,留下了一个孩子,到底是男孩还是女孩,我就不得而知了。孩子的母亲回到了伯恩斯家族继续生活。如今,这个家族的首领就在贝里克公爵的军团里就职,我很长时间没收到他的回信,还是在一年多前,我收到过一封口气傲慢、内容简短的信。我猜,作为一名士兵,他蔑视我这样的普通公民;作为一个爱尔兰人,他憎恨我这样的英国人;作为一名流亡的詹姆斯二世的党徒,他嫉妒那些在他视为篡权的政府下安安静静地过着繁荣生活的人。"布丽姬特·菲茨杰拉德,"他说,"一直以来忠于他的姐姐,并在斯塔基夫人考虑回归她丈夫的故乡时随她来到英格兰。她的姐姐和姐夫都已过世，对于其近况，他也一无所知，也许他外甥的监护人——菲利普·坦皮斯特先生会提供一些消息。"我并没有援引那些为数不多的轻蔑的字眼，也无意研究这位服役者在信中传达弦外之音的方式，因为所有这些与我要讲述的故事无关。菲利普先生告诉我说，他定期支付养老金给居住在考德霍尔姆（斯塔克庄园附近的村庄）的菲茨杰拉德女士。他也不清楚她是否有后代。

三月里一个阴冷的夜晚，我看到了本故事开头所描述的那些地方。我几乎听不懂当地人指出老布丽姬特家房屋方位时所用的那些粗俗方言。

"你看看那边的街道。"话说得没头没脑，我一头雾水，只能借着远处那个大厅的窗户里亮着的灯光去辨认方向，那个大厅里待着一个担任管家的农民。此时是下午四点二十分或者五点二十分，那位乡绅正在享受他的豪华出游呢。不管怎么说吧，反正我最后总算找到布丽姬特家的小屋了——那是一个低矮的苔藓茂密的去处，曾经环绕着小屋的木栅栏如今已残破不全、昔日不再了。树林中的矮小灌木已经爬上了墙头，使得窗内光线昏暗。此时大约在七点钟——在我这个伦敦人看来，时间还不算晚——没想到，我敲了好大一会儿门，却无人应答，我只能猜测，房子的主人已经上床就寝了。于是，我只好快快独行，往回走了三英里，来到我先前曾见过的离这儿最近的那座教堂，因为我估计在教堂附近那一带肯定能找到一家小客栈。第二天一清早，我就动身返回考德霍尔姆了，我是抄田间小路走过去的，因为店主向我保证说，那是一条比我昨晚来的那条路更近的捷径。这是一个天寒地冻、寒风凛冽的早晨，我的脚在覆盖着严霜的亮晶晶的地面上留下了许多足迹。尽管如此，我还是遇见了一个老妇人，我本能地觉得，她就是我要寻找的对象，她就藏身在我所走的这条路的一侧。我放慢脚步，注视着她。她芳华正茂之时，身材一定远远高于中等个头，因为我第一眼见到她时，她刚好从弯腰的姿势直起身来。从她那腰板笔直的形体上可以看出，她身姿姣好，而且气度不凡。一两分钟后，她又俯下身子，好像在寻找什么东西，低垂着头离开了我凝眸注视她的那个地点，随后便从我的视野中消失了。如今想来，我当时大概是迷路了，尽管店主给我指明了道路，但我还是在原地转圈，因为当我到达布丽姬特的小屋时，她已经在家里了，一点儿也不像急匆匆赶回来的样子,也不见有丝毫慌张不安的迹象。门虚掩着,我敲了敲门,那气宇轩昂的身姿立即出现在我面前,静静地等待我说明此行的目的。她的牙齿全掉光了,因此鼻子和下巴颏挨得很近,灰白色的双眉笔直,几乎遮住了她那深邃、凹陷的双眼,一头浓密的白发银光闪闪地披散在她那低垂、宽阔、布满皱纹的额头上。一时间,我竟愣愣地站在那儿,不知该如何遣词造句来应对她那默默的不言自威的诘问。

"我想,您就是布丽姬特·菲茨杰拉德吧?"

她微微颔首默认了。

"我有话想和您说。我可以进屋来吗?我可不愿一直让您站着。"

"你不要来烦我。"她说。起初,她似乎想把我拒之门外,不愿让我走进她那简陋的栖身之地。但是,没过一会儿——她那双眼睛在片刻间就看透了我内心深处的灵魂——她领我走进屋内,随手撩起了她那影影绰绰、如同斗篷般的灰白色的头发,这头白发起先遮住了她的部分面容。小屋内十分简陋,几乎没有任何陈设。但是,在我之前提到的那幅圣母玛利亚的画像前却端端正正地摆放着一只装满新鲜报春花的小杯子。见她对着圣母玛利亚虔诚地顶礼膜拜时,我心里顿时便明白她外出在遮天蔽日的树林里那一块块郁郁葱葱的草地上搜寻的原因了。过了一会儿,她转过身来,请我坐下。她脸上的表情,我一直在仔细观察,还算不错,并没有我想象的那么糟糕——昨晚那个店主向我讲述了一些关于她的故事。那是一张桀骜不驯、威严冷峻、激情似火、百折不挠的脸,由于内心痛苦时常孤自哭泣,才变得如此皱纹密布、伤痕累累;但那绝不是一张狡猾的面孔,也不是心地歹毒之人的面孔。

"我就是布丽姬特·菲茨杰拉德。"她终于打开了话匣子。

"您的丈夫是不是休·菲茨杰拉德,诺克马洪人,居住在爱尔兰的基尔杜恩镇附近?"

她那阴沉的眼睛中露出了一丝淡淡的光芒。

"是的。"

"我想问问,您和他有孩子吗?"

她眼中的光芒陡然闪烁,变得红润起来。我能看得出,她有话要说。不料,她的嗓子似乎堵住了,竟哽咽起来,她通常根本就不愿在一

个陌生人面前说话,除非等到她能够心平气和地开口。过了大约一两分钟左右,她说:

"我有过一个女儿——名叫玛丽·菲茨杰拉德的女儿,"随后,她那母亲的天性战胜了她那坚强的意志,她失声恸哭起来,哭得浑身直打颤,"啊,天哪!她怎么样了?她到底怎么样了?"

她从座位上站起身来,跑过来一把抓住我的胳膊,直视我的眼睛。我估计,她能看出,我对她女儿的情况全然不知,因为随后她又一脸茫然地回到她的座椅上,坐在那儿左右摇晃,轻声呻吟,仿佛丝毫没有意识到我的存在。我不敢开口与这位孤苦伶仃、令人敬畏的老妇人说话。过了一小会儿,她跪拜在《圣心圣母》画像前,口中念念有词,说着一连串新奇古怪、饱含诗意的祈祷词:

"啊,木槿花[1]!啊,大卫塔[2]!啊,海洋之星[3]!难道你们对我这颗悲伤的心就没有任何慰藉吗?我是否应该永远抱着希望?至少给予我的全都是绝望啊!"——她如此这般滔滔不绝地说着,全然不顾有我在场。她的祈祷变得越来越肆无忌惮,在我看来,似乎已经接近疯癫,甚至滑向了亵渎神灵的地步。我几乎情不自禁地开口说话了,仿佛想去阻止她。

"您有什么理由认为您的女儿已经死了呢?"

她从地上爬起来,走向我,站在我面前。

"玛丽·菲茨杰拉德已经死了,"她说,"我永远也见不到她活着的样子了。尽管从没有谁告诉过我,但是我知道,她已经死了。我多么渴望能看见她呀,我内心的意念既很坚强,又很害怕:假如她已经成了另一个世界的漂泊者,我的意念早就吸引她到我身边来了。我时常感到很纳闷,我的意念至今也没能吸引她走出坟墓,让她走过来站在我面前,听我告诉她,我是多么地爱她。因为,我们骨肉分离,阴阳两隔。"

除了律师所调查的那些干巴巴的细枝末节之外,我对此事一无所知,但我不由自主地同情这位孤寂落寞、无人问津的女人。她那双饱含

---

1 一种生命力顽强的花,象征着历尽磨难而矢志弥坚的性格。
2 始建于公元前两世纪,起初是为了加强耶路撒冷老城的战略薄弱点,后经历多次摧毁和重建。
3 一种深蓝色的透明钻石。据说,它不仅蓝得美丽,而且散发出一股凶恶的光芒,总是给主人带来难以抗拒的厄运。

渴望的眼睛一定也看得出我对她不同寻常的同情。

"是的,先生,我们的确如此。她根本不知道我是多么爱她,我们就骨肉分离了。我对我自己都感到害怕,因为我心里巴不得她的旅途不是那么一帆风顺,我的意思只是——啊,圣母玛利亚!你要知道,我这样做只是希望她能尽快回家,回到她母亲的怀抱来,就像回到这世上最快乐的地方一样。但是我的这些愿望却变得十分可怕——它们的能量超出了我的想象——假如我的话给玛丽带来了伤害,那我就没有任何希望了。"

"但是,"我说,"你并不清楚她是否已经死亡了。即便现在,你仍然希望她也许还活着。听我说。"我用一种最枯燥无味的方式,将已经告诉过你们的故事讲给她听了,因为我想重新唤起她清醒的意识。我几乎可以确信,在她的青春岁月里,她一定很有头脑,我还努力让她把注意力集中在故事的细节上,想以此来抑制她由于过度悲痛而造成的糊里糊涂的疯癫状态。

她全神贯注地听着,时不时还提出一些观点来说服我,使我相信,在孤独和神秘的悲伤中,无论机会有多渺茫,我都不应该以普通的智力来应对它们。接着,她便讲述起她自己的故事。她用非常简短的话语,向我谈起了她在国外四处流浪、寻找女儿的经历。她有时跟在军队后面,有时在军营里,有时在城里,结果却一无所获。收到玛丽最后一封来信之后不久,玛丽侍奉的那位贵妇便去世了。那位贵妇的丈夫,那个外国军官,曾经在匈牙利军中服过役,虽然布丽姬特一直在追踪他,却为时已晚,已经找不到他了。她听到了不少含糊其辞的传言,说玛丽已经举行了一场规模盛大的婚礼,对女儿结婚与否的怀疑进一步加重了她心中的刺痛——女儿嫁人有了新的姓氏之后,做母亲的是否就不能再亲近自己的孩子了,甚至都不能天天听孩子说话了。然而她却从未认识到,她那时对女儿冠上了新的夫姓就丢掉以前姓氏的做法有多讨厌。久而久之,这种念头便占据了她的大脑:玛丽有可能一直以来就住在英格兰,在兰开夏郡,在博兰德谷,在考德霍尔姆小镇上的家里。于是,布丽姬特怀着这种渺茫的愿望回家来了,回到她凄凉的壁炉边,回到她空荡荡的小屋里。她总觉得,家里才是最安全、最该守着的地方。假如玛丽还活着,她肯定会到这里来找妈妈的。

我记下了布丽姬特所讲述的内容中我认为会对我有用的一两点细节。因为她的讲述使我很振奋,促使我另辟蹊径,以一种非比寻常的方式去进一步探索。这件事似乎在我脑海中留下了深刻的印迹,我必须踏上布丽姬特已经放下的寻亲之旅。在此之前,并没有任何原因影响到我(比如伯父对这个案件的担忧,我自己作为一名律师的名声等等),但是,就在那天早晨,有某种奇异的力量控制了我的意志,推动我朝着既定的方向前进。

"我要走了,"我说,"我会不遗余力地去寻找的。相信我。我会了解到应该能了解到的一切。你应该知道,金钱,或者痛苦,或者机智,都可用来挖掘真相。说实话,她也许早已与世长辞,但是她也许有一个孩子。"

"有一个孩子!"她哭道,仿佛这个念头是第一次在她脑海中冒出来的,"听见他的话了吧,圣母玛丽亚!他刚才说,她也许有一个孩子留在人间。不管是醒来还是睡着,我都一直这么虔诚地向您祈祷,祈求您给个指示,可是您却从来没有告诉过我!"

"别这样,"我说,"我只知道您告诉我的这些。是您说的,您听说过她结婚的消息。"

但是她并没有留意我说的话。她在欣喜若狂地向圣母玛丽亚祈祷,似乎全然意识不到还有我在场。

我从考德霍尔姆出发,直接去了菲利普·坦皮斯特爵士家。这位外国军官的妻子也就是玛丽侍奉的那位贵妇是他父亲的一个表妹,我想,或许可以从他那里获悉一些具体情况,譬如,可以了解拉图尔·德·奥弗涅伯爵[1]是否存在,去哪里可以找到他。因为我知道,那些口头上直接回答的问题,有助于唤起模糊不清的回忆。我拿定主意,要不失时机,免得日后麻烦。岂料,菲利普先生去了国外,要等一阵子才会有答复。于是,我听从了伯父的忠告,我之前向他提起过,这次调查已经弄得我身心俱疲了。他随即让我赶往哈罗盖特,在那里等候菲利普先生的答复。我应该住在考德霍尔姆,或附近某个去处,住地应当与我要展开

---

[1] 拉图尔·德·奥弗涅伯爵(1611年9月11日—1675年7月27日),法国贵族,元帅。生于色当的拉图尔·德·奥弗涅家族,父为胡格诺派领导人之一的布永公爵亨利,母为荷兰执政威廉·范·奥伦治之女。

调查的那些地方密切相关，距离菲利普·坦皮斯特家也不宜过远，他也许会突然回来，我还要向他讨教更多的问题呢。总之，伯父嘱我暂时别挂念业务上的事情。

这事说起来容易，做起来难。我亲眼看见过一阵大风把一个寻常百姓家的孩子刮走的事，因为他既没有力气稳稳地站着不动，也没有力气去抵抗暴风雨的力量。鉴于我的精神状态，我或多或少也处在这种尴尬的境地中。似乎有某种无法抗拒的东西在鞭策着我继续思考下去，要去试遍每一条可以尝试的途径，以寻找机会实现我的目标。我在外行走时，根本没在看那广袤的荒野；手里拿着一本书，看着书中的话语，但其意思却没法钻入脑海中。如果我睡着了，脑子里惦记的还是这些想法，这些想法总是朝着同一方向涌动。这种状况不能再持续下去了，不然会对我的身体造成不良影响。虽然我身患疾病，受到病痛折磨，但对我来说，这也不啻为一种积极的解脱，因为病痛迫使我生活在当前的苦楚之中，而不是沉浸在之前那没完没了的不切实际的调查之中。慈爱的伯父过来照料我了。度过迫在眼前的危险期之后，我的生活似乎在甜蜜的懒洋洋的状态中悄然逝去了两三个月。我非常害怕再次陷入那思绪万千的状态，因而没有询问我发给菲利普爵士的那封信是否收到了回复。我立即将所有心思从这件事上转移开来。伯父陪伴着我直到将近仲夏，然后便返回伦敦去料理自己的事务了，留下了我这个尽管还不够强壮、但已完全康复的人。我必须在两周后回伦敦去见他。鉴于当时的情况，就像他说的那样，"我们有一些信件要研究，还有不少事情要讨论。"我明白这寥寥数语暗含的意思，于是便释然了，他是在暗示我要从过去的思路中解脱出来，这与我第一次生病的感受密切相关。不管怎么说，我还有两周或更多的时间，可以徜徉在约克郡充满活力的荒野上。

在从前那些岁月里，哈罗盖特有一家布局不太规整的大客栈，离那个闻名遐迩的药泉很近。但是，由于游客络绎不绝地涌来此地，客栈如今已经显得规模太小，无法满足游客的住宿需求了，很多游客只好在周围这一带寻找住处，投宿在该地区的农家房舍里。此时离旅游旺季还很早，于是，我便把这客栈当成了自己的家。的确，那种感觉很像一个去人家家里做客的人，在我那次大病期间，房东和女房东与我的关系居然变得那样亲密无间。仅仅因为我在荒野里逗留过久而回来得太晚，或者耽误了很长时间没来吃饭，女房东便会训斥我，犹如妈妈对待孩子一样。而房东则会和我讨论优质葡萄酒和普通葡萄酒的区别，还教了我很多如何识别约克郡马匹的小常识。我外出散步时，经常会遇到其他陌生人。甚至在伯父还没有离开我的时候，我就怀着略有些迟钝的好奇心，留意观察过一位模样美得惊人的年轻女子，她不管走到哪儿，身边总跟着一位年长的女伴——虽说不太像一位上流阶层的淑女，但她的神态似乎迷住了我，使我对她很有好感。每当有什么人靠近她，这位年轻女子总是放下面纱。也不过只有一两次吧，我在小路的急弯处意外碰见了她，有幸瞥了一眼她的脸庞。我没有把握说那是不是一张花容月貌的脸庞，尽管后来我渐渐开始相信这一点。但是她当时的脸庞上始终笼罩着一层忧伤的阴云，苍白、文静、心如止水，那是一种经受着强烈痛苦的人才有的表情。这位美女难以遏制地深深吸引着我——不是出于爱，而是出于无限的同情，对一个如此年轻，却如此绝望，如此不开心的少女的同情。那个女伴的脸上好像也是同样的表情：文静、忧郁、绝望、逆来顺受。我向房东打听她们是什么人，他说，人们叫她们克拉克，而且希望人家把她们看作母女。不过，就他而言，他不相信那是她们的真名，也不相信她们之间是母女关系。她们在哈罗盖特附近待过一段时间，寄居在一处偏远的农舍里。那里的人们对她们的情况守口如瓶，一点儿都不肯透漏，只说她们支付房租时出手很大方，而且从来也没有做过任何伤天害理的事情，因此，他们凭什么要谈论那些莫须有的稀奇古怪的事情呢？正如房东狡黠地观察到的那样，这种现象就已表明，其中必有什么非同寻常之处。他听说，那位年长的女子是那个农夫的表妹，她们就寄宿在他家里，所以，他们的这层关系也许有助于他们保守秘密。

"那么，他认为她们隐居在此、与世隔绝的原因是什么呢？"我问道。

"不，他是不会说的——他才不肯说呢。他听说，那个年轻女子，虽然外表看上去很文静，有时却会搞一些稀奇古怪的恶作剧。"等我问起更具体的细节时，他却摇摇头，怎么也不肯说了，让我吃不准他究竟是否真知道什么，因为他总的说来还算一个非常健谈、善于交际的人。

由于缺少其他的乐趣，伯父走了之后，我便决定去观察这两个人。我怀着莫名其妙的迷恋之情徘徊在她们经常散步的地方，竭力想接近她们，即便如此频繁地遇见我已经引起她们明显的反感，我的这种情感也丝毫没有减退。有一天，我撞上了突如其来、唾手可得的好运，因为她们受到了一头公牛的攻击，被吓得不轻。在那些开放式的牧区里，这是一起特别危险的偶发事件。我还有其他更为重要的事情要讲述，不能只讲这起意外事件，尽管这起事件给我带来了出手解救她们的良机——完全可以这样说，这次事件是我与她们相识的开端。这一点她们倒是很不情愿地默认了，而我则是迫不及待地要付诸行动了。我至今也说不清我那强烈的好奇心是什么时候转变为爱情的，不过，伯父离开还不到十天，我就深深迷恋上了露西小姐，她那位形影不离的伙伴就是这么叫她的；后者小心翼翼地——这一点我记得很清楚——回避一切称呼，仿佛她俩在身份上是平等的。我还注意到，克拉克夫人，就是那位年长的妇人，起初还很矜持，不愿让我过多地关注她们，后来，她的反感烟消云散了，看到我对这个年轻姑娘恋恋不舍的样子，反而感到高兴起来。这似乎减轻了她处处都放心不下的沉重负担，而且她显然也很喜欢我常去她们落脚的那个农家寒舍做客。但是露西却不这样想。尽管她满面愁容，郁郁寡欢，而且总是羞怯地躲着我，但我从未见过像她这样妩媚动人的女子。我顿时感到心里有底了：无论造成她悲伤的原因是什么，都不是她本人的过错。要想把她拉进交谈中很难。不过，有时候，有那么一小会儿，我哄着她加入到谈话中来时，我看得出，她脸上流露着一种罕见的睿智。她抬起眼来望着我时，温情脉脉的灰色眼眸里透着庄重、信任的神情。我挖空心思，编造出各种借口去她那里。我采撷野花送给露西，为露西安排散步的线路。每到夜里，我便仰望上苍，满怀希望地祈盼着某个美轮美奂的仙女会给我名正言顺的理由，让我说动克拉克夫人和露西来观赏这片原野，观赏头顶上方这片蔚为壮观的苍穹。

在我看来，露西似乎意识到了我对她的爱，不过，出于一些我无法猜测的动机，她也许会断然拒绝我。但是，没过多久，我就再次看出，或者异想天开地看出，她心里还是喜欢我的，但是思想斗争也很激烈，有时候（我这么深情地爱着她），我真想恳求她别跟自己过不去，即使以我一生的快乐为代价，我也在所不惜。因为她的面容变得越来越苍白,悲伤使她变得越来越绝望,她窈窕的身段也变得越来越羸弱了。在此期间,我应该承认,我给伯父写过信,恳请他允许我延长在哈罗盖特的停留时间,却没有说明任何理由。几天后,我收到了他的回信,愿意同意我的请求,只是嘱咐我要照顾好自己,在天气炎热的这段时间里不要太过劳累。这就是他对我的疼爱。

在一个闷热的夜晚,我慢慢走近农场。她们客厅的窗户敞开着,走到屋子的拐角处时,我忽然听见了说话声,因为我刚好路过第一扇窗户(她们一楼的小房间有两扇窗户)。我清清楚楚地看见了露西。可是,等我敲门时——她们的房门向来都虚掩着——露西却不知去向了,我只看见了克拉克夫人,在忙着遮掩摊放在桌上的那些物件,一副神色慌张、手足无措的样子。我本能地感觉到,一场具有重要意义的谈话马上就要开始了,在这场谈话中,我必须说出我频频来此拜访的目的。我很庆幸能有此机会。伯父已经旁敲侧击地说过好几次了,如果有可能,要我高高兴兴地把一个年轻貌美的妻子带回家来,为奥蒙德大街上的那座老宅增光添彩。他富甲一方,我将继承他的家业,他已经——就我所知——为一个这么年轻的律师奠定了相当好的名声。因此,在我这一方,我看是没有任何障碍的。事实上,露西一直披着神秘的面纱,她的姓氏(我相信,肯定不是克拉克)、出生、父母,以及她先前的生活,我都一无所知。但是我相信,她是一个心地善良、纯真可爱的人,尽管从她那悲痛、忧郁的样子看,她肯定有什么难以诉说的苦楚。然而,无论发生什么事情,我都愿为她承受,为她分忧。

克拉克夫人开口了,仿佛直奔主题对她来说是一种解脱。

"先生,我们认为——至少我认为——你对我们还不太了解,我们对你也不太了解,真的。既然了解不够,那就不宜太过亲近。先生,请你原谅,"她神情紧张地接着说,"我是一个说话爱直来直去的女人,我也不想说任何粗鲁的话。但是,我必须直言不讳地把话说出来,我——我们——认为,你还是不要这么三番五次地过来看我们为好。她现在还涉世未深,毫无防人之心,再说——"

"亲爱的夫人,我为什么不能过来看你们呢?"我急切问道,能有此机会向她们说明来意,我感到很庆幸,"我来,是我自己的事,因为我已经弄明白了,我爱露西小姐,也希望能说服她,让她爱我。"

克拉克夫人摇摇头，叹息了一声。

"别这样，先生——既不要爱上她，也不要为了你那神圣的誓言，就跑来说服她，让她也爱你！如果我出面干涉得太晚，你已经爱上了她，那就忘了她吧，忘了最近这几个星期所发生的一切吧。啊！我当初根本就不该同意你过来！"她继续情绪激动地说，"可是，我又能怎么办？除了万能的上帝，所有人都嫌弃我们，甚至连上帝都默许那令人不可思议的邪恶势力来折磨我们——我能有什么办法！何处才是安身之地啊？"她悲苦地绞着双手，接着她转过身来对我说："先生，走吧！快走吧，趁你还没有过于放不下她。我这说话也为你好——算我求你了！你一直对我们很友好，也很善良，我们会永远怀着感激之心想念你的。但是，请你马上离开这里，千万别再回来，别走上我们这条要命的路！"

"没错，夫人，"我说，"我不会再干这种事了。你这样要求也是为我好。我向来无所畏惧，我也没抱任何奢望，只是想多听听，仅此而已。要不是为了答谢露西小姐的纯真和善良，要不是因为看到——请原谅我这么说，夫人——你们这两位孤苦伶仃的女人，也不知是出于什么原因，总是沉浸在某种让人难以理解的悲伤和愁苦之中，我也不可能在最近这两个星期里这么频繁地跟她相见。且听我说，虽然我自己并没有多大权势，但是我有朋友，这些人很有智慧，心地也很善良，可以说，他们是有权有势的人。跟我说说具体情况吧。你们为什么总是沉浸在悲痛之中？你们有什么不可告人的秘密？你们为什么到这儿来？我郑重声明，你无论说什么都吓不倒我，不会让我放弃要成为露西的丈夫的愿望。我也不会知难而退，相反，作为一个志向远大的人，我只会知难而进。你说你无依无靠，那你为什么把一个真诚的朋友拒之门外呢？我来向你介绍一些人的情况吧，你可以给他们写信，他们会回答关于我的品格和前途的任何问题。我从不回避任何调查。"

她又摇了摇头。"先生，您还是赶紧走吧。你对我们的处境一无所知。"

"我知道你们的名字，"我说，"再说，我已经听你遮遮掩掩地提到过那个地方了，你们就是从那儿来的，我恰好也知道那个地方，那是一个荒凉、偏僻的地方。生活在那里的人很少，如果我有意去那儿，我可以轻而易举地查清你们的所有情况。不过，我更愿意听你自己说。"你瞧，我想用激将法让她把确切情况告诉我呢。

"先生，你并不知道我们的真实姓名。"她急忙说。

"好吧，我大概已经推测出不少情况了。但是，你还是告诉我吧，算我求你了。我愿意信守诺言，遵守我对露西小姐说过的话，跟我说说你信不过我的理由吧。"

"啊，我该怎么办？"她大声喊道，"难道我真要把一位真正的朋友赶走吗，就像他所说的？——留下吧！"她总算作出了一个出乎意料的决定，"有些事情我会告诉你的，但是我不能把一切都告诉你，你大概也不会相信的。不过，也许吧，我可以让你死了这个心，免得你再没完没了、毫无希望地来纠缠。我不是露西的母亲。"

"我果然没猜错，"我说，"接着说吧。"

"我甚至不知道她到底是她父亲的亲生孩子，还是他的私生子。但是，他现在竟冷酷无情地跟她反目成仇了。她母亲去世得早。也不知是出于什么可怕的原因，常年陪伴在身边的人，除了我，就再没有其他人了。她——也不过才两年前吧——在父亲家里还是一个那么备受宠爱的宝贝，一个人见人爱的掌上明珠！唉，先生，有一个不解之谜跟她有牵连，随时都有可能出事，到时候，你说不定也会像其他那些人一样离开她的。而且，下次再听到她的名字，你会讨厌她的。其他那些人，那些爱她比你更久的人，以前就是这样干的。我可怜的孩子啊，无论是上帝，还是男人，对她都没有怜悯之心——或许，毫无疑问，她会死的！"

这位好心肠的妇人哽咽得说不下去了。我承认，她最后那几句话着实让我有点儿吃惊。无论如何，我要确切地弄清，一个如此单纯、如此贞洁的人，露西看上去就是这样的人，她身上到底有什么不可告人的污点。惟其如此，我才不会抛弃她。于是，我就如实说了这番心里话。她是这样回答我的——

"先生，你得知了她的身世之后，就像你已经认识了她一样，要是你胆敢对我的孩子动歪心思，你这个人就不是一个好男人。可是是因为一直沉浸在无法自拔的哀伤之中，我才变得这么愚蠢，这么无能为力的，我也巴不得能找到一个像你这样真心的朋友。我由衷地相信，尽管你也许不会再把她当作你的心上人了,但还是会同情我们的。也许凭你的门路,你可以告诉我们去哪儿寻求帮助。"

"我恳请你告诉我,这到底是一个什么样的谜。"我大叫起来,这个悬念简直快把我逼疯了。

"我不能说,"她说,态度十分庄重,"我发过毒誓,要严守这个秘密。如果以后有人告诉了你,那个人一定是她自己。"她离开了房间。我依然留在屋里,心事重重地揣摩着这不可思议的会晤。我机械地翻阅着为数不多的那几本书,两眼却对什么都视而不见,一心只在仔细检查露西频频出现在这个房间时留下的证物。

晚上回家后,我回想着说起过的所有这些琐事,揣摩着这些琐事怎么会牵涉到一颗纯洁、温柔的心灵和一个无辜的生命。克拉克夫人来了,她一直在伤心地哭泣。

"是的,"她说,"这正是我担心的。她非常爱你,情愿冒着这可怕的风险,把她的身世全都告诉你——她也承认,这只不过是一次希望渺茫的缘分。但是,如果你对她还抱有同情心,你的同情心就是一剂良药。明天吧,你上午十点过来。还有,既然你是怀着同情来的,在痛苦的一个小时里,如果你对这个饱受悲苦折磨的人感到恐惧或厌恶的话,请务必强压下来,不要有丝毫流露。"

我淡淡一笑。"我向来无所畏惧,"我说。简直是无稽之谈嘛,怎么会想到我会对露西感到讨厌呢。

"她父亲从前很爱她,"她说,口气十分严肃,"可是,他后来却把她当作畸形怪物赶出了家门。"

就在这时,花园里传来一阵银铃般的笑声。那是露西的声音,乍听上去,她好像就站在敞开着的窗扉的另一侧。仿佛突然受了另外某个人的言语或举动的挑逗,她忍俊不禁,那欢愉的笑声继而发展为近乎得意忘形的大笑。我也说不清是什么原因,反正我感到这声音很刺耳,难听得让我无法形容。她知道我们谈话的主题,至少也应该觉察到,她的朋友正处于焦虑不安的状态中。她本人向来都那么娴雅,那么文静嘛。我直起身来,想走到窗前去看看,满足一下我那出于本能的好奇心,查清究竟是什么逗引得她突然发出这不合时宜的纵情大笑的。但是克拉克夫人把她全身的重量和力气都运用到了手上,一把按住了我,没让我站起来。

"看在上帝的份上！"她急得脸色煞白，浑身发抖，"坐着别动，别出声。唉！耐心点儿吧。明天你就知道一切了。离开我们吧，因为我们已都被折磨得苦不堪言了。不要再千方百计地打听我们的情况啦。"

笑声再次响起——尽管听上去那样悦耳，然而与我的内心却是那样不和谐。克拉克夫人牢牢地按着我——越按越紧，如果不使出浑身力气作剧烈的挣扎，我是不可能站起身来的。虽然背对窗户坐着，但我感到有一个影子在温煦的阳光和我之间来回晃动，随后，一阵奇怪的颤栗流遍了我的全身。过了一两分钟之后，她才松开了我。

"走吧，"她又重复了一遍，"务必保持警惕，我再提醒你一次。我认为，你千方百计要寻找的那些信息，你恐怕承受不了。假如我自己有方法，露西就绝不会这样受委屈，绝不会答应把一切都告诉你。谁知道这么做会引起什么样的后果呢？"

"我想了解一切，这个愿望是坚定不移的。明天早晨十点我会来的，到那时，我希望能见到露西小姐本人。"

我转身离开。我承认，我心里已经对克拉克夫人是否心智健全产生了怀疑。

我满脑子想着的都是如何揣摩出克拉克夫人那些欲盖弥彰的暗示所包含的意义，还有露西小姐那莫名其妙的笑声所勾起的令人不快的思绪。我几乎难以入睡。我很早就起床了，早在我们约定的时间之前，我就踏上了公共绿地上的那条小路，朝她们临时居住的那户农舍走去。我估计，露西这一夜过得未必就比我好，因为她也在那儿，款步轻移，来回走动着。她两眼低垂，整个神态都极其圣洁，极其纯真。我走近她时，她吓了一跳，等我提醒她我们约好的见面时间时，她的脸色变得更加苍白，颇不耐烦地说起了一些无关痛痒的事情。因为再次见到了她，她的形象在我脑海中又重新鲜活起来。一切莫名其妙、令人恐惧的暗示，还有那轻佻的嬉笑声，统统都被我抛在了脑后。我的心酝酿着激情如火的话语，我巧舌如簧地把这些话说了出来。她聆听着，脸上的红晕时而泛起，时而消退。可是，等我讲完这番激情澎湃的话语时，她抬起她那温柔的眼睛望着我，接着说——

"可是，你心里明白，你还需要进一步加深对我的了解。我只想说到这个程度。我不会小看你，不会认为你不好，我的意思是——等你知道了一切，你也离我而去了，那可怎么办？别说话！"她说，仿佛担心又引起一大通疯话来。"听我说嘛。我父亲是一个大富豪。我从不知道我母亲是谁，她一定在我年幼的时候就去世了。等我开始记事时，我就住在一幢规模巨大、死气沉沉的豪宅里，跟我那至亲至爱、忠厚老实的克拉克夫人生活在一起。我父亲甚至都不住在那里，他从前是——现在也是——一名军人，常年在国外履职。但他也时不时地回来，每回来一次，我都觉得，他对我的爱会更深一层。他给了我许多从外国带回来的奇珍异宝，现在，在我看来，这些稀世珍宝足可证明，在他离开家的日子里，他一定非常想念我。如今，我可以坐下来，以这些奇珍异宝为标准，衡量那失去的父爱有多深。那时候，我从没想过他是不是爱我，那种爱是多么自然啊，就像我日常呼吸的空气那样。然而，即便那时候，他也是一个脾气暴躁的人，但他从不对我发脾气。他还非常鲁莽。而且，有那么一两次吧，我听见用人们在窃窃私语，说他就要大难临头了，还说他自己也知道，于是他就以放浪不羁的行为来麻痹自己，有时甚至还酗酒。所以，我是在那座宏伟壮观的大宅中长大的，在那个死气沉沉的地方。我周围的每一样东西好像都任我随意支配，我觉得每个人都很爱我，我肯定也爱他们。直到大约两年前——当时的情景，我至今都历历在目——我父亲回到英格兰，回到我们身边来了。对我和我的所作所为，他似乎非常满意，感到很自豪。后来，有一天，他因为酗酒，没有管住嘴巴，便告诉了我许多我那时候还不知道的事情——他多么爱我母亲，然而他的任性却造成了她的亡故。随后，他又说起了他是多么爱我，比这世上任何人都爱我，他多么希望有朝一日能带我去国外游玩，因为他难以忍受长期跟自己的独生女天各一方。接着，他好像突然间就翻脸了，换了一种奇怪、狂暴的方式说话，说我不会相信他这番话，说他还有许多更喜欢的东西——他的战马、他的小狗——如此等等。

"就在第二天早晨，我走进他的房间向他请安。这是我早已养成的习惯，没想到，迎接我的却是劈头盖脸的破口大骂。'我凭什么，'他这样诘问我，'我凭什么要对你这么任性的恶作剧感到高兴——在花坛娇嫩的植物上跳舞，把那些名贵的荷兰球茎花卉全都踩坏了，不知道那些是我从荷兰带回来的?'那天,我整个上午都没出家门啊,先生,我想不通他到底是什么意思,于是,我就实话实说了。紧跟着,他臭骂了我一顿,说我是个骗子,还骂我不是他的亲骨肉,因为他看见我在玩这些恶作剧——是他亲眼看见的。我能说什么呢?他不肯听我辩解,我甚至都流眼泪了。没想到,我的眼泪好像更加激怒了他。那一天是我莫大悲伤的开端。没过多久,他又指责我缺乏教养——根本成不了上流社会的淑女——居然跟他的马夫们混得很熟。他说,我总爱在马厩里玩耍,在那种地方有说有笑。现在倒好,先生,我好像变成一个天生胆小怕事的人了,我总是一看见马就怕得要命。除此之外,还有我父亲的那些用人——那些人都是我父亲自己从国外带回来的——都是些狂放不羁之徒,我总是躲着他们,而且从不跟他们说话,只有在迫不得已的情况下,我才会以一个淑女的身份去吩咐他们。然而,我父亲还是用脏话骂我,我压根儿就不明白那些脏话是什么意思,但是,我的下意识告诉我,那些脏话,对任何一个贤淑端庄的女人来说,都是极大的侮辱。于是,从那天开始,他变得处处都看我不顺眼了。不仅如此,先生,没几个星期之后,他提着一根马鞭走进屋来,进门就厉声指责我,说我干了许多坏事——对于这些坏事,我知道的并不比你多啊,先生。他狠下心来要打我,而我呢,已经吓得完全不知所措,泪水涟涟,做好了挨打的准备,把父亲的鞭打当作天大的慈爱,这总比他那些更加难听的脏话要好受多了。没想到,他扬起的手臂突然间在半空中停了下来,他喘着粗气,浑身直摇晃,大吼了一声,'作孽啊——作孽!'我惊恐地抬起头来。在对面那个大镜子里,我看见了我自己;然而,在我右后方,竟还有一个面容邪恶、令人恐惧的我。那个我与真实的我像极了,我的灵魂似乎在我体内颤抖,仿佛全然不知这两个一模一样的躯体哪个才是真正的我。我父亲在同一瞬间也看到了我的翻版,无论这个形象是怎么一回事,它只有两种可能,要么是令人胆寒的现实,要么是镜子所折射出的、几乎同样令人恐怖的影像。但是,那一刻究竟发生了什么,我至今也说不清,因为我突然晕过去了。苏醒过来时,我躺在自己的床上,我那忠厚老实的克拉克夫人陪在我身边。一连数日,我都躺在床上。即使我躺在那里,我的那个翻版还是被很多人看到,大家看见她在屋子周围和各处花园里脚步轻快地跑来跑去,总是在捣乱、搞恶作剧,或者搞一些令人厌恶的名堂。难怪大家都心怀恐惧,怕见我呢。这起令家族蒙羞的事件起因在我,久而久之,当事态发展到令我父亲感到忍无可忍的地步时,他终于狠心把我赶出了家门。克拉克夫人陪我来了。在这里,我们努力过着一种诚惶诚恐、每日祷告的生活,祈盼着有朝一日能脱离苦海,重见天日。"

她在一刻不停地讲述的时候,我心里一直在思量着她的故事。迄今为止,我始终把有关巫术的案例当作是迷信,撇在一边。我和伯父不止一次地就此争论过,他总爱借用他的好友马修·黑尔爵士[1]的观点来支持他自己的观点。然而,这个故事听上去却像是一则有人被施了魔法的故事,或者,难道这仅仅只是极端与世隔绝的生活对一个生性敏感的姑娘的精神状态所产生的影响?我心中的怀疑让我更倾向于后者,因此,她稍一停顿下来,我就说:

"依我看,医师也许可以让你父亲幡然醒悟,消除他对幻觉深信不疑的谬误——"

就在这一瞬间,由于我就站在她对面,沐浴在喷薄而出、无限美好的晨曦中,我忽然看到,她背后另有一个隐约可见的人影——相貌如翻版般与她极其相似,甚至连身段、容貌、服饰上细微得让人难以察觉的地方,都完全一模一样。然而,从那双灰色眼眸中透出的眼神却可以让人看出,她怀着令人厌恶的恶魔的灵魂,那双眼睛时而在讥讽地嘲笑,时而在妖媚地勾人。我惊恐得心脏骤然停止了跳动,根根毛发直竖起来,浑身爬满了鸡皮疙瘩。我看不见那个端庄、温柔的露西了——我的眼睛被她背后的那个怪物迷住了。我至今也说不清是什么原因,反正我当时猛然伸出手去,想一把抓住它,却扑了个空,什么也没有抓到。我全身的血液刹那间凝固到了冰点。一时间,我两眼发黑,什么也看不到了。片刻后,我的视力恢复了,我看见露西就站在我面前,孤零零的一个人,脸色死一般的苍白,而且,我应该能想象到,她简直连个头都缩小了许多。

"'它'一直就在我附近吧?"她说,仿佛是在询问。

那声音犹如是从她嗓子里逼出来的,声音十分嘶哑,就像一架古老

---

[1] 马修·黑尔爵士(Sir Matthew Hale,1609—1676),英国著名大法官。

的大提琴在琴弦停止振动的那一刻发出的颤音。我估计,她在我脸上看出了答案,因为我已经说不出话来了。她脸上的表情就是那种极度恐惧的表情,但它不一会儿便慢慢消退下去,转化为一种近乎谦卑的忍让。最后,她似乎想强迫自己去察看身后,环顾四周。她凝望着绛紫色的荒野,凝望着蔚蓝色的远山,只见一切都在阳光中颤动着,然而,除此之外,别无他物。

"你会带我回家吗?"她温顺地说。

我挽起她的手,牵着她默默地走在含苞欲放的杜鹃花丛中。我们不敢说话,因为我们弄不清那个令人毛骨悚然的家伙是否在偷听,尽管"它"还没有现身——但是说不定"它"随时都会突然冒出来,迫使我们分离。我对她的怜爱从来没有像此时此刻这般强烈,然而,我心目中的她竟然与那个让人一想起来就不寒而栗的"它"如此莫名其妙地混合在了一起,这才是让人难以言表的悲哀之处。她似乎理解我此时必定会有的心情。等我们走到花园大门口时,她松开了我的手——她一直紧握我的手,直到这时才松开——随即便径直向前走去,去见她那位焦虑不安的朋友,她一直守在窗前等待着她。我不能进屋。我需要安静,需要社交圈,需要休闲,需要变革——如此等等——需要摆脱那个家伙的存在对我造成的心理感受。然而,我却在花园里徘徊起来——我也说不清是什么原因,我估计,部分是因为我害怕在那片僻静的公共绿地上再次撞见那个跟露西一模一样的家伙,"它"就在那儿销声匿迹的;部分是出于对露西怀着难以形容的怜悯之心。几分钟之后,克拉克夫人过来和我见面了。我们默不作声地走了几步。

"你现在知道一切了。"她说,口气很严肃。

"我看见'它'了。"我说,是压着嗓子说的。

"所以,你现在就畏缩不前,怕见我们了。"她说。然而她那一脸绝望的神色,反倒激起了我内心尚存的勇敢或善良品格。

"一点儿也没有,"我说,"人都是血肉之躯,都怕遇到黑暗势力,况且,由于某种我并不知道的原因,圣洁的露西是他们的牺牲品。"

"父辈的罪孽理应由儿女来偿还啊。"她说。

"她的父亲是谁?"我问道,"既然我已经知道不少了,我不妨再多了解些,了解事情的全部真相。我恳请你,夫人,把你能猜想到的一切都告诉我,一个如此善良的人为什么会遭到这种恶魔般的迫害。"

"我会的,但是眼下还不行。我现在必须去见露西了。你今天下午过来吧,我要单独见你。还有,啊,先生!我相信,你也许有办法来解救我们,帮我们走出这辛酸的困境!"

经历了如此骇人、恐怖一幕之后,我已是心力交瘁,筋疲力尽。回到客栈时,我脚步踉踉跄跄,像喝醉了酒一样。我径直走进自己的小房间。不知过了多久,我才发觉,那个每周只来一次的邮差进过我的房间,送来了几封信件。其中有一封信是我伯父写来的,有一封寄自我的家乡德文郡,还有一封信是从第一个地址转来的,加盖了一个大大的盾形密封章。这封信是菲利普·坦皮斯特爵士写来的,信中说:我寄给他的关于玛丽·菲茨杰拉德的那封查询函,他是在列日[1]收到的,非常凑巧的是,拉图尔·德·奥弗涅伯爵那时恰好就驻扎在那里。他记得他太太曾有过一个非常美丽的女侍从玛丽,已经亡故的伯爵夫人对她评价很高,也尊重她与一位很有名望的英国绅士的交往,那位英国绅士当时也在国外服役。伯爵夫人曾预言,此人恐怕居心不良。那时候的玛丽,自尊心很强,又处于热恋之中,坚持认为他很快就会来娶她为妻,因而对她女主人的反复告诫大为不满,认为那是一种侮辱。后来的情况是,她离开了拉图尔·德·奥弗涅伯爵夫人,而且伯爵认为,她就是去找那位英国绅士了,想跟他生活在一起。至于此人后来是否娶她为妻了,伯爵也说不准。"不过,"菲利普·坦皮斯特爵士又补充说,"你可以轻而易举地从那个英国人那里打听到你一心想了解的有关玛丽·菲茨杰拉德的详细情况,按我的推测,如果那个英国人不是别人的话,他就是我的邻居,我从前的熟人,斯基普福德公馆的吉斯伯恩先生,住在西区[2]。根据若干细枝末节的线索推测,我不得不相信,这个人不是别人,就是他,虽然这些微不足道的线索没有一个是确凿的,但是把它们放在一起,就能形成大量的结论。根据伯爵的外国口音,以我的判断,吉斯伯恩就是那个英国人的名字。我知道,斯基普福德公馆的吉斯伯恩那段时间就在国外,在外国军团服役——他这个家伙,十有八九会做出这种事情来。

---

1 列日(Liege),比利时一城市。
2 西区(West Riding),英国约克郡的三大行政区之一。

况且，最为重要的是，有几句话时常浮现在我脑海中，是他在提到考德霍尔姆小镇的老布丽姬特·菲茨杰拉德时所说的，和我一起在斯塔基庄园时，他曾遇到过她。我记得，那次偶遇似乎对他的思想产生了某种非同小可的影响，他好像突然发现，布丽姬特很可能与他先前的生活有牵连。倘若还有用得着我的地方，请别客气，随时告诉我。你伯父曾经给予过我扭转人生的良机，因此，我很乐意把这份恩情尽己所能地报答在他的侄儿身上。"

很显然，我此时已经十分接近我数月来一直在找寻的真相了，然而成功已显得黯然失色。我放下手中的信，似乎想忘掉一切，心里只想着自己亲身经历的当天清晨的情景。除了那虚幻的鬼魂之外，没有一样是真实的，它简直像一阵邪风一般从我这肉眼凡胎之人的眼前刮过，在我的脑海中自行毁灭了。午餐来了，又被原封未动地端走了。午后不久，我就朝那农舍走去。我发觉只有克拉克夫人独自一人在那里，我在暗自庆幸的同时，也如释重负了。她显然已有思想准备，要把我想打听的一切向我和盘托出。

"你曾经向我打听过露西小姐的真实姓氏吧，那就是吉斯伯恩。"她总算开口了。

"难道是斯基普福德的吉斯伯恩？"我大声说，因满怀期待而透不过气来。

"同一个姓氏吧，"她说，口气很平静，并没有注意到我的态度，"她父亲是一个名人。尽管如此，作为一名罗马天主教徒，他无法在本国享有他的身份理应赋予他的社会地位。结果是，他大部分时间都生活在国外——听人说，是一名军人。"

"露西的母亲呢？"我问道。

她摇了摇头。"我根本不认识她，"她说，"我受雇来照顾露西时，她才三岁。她母亲那时已经去世了。"

"可是，你总该知道她的名字吧？——说说看，是不是玛丽·菲茨杰拉德？"

她大为惊讶。"这确实是她的名字。可是，先生，你对这个名字怎么会如此熟悉呢？因为即便对斯基普福德庄园的人来说，这都是一个未解之谜。她是一个很漂亮的少妇，吉斯伯恩先生在国外的那段时间里，引诱她离开了保护她的人。我听人说过,他当年耍了什么很厉害的手段才把她骗到手的。等后来渐渐知道了真相时,她既没有埋怨,也没有坚持,而是奋力从他的怀抱里挣脱开来,纵身跳进一条水急浪高的溪流中,活活淹死了。这件事深深刺痛了他,令他懊悔不已。可是,我以前总认为,对孩子母亲死于非命的怀念,会使他对这个孩子更加珍爱的。"

我尽可能简要地告诉了她,我一直在跟踪调查基尔杜恩的菲茨杰拉德家族的后代和继承人,接着又补了一句——我那略有些老派的律师精神一时间又重新回到我身上了——虽然我并无疑问,但是我们应该证明,露西是否可以合法继承爱尔兰的巨额财产。

她那苍白的脸上并没有露出一丝笑意,她那双眼睛也黯淡无光。"哪怕是全世界的所有财富,跟那个可怜的姑娘又有什么关系?"她说,"财富无法使她摆脱那个一直在迫害她的鬼魂般的力量。至于金钱,这是个多么可鄙的东西啊!金钱不可能让她动心的。"

"那个恶毒的家伙不可能再来伤害她了,"我说,"她那圣洁的本性依然存留在心里,哪怕用尽全世界所有的毒技,也亵渎不了她,玷污不了她。"

"没错!可是,如果一个人知道所有人或早或迟都会躲开她,就像躲开一个鬼魂缠身、遭受诅咒的人一样,这会是多么残酷的命运啊。"

"这种事情是怎么发生在她身上的呢?"我问道。

"别说了,我什么也不知道。有不少有年头的谣言吧,它们被人蓄意传遍了斯基普福德的整个家族。"

"告诉我吧。"我用命令的口吻说。

"那些谣言都出自用人之口,那帮人对样样事情都津津乐道。他们说,许多年以前,吉斯伯恩先生在考德霍尔姆打死了一条小狗,那条狗是一个老巫婆的宠物,说她因此发下了诅咒,用的是一种令人敬畏、神秘莫测的咒语。诅咒的对象,无论是什么,都必定是吉斯伯恩先生最心爱的东西。大家还说这件事对他打击很大,让他很伤心,害得他多年来一直自我封闭,抛开了一切诱惑,什么都不喜欢了。可是,谁会忍心不喜欢露西呢?"

"你从没听说过那个女巫的名字吗?"我倒吸了一口冷气,惊讶地问道。

"听说过——人们叫她布丽姬特。人们说,吉斯伯恩先生因为惧怕她,从此再也不敢靠近那个地方了,可是,他从前是一个很勇敢的人啊!"

"听我说,"我说着,顺手抓住了她的胳膊,得充分抓住她的注意力才好,"如果我的猜测是真的,就是这个吉斯伯恩先生偷走了布丽姬特的独生女——那个玛丽·菲茨杰拉德就是露西的母亲。如果是这样的话,布丽姬特虽然诅咒他,但她并不知道他曾对她干过更为严重的坏事。直到如今,她还在思念她那失去下落的孩子,还在向圣人们询问她的孩子是否还活在世上。那个诅咒的根源比她所知道的事情要深得多:她是在不知不觉中为了一个更深层次的罪过而惩罚他的,并非只因为他打死了一只不会说话的动物。父辈的罪孽理应由儿女来偿还。"

"但是,"克拉克夫人迫切地说,"她绝不至于把罪恶算在她外孙女的头上吧?毫无疑问,先生,如果你说的这些话都是真的,露西就有希望了。我们走吧——马上走,把你的推测统统告诉这个可怕的女人吧,恳求她除去施加在自己无辜的外孙女身上的诅咒。"

在我看来,这样做似乎的确是我们可追索的最佳途径。但是,首先必须去查清,除了那些纯属谣言的无稽之谈或不负责任的道听途说之外,是否还有其他更能说明问题的线索。我的思绪转向了伯父——他或许能为我指点迷津——他应该无所不知。不能再耽搁了,我决定立即去见他。不过,我特意留了个心眼,没把我脑海中在飞快地盘算的那些计划告诉克拉克夫人。我只是声明了我下一步的打算,说我要径直前往伦敦去处理有关露西的事务。我恳请她相信,我代表这个年轻女子处理此案的兴趣比以往任何时候都要浓厚,还说,为了她的事,我会全力以赴的。我发现克拉克夫人并不相信我,因为我满脑子充斥着万千思绪,一时还无法将它们流畅地用言语表达出来。她叹息了一声,又摇了摇头,然后说,"行,就这样吧!"这种口吻,不啻为一种含而不露的责备。但我心中主意已决,而且恒定不变,并因此而增强了信心。

我骑马去了伦敦。从漫长的白昼渐入美妙的夏夜,我日夜兼程赶路。我不能歇息。我总算抵达伦敦了。我把一切都告诉了伯父,尽管置身于大城市生机勃勃的氛围中,恐惧感已渐渐淡去,但我依然无法确定他是否会相信我的描述,说我居然在荒郊野外看见了那个令人恐惧、与露西极其相似的幽灵。不过,伯父有多年的人生阅历,而且见多识广,更何况，在倾听人家在向他诉说家族史的深层秘密时，他早已听说过许多类似的案例，尤其是有关清白无辜之人如何中了魔法、如何受制于恶鬼的案例，那些要比露西的案例恐怖得多呢。他说，根据我告诉他的全部情况来判断，那个与露西极其相似的家伙并没有加害露西的气力——她太纯洁、太善良，那个为非作歹、不断作祟的鬼魂影响不到她。所以，我伯父认为，它十有八九是想诱发人的邪念，或者诱导人的邪恶举动。但是露西，处于圣洁的处女时代的露西，已经安然走过来了，并没有被歹念或恶行所玷污。它无法触及她的灵魂，但是，毋庸讳言，它的确也迫使她远离了所有甜蜜的爱情或普通男女间的性爱。伯父精力充沛地亲自投入到对整个案件的通盘考虑之中，活像一个二十六岁的人，而不是一个已年届六十的人。他主动承担了验证露西家世的任务，而且还自告奋勇地要去查找吉斯伯恩先生。首先，他要去获取法律证据，证明露西是基尔杜恩的菲茨杰拉德家族的后裔；其次，要尽其所能去了解有关诅咒的通例，了解是否曾有人采取过什么手段来降妖伏魔。他告诉过我不少这方面的事例，有恶魔附身的人，诸如通过祈祷，通过长期斋戒，通过大嚷大叫，通过众人的哭喊，居然也赶走了恶魔。他提到了前不久发生在新英格兰地区的那些离奇古怪的案例。他还谈到了笛福先生，说此人曾写过一本书[1]，书中列举了许多降服鬼魂、使其回归本源的方法。最后，他大为不屑地提及了一些令人畏惧的方法，诸如强迫巫婆去解除她们自己的巫术。但是，一听到那些折磨和火刑之类的方法，我就感到没法忍受。我告诉伯父说，布丽姬特只不过是一个桀骜不驯、性格野蛮的女人，并不是一个心肠歹毒的巫婆。况且，最为重要的是，露西毕竟是她的直系亲属，审判她、把她打入水牢或者动用火刑，我们势必也会受折磨——说不定还会闹出人命——不管怎么说，她也是我们力图挽救的女继承人的长辈。

伯父沉吟片刻，然后才说，在最后这件事上，还是我说得对——无论如何，这个办法都不可取，除非其他各种补救措施都失败了。他也赞

---

[1] 笛福（Daniel Defoe, 1660—1731），英国著名小说家。此处提及的书，是指笛福 1706 年发表的作品《维尔夫人显灵纪实》(*The Apparition of One Mrs. Veal*)，对当时流行的一个鬼故事进行了栩栩如生的报道，该书被广泛誉为英语文学史上第一部现代鬼故事。

成我的提议，我应该亲自去见布丽姬特，把这一切都告诉她。

按照这个方案，我又一次来到考德霍尔姆附近的那家路边小客栈。等我到达那里时，已经是深更半夜了。后来，在吃晚餐的时候，我向房东打听到了更多有关布丽姬特的具体情况，甚至她的生活方式。多年来，孤独和野蛮是她全部的生活。对那些为数极少、偶然穿过她门前这条路的人，她总是出言不逊，态度霸道。村里人都听从她专横的命令，因为他们不敢不服从。如果他们令她满意，他们就会一帆风顺；相反，如果他们无视或违背她的命令，大大小小的不幸就会降临到他们自己以及他们子孙后代的头上。她并不是一个令人厌恶的人，但她高兴起来甚至会变成一个捉摸不定的怪物。

一大早，我就去看她。她站在屋外的青草地上，高贵地板着脸迎接我，活像一个无冕女王。我看得懂她脸上的表情，知道她认识我，也知道我并不是不受欢迎，但她偏偏就一言不发地站在那里，直到我说明了来意。

"我有你女儿的消息。"我打算开门见山，直奔主题，把我所了解到的有关她亲生骨肉的所有情况都告诉她，绝不让她有回旋余地。"她已经死了！"

这面孔僵硬的人几乎不为所动，但她还是伸出一只手撑在门柱上。

"我早知道她已经死了，"她说，声音很深沉，也很微弱，接着便愣怔了一下，"我本该为她淌眼泪的，可是我的眼泪好多年以前就流干了。年轻人，跟我说说她的情况吧。"

"暂时还不行。"我说，似乎获得了一种奇怪的力量，使我敢于去面对这个人，然而，在我的灵魂深处，我还是畏惧这个人的。

"你曾经养过一条小狗吧。"我接着说。这些话更能唤起她心中的情感，而不是唤起她面对自己女儿死讯时的理智。她打断了我的话——

"我是养过！那条小狗是她的，是她留在我身边的最后一样东西，可它却被人无缘无故地枪杀了！它就死在我怀里。打死那条小狗的人直到如今还在为这事懊悔呢。为了那不会说话的畜生的血，那个人的至爱必须承受诅咒。"

她双眼怒睁，仿佛已处在阴魂附身的状态中，看到自己的诅咒在起作用了。我再次开口说——

"啊，夫人！"我说，"那个人的至爱，正在当着他的面承受诅咒的那个人的至爱，就是你那死去女儿的孩子。"

生命、精力、激情，又重新闪现在那双眼睛里，那利剑般的目光朝我刺探过来，想看穿我是否在说实话。随后，她一声不吭，也没提任何问题，却令人猝不及防地一头扑倒在地，用那双颤巍巍的手捧着一束纯洁的雏菊[1]。

"我的骨中骨，我的肉中肉啊[2]！我是在诅咒你吗？——是你在承受诅咒吗？"

她就这样跪拜在地上，悲怆地呜咽着，沉浸在极度的痛苦之中。我目瞪口呆地站着，对自己刚才那番话的效果感到惊诧不已。她没听到我说得支离破碎、语无伦次的话。她也没再问什么，不过，我伤心的表情已经无声地确认了一个事实，她的诅咒落在她自己的外孙女身上了。我感到愈发恐惧起来，唯恐她会在这肉体和灵魂的冲突中死去。然而，就算她还活着，难道露西就有机会不再受魔咒的侵扰了吗？

偏偏就在这一刻，我看到露西正穿过那条林中小径，朝布丽姬特的小屋走来，克拉克夫人陪伴着她。我内心感觉到，那个人就是她，那眉清目秀、温文尔雅的容貌告诉我，那就是她。她款款向前走来时，那双温柔、文静的眼睛里闪动着惊喜交集的神色。那是因为她凝眸朝我看时，与我的目光相遇了。当她那喜出望外的目光落在这个浑身抽搐、直挺挺地趴在地上的女人身上时，那如花似玉的脸上顿时充满了温情脉脉的怜悯。她走上前来，想把她扶起来。她坐在草坪上，抱起布丽姬特的头枕在自己的大腿上，随后，她轻轻抚摸、梳理着布丽姬特凌乱的白发，那浓密蓬乱的白发在她头巾下沿微微飘动着。

"上帝救救她吧！"露西喃喃地说，"她多苦啊！"

应她的要求，我们找水去了。没想到，等我们回来时，布丽姬特已经从神志不清的游离状态中恢复过来，双手合十跪在露西面前，深情地凝望着那张甜美可爱、楚楚动人的脸蛋，仿佛在健康、平和的状态下，

---

1 在罗马神话里，雏菊是森林中的妖精贝尔蒂丝的化身，代表快活的人生；在莎士比亚名著《哈姆雷特》中，雏菊表示对爱人的思念。此处的雏菊，代表着母亲对生死不明的女儿深深的爱。
2 "骨中骨，肉中肉"，语出《圣经·旧约·创世记》第 2 章中关于上帝造人的典故。

她那饱经忧患的本性每时每刻都能从沉思冥想中汲取力量。露西白皙的脸颊上露出的淡淡的红晕向我表明,布丽姬特知道我们又回来了;要不就是露西好像意识到了,对跪在她面前的这个情绪激动、思绪紊乱的女人,她能以自己的善良感化她,因而不忍心把她那庄重而又亲切的目光从那张布满皱纹、十分憔悴的面容上移开。

突然——眨眼间——那家伙出现了,就在那儿,就在露西的背后,容貌与露西惊人地相像,至少外表极其相似,它也跪在那里,与布丽姬特一模一样地跪在那里。布丽姬特双手合十,她也双手合十,模仿得惟妙惟肖,也像布丽姬特那样喜形于色,继而再由喜形于色渐渐转化为祈祷。克拉克夫人大叫一声,布丽姬特慢慢站起身来,两眼直勾勾地盯着那家伙。她深深吸了口气,嘴里发出一阵嗞嗞声,那双可怕的眼睛动也没动,目光稳若磐石,随即,她像箭一般朝那幽灵猛扑过去,伸手就抓,却与我上次一样,扑了个空,只抓到满满一手空气。我们再也没见到那家伙——它突然消失得无影无踪了,和它来时一样。然而布丽姬特仍在慢慢查看着,仿佛在观察某个渐渐隐去的人影。露西一动不动地坐在那儿,脸色惨白,浑身颤抖,摇摇欲坠——我觉得,要不是有我在那儿扶着她,她恐怕早就晕过去了。在我照顾她的时候,布丽姬特从我们身边走了过去,但她谁也没搭理,一声不吭地走进她的小屋,将自己反锁在屋内,不管不问地丢下了我们俩。

我们现在要努力把露西送回她昨晚临时投宿的那间屋子。克拉克夫人告诉我说,由于没收到我的信(有一封信肯定是送错地方了),她渐渐失去了耐心,也很绝望,便极力怂恿露西,让她壮起胆子前来寻找她的外祖母。她没把她外祖母的事情告诉她,的确,布丽姬特的名声太吓人;也没说我们是怎么看待她外祖母的,毕竟这个老人曾如此恐怖地摧残过这个无辜的女孩。但是,与此同时,克拉克夫人对血缘的神秘力量也抱有很大希望,她坚信,血缘关系可以破除诅咒。于是,她们就来了,走的却不是我走的那条路。他们下榻在离考德霍尔姆不远的一家乡村客栈,也不过是昨天晚上的事儿。这是祖孙俩第一次相见。

整个闷热难当的中午,我都在那片人迹罕至的老林子里如迷宫般的小道上徘徊,思考着该去哪里求助,来应对如此盘根错节、如此扑朔迷离的事情。因为碰巧遇到了一个本地人,我便向他打听在哪里可以找到离此地最近的牧师,随后我就奔牧师去了,希望能从他那里得到一些参考意见。结果却发现,他竟是一个举止粗俗、头脑平庸的人,对这样一起头绪纷繁的案件,他居然既不肯花时间,也无心过问,而是不假思索地提了一个态度强硬的意见,即马上采取行动。譬如,我一提到布丽姬特·菲茨杰拉德,他就大叫起来:

"这个考德霍尔姆的老巫婆!这个爱尔兰的罗马天主教徒!要不是因为另一个罗马天主教徒——那个菲利普·坦皮斯特爵士——的阻拦,我早就把她绳之以法了。他不得不三番五次地去威胁那些老实本分的村民,否则,鉴于她做了那么多见不得人的事,村民们早就把她送上法庭了。这是本地的法律,巫婆就该被烧死!哎呀,也符合《圣经》啊,先生!可是,你瞧,一个罗马天主教徒,如果是一个富裕的乡绅,他就能凌驾于法律之上,凌驾于《圣经》之上。为了把她从本地区除掉,我情愿亲自抱一堆柴火烧死她!"

这样的一个人,根本帮不了我。我宁愿收回已经说出去的话,然后请这个有俸禄的牧师喝几罐啤酒,就在他提议与我会面的这个乡村小客栈请他,尽量让他忘掉此事。我尽己所能抽身离开他,返回了考德霍尔姆,经过荒废的斯塔基庄园大宅时,我有意绕道,来到大宅的背后。这边有不少旧时护城壕残留的椭圆形遗址,在落日绯红色的余晖下,护城壕里的水一派宁静,纹丝不动。护城壕两岸的密林里树干笔直,深绿色的树叶宛如一片片黑色的镜面,衬托着下方护城壕里亮晶晶的水面——一架残破的日晷坐落在紧挨着它的大厅的尽头——还有一只苍鹭,单腿站立在水边,在低着头无精打采地寻觅鱼儿。这凄凉、荒废的豪宅不乏破破烂烂的窗户,门槛上的杂草,断裂的百叶窗,在黄昏时分的微风中轻轻来回拍打着,为这满目荒芜的衰败画面平添了凄凉的气氛。我在此处徘徊良久,直到越来越暗的天色提醒我继续前行。随后,我沿着脚下的小径向前走去。这条小径是遵照斯塔基庄园大宅最后一位夫人的命令开拓出来的,我顺着这条路来到布丽姬特的小屋。我拿定主意,要马上见到她,再说,尽管门窗紧闭——也许是她意志坚定的缘故吧——她也应该见我一面。于是,我敲她的屋门,先是轻轻地敲,继而很响地、猛烈地敲着。我把门擂得直摇晃,终于,陈旧的铰链松脱了,只听轰的一声,屋门朝里倒下去,害得我突然面对面地与布丽姬特相见了——我面红耳赤，浑身燥热，为自己白白耗费了这么大的劲儿气得发抖；她则呆滞得像块石头，愣在那儿盯着我，惊恐得两眼圆睁，灰白的嘴唇不住地颤抖，但她的身子却动也不动。她双手举着十字架，仿佛有了那个神器，她就可以阻止我闯进来似的。一看到我，她整个身板顿时松懈下来，随即便重重地瘫靠在一把椅子上。巨大的紧张感渐渐消失了。她两眼依然恐怖地朝屋外空间的阴暗处窥探着，摆放在圣母玛利亚画像前的一盏灯发出微弱的光亮，使得屋外显得愈加晦暗。

"她在那儿吗？"布丽姬特问道，声音嘶哑。

"没有！你是指谁？就我一个人。你还记得我吧。"

"记得，"她回答道，依然惊恐不已，"可是，她——那个家伙——成天就趴在那扇窗户上朝屋里窥视我。我用围巾把窗户堵得严严的，就这样也不行，一有亮光，我就看到门缝下她的那双脚，我心里明白，她听得见我的呼吸声——而且，更糟糕的是，她甚至听得见我的祈祷声。我没办法祷告啊，有她在那儿偷听，那些祷告的话刚到我嘴边就噎得说不出来了。告诉我——她是谁？我今天早上看到的那个一模一样的姑娘到底意味着什么？一个就是我那死去的玛丽的模样，可是，另外那一个却把我吓得魂不附体。真想不到，简直就是同一个人啊！"

她紧紧拽着我的胳膊，仿佛有人做伴儿她心里才踏实。她浑身发抖，强烈的恐惧感害得她战战兢兢，一刻不停地哆嗦着。我把我的故事讲给她听了，没有遗漏任何细节，就像我对你们讲述这个故事时一样。

我告诉她克拉克夫人之前是怎么告诉我的——她说，就是那个长相跟露西一模一样的家伙使得露西被赶出她父亲家的——我之前怎么不相信，直到我凭着自己的这双眼睛，亲眼看见另一个露西站在我心爱的露西背后，体形、容貌和她完全一样，然而从那双眼睛里透露出的却是恶魔般的灵魂。我把一切都告诉了她，嗨，因为我相信——她的诅咒都报应在了她那无辜的外孙女身上了——只有她才能找到补救办法，让她重获新生。等我说完这番话时，她坐在那儿沉默了许久。

"你爱玛丽的孩子吗？"她问道。

"我当然爱她，尽管这个诅咒的影响很可怕——我依然爱她。可是，自从有了那天在荒野边的遭遇，我就一直怕见她。是男人，就不该怕见愿意跟他相伴到永远的人，亲朋好友和彼此相爱的人不能天各一方。

啊，布丽姬特·菲茨杰拉德，解除诅咒吧！让她重获自由吧！"

"她在哪儿？"

我忽然急中生智地想到，我们需要她的神灵，这样，通过某种不可思议的祷告，或者招魂祛邪的咒语，这个魔咒说不定真能破除。

"我去带她过来见你吧。"我大声说。布丽姬特更加用力地拽着我的胳膊。

"不要这样。"她的声音很低，很沙哑，"再看见她，我就没命了，因为我今天早上见过她了。我必须活下去，活到做完我该做的事。别管我！"她说，这话说得太突然，随即她又再次举起那个十字架，"我要向那个被我唤醒的恶魔挑战。让我来斗斗它！"

她站起身来，如同有了神灵感应般欣喜若狂，一切恐惧也随之烟消云散了。我迟迟不忍离去——我也说不清为什么——直到她再次命令我走开。顺着那条林中小道往回走时，我回头看了看，正好看见她在门槛上立起了十字架，因为屋门已经没了。

第二天早上，我和露西去找她，想劝她和我们一起祷告。我们凝眸望去，只见小屋门洞大开。屋里连人影也没有，十字架依然立在门槛上，布丽姬特却不见了。

第三章

下一步该怎么办？这是我问自己的一个问题。至于露西，她只能屈从于降临在她头上的厄运。她的温柔与虔诚，在如此恐怖的人生压力下，在我看来似乎过于消极了，她从不抱怨。倒是克拉克夫人的牢骚话比什么时候都多。对我来说，我比以往任何时候都更爱真实的露西了，不过，我还是怕见到那个容貌酷似露西的假露西，那种强烈的憎恨与我强烈的爱恰成正比。我本能地发现，克拉克夫人偶尔会经不住蛊惑，想离开露西。这位好心肠的夫人快要神经崩溃了，而且，从她的话语中，我差不多可以推断出，那个幽灵的目标，就是要赶走露西身边最后这位、几乎也是最早的这位朋友。有时候，我简直无法忍受这个幽灵的存在，但是我也情不自禁地想到，我也有变节的可能。我也许会责怪露西过于忍让，过于逆来顺受。她一次又一次地赢得了考德霍尔姆的孩子们的喜爱（克拉克夫人和她决定就待在那儿，因为，对她们这样的人来说，这世上还有比这更好的去处吗？还有，我们能把所有希望都寄托在布丽姬特身上吗？——至今都见不到她，也没有她的消息，不过，我们仍然相信，她会回来的，或者让人送个信物回来。）所以，就像我说的那样，那些小孩子一个接一个地来到我心爱的露西身边，都被她那轻言软语的说话声、优雅娴静的笑容、心地善良的举动征服了。唉！他们还是又一个接一个地逃走了，而且还胆战心惊地绕开她常走的路，我们当然也猜得出是什么原因。这是最后一次。我再也无法忍受下去了。我决定不在周围这一带徘徊了，而是回去找伯父，向伦敦城里那些博学的神职人员讨教，寻求破除这个诅咒的力量。

与此同时，伯父已经找过那几位爱尔兰律师，也找过吉斯伯恩先生，从他们那里获得了有关露西家世和出生时情况的所有材料。吉斯伯恩先生从国外写来了信（他再次在奥地利军队服役），这封信既有强烈的自我谴责，又有禁欲主义者令人反感的一面。显然，一想到玛丽——她那短暂的一生——他当初是如何勾引她的，她又是如何暴死的，他就痛不欲生，他对自己所作所为的痛责，简直严厉到了无以复加的地步。从这一视角来看，他认为，布丽姬特施加在他及其家人头上的诅咒，不啻为一种象征末日审判的预言，是万能的上帝指派她说出这个预言的，以此来实现比打死一条可怜的小狗更加残酷的报复。但他后来再次说到自己的女儿时，厌恶感油然而生，因为他的脑海中不由自主地想起了那个讨厌鬼的恶作剧。这种自相矛盾的说法，不过是拙劣的掩饰，掩盖着根深蒂固的对露西的命运的冷漠。差不多人人都感到，他似乎巴不得亲手杀死她，就像捏死一只闯进他卧室或卧榻的令人厌恶的小爬虫一样。

菲茨杰拉德家族的庞大财产理应是露西的，可那不过如此而已，算不了什么。

十一月的伦敦，在一个阴沉沉的晚上，我和伯父坐在奥蒙德大街的家里。我的身体不太舒服，觉得自己陷入了一个彷徨、苦闷的怪圈之中。露西和我有书信往来，但次数寥寥无几，我们彼此不敢相见，唯恐那个吓人的"第三者"再度现身——在我们约定的见面时刻，她已经不止一次冒名顶替过她。我伯父，在我提起此事的当天，就已吩咐下去，要在随后到来的安息日这一天,在伦敦的众多教堂和议事厅里举行祷告仪式,保佑这个深受恶灵折磨的人。他对这些祷告仪式很有信心,我却一点也不信,我很快就对一切措施丧失了信心。所以,我们才这样坐下来促膝谈心的,他想唤起我对往日旧事的兴趣,而我却有一个想法沉重地压在心头。就在这时,我们家的老仆人安东尼突然推开了门,而且,一句话也没说,就把一位颇有绅士风度、仪表落落大方的人领进门来。他的服饰很引人注目,让人一看就知道,他的职业无疑是罗马天主教神父之类的神职人员。他先朝伯父看了看,然后又看了看我。他只朝我点了点头。

"我没提过我的名字呢,"他说,"因为你大概也不知道,除非,先生,在北方那一带,你听说过伯纳德神父,斯托内·郝斯特教区[1]的教区神父?"

我事后才想起来,这个人我早就听说过,但是我当时压根儿就想不起这个名字,于是,我只好承认自己眼拙,根本不认识他。我那一向热情好客的伯父,尽管对罗马天主教徒很不喜欢,就像他生性对什么事情都深恶痛绝一样,但他还是给这位客人搬了一把椅子,又吩咐安东尼去拿几只酒杯,而且要重新再来一大罐红葡萄酒。

伯纳德神父愉快地道了声谢,不失风雅、心安理得地接受了这份礼遇,这是老于世故之人的特点。随后,他便转过身来,用他那犀利的目光仔细打量着我。稍许寒暄了几句之后,他便单刀直入谈正题了,我敢肯定,他有心想了解我对我伯父信任到了什么程度,说过哪些知心话,他顿了顿,然后很庄重地说——

"我是受人之托来这儿给你捎口信的,先生,委托我的是一位你曾好心相待过的老妇人,也是我在安特卫普[2]的一个忏悔者——名叫布丽姬特·菲茨杰拉德。"

"布丽姬特·菲茨杰拉德!"我惊叫起来,"在安特卫普?告诉我吧,先生,把你能够讲的有关她的所有情况都告诉我。"

"可以说的话多着呢,"他回答说,"不过,请允许我先问一声,这

---

1 斯托内·郝斯特:位于英格兰北部,是英国闻名遐迩的历史文化名城,城内有众多的名胜古迹。
2 安特卫普:比利时港口城市。

位绅士——你的伯父,是否了解你我所掌握的这些信息?"

"凡是我知道的,他都知道。"我说,急忙伸手按住伯父的胳膊,因为他忽然做了个手势,仿佛要离开这间屋子似的。

"那我就不得不当着两位绅士的面开讲啦。不管怎么说,你们也许与我信仰不同,但是都感同身受地认识到,有不少邪恶势力在持续不断地四处蔓延,其目的是要让我们承认,邪念人皆有之。而且,倘若主赐予他们力量,他们就会采取公然的行动。这就是我对这种罪孽的本质的理解,我不敢贸然对此加以怀疑——虽然某些怀疑论者巴不得我们这样做——巫术之罪啊。这种致命的罪,你们和我都很清楚,布丽姬特·菲茨杰拉德难辞其咎。自从你上次见到她之后,我们在教堂里举办过多次祷告仪式,唱过多次弥撒,进行过多次忏悔活动,以便帮她,如果上帝和圣徒们决意要促成此事的话,她或许可以洗脱罪孽。但是,结果并不那么理想。"

"说来听听吧,"我说,"你是什么人?你是怎么联系上布丽姬特的?她为什么会在安特卫普?我求你了,先生,再多告诉我一些情况吧。要是我有些不耐烦的话,请你原谅。我病了,在发高烧呢,因此有些神志不清。"

在我听来,他的话音里似乎隐含着某种让人难以形容的安抚成分,他就是用这种口气开始讲述的,仿佛从头说起似的,娓娓动人地讲起了他与布丽姬特的相识过程。

"斯塔基夫妇旅居国外期间,我就认识他们,所以后来的事情也就很自然了,在斯托内·郝斯特,我以神父身份去舍伯恩家的时候,我们彼此就更加熟悉了,于是,我就成了他们全家人的告解神父[1]。这家人很孤立,因为他们来自英国国教首脑机关的所在地,舍伯恩是他们家最近的邻居,也是愿意接受正宗信仰的人。当然,你们都知道,在忏悔过程中披露的事实真相是不可外泄的,要像封存在坟墓里一样。不过,我十分了解布丽姬特的禀性,因而坚信,我面对的绝不是一个普普通通的女人,而是一个行善很卖力,作恶也同样很卖力的人啊。我觉得我还是有办法时常给她以精神上的帮助的,我认为,她把我当成那座圣堂的仆人

---

[1] 代表上帝听取教徒忏悔的天主教神职人员。

了,圣堂具有如此神奇的力量,能够感化人心,帮助人们解脱他们背负的罪孽。我一直知道,她常在天气最为恶劣的暴风雨之夜穿过那片荒野,到那边去忏悔,去祈求宽恕;如此这般之后,她才会回来,才会变得心平气和,温顺谦恭,继续在女主人身边干她日常的杂务。在绝大多数人都已经酣然入睡的那段时间里,没人知道她究竟在哪里。她女儿离开人世之后——玛丽神秘失踪之后——我不得不多次强令她做长时间的忏悔,这样才能洗刷她缺乏耐性、怨天尤人的罪孽,满腹牢骚导致她迅速走向了更加深重的亵渎神明的罪过。她后来踏上了寻亲的漫漫旅途,这一点你们大概已经听说过了,毫无结果的寻找玛丽的旅途。在她不知去向的这段时间里,上级命令我重返我以前在安特卫普的职位,因此,我有好多年没再听到布丽姬特的消息。

"没几个月前,我正在趁着夜色往家赶路,沿着圣雅克大教堂附近的一条马路朝米尔大街走去,就在这时,我忽然看见有一位妇人,身子蜷缩成一团,坐在'忧愁圣母'圣堂下。她的兜帽被掀起来搭在头顶上,圣堂顶端那盏灯的灯影直落下来,恰好遮住了她的脸,她双手合十抱着膝盖。显然,她遇到了什么解决不了的麻烦事儿了,见此情景,我理应停下来开导两句。起初,我当然是用佛兰芒语[1]向她打招呼的,以为她是当地下等民众中的一员。她摇了摇头,并没有抬眼看我。我只好改说法语,她也用法语答了一声,但是口气很冷淡,我心里有数了:她不是英格兰人就是爱尔兰人。于是,我用本族语跟她攀谈起来。她听出了我的声音。紧接着,她猛地站起身来,一把抓住我的法袍,把我拽到圣堂前,随后便扑通一声跪倒在地。她那显而易见的愿望,她这突如其来的动作,迫使我也在她身边跪了下来,她呼喊着:

'啊,圣母!你不会再倾听我的心声了,但是你听得见他的声音,因为你很久以前就知道,他总是按你的旨意行事,按你的旨意去努力治愈破碎的心灵。听听他的祈祷吧!'

"她转向我。'要是你愿意祈祷就好了,她听得见你的祈祷。她根本听不见我的祷告:她和天堂里的所有圣徒都听不见我的祷告,因为那个

---

[1] 比利时少数民族佛兰芒人的语言。1831年比利时独立时,宪法规定法语为官方语言,佛兰芒语则一直被当作下等居民使用的语言,直到二十世纪六、七十年代,佛兰芒语才取得与法语平等的地位。

可恶的家伙抢走了我的祷告。啊,伯纳德神父,为我祈祷吧!'

"我为这个满腹苦水的不幸之人祈祷起来,却说不清祈祷的内容是什么,但是圣母知道。布丽姬特一听见我的祈祷词,就紧紧搂着我,急切地喘着粗气。做完祈祷后,我站起身来,岂料,等我在她头顶上方划了十字架、准备以圣堂的名义祝福她时,她却突然像一头受惊的动物一样躲开了,还说——

'我身负死罪,不可饶恕。'

'站起来吧,我的女儿,'我说,'跟我来。'于是,我引领她走进了圣雅克大教堂的一间忏悔室。

"她跪了下来,我侧耳听着。什么话也没听到。邪恶势力已经把她整治得说不出话来了,我后来才得知,这种情况他们之前就碰到过不知多少回了,她每次来忏悔都这样。

"她太穷,没钱举办驱魔除邪所需要的那些仪式。迄今为止,她曾经主动求助过的那些神父,有的根本不知道她在说什么,因为他们听不懂她那很不连贯的法语,或者带着浓重的爱尔兰口音的英语,有的则干脆认为,她就是一个疯子——的确,她那桀骜不驯、受过刺激的脾性,也许很容易让谁都这么想——他们全然不知,唯一的办法就是要让她开口,这样,她才有可能告解她那致命的罪孽,而且,经过适当的忏悔之后,就能获得赦免。不过,我很久以前就认识布丽姬特,觉得她就是上帝打发到我这儿来的一名赎罪者。我跑遍了我们教会任命的那些宗教机构,想为此类情况寻求救助。我更有义务做这件事,因为我发现,她来安特卫普的唯一目的,就是为了找我,向我忏悔。至于那个令人恐怖的忏悔的实质,我必须守口如瓶。大部分内容你们是知道的,也可能全部内容你们都知道吧。

"现在,她依然还在努力摆脱那种要命的负罪感,同时也让其他人从恶果中解脱出来。祷告也好,弥撒也罢,都无济于事,尽管这些仪式或许也能增强她的毅力,有了这种力量,也只有依靠这种力量,最深挚的爱的举动,最纯洁的自我献身的行为,才能得以实施。她那些愤激的言词,那些寻仇的叫骂——她那些大逆不道的祷告词——虔诚的圣人们是根本没法入耳的!还有别的势力在拦截、在利用她这些话呢,因此,那些甩给上苍听的诅咒,结果却落在她亲生骨肉的头上了。也正因为如此，正因为她付出了自己爱的全部力量，到头来却重创、碾碎了她自己的心。从今往后，她以前的本性必须彻底埋葬——没错，需要的话，埋葬得越快越好——但是，千万别再闹出什么动静，别再哭天喊地了！如今，她已经变成了一个可怜的克莱尔[1]啦，因此，通过持续不断的忏悔，通过持之以恒的积德行善，久而久之，她或许还能修成正果，获得最终的赦免，获得灵魂的安息。在这之前，那个无辜的人必须承受痛苦。正是为了替那位无辜的人伸冤，我才来找你的。不是以那个老巫婆布丽姬特·菲茨杰拉德的名义来的，而是以那个赎罪者，那个人类忠仆的名义来的，那个可怜的克莱尔，玛格戴伦嬷嬷啊。"

"先生，"我说，"对你这个要求，我洗耳恭听，但是我只能告诉你，谁也不必来恁恿我，让我代表委托方去竭尽全力，对这个人的爱是我这辈子不可或缺的组成部分。假如我有那么一时半会儿没想她，那是因为我在思考赎救她的办法，在为赎救她奔走。我，一名英国国教的教徒——我伯父，一名清教徒——每天早晚都在为她祈祷。下一个安息日，伦敦各教堂的教众，都会为一位无名氏祈祷，这样，她或许就能摆脱黑暗势力，得到解救。此外，我必须告诉你，先生，那些恶人恶鬼触动不了她宁静的灵魂。尽管所有人都对她避之唯恐不及，她照样依然故我，过着她纯洁无瑕、充满爱意的生活，安然无恙，清清白白。我愿意，也可以相信她！"

这时，我伯父开口了。

"侄儿啊，"他说，"在我看来，这位绅士虽然在鼓吹一种我认为是错误的教义，但是他劝说布丽姬特要弃恶扬善，要有仁爱之心，以此来洗清她的罪孽，消除她的仇恨和报复心理，在这方面，他毕竟切中问题的要害了。让我们以自己的方式去努力吧，去行善布施，接济穷人，救助孤儿，使我们的祷告广为接受。与此同时，我要亲自去一趟北方，去照料那个姑娘。我年龄大了，是人也好，是魔也罢，都不会缠我了。我要把她带到这个家里来，就像让她回到自己家一样；幽灵过来也无妨，只要她愿意！一大帮虔诚的善男信女正好可以过来会会她，我们的问题

---

[1] 可怜的克莱尔：喻指"可怜的修女"，源出"可怜的克莱尔女隐修院"，该女隐修院由克莱尔·德·法瓦罗尼神父（Clare de Favarone, 1193—1253）创办于1212年，旨在收留受苦受难的女性，为她们提供援助。

也就迎刃而解了。"

多么和蔼可亲，多么勇敢无畏的老人啊！可是伯纳德神父却默默地坐在那儿沉思着。

"她心中的一切仇恨，"他说，"都不可能泯灭。基督教的一切宽恕都进不了她的灵魂，否则，那个魔鬼的力量也就散失殆尽了。你刚才说，她的外孙女还在饱受折磨？"

"还在饱受折磨！"我回答道，心里很是伤感，因为我忽然想起了克拉克夫人的最后那封信。

他起身离去。我们后来才得知，他这次来伦敦肩负着一项不可告人的政治任务，是代表詹姆士二世党人来的。不管怎么说，他毕竟还算一个好人，也算得上一个有头脑的人。

不知多少个月过去了，一切毫无改观。露西恳求伯父别带她走，就把她留在原地。这真让人担惊受怕，因为我知道，如果她过来，连同她那位可怕的女伴一起过来，与我住在同一个屋檐下，那么我的爱情很可能承受不起那种反复无常、让人心惊肉跳的打击，那样的话，我就死定了。这一点她也考虑过，不是因为怀疑我的爱恋之情的力量，而是出于一种怜惜之情，一种对恐怖所导致的精神折磨的恻隐之心，她看得很清楚，一切都是由那恶魔显灵般的天罚造成的。

我焦躁不安，苦不堪言。我主动投身到慈善事业中去，不过，我做善事根本不是出于仁爱精神，而是一心冲着奖赏和报酬来的，所以，奖赏自然也就跟我无缘。最后，我干脆向伯父请假旅行去了。我毅然离开了家乡，在外东游西荡，也没有任何明确的去向，跟那些浪迹天涯的流浪客简直毫无二致——目的就是为了让自己忘却。出于一阵莫名其妙的心血来潮，我想去安特卫普，尽管战争和动乱那时正在低地国家[1]风起云涌——或者，更确切地说，大概是出于那种想参与到国外某项事业中去的热切愿望，使我想投身到反抗奥地利人的战火纷飞的斗争中去[2]。那

---

[1] 低地国家（the Low Countries）：欧洲西北沿海地区的统称，主要包括荷兰、比利时和卢森堡这三个国家。
[2] 此处指介于"西班牙王位继承战争"（The War of the Spanish Succession，1701—1714）和"奥地利王位继承战争"（The War of the Austrian Succession，1740—1748）之间的这段历史。"西班牙王位继承战争"的结局直接导致荷兰（包括安特卫普）落入了奥地利王权的统治之下。本篇故事表达了安特卫普市民对外国统治者奥地利人的敌视和反抗。

时候，佛兰德斯[1]地区的各大城市到处都有平民百姓在闹事、起义，当局只能以武力镇压，因此，奥地利人的驻军和卫戍部队随处可见。

我来到安特卫普，向人打听怎么找伯纳德神父。他不在此地，离开已有一两天了。于是，我只好一路问过来，总算找到"可怜的克莱尔女隐修院"了。可是，在这个原本应该很健康、很兴旺的地方，我只看到了那些朦朦胧胧、令人丧气、凄凉灰暗的高墙，被狭窄的街巷封锁得严严实实，难以入内，且位于本城地势最低洼的地方。房东告诉我说，要是我染上了什么讨厌的疾病，或者陷入了随便哪一种绝境，那些"可怜的克莱尔"说不定也会接纳我、照料我呢。他说，她们才是修道会中修行最苛刻的一支，非常节俭，穿着布料最粗劣的衣服，光着脚走路，靠安特卫普居民时有时无的施舍为生，甚至还把那些本来就少得可怜的残羹剩饭分给聚集在周围的穷苦人和无依无靠的人。她们和别人没有任何信件往来，或者说，跟外界没有任何交往，除了一心苦修外，她们对什么事情都彻底死心了。当我问起他，我能不能跟她们当中哪个人随便聊聊时，他只是笑了笑，然后才告诉我说，哪怕是为了乞讨点儿维持日常生活的饭菜，她们也禁止跟人说话。即便这样，她们也照样活着，而且还用人家发善心施舍给她们的饭菜养活其他人。

"可是，"我情不自禁地喊道，"万一所有人都不记得她们了呢！难道她们愿意就这样无声无息地躺下来死掉，临终之际也不留任何遗言？"

"假如这是沿袭下来的规矩，这些'可怜的克莱尔'还是会心甘情愿地遵守的。不过，这座女隐修院的缔造者当年曾制定过一个应急措施，用于应对这种极端情况，就像你说的那样。我听说，她们有一个铃铛，只不过是一个很小的铃铛。可是，在人们的记忆中，这个铃铛迄今为止还从来没有人摇响过。如果这些'可怜的克莱尔'已经连续二十四小时没有食物了，她们也许会摇这个铃铛，然后就期待着，相信我们这些安特卫普的好心人会及时赶来援救这些'可怜的克莱尔'，因为在我们身处困境的时候，她们也雪中送炭，照顾过我们。"

在我看来，这种援救大概得等到天黑下来才行，不过，我并没有说

---

[1] 佛兰德斯：西欧一地区，包括比利时的东西佛兰德省、法国北部、荷兰西南部的部分地区。

出我的心思。我巧妙地转移了话题，问房东是否知道，或者是否曾经听说过，关于某个玛格黛伦嬷嬷的事情。

"知道，"他压着嗓子说，"什么消息都会泄露出来的，即使是'可怜的克莱儿女隐修院'也不例外。玛格黛伦嬷嬷要么是一个臭名昭著的大罪人，要么是一位德高望重的大圣人。我听说，她做过的善事，比其他所有修女们加在一起还要多呢。可是，当她们上个月推举她当这个隐修院的院长时，她却低声下气地恳求她们别这样做，她宁愿身份比其他所有人都低下，宁愿当地位最卑微的服侍所有人的仆人。"

"你从没见过她吗？"我问道。

"从没见过。"他回答说。

对于伯纳德神父，我已经等得有些不耐烦了，但是我依然徘徊不定地滞留在安特卫普。政治局势比以往任何时候都糟糕，再加上全国许多地区农业收成不足而导致的粮食严重短缺，局势混乱到了前所未有的地步。我看到每一个街头巷尾都成群结队地聚集着义愤填膺、模样邋遢的民众，他们用饿狼般的眼光直勾勾地盯着我养尊处优的皮肤，瞪着我这身整洁得体的打扮。

伯纳德神父终于来了。我们促膝交谈了很久，他告诉我说，十分蹊跷的是，吉斯伯恩先生，也就是露西的父亲，这段时间正在一支奥地利军团里服役，此时就在安特卫普的卫戍部队里。我问伯纳德神父能否安排我们见上一面，他当即同意作此安排。没想到，等了一两天之后，他却对我说，吉斯伯恩先生一听到我的名字，就不肯再深入交谈下去，说他诅咒自己的祖国，痛恨自己的同胞。

大概是他回想起来了，我的名字与她女儿露西的名字有牵连。不管怎么样，我无缘结识他了，这一点已经十分清楚。伯纳德神父的话进一步证实了在我心中暗暗持续发酵的种种怀疑，因为某个正在日趋逼近的罪恶，就在安特卫普"身穿军服"的人中间酝酿着，他也恨不得让我立即从这座城市滚出去呢。可惜我非常渴望那种冒险的刺激，因而会顽强地拒绝离开的。

有一天，我陪着伯纳德神父在韦尔特宫里散步，却见他忽然朝一名奥地利军官点了点头，那人正在横穿马路，朝这座天主教堂走来。

"此人就是吉斯伯恩先生。"那人从我们身边刚走过去，他就对我说。

我扭头看了看那个军官个头很高、瘦削挺拔的背影。只见他腰板笔直，步态从容，一副器宇轩昂的样子，尽管他早已人过中年，无情的岁月说什么也该让他略有点儿弯腰曲背了。我正朝那人打量时，他也恰好转过身来，目光迎着我的目光，于是，我便看到了他那张脸：刀割般的皱纹，晦暗的面色，灼伤的疤痕，这就是我眼前这个人的面孔；激情以及战争的横财，在这张脸上留下了深深的烙印。我们四目相对了只不过一瞬间。随即，我们彼此都转过身去，分道扬镳了。

但是，他的整体形象绝不是让人轻易就能忘却的那种，军服上琳琅满目的佩饰，再加上由此而产生的那种一望而知的内心思想，与他那阴沉、沮丧的面部表情放在一起，构成的只不过是一个很不和谐的整体形象。由于他是露西的父亲，出于本能，我开始到处寻找能与他碰面的机会。久而久之，他肯定也意识到了我这股死缠烂打的执拗劲儿，因为我每次从他身边经过的时候，他总是傲慢地虎下脸来，朝我怒目而视。不管怎么样，反正在这么多次的相遇中，有一次，我总算抓住了能出手帮他一把的良机。他当时正好走到一个街头的转弯处，没想到，迎面突然来了一大群心怀不满的佛兰芒人[1]，我之前已经提到过这些人。几句你来我往的口角之后，我的这位绅士突然拔出剑来，驾轻就熟地挥手一刺，其中一人顿时负伤流血，就因为此人刚才侮辱过他。这只是我自己的猜测，我因为离得太远，根本没听清他们的话。要不是我冲上前去大声呼救，那些人早就一拥而上，把他打翻在地了。那时候，在安特卫普人所共知的状况是，到处都是集会、游行，到处都有奥地利士兵在不分昼夜地沿着大街小巷巡逻，于是，成批的奥地利士兵赶来增援了。我想，无论是吉斯伯恩先生，还是那帮群情激昂的庶民，都不会因为我横加干预而对我心存多大感激。他背靠墙稳稳地站着，摆出一副娴熟的击剑姿势，手握明晃晃的双刃长剑，准备跟那些身强力壮、来势汹汹、赤手空拳的汉子展开格斗了，总共大约有六七个人吧。不过，他自己的士兵一赶到，他便立即收剑入鞘了，接着，他漫不经心地下达了一个命令，派兵再次驱散了那些人，随后便独自一人继续沿着那条大街从容不迫地

---

1 佛兰芒人（Flemings），说佛兰芒语的比利时人。

向前走去，任由那些汉子们在他背后咬牙切齿地谩骂。而且有半数以上的人，因为我的大声呼救，还想冲过来揍我。我并不在意他们会不会揍我，我当时的生活似乎也太乏味了，正愁无处发泄呢；况且，大概是这样吧，我胆敢在他们当中悠然自得地行走的这种姿态，也断了他们想攻击我的念头。非但如此，他们还忍下了这口气，允许我同他们交谈起来。于是，我便有幸听到了他们的种种冤情和苦衷。旧恨新仇，忍辱负重，他们得承受多大的痛苦啊，难怪这些受苦受难的人这么蛮不讲理，这么爱铤而走险呢。

被吉斯伯恩划伤了脸的那个人很想从我嘴里知道侵犯他的那个人叫什么名字，但我怎么也不肯说出这个名字。这伙人当中的另一个人听他这样问，便回答说：

"我知道那个人。他姓吉斯伯恩，城防总司令的副官。我很了解他。"

他声音很低地大讲起吉斯伯恩的风流韵事来。他在讲故事的时候，我看得出，他们都听得津津有味、淫性大发，而且显然还不乐意让我听见。我正好趁机溜走，回我的临时住处去了。

当天夜里，安特卫普便沦陷在公开举行的起义之中。居民们奋起反抗他们的奥地利"主人"。那些奥地利人，因为把守着各处城门，起初还相当沉得住气，按兵不动地待在要塞里，只有重型加农炮沉闷的轰隆声时不时在本城上空飞掠而过。但是，假如他们指望这场动乱会自行平息下来，几个小时的怒火发泄完就会自行消散，他们就大错特错了。一两天后，暴动者就攻占了几个主要的市政大楼。直到这时，奥地利人才旌旗招展、耀武扬威地排着整齐的队伍浩浩荡荡开了出来。他们迈步走向指定位置时，个个都气定神闲，面带微笑，仿佛这些来势汹汹的暴民在他们眼里不过是一群群在嗡嗡地飞来飞去的夏日里的苍蝇。他们训练有素的机动作战能力，他们弹无虚发的射击技术，都有很厉害的震慑力，足以解决问题。不料，在处死一名暴动者的一个地方，有三名和他一样血气方刚的暴动者突然猛冲过来，要为那个死去的同伴报仇。但是，有一个死敌，一个如鬼魅般的奥地利人的同盟者，却在暗中捣鬼。粮食，数月来一直紧缺、价格昂贵的粮食，现在无论出多高价钱也难买到了。暴动者正在作殊死努力，想把粮食给养运进城来，因为他们在外面有朋友。在靠近本市港口、距离斯海尔德河[1]最近的地方，一场恶战打响了。我就在那儿，帮助那些暴动者，因为我赞成他们的正义事业。我们与奥地利人打了一场激烈的遭遇战，双方都伤亡惨重。有一会儿，我明明看到他们满身是血地躺在那儿，片刻后，一阵硝烟湮没了他们。然而，等到硝烟散去时，他们却成了死人——有的是被活活踩死的，有的是被活活闷死的，被刚刚中弹死亡的人压在身下，看不见了，那些人是在最后那阵枪战中被撂倒的。就在这时，一个身穿灰色长袍、蒙着灰色面纱的人，迎着火光闪烁的枪口，从斜刺里横冲过去，蹲在那个不知名的伤员身边，那伤员血如泉涌，已命悬一线；有时候，她是为了去给伤员喂水，他们随身带着的水壶就挎在他们腰边；有时候，我看见有十字架高举在某个奄奄一息的伤兵面前，还有那一连声说出的急促的祷告声，那些置身在这万恶的枪炮声中的人是听不到的，但是能让在天之人听见。我亲眼目睹了这一切，恍若做了一场噩梦。战祸连绵、尸横遍野，这就是那个时代的严峻现实。但是我知道，尽管她们赤裸的脚上沾满了湿淋淋的鲜血，尽管看不到她们蒙着面纱的脸，但是我知道，这些灰色的身影就是那些"可怜的克莱尔"——她们冲出来了，因为苦难无处不在，危险已迫在眉睫。因此，她们离开了那个与尘世隔绝的隐修院避难所，闯进了这硝烟弥漫、罪恶滔天的战乱之中。

离我近在咫尺，被众多战士争先恐后地簇拥着从我身边走过去的人正是安特卫普的那位议员，他脸上的伤口还没有愈合。紧接着，他就被蜂拥而来的人群推搡得一头撞向了那个奥地利军官吉斯伯恩，还没来得及缓过神来，这位议员就认出了自己的敌人。

"哈！英国佬吉斯伯恩！"他喊道，话音刚落，便气急败坏地朝他猛扑过去。他照准他的脸狠狠就是一拳——英国佬倒下了。就在这时，硝烟中突然闪身冲出一个深灰色的人影，只见她飞身上前，径直跪倒在那悬在半空、寒光逼人的利剑下。议员的胳膊被架住了。无论是奥地利人还是安特卫普人，谁都不愿伤及这些"可怜的克莱尔们"。

"把他交给我！"一个低沉而又严峻的声音说。"他是我的仇人——我多年的仇人。"

---

[1] 斯海尔德河（the Scheldt），位于西欧的重要河流，流经法国、比利时、荷兰等国，入北海。

这是我听到的最后几个字眼。我自己也被一颗子弹击中，倒在地上。一连好几天，我什么都想不起来。我苏醒过来后，身子骨虚弱到了极点，恨不得能大吃一顿来恢复体力。房东坐在我身边眼巴巴地望着我，他也一筹莫展，一副愁眉苦脸的样子。他听说了我的伤势，设法找到了我。对！这场斗争依然在继续，但是这场饥荒却让人痛心疾首。有不少人，他听说，因为没饭吃，已经活活饿死了。他说话时眼中噙着泪珠。不过，他很快就甩开了他软弱的一面，恢复了他那乐天派的个性。伯纳德神父来看过我——除了他，再没别的人了（的确，谁会在乎你呢？）伯纳德神父说好这天下午要再来的——他答应过我。可是，伯纳德神父根本没来，尽管我穿戴整齐，坐在床上，望眼欲穿地盼着他来。

　　房东给我送来一份饭菜，那是他亲自下厨做的，至于这顿饭是用什么做成的，他却不肯说。不过，这顿饭真是好吃极了，每吃下一大口，我好像就恢复了一点儿元气。这位好心人坐在一边，看着我津津有味地吃着，脸上露出了心疼我的快乐的笑颜。可是，由于胃口得到满足了，我才开始察觉到，他有点儿眼馋，似乎也很想吃这份我如此狼吞虎咽、已经所剩无几的饭菜——因为，的确如此，我那时还没有意识到这场饥荒的严重程度。突然，窗外传来了一阵急促的好像有许多人在奔跑的脚步声。房东推开一扇窗户，想弄清究竟发生了什么事。紧接着，我们便听到了一片微弱却又清脆的叮叮咚咚摇铃声，铃声尖利刺耳地在空中回荡着，与世间其他各种声音都截然不同。"圣母娘娘啊！"房东惊呼道，"是'可怜的克莱尔'！"

　　他一把抓起我吃剩的残屑，随手塞进我的手里，吩咐我立即跟他走。他一边匆匆跑下楼梯，一边又胡乱抓了些吃的东西，他屋里的那几个女人早已急不可耐地捧出了食物，等着他来拿。不一会儿，我们就到了街上，紧随如大潮汹涌般的人群，朝"可怜的克莱尔女隐修院"奔去。那令人心悸的叮咚作响的铃声依然源源不断，仿佛在用它那难以言喻的哭声绵绵不断地刺戳着我们的耳朵。在这彼此互不相识的人群中，有颤颤巍巍、潸然泪下的老头儿，他们带来了自己仅有的一点儿口粮；有泪流满面的女人，她们把自家粮罐里残存的一点儿粮食全都捧了出来，因此，这些粮罐本身的分量，大多数都比装在罐里的粮食要沉重得多；还有娃娃们，小脸蛋紧张得红扑扑的，手里紧紧地捏着一小片被啃过的面包或糕点，怀着迫切的心情，想把这口饭省下来，好带去救那些"可怜的克莱尔"；还有壮汉——没错，有安特卫普人，也有奥地利人——他们奋力冲上前去，牙关紧咬，一声不吭……那尖厉刺耳的叮咚声已经响彻全城，牵动了所有人的心——那是临终之际求救的呼号声啊。

我们遇到了第一波退回来的人流，他们个个都面色惨白，充满哀怜之情，他们退出隐修院是为了给其他献爱心的人让路。"快点儿，快点儿！"他们说，"有一个可怜的克莱尔快要死啦！有一个可怜的克莱尔已经活活饿死啦！上帝饶恕我们，饶恕我们这个城市吧！"

我们继续向前挤去。川流不息的人群推着我们奔向了隐修院的所在地。我们被人流裹挟着穿过了隐修院的几间食堂，里面全都空空如也，连粮食的碎屑残渣都见不到。我们走进隐修院狭窄的单人小室，每间单人小室的门上都写着本室修女的名字。因此，凭着这一点，我，连同其他人，身不由己地闯进了玛格戴伦嬷嬷的单间小室。在她卧榻上躺着的正是吉斯伯恩，脸色惨白得像死人一样，不过，他还没死。他身边是一杯水，还有一小片发了霉的面包，他早已把那片面包推到自己够不着的地方去了。再说，他此时想伸手去拿，怕也动弹不得了。床头上有这样一行字，是按照英文版抄写的："所以，你的仇敌若饿了，就给他吃；若渴了，就给他喝。[1]"

我们当中有人拿了吃的东西给他，他贪婪地吃起来，活像一头行将饿死的野兽。此时此刻，那刺耳的叮咚作响的铃声再也听不见了，取而代之的是那庄严肃穆的钟声，在所有信奉基督教的国家，那钟声宣告的是，人的灵魂已经脱出世俗的生命，即将进入永恒的天国。随后又是一阵喃喃的低语声，声音越来越大、越来越响，犹如许多人在无比敬畏地压低嗓音说，"有一个'可怜的克莱尔'快要死了！有一个'可怜的克莱尔'已经死去了！"

我们再度被涌动的人群推挤着，裹挟着，走进了专属这些"可怜的克莱尔"的小教堂。只见高高的祭坛前摆放着一副停尸架，停尸架上躺着一个女人——躺着玛格戴伦嬷嬷——躺着布丽姬特·菲茨杰拉德。站

---

[1] 语出《圣经》。详见《圣经·新约·罗马书》第 12 章第 12 节。

在她身边的是伯纳德神父，身穿法衣，高举着十字架，在宣读教会庄严的赦免书，赦免一位最近刚刚主动忏悔过其深重罪孽的圣徒。我怀着强烈的冲动拼命向前挤去，直到我站在这位奄奄一息的妇人跟前，她正在接受临终的涂油礼[1]，围绕在四周的大批民众都屏住了呼吸，默不作声、肃然起敬地站立着。她的眼睛渐渐迷蒙起来，四肢也在渐渐变硬。然而，等到仪式完毕、宣告结束时，她竟慢慢挺起枯瘦的身子，两眼炯炯有神，闪动着令人惊奇的强烈的喜悦之光。因为，随着她手指摆出的手势，随着她眼中如梦似幻般闪烁的目光，她似乎就像一个健全正常的人，在注视着某个可恨而又可怕的家伙在她眼前渐渐消失。

"她终于得到解脱了，不再受那个诅咒的束缚了！"她说。说完这话她便仰面倒下，离开了人世。

（吴建国　张天元　冯冲　译）

---

[1] 基督教中极为神圣的一种仪式。天主教神父往往给临终的人行涂油礼，油代表圣灵。在涂油之前，神父为临终的人祷告，求主赦免其罪，接受临终的人的灵魂。

葛里菲斯家族的厄运

第一章

我向来对涉及欧文·格兰道尔[1]的那些民间传说非常感兴趣,那些传说在威尔士北部地区上上下下流传甚广,威尔士农民至今依然视他为本国的英雄,对于这种情感,我完全能体会到。大约在十五六年前,牛津曾举办过威尔士诗歌奖,最终获奖作品的主题就是"欧文·格兰道尔",当时,许多威尔士公国的居民都沉浸在莫大的欢乐之中。那是多年来最值得威尔士人骄傲的民族性话题。

也许有人并没有意识到,这位厉害无比的铁腕头领,尽管以其爱国主义情怀闻名于世,然而在他那些目不识丁的同胞的心目中,他那神奇的魅力也与他的爱国主义情怀一样闻名遐迩,即便在经历过启蒙运动的今天,也依然如此。他是这样评价自己的——或者是莎士比亚是这样评价他的,两者并无多大区别——

> 在我诞生的那一刻
> 天空布满了团团火块
> 像灯笼火把似的照耀得满天通红……
> ……我能从无边的深渊中召唤幽魂。[2]

---

1 欧文·格兰道尔〔威尔士文:Owain Glyndŵr, Owain Glyn Dŵr,莎士比亚普将其英语化为 Owen Glendower,约1359—约1415〕,生于威尔士,威尔士统治者,是最后一位持有威尔士亲王头衔的威尔士人。

2 语出莎剧《亨利四世》(Henry IV, 1598)第三幕。

不过，对于霍茨波在回答时提出的那个毫不相干的问题，公国的这些下层民众却没几个人会想到问[1]。

在其他那些相传至今的传说中，跟这位威尔士大英雄的天性这方面有关的，就是针对这个古老家族的预言，这也是本故事的篇名的由来。当大卫·甘姆爵士[2]——此人"是一个要多阴险就有多阴险的叛徒，仿佛像出生在比尔斯一样"[3]——在马汉莱斯镇[4]寻机谋杀欧文时，有一个人陪伴在他身边，格兰道尔做梦也想不到，这个人的名字竟然和他的敌人挂上了钩。里斯·葛里菲德，那可是他的"心腹亲信"、他的亲戚、他胜过亲兄弟的好友啊，居然勾结敌人来索取他的性命。大卫·甘姆爵士或许还可以饶恕，但是，对于里斯·葛里菲德这样一个他曾经非常宠爱的人，对于这样一个竟然出卖他的人，恐怕永远也不能饶恕。格兰道尔太深谙人心了，没有大开杀戒。不，他让里斯·葛里菲德活了下来，活在他同胞的憎恨和鄙视之中，活在更加痛苦的悔恨之中，让他背负着该隐的印记[5]。

但是，在里斯·葛里菲德临行之际——他此时的身份依然还是一名囚徒，由于受良心的谴责，正低着头瑟瑟发抖地站在欧文·格兰道尔面前——这位头领将一个灾难性的厄运布施于他和他满门族人的头上：

> 我宣判你活下去，因为我知道，你巴不得一死了之。你会活得比凡人的正常寿命还要长，活在所有好人的鄙视中。连娃娃们都会喷喷地吐着舌头朝你指指戳戳，说，"瞧，那个残害自己亲兄弟的人来了！"因为我待你情同手足，甚至比亲兄弟还要好，啊，

---

[1] 语出莎剧《亨利四世》(Henry IV, 1598) 第三幕。当格兰道尔说 "……我能从无边的深渊中召唤幽魂。" 时，霍茨波回答说："啊，这我也会，什么人都会；可是，您召唤它们时，它们果然会应召而来吗？"

[2] 大卫·甘姆 (David Gam)，民间相传的赫赫有名的威尔士武士，欧文起义时期效忠于亨利四世，有谣传说，是他策划了暗杀欧文之事，但至今仍查无证据。

[3] 此处指 1282 年乱军对威尔士亲王卢埃林 (Llywelyn ap Gruffudd, 约 1228—约 1282) 的伏击、谋杀事件。据英国民间故事传说，卢埃林亲王后来在威尔士中部的比尔斯·威尔斯市 (Builth Wells) 被砍头。

[4] 马汉莱斯 (Machynlleth)，威尔士古代商业重镇。

[5] 该隐 (Cain)，《圣经》中亚当的长子，曾杀害自己的亲弟弟，被逐出家乡，漂泊在外，唯恐人人得而诛之，便恳求耶和华别惩罚他太重。"耶和华对他说，凡杀该隐的，必遭报七倍。耶和华就给该隐立一记号，免得人人遇见他就杀他。" 详见《圣经·旧约·创世记》第 4 章第 15 节。

里斯·葛里菲德！你会活下去的，要看到你所有的家人，除了怀中弱小的婴儿，都死在刀剑之下。你的满门族人都会遭到报应的。

你族人中的每一代人都会眼睁睁地看着他们的领地像冰雪消融一样化为乌有；即使他们没日没夜地辛勤劳作，积聚黄金，他们的财富也会散失殆尽。等到第九代人从地球上灭亡的时候，他们的血液就再也不会流淌在凡人的管脉之中了。到那时候，你家族中的最后一个男性将会来找我报仇。儿子将会弑父。

这就是人们相传已久的欧文·格兰道尔对他曾经十分信赖的那位朋友所说的一席话。据说，这个诅咒后来在每一样事情上都应验了；葛里菲斯[1]家族世世代代都竭尽所能过着无比吝啬的日子，从此再也没有兴旺发达过——事实上，他们在人世间的家产全都无缘无故地败落得几无所剩了。

不过，随着岁月的流逝，人们逐渐淡忘了这一整套诅咒所具有的震撼人心的力量。只有当一些不可思议的怪事发生在葛里菲斯家族的人身上时，人们才会从记忆深处再次回想起这段往事；等到这个家族延续到第八代时，人们对这一预言的信念几乎毁于一旦，因为葛里菲斯家族的这位后代与欧文家的一位小姐结了婚；更让人意想不到的是，由于一个兄弟的死亡，这位欧文小姐竟成为了她家族的继承人——虽然继承的财产数目并不大，这一点毫无疑问，然而却足以使那个预言出现逆转。这位女继承人和她的丈夫，将男方在梅里奥尼思郡的一小块祖传地产，转移到了女方在卡那封郡的遗产的名下，一时间，这个预言便暂告休眠了。

如果你从特雷马多出发，前往克里基厄斯，会经过伊尼辛哈纳的教区教堂，教堂坐落在群山绵亘、沼泽遍地的山谷里，山谷的北边毗邻里弗斯，南边是卡迪根海湾[2]。这片土地无论怎么看，都像是不久前刚从海里打捞出来的，而且到处都散发着往往与这类沼泽地为伍的难闻的腐臭

---

[1] 里斯·葛里菲德的姓氏"葛里菲德"（Gryfydd）系出威尔士语，其英语化拼写为"葛里菲斯"（Griffiths）。英格兰征服威尔士后将威尔士人的姓氏英语化，此处即为一例。

[2] 上述这些地名均在英国威尔士北部。

味，令人备感凄凉。然而，再往前去的那条山谷，尽管本质上与其他地方并无区别，在我撰写本篇故事的时候，却更让人感到郁闷。大片的冷杉生长在那片地势较高的地方，却因为过于稠密，难以长成参天大树，因而像得了矮株病似的，既没有高度，也没有外形，犹如低矮浓密的灌木丛。毫无疑问，许多更加低矮、更加弱小的树木都已枯死，树皮脱落在棕色的土壤上，无人问津。微弱的光亮费劲地穿过顶端遒劲厚重的大树枝，映照着惨白的树干，使这些树看上去很可怕。在靠海的那一边，山谷较为开阔，尽管也不那么令人心旷神怡。这一带显得十分阴冷潮湿，而且常年笼罩着海雾，甚至连一幢农家住屋，一幢通常能为山水景致增添欢乐气氛的农家住屋，在这里也丝毫产生不了美感。这片山谷便是欧文小姐成为葛里菲斯后代的合法妻子后所获得的地产中的绝大部分。山谷地势较高的地方坐落着这户人家的宅邸，或者说栖身之所，因为"宅邸"这个字眼未免太过华丽，不适合用来描写这座虽说质朴简陋、却也建造得结结实实的柏德文庄园。屋子四四方方，外观显得厚重沉实，只假意做了些必要的装饰，免得看上去就是纯粹的农家小屋。

在这个栖身之所，葛里菲斯夫人为她丈夫生下了两个儿子——卢埃林，就是那个未来的乡绅，还有罗伯特，他命中注定将来要献身于英国国教。在罗伯特还没被送入耶稣学院[1]之前，这两兄弟在人生境遇上的唯一差别是，哥哥不管在哪里，向来都得宠，而罗伯特则有时受气，有时得宠；卢埃林从那个可怜的威尔士牧师身上什么本领也没有学到，那位牧师只是他徒有虚名的家庭教师而已；葛里菲斯老爷偶尔也会狠下心来督促一下罗伯特，要他多用功，告诉他说，既然得挣钱养活自己，就必须重视学习。没人知道罗伯特所接受的这种极不正规的教育要达到什么程度，才能让他通过大学考试；不过，他在这方面还算运气不错，考量他学业的时机还未见端倪，罗伯特就听说他哥哥死了，是在得了一场急病之后暴死的。于是，罗伯特便被理所当然地召回家来，再说，既然已经没必要"挣钱养活自己"了，他就不该再回牛津，把他召回来完全是理所当然的事。所以，这个虽然只接受了一半教育，头脑却并不鲁钝

---

[1] 耶稣学院（Jesus College），英国历史悠久的宗教学府，创办于1571年，是历史上威尔士宗教界人士和学者的钟情之地。

的年轻人便继续留在家里，陪伴父母度过他们短暂的后半生。

他并不是一个不同寻常之人。总的来说，他还算性情温和，不急不躁，为人也很随和；不过，一旦真把他惹急了，他也会情绪激烈，冲动得吓人。的确，他似乎颇有些谨小慎微，一般情况下不大敢发脾气，哪怕明知自己有理，也不敢动怒——唯恐自己会失控。倘若接受过贤达开明的教育，他没准还真能在那些分门别类的文学领域里脱颖而出呢，因为那些分门别类的文学需要有鉴赏力和想象力，而不是一味地反思或评判。实际上，他的文学修养都体现在对各式各样威尔士古玩的收藏上了，要是他能活到我写本篇故事的这个时代，他收藏的那些威尔士人的手稿准会引起皮尤博士[1]本人的嫉妒。

罗伯特·葛里菲斯有一个特点我没有交代清楚，这个特点在他那个阶层的人当中倒也算独具一格。他从不酗酒；至于他究竟是因为怕头脑发热，还是怕影响到他那多少也算高雅的品位，才使他讨厌醉酒以及往往与醉酒相伴的种种失态的，我也说不清；不过，罗伯特·葛里菲斯在二十五岁这个年纪时，头脑向来都很清醒——这一点在林恩地区[2]实属罕见，他简直像一个守财奴一样，几乎足不出户，也从不跟人交往，大部分时光都是在孤寂落寞的状态中度过的。

大约就在这段时间，有一宗案件他非得出庭不可，这起案件是在卡那封郡的巡回法庭上审理的。在这期间，他的代理人的事务所里有一位客人，一位精明强干、通情达理的律师的一个女儿，这个女儿长得十分妩媚可人，一下子就把罗伯特·葛里菲斯迷住了。尽管他只在她父亲的事务所里待了几天，却足可以奠定他的爱慕之情，时光飞逝，短短几天转眼过去之后，他就把一位女主人带回柏德文来了。这位新来的葛里菲斯夫人是一个温存体贴、善解人意的人儿，对自己的丈夫充满了爱意，不过，她对丈夫似乎也有些敬畏，这种敬畏之心部分源自他们年龄上的差距，部分是因为他把很多时间都用在他专心致志的研究上了，至于他研究的是什么，她却一点儿都不懂。

---

1 皮尤博士（William Owen Pughe, 1759—1835），英国词典编纂家、古玩收藏家，出版过第一部《威尔士英语大辞典》（1793—1803），编撰过描写威尔士历史和文学的史学著作《威尔士年鉴》。
2 林恩（Llyn），威尔士一城镇。

她不久就让罗伯特当上了父亲，为他生了一个活泼可爱的女儿，取名叫安哈蕾德，随她母亲的名字。随后，柏德文的这户人家度过了几年风平浪静的时光。就在那几位老婆婆众口一词地说，这个摇篮大概用不着再摇了的时候，葛里菲斯夫人又添了一个儿子，一个将来要继承家业的儿子。这孩子刚出生不久，母亲就去世了：她怀孕期间一直身体欠佳，情绪也很低落，在经受过怀孕和分娩的痛苦之后，她仿佛身心都缺乏应有的活力，再也没法恢复元气了。她丈夫，由于一直另有所求而移情别恋，现在倒比以往任何时候都更爱她了，因而对她的早逝深感悲痛，他唯一聊以自慰的，就是她给他留下了这个可爱的小男孩。老爷性格中的这一面，如此温柔体贴的这一面，简直像女人一样温柔婉顺的这一面，仿佛全被这个小婴儿孤弱无助的处境唤醒了，后者朝父亲伸着两只小胳膊，嘴里咿咿呀呀叫唤着，像所有无比幸福的娃娃唯独对妈妈才会施展的那一套一样。安哈蕾德几乎没人过问了，而小欧文则成了这个家的国王。然而，除了父亲，谁也比不上他姐姐这么疼爱他，护着他。她已经习惯了处处都让着他，这一点已经不再是一件难事了。每日每夜，欧文都雷打不动地陪伴在父亲身边，年岁的增长似乎仅仅是为了巩固这一习惯。对这孩子来说，这是一种很不正常的生活，那么多兴高采烈的小脸蛋他一个也见不到（因为安哈蕾德，如我前面所说，虽然比他大五六岁，这没娘的小女孩真可怜啊！她那张小脸蛋上常常什么苦涩的表情都有，就是没有欢乐），更听不到那些清脆悦耳、叽叽喳喳的童言趣语，只能日复一日地陪着他父亲消磨孤独的时光：有时待在昏暗的房间里，四周都是形如巫术般的老古董，有时蹒跚着两只小脚丫，迈着"娃娃步"，踢踢踏踏地跟着父亲在山里瞎转悠，或者在附近狩猎。倘若这对父子走到一条泛着白沫的小溪边，看见小溪里的踏脚石彼此分布得太宽太远，父亲便会心疼地抱起小儿子跨过小溪；倘若这小小少年走累了，他们就停下来歇一会儿，他舒服地躺在父亲的怀抱里，有时候老爷也会再次抱起他来，把他扛回家。这孩子最大的心愿（父亲也巴不得他有这个愿望），就是能跟父亲一同吃饭，跟父亲同进同出。如此这般的溺爱，虽然没有让欧文变得性情乖戾，却也使他十分任性，不像一个快乐的孩子。他总是一副若有所思的模样，那种表情在一个少年的脸上很不寻常。他对各种游戏都一无所知，也不懂那些欢快的娱乐活动；他的见识具有一种想象和思辨的特点。他父亲也乐于培养他对自己的研究的兴趣，却毫不考虑这种做法对一个如此年幼的孩子的心灵健康到底是否有益。

当然，葛里菲斯老爷并非不清楚那个古老的预言，知道那个预言必将应验在他这一代人身上。和朋友们在一起时，他偶尔也会提及此事，只是用怀疑的口吻轻轻一带而过；但事实上，这件事一直压在他心头，只是他故意不承认罢了。他那强烈的想象力会使他格外关注这类话题；他的判断力，虽然很少被严峻的想法所左右或强化，也阻止不了他翻来覆去地老是惦记着这件事。他时常凝视着儿子有些忧伤的面容，儿子抬着头坐在那儿，用他那黑黑的大眼睛望着父亲的脸，那样饱含深情，然而又充满探询地望着他，直到这古老的传说开始在他胸中波翻浪涌，直到他痛苦得没法不动恻隐之心。此外，他对这孩子压倒一切的爱，似乎也需要得到充分的宣泄，这不是说几句亲切的话就能解决的。他很想驳斥那个预言令人恐惧的借古喻今的目的，却又心有余悸。尽管如此，葛里菲斯老爷还是用一种半开玩笑的方式，把这个传说告诉了他年幼的儿子，有时是在秋日里欧石楠丛生的荒野地里漫步时讲述的，那可是"一年中最让人伤感的时光"啊，有时是坐在那个镶着橡木护墙板的房间里讲述的，房间的四周摆满了神秘的古物，在摇曳不定的炉火的映照下，那些古物怪异地若隐若现地闪烁着微光。这个传说渐渐在孩子的脑海里扎下了根，而且他也渴望听父亲一遍又一遍地讲述，尽管听得他浑身发抖，而父亲在谈及自己的爱情时，话语中却掺杂着爱怜和质疑。有时候，欧文充满爱怜的话语和举动，会被父亲轻描淡写却饱含酸辛的言语所打断——"你可要摆脱出来啊，我的孩子！你根本不懂这种爱的结果是什么。"

安哈蕾德十七岁、欧文十一二岁时，柏德文庄园所在教区的教长极力劝说葛里菲斯老爷，要把这男孩送去上学。如今，这位教长与他的这位教区居民之间有很多志趣相投的爱好，因而也是他唯一的知己；而且，经过反复争论，他总算让老爷相信了，欧文现在过的这种很不正常的生活，无论从哪方面说，都是有害的。尽管做父亲的说什么也不愿跟儿子相分离，但他最终还是把欧文送进了班戈市[1]的文法学校，这所学

---

1 班戈（Bangor），威尔士一个城市，英国最小的城市之一，濒临梅奈海峡，与安格尔西岛隔海相望。

校当时的管理者是一位优秀作家。一到这儿,欧文便显示出,他的天分要比教长原来所想象的高得多,教长当初曾断言过,这少年在柏德文过的那种生活已经使他彻底麻木了。他能在这所学校闻名遐迩、独具一格的学科上为校争光,但他在同学中没有什么人缘。他有些倔犟,尽管在一定程度上,他为人慷慨,铁面无私;他虽然话不多,但是举止很文雅,除非惹得他勃然大怒,情绪失控(这些性格上的特点很像他父亲)。

有一年圣诞期间,他离校返家,他待在班戈已经有一年多了,一到家就大为震惊地得知,那个一贯没人正眼相看的安哈蕾德马上就要嫁人了,嫁给南威尔士的一个男人,那户人家住阿伯里斯特威斯附近。男孩子们向来很少对姐姐心存感激,但是此时却想到,安哈蕾德多年来一直任劳任怨,而他回报给姐姐的却是让她备受冷落,不禁深感痛悔起来。由于怀着这种痛悔之情,他在言语上也就缺乏控制,不顾别人的感受了。他不断向父亲诉说着,直到老爷一听到他反反复复的唠叨,就痛心疾首、懊恼不迭,因为他老是大惊小怪地说:"安哈蕾德走了,我们怎么办啊?""安哈蕾德出嫁了,我们多没意思啊!"欧文的假期被延后了几个星期,只有这样,他才能出席姐姐的婚礼;等到一切欢庆活动都宣告结束,新娘和新郎也离开了柏德文,父子俩这才真正体会到,他们有多想念那个从不多话却充满爱心的安哈蕾德。她曾经体贴入微、不声不响地包揽了那么多琐碎的家务活儿,全靠她操劳,才有他们舒适的日常生活;现在她走了,这个家就像少了主心骨,没法再太平无事、有条不紊地维持下去了;用人们茫然地到处寻找指令和吩咐,各个房间已经不再那样井井有条、趣味盎然,让他们心情愉快了,连壁炉里的火也燃烧得黯然失色,而且总是悄然熄灭下去,化成一堆尴枯燥、黯淡的灰烬。欧文对自己毅然返回班戈的举动全然无悔,这一点他那黯然神伤的父亲也察觉到了。葛里菲斯老爷是一位有私心的长辈。

书信往来在过去那些日子里是很稀罕的事。欧文离开家后通常每半年里会收到一封信,父亲偶尔会来看望他一次。这半年来,没人来看望这小伙子,他甚至连一封信也没收到过,直到临近放假的时候,他才十分震惊地接到消息,说他父亲又结婚了。

他当即就气得怒火中烧。这件事对他的性格造成的影响更具灾难性,因为他没法把满腔的怨气宣泄在行为上。倘若一个父亲把对第一位妻子的些许怀念置之度外，孩子们难免会胡乱猜测，这种行为究竟意味着什么。到目前为止，欧文一直视自己为父亲生活中头等重要的人物（他这样想也是无可厚非的），他们曾经那么相依为命；现在倒好，某个不可名状又过于真实的东西，似乎要永远横亘在他和父亲之间了。他觉得，父亲至少也该征得他的同意，仿佛这件事应当跟他商议才对。毫无疑问，他有权知道这件早有预谋的重大事件。老爷感觉到了，因此才写了一封言不由衷的信，这封信如同火上浇油，进一步增添了欧文心中的怨恨情绪。

虽然怀着满腔怒火，欧文第一次见到继母时，心里还是觉得，到了她这个年纪依然还这么美丽的女人，他还从没见过呢，因为她已经不再处于青春焕发、芳华正茂的全盛时期了，父亲娶她的时候，她是一个寡妇。她的容貌举止，对这个威尔士少年来说，竟是那样的迷人。他情不自禁地打量着她，呼吸急促地在心里赞美着她，他几乎从没见过婀娜多姿的女性，他多年来只跟随父亲走访过为数很少的那几个古董收藏家的家庭。她那很有分寸的优雅举止，她那无可挑剔的一颦一笑，她说话时那种娓娓动听的声调，都那样甜美悦人，直听得他满耳都是那甜美迷人的声音，这一切让欧文对父亲的婚姻不那么生气了。然而，他依然能感觉到——比以前任何时候都清楚——横亘在父亲和他之间的那片乌云；他依然能感觉到，他仓促写给父亲、回复父亲宣布婚礼的那封信，两人都没有忘记，尽管谁也没有任何暗示。他不再是父亲的知心朋友了——几乎永远不再是父亲的忠实伙伴了，因为这个新婚燕尔的妻子才是老爷最心爱的人，而他的儿子却几乎成了一个可有可无的幻影，可在这么漫长的岁月里，他可是父亲最重要的人啊。这位夫人本人对她的这个继子十分体贴，给他以最温柔的关怀；做得最显眼的莫过于对他的种种愿望所给予的关注，但他依然自负地认为，这份心意与那越来越占上风的友好表示没有任何关系。那种从眼角瞥过来的高度戒备的目光，欧文亲眼看到过一两次，她当时还自以为没被察觉呢，还有很多别的说不出名堂的细微之处，都使他有一种强烈的感觉：继母内心缺乏诚意。欧文夫人把她与前任丈夫所生的那个小娃娃也带进了这个家庭，一个大约才三岁的小男孩。这小家伙天生就是那类非常顽皮、善于观察、还爱作弄人的孩子，你似乎根本就把握不住他那变化多端的情绪：机灵而又淘气。他弄出的那些微不足道却很有实效的恶作剧,起初别人全然不知是他造成的那种痛苦,但到后来就渐渐演变成了一种不怀好意地看别人大吃苦头的幸灾乐祸,真的好像为某些寻常百姓的迷信说法提供了依据,他就是童话故事里被仙女偷换后留下的一个丑八怪。

  光阴荏苒,欧文渐渐长大了,也变得更有观察力了。哪怕只是偶尔回家探亲(他已经从小学读到大学了),他也看得出,父亲性格中的那些外在的特征已经发生了很大变化;而且,通过点点滴滴的积累,欧文顺理成章地把这种变化归咎为继母的影响。在平庸的观察者看来,这种影响那么微不足道、那么难以察觉,殊不知它竟会那么令人不可抗拒。葛里菲斯老爷听得进妻子低声下气地提出的一些看法,而且,连他自己也没意识到,居然会把这些看法当成自己的意见全盘予以接受,对一切争论和不同意见一律听不进。她的种种愿望同样也是用这种方法实现的,那些愿望都得到了满足。通过运用这种极其细微而又巧妙的花招,她潜移默化地将自己的愿望输进了丈夫的头脑,让他误以为是自己的想法,她牺牲了大权在握者的公开亮相。最后,当欧文察觉到父亲对待下人的举止有暴虐行为,或者他自己的那些愿望受到难以解释的阻碍时,他便自负地认为,继母不可告人的权势终于露出了真面目,哪怕她与父亲单独在一起交谈时说到过父亲的举动有失公允,说不定还多少表示过遗憾。父亲很快就丢掉了滴酒不沾的习惯,开始频频醉酒,其效果没多久就在他的脾气上生效了。话说回来,甚至连这一点也是因为他妻子迷人的魅力造成的。在她面前,他还算有所收敛,约束着自己的情绪,虽然如此,对他那容易发怒的火爆性格,她还是十分清楚,于是便千方百计地开导他,用的还是老一套花招,表面上假装不知道她的话带有倾向性。

  与此同时,欧文的处境对一个年轻人来说也变得格外苦闷,儿时的情景历历在目,与他现在的状况形成了如此鲜明的反差。作为一个孩子,他的阅历还没能让他在思想上检讨这种私心杂念,而这种私心杂念很可能会引出相关的行为,他被提升成了一个成年人,必须面对严重的后果。他会怀念童年的那些时光,那时候,他的意愿对用人和下人们来说就是法令,他的首肯对父亲来说是必不可少的;而现在,在父亲的家里,他是一个无足轻重的人了。而老爷呢,由于在当初那件事情上已然伤害了儿子的感情，没过多久又把自己主意已决的结婚消息告知了他，弄得父子感情愈发疏远起来，老爷似乎宁肯避而不见，也不愿找他当伙伴了，而且还过分频繁地显露出极其冷淡的态度，全然不顾儿子的感情和愿望，何况他是这样一个怀有高度独立精神的年轻人，或许应该迁就他才是。

也许欧文还没有充分意识到这一切遭遇所构成的压力，因为一出家庭剧中的演员很少能做到对什么都无动于衷，只当一个彻头彻尾的旁观者。不过，他变得越来越喜怒无常、性情乖戾起来，总是抑郁寡欢地想着自己没人疼爱的处境，同时也怀着一个平常人的心苦苦地盼着有人来同情他。

每当他离校返家，过着百无聊赖、不思进取的日子时，这种感觉便愈发强烈地盘踞在他的脑海中。作为继承人，他不必费尽心思去追名逐利：父亲是一个地地道道的威尔士乡绅，不会只追求精神上的必需品；他自己也没有足够的毅力立即做出决断，放弃一个好端端的生活之地和生活方式，尽管每天都充满了屈辱。然而，到了这个地步，他的看法慢慢发生转变了，那时发生的一些事情把他留在了柏德文。

假如欧文告别大学回来，不是以一个客人、而是以继承人的身份回到他父亲家来，你就别指望和谐的局面还能长久维持下去，哪怕是表面上的和谐——因为对立的双方，一边是既无戒备之心、性情又很乖戾的年轻人，譬如欧文这样的人，一边是时刻保持着警惕的继母。导致分歧的原因终于现出了端倪，这女人强压下憋在心里的怒气，总算弄明白了，欧文并不是一个很容易糊弄的十足的蠢货，他不像她过去认为的那样。从此以后，他们之间再也没有安宁过。这种情况并非表现在那些恶语相向的争吵中，而是表现在欧文这边喜怒无常的沉默寡言中，表现在继母对她自己的各项计划毫不掩饰、态度倨傲的落实中。在欧文得不到关爱或者照顾的情况下，柏德文也不再是那个他至少还能找到安宁、可以在其中顾影自怜的地方了：他不管做什么、有什么心愿，都因为父亲的意志而受到阻碍，这是显而易见的，而那个妻子则坐在父亲的身边，美丽的嘴唇上挂着洋洋得意的微笑。

所以，欧文总是一捱到天色微曦的清晨时分就出门，有时在海岸边或山地上随意走走，倘若正值季节，就去打猎，或者钓鱼，但更多的时候"懒洋洋地张开四肢一动不动"地躺在刚刚抽芽、芬芳沁人的草地上，沉溺在抑郁病态的胡思乱想之中。他时常幻想着，这种备受屈辱的生存状态不过是一场梦，一场令人毛骨悚然的噩梦，他应该从梦中醒来，找回自我，再次成为父亲唯一的至亲至爱。这样，他就会重新振作起来，努力去挣脱这场噩梦的纠缠。他那稚气未脱的回忆中熔金炽焰的落日却还在世间。在他西边，蔚为壮观、层层叠叠的血红色的火烧云正在渐渐淡去，慢慢融进越升越高的冷月那凛冽宁静的寒光之中，时而有一片云彩横空飞渡，飘向西边的天际，如同撒拉弗[1]的羽翼，在空中呈现出一派火红的美景；大地还是他孩提时代的大地，到处都是柔和的夜晚特有的音韵，充满了暮光的和声——微风徐徐吹来，拂过他身边低矮的欧石楠和圆叶风铃草，连草皮都在散发着夜间的芬芳气息。然而人生、心灵以及希望，自从那些不堪回首的日子以来，已经被永远改变了。

有时候，他独自一人坐在莫埃尔·热斯特山上他最喜欢的一个岩龛里。这个地方掩映在一片发育不良的桧棣树或花楸林中，外面一般看不见，他把脚埋在一丛色彩鲜艳、柔软舒适的景天[2]里，背靠一面拔地而起、直冲霄汉的巉岩峭壁。在那里，他往往一坐就是好几个小时，百无聊赖地凝望着山脚下的海湾，凝望着环绕海湾的绛紫色的山峦，凝望着躺在海湾怀抱中的小渔帆：渔帆在阳光下泛着白光，缓缓航行在如此和谐的氛围中，与镜面般的海水构成了一派清净悠然的美景。有时候，他会掏出一本古老的教科书，这本书多年来一直陪伴着他，书中的内容令人毛骨悚然，与依然潜伏在他脑海深处的那个神鬼莫测的传说完全一致——在那些隐藏得最深、时时在困扰着他的心病中，有一个朦朦胧胧的幻象在等待时机，即将轮廓分明地显现出来——倘若他求助于那些古老的希腊戏剧，就会发现，剧中有一个家族早已被那位复仇心切的命运女神宣判了死期。《俄狄浦斯王》[3]这个剧本的书页已被翻阅得破旧不堪，

---

1 撒拉弗（Seraph），《圣经》中守卫上帝宝座的六翼天使。
2 景天（stone-crop），一种植物名，叶片鲜艳，开花时有红、白、黄色的花瓣。
3 俄狄浦斯王（the OEdipus Tyrannus），古希腊神话中底比斯的国王，他在不知情的情况下，杀死了自己的父亲，并娶了自己的母亲。古希腊悲剧大师索福克勒斯在《俄狄浦斯王》中丰富了其悲剧形象。本故事主人公的悲剧命运与其极其相似。

欧文怀着病态般的迫切心情仔细揣摩着剧中的预言,结果发觉,这个预言几乎就是他自己命运的翻版。由于他故意对此视而不见,久而久之,这个传奇故事便多少有了点儿自我粉饰的味道。他简直有些纳闷,纵然有怠慢和侮辱之心,人们怎么敢招惹那位复仇女神[1]呢。

岁月如梭。他时常狂热地在森林中寻找消遣,直到把思想和情感统统丢在九霄云外,在剧烈的运动中耗尽体力。他偶尔也把整晚的时光消磨在某个小酒吧里,譬如那家很少有人问津的路边小酒吧,这里有热情好客的人,有酣畅淋漓的气氛,尽管是花钱买来的,却似乎与那个抑郁寡欢、无人搭理的家——那个冷漠无情的家,有着强烈的对比反差。

有一天晚上(欧文这时大约二十四五岁了),由于在克伦纳尼荒野上射击了一整天,已经疲惫不堪,他不知不觉地走到彭莫法[2]镇的"山羊酒店"敞开的大门前。屋里的灯光和欢乐的气氛显得很诱人,这个把自己累得筋疲力尽的可怜的人啊!当然,这种情景对无数在世俗的环境中挣扎打拼的苦命人同样很有吸引力,于是,他便情不自禁地踏进门来,点了一份晚饭,在这里,他的出现至少能引起人家些许的重视。对那家小客栈来说,这天的生意特别好。成群的绵羊,大概有好几百头呢,在前往英格兰的旅途上,它们抵达彭莫法,都熙熙攘攘地聚集在屋前的空地上。屋里是那位精明伶俐、心地善良的老板娘,在风风火火地忙前忙后,一边快活地招呼着每一个旅途劳顿的牲畜贩子,迎接他们来她的店里过夜,一边让人把羊群圈在附近的一块空地里。时不时地,她还得分神去照顾第二拨客人,因为那些人正在她家举办一场具有乡村风俗的婚礼。对玛莎·托马斯来说,这天的活儿着实够她忙的,但她始终满面春风,热情丝毫不减;欧文·葛里菲斯吃完这顿晚饭时,她也依然待在桌边,随时听候吩咐,她但愿他吃得满意,也希望他记得下次再来,还特意提醒了一句,说举办婚礼的那些人马上就要去厨房跳舞了,还说竖琴师是考文[3]地区很有名的那位爱德华。

欧文呢,部分是为了那曲意奉承的老板娘没有明说的希冀,部分是

---

[1] 复仇女神(Avenger),古希腊神话中的复仇女神,后被宙斯逐出奥林匹斯山。
[2] 彭莫法(Penmorfa),威尔士北部一村镇。
[3] 考文(Corwen),威尔士北部一重镇和交通枢纽。

出于好奇，便懒洋洋地顺着过道走向了厨房——原来并不是那种司空见惯、一派繁忙、专事烹饪的厨房，而是一间规模相当可观的屋子，就在客栈的后院里，是女主人在一应事情忙完之后坐下来歇息的地方，也是乡民们通常大宴宾朋、像人们今天这样寻欢作乐的地方。房门的过梁犹如一幅画框，恰好能让欧文看清屋里那生动活泼的场面，因为他此刻正依着墙壁站在黑乎乎的过道里。熊熊燃烧的炉火，由于时不时地有人添加一块泥炭，燃烧得更旺了，红彤彤的火光清清楚楚地映照着四个年轻人，他们在跳一种很有韵律的舞，好像是苏格兰里尔舞[1]，他们在轻盈活泼地翩翩起舞时，始终与竖琴师正在演奏的主旋律保持着令人赞叹的节拍。欧文起先驻足观望时，他们的帽子还戴在头上，但是，随着气氛越来越热烈，他们把帽子抛上了天，接着又把脚上的鞋子也踢飞了，似乎全然不顾那些鞋帽会落在什么地方。不管是谁，只要使出浑身解数，把聪明才智发挥到淋漓尽致，都会博得满堂喝彩，因此，在此起彼伏的欢呼声中，每个人似乎都想超过自己的同伴。最后，由于累得不行了，筋疲力尽了，他们才坐了下来，竖琴师也渐渐将曲调换成了一种狂野奔放、激动人心、富有民族气息的旋律，他最擅长这些旋律了。熙熙攘攘的看客们都屏住呼吸、满脸真诚地坐了下来，全场一片肃静，兴许连一根针掉在地上都能听见，间或有某个少女匆匆走过，端着燃烧的蜡烛，显得很忙碌的样子，穿过人群，朝前面那间真正的厨房走去。竖琴师演奏完那首《哈勒赫勇士进行曲》[2]优美的主旋律之后，又再次将旋律转换为《三百镑》，于是，马上就有一位看上去似乎对音乐不感兴趣的汉子开始咏唱起即兴诗，要不就是在背诵一节节诗章，他话音刚落，另一个人接着背诵起来。这项娱乐活动持续了很久，听得欧文越来越感到乏味，便想从他所在的门口位置撤出去，偏偏就在这时，屋里忽然出现了一阵小小的骚动，因为从屋子另一边进来了一位中年汉子，接着又来了一位年轻姑娘，那姑娘显然是他的女儿。只见那汉子径直朝长凳走来，长凳上原本坐着这帮人的长辈们，他们倒也欢迎他，说着平日里

---

1 里尔舞（reel），一种轻快活泼的苏格兰双人舞，节奏通常为快4/4拍。
2 《哈勒赫勇士进行曲》（ The March of the Men of Harlech ），又译《哈莱契人进行曲》，威尔士民间曲调，战斗精神贯穿全曲，由 J. 澳克森福德作词。

常说的那种很有威尔士人特色的问候语，"*Pa sut mae dy galon*？"（意思是，"你心情还好吗？"）接着便举杯祝他健康，给他递上了一杯上等啤酒。那姑娘，一望便知，是一个乡村美人，同样也受到了小伙子们的热情欢迎，而其余那些姑娘则都带着分明是嫉妒的表情，拿眼角瞟她，欧文把这归结为她们对那姑娘极美姿容的怨恨。如同绝大多数威尔士女人一样，她也是中等身材，却生得十分美艳，每一个部位都发育得非常完美，而且分外娇嫩圆润。小小的头巾式女帽[1]，恰到好处地衬着一张极其好看的脸，虽然它根本称不上端庄。那张脸是圆的，稍微有点儿呈椭圆形，面色红润，好像还略带点儿橄榄色；脸颊和下巴都有小酒窝儿，那两瓣朱唇是欧文迄今所见过的最红润的嘴唇，嘴唇小得简直都遮不住她那细珍珠般的牙齿了。五官中就数鼻子长得最不好看，但是那双眼睛却神采奕奕，生得特别长，特别水灵。在浓密得像流苏般的眼睫毛的衬托下，那双眼睛时不时地左右流盼，显得格外柔情似水！那头栗褐色的秀发精心编成了辫子，发际系着精美的蕾丝发带：毫无疑问，这乡村小美人儿知道怎样把她所有的迷人之处都发挥到极致，因为她颈巾的色调显得那样鲜艳明快，与她的肤色搭配得十分和谐，堪称绝配。

欧文看得颇有些入迷了。话说回来，他也觉得挺有趣，那姑娘分明是在调情卖俏，招惹得一大群毛头小伙子聚集在她周围。她好像对他们每一个人都说了什么露骨的话，有过什么撩人的表情或动作。没过一会儿，柏德文的这位葛里菲斯少爷就要勾到她身边去了，他是被她那花样百出的一系列貌似漫不经意、实则颇有心机的举动撩拨过去的。她的爱慕者们见她对这位威尔士人的子嗣情有独钟，便纷纷识趣地溜开了，自个儿没话找话地坐到那些虽不那么令人销魂，但却多了一份体贴的美人身边去了。欧文跟这姑娘聊得愈多，就愈发把持不住自己：她的才智和天赋比他原先所想象的要高得多；除此之外，她那种自我放纵而又善解人意的性格，似乎也有无穷的魅力；还有她说话的声音，居然那么清脆、甜美；还有她的一举一动，居然那么优雅得体……欧文不知不觉有些神魂颠倒了。他目不转睛地望着她靓丽绯红的脸蛋，直到她在他一往情深的凝视下，羞涩地垂下了她那不停地忽闪着的眼睑。

---

[1] 头巾式女帽（mobcap），威尔士女人十八、十九世纪时在室内用的一种佩饰。

接下来的情况是，两个人都不说话了——她是因为没料到他的爱慕之情的热烈程度，有些心慌意乱，他是因为心中已经别无他物，只顾望着她那多情的脸上千变万化的表情——就在这时，欧文以为是她父亲的那个汉子走了过来，神情庄重地对他女儿说了句什么，好像是关照她凡事要多留个心眼之类的话。随后他便态度一变，朝欧文平淡而又不失礼貌地打了声招呼，用本地方言同欧文稍许交谈了几句，然后就引开话题，谈起了彭瑟灵半岛上的某个地方，说那里有很多水鸭。在结束谈话之际，他请求欧文去实地看看那个地方，他可以为他当向导，少爷无论什么时候想去都行，要是少爷有空来拜访他家，他将深感荣幸，他会亲自开船带他过去。在听他说话时，欧文并不是那么全神贯注，他注意到自己身边的这个小美人儿一直在拒绝别人邀请她去跳舞，尽管有一两个人煞费苦心地想把她从他身边抢走。他自以为她拒绝别人是为了他，心里很有些沾沾自喜，因此，他再次把全部注意力都转移到她身上，直到她被她父亲叫走，因为他父亲准备离开这喜庆的场面了。临走之际，他提醒欧文要信守诺言，然后又补了一句，说——

"也许，先生，你不知道我是谁吧。我叫埃利斯·普里查德，我住在泰伊·格拉斯，在莫埃尔·热斯特山的这一侧，随便找个人都能给你指路。"

这对父女离开后，欧文从容不迫地收拾好行囊，准备骑马回家。不过，在碰到老板娘时，他还是忍不住问了几个问题，都是跟埃利斯·普里查德和他那个漂亮女儿相关的问题。她态度简慢而又不失恭敬地做了回答，接着又说，说得吞吞吐吐——

"葛里菲斯少爷，你知道的，这三件事性质一样：粮仓虽好，没有粮食不行，酒杯虽好，没有美酒不行，女人虽好，没有好名声不行。[1]"她说罢就匆匆离开了，欧文骑着马慢吞吞地回到了他那没有任何快乐可言的家。

埃利斯·普里查德，种田打鱼两不误，是一个头脑精明、眼光犀利、很会处世的人；此外，他性格温厚，加上为人又十分慷慨大方，久而久之，便成了他那帮人里相当有人缘的人。他对少爷看上了他的漂亮

---

[1] 威尔士谚语，此处三件事物排比，借指娜斯特虽然漂亮，名声却不好。

女儿感到很突然，不过，他对由此会衍生出来的种种好处也并不是毫不知情。农民的女儿嫁到某个威尔士庄园主的宅第而成为其女主人的案例，不管怎么说，娜斯特都不是第一个，因此，也算顺水推舟吧，她父亲才非常精明地编出了这个托词，好让那个挺招人喜欢的年轻人日后有更多的机会来看她。

至于娜斯特本人，她或多或少也继承了她父亲老于世故的特点，因而对她这位新爱慕者优越的社会地位十分敏感，并且做好了充分的思想准备，要为了他把自己过去所有中意的情郎统统都晾在一边。不过，除了感情因素之外，她好像还有些顾虑。对欧文向她表示的那份真挚的、相比之下又有些故作姿态的情意，她并不是不知道；她满心欢喜地注意到了他那富有表现力、偶尔也很英俊的面容；对他这么快就从她的伙伴里单单挑中了她，她也感到很受用。至于玛莎·托马斯抛出的那个暗示，充其量不过是说，娜斯特非常轻浮，而且是个没娘的孩子。她有高尚的情怀，有值得称赞的伟大的爱心，或者，换一个比较简单的说法，她喜欢让大家都开心——男人、女人、孩子、所有的人，她乐于用自己的微笑和嗓音把大家都逗得高兴起来。她搔首弄姿，卖弄风情，简直到了威尔士规矩所能容许的极限，弄得村里的长者们见了她都直摇头，还告诫自己的女儿不要跟她来往。即便谈不上绝对有罪，她也过于频繁地站在有罪的边缘了。

甚至就在当时，玛莎·托马斯的那个暗示也没给欧文留下什么印象，因为他的理性被别的情感占领了。不料，过了几天之后，连仅存的一点儿回忆也彻底散失了，于是，在一个温暖、和煦的夏日，他放下架子，怀着一颗怦怦乱跳的心，迈步朝埃利斯·普里查德家走去，因为，除了在牛津有过几次根本不足挂齿的男女间的调笑之外，欧文此前还从来没有被异性触动过。他的思绪，他的想象，全都被这件事所占据了。

泰伊·格拉斯依山而建，位于莫埃尔·热斯特山地势较低的一个山崖边，那个岩壁，从实际情况来看，可算是那低矮、狭长的房屋的一面墙。小屋的建筑材料是山上崩落下来的砂石，只简单地用泥灰砌在一起，那些幽深的空隙权当一个个呈长方形的小窗户。总的来看，房屋的外观比欧文所预料的要简陋得多，不过，屋里似乎倒不乏温馨。房屋被隔成了两居室，一间很大、很宽敞，却也很幽暗，欧文径直走进了这间屋子。满脸绯红的娜斯特还没来得及从里间的闺房出来呢（她看见少爷来了，这才慌里慌张地跑进里屋去稍许整理一下衣裙的），他有的是时间，可以环顾四周，仔细看看这间屋子形形色色的细小之处。窗台下（临窗望去，一派蔚为壮观的景色尽收眼底）是一个橡木梳妆台，各种抽屉和小橱柜配置齐全，全都擦得铮明瓦亮，呈现出一派富丽堂皇的暗红色。房间的深处，欧文起先看不出什么名堂，因为他刚从耀眼的阳光中走进屋来，不过，他很快就看清了，那里有两张橡木床，都按威尔士人的方式折叠着[1]：事实上，这里就是埃利斯·普里查德和那个给他当下手的汉子的宿舍，那汉子海上、陆上两方面都跟着他干。屋里有一架用来纺羊毛的大纺车，孤零零地矗立在地板的正中央，好像仅仅几分钟前还在运转中；宽大的烟囱周围悬挂着一条条咸猪肉、风干的小山羊肉和鱼，它们还处在熏制过程中，是为过冬储备的。

还没等娜斯特羞答答地壮起胆子进来，她父亲，本来一直在山下补渔网，看见欧文顺着弯弯曲曲的小路上山朝他家走来，便赶紧回屋来了，向他说了一通热诚而又恭敬的欢迎词；又过了一会儿，娜斯特才两眼低垂、满脸绯红地鼓足勇气走进来，她心里非常明白，她父亲的那番邀请和谈话并非没起到鼓舞作用。在欧文看来，这种矜持和羞赧只是给她增添了新的魅力。

太阳太烈，天气太热，要去猎杀水鸭得等到晚些时候才行，于是，欧文便高高兴兴地接受了人家说得吞吞吐吐的邀请，说大家不如在一起吃晌午时分的这顿饭吧。有羊奶做的奶酪，既很硬实，又很干爽；有燕麦饼；有一片片烤制出来的风干小山羊肉，要先在清水里浸泡几分钟才好烤制；有美味可口的黄油和新鲜酪乳；还有一种叫作"花椒酒"的佐餐饮品（把欧洲花椒的浆果浸泡在水里，然后再经过发酵酿制而成），它们构成了这顿还算节俭的美餐。除此之外，还有这么清净的好心情，再加上人家又是这么真心实意地欢迎他，因此，这成为欧文难得喜欢到这种程度的一顿饭。的确，那个年代的威尔士地主与农民的差别，更多反映在他们生活方式的多寡上，而不是反映在他们就餐时的排场上。

现如今，在南面的林恩地区，就生活的奢华优雅程度而言，威尔士

---

[1] 此处是指威尔士地区常见的一种有脚轮的矮床，不用时可推入大床下，也可折叠起来放入小橱内。

贵族阶层已经远远落后于他们的撒克逊同类了；不过，那时候（整个诺森伯兰郡[1]当年也就只有一家制售白铁器皿的公司），在埃利斯·普里查德的生活方式中，并没有任何东西可以激发出这位小少爷的高贵感。

席间，这对小情人几乎没说什么话，做父亲的完全是在自说自话，显然没去留意客人那激情燃烧的表情和旁若无人的态度。随着欧文在情感上愈发认真，他在表达情感时竟愈发腼腆起来，到了晚上，等他们从短途狩猎之行归来时，他献给娜斯特的那个亲吻，动作忸怩得简直同接受示爱的那个人一样。

事实上，这才是倾心于娜斯特的头一天，后面还有好些日子呢，尽管他起初也曾想到，必须对此行的目的稍加掩饰才行。在那些谈恋爱的幸福日子里，过去也好，未来也罢，统统都被抛在了脑后。

于是，种种世俗之见的盘算，种种女人特有的伎俩，都被埃利斯·普里查德和他的女儿付诸实施了，目的就是要让他的频频造访变得舒心可意、充满诱惑。的确，这种深受欢迎的氛围本身就足以令这个可怜的年轻人心驰神往了，对他来说，由此而产生的这种感觉是全新的，充满了魅力。他离开了一个百分之百处处受气、连表达愿望都要谨小慎微的家。在那个家里，情深意切的关爱之声从未降临在他的耳畔，即使有，也是说给别人听的；在那个家里，有他也罢，没他也罢，是一件完全无所谓的事情。然而，只要他一走进泰伊·格拉斯，所有人似乎都欢欣鼓舞起来，甚至连那个小坏种都在撒欢地吠叫着，也想求得他的一份关注。他的日有所思总算在埃利斯这儿找到了一个愿意倾听的人，等他继而来到娜斯特身边时，望着她在纺车或者搅拌桶前忙碌着，那愈发羞涩的红颜，那含情脉脉的眼神，还有那渐渐开始曲意逢迎他情人般的爱抚的那份乖巧，都有无穷的魅力。埃利斯·普里查德是柏德文庄园的一个佃户，因而有无数条理由要保守秘密，不希望有人知道少爷的频频来访；欧文呢，由于不愿让家里平地起风暴，打破这阳光明媚、风平浪静的好日子，便准备采用埃利斯针对他该以什么方式来访泰伊·格拉斯而提出的种种妙计。他也并非意识不到这些日复一日的幸福时光大概的结局，不，是如愿以偿的结局。他心里也非常清楚，这个做父亲的最大的

---

[1] 诺森伯兰郡（Northumberland），位于英格兰东北部。

心愿就是让自己的女儿嫁给这位柏德文的继承人。每当娜斯特把她的脸蛋埋在他的胸襟里，双臂合围紧紧搂着他的脖子，在他耳边喃喃地承认她爱他时，他便感到激动不已，特别想找到一个会永远爱他的人。即使不受高尚道德原则的约束，除了结婚，他也决不会以其他方式来得到娜斯特：他的确非常渴望得到永不变心的爱情，在他们接受那庄严的婚姻誓言时，他遐想着，他早就该把她的心和他的心永远捆绑在一起了。

在这样一个地方，在这样一个时代，举办一场秘密的婚礼并不是什么了不起的难事。在一个疾风劲吹的秋日，埃利斯把他们从彭瑟灵岛摆渡到了兰杜特温岛，在那儿见证了他可爱的娜斯特变成了柏德文庄园未来的女主人。

举止轻佻、风情万种、性格变化多端的姑娘结了婚就变得安分守己了，这样的事情我们见过几次？人生的一大目标早就定好了，有了这个目标，种种念头就一直在她们异想天开的头脑里运转，她们似乎验证了关于温蒂妮[1]的美妙童话。一个新的灵魂在喜形于色地憧憬她们未来生活的高贵和恬静。一种难以形容的温柔体贴代替了她们从前拼命想博得别人的爱慕而表现出的那种让人讨厌的虚荣。这种事情似乎就发生在娜斯特·普里查德身上。如果说她起初要把柏德文庄园的这位少爷勾引到手的心情很迫切，那么，早在结婚之前，这种情感就已化作了一种她此前从未感受过的真挚的爱：既然他已经是她的人了，成为她丈夫了，她便一心一意地向着他，想让他得到慰藉。就她的地位而言，凭着女人的手段，她看得出他在他家不得不忍气吞声的那份痛苦。她的声声问候充满了柔情蜜意的爱，她对他的兴趣爱好的研究也从未松懈过，从自己的服饰打扮，到自己的时间安排，甚至连同她自己的想法，无不顺着他。

难怪他回望自己的婚礼时，会怀着一种感恩的心情，不平等的婚姻居然有这样的结局，这倒是极为罕见的。每当他顺着那条上山的羊肠小道朝泰伊·格拉斯走去，看见无论冬天的风有多凛冽，娜斯特都守候在门外，在等待着他从朦朦胧胧中走来，而小窗里的那盏摇曳不定的烛光

---

[1] 温蒂妮（Undine），又称水中女神，是中世纪欧洲炼金术士帕拉塞尔苏斯在其炼金术理论中提及的"水"元素的名称，亦是欧洲古代传说中掌管四大元素的"四精灵"之一。温蒂妮在诞生之初没有灵魂，但在嫁给一个凡人并生下孩子后，她终获灵魂。

则犹如一座灯塔,在准确无误地指引着他,难怪他那颗心还是像从前那样怦怦乱跳。

家里的那些气话和不怀好意的举动渐渐在他心头平息下来。他想到了那个千真万确已经属于他的心上人,想到了那个新生的爱的结晶不久就会诞生,想到这里,面对那些想打破他平静生活的不中用的努力,他差点儿没笑出声来。

又过了几个月,有一天清晨,由于有人神秘地传消息到柏德文的缘故,他十万火急地走进了泰伊·格拉斯,迎接这位年轻父亲的是一阵微弱的啼哭声——苍白的母亲面含微笑,虚弱地抱起她的新生儿,让这可爱的小家伙接受他父亲的亲吻。这时的娜斯特,在他看来,甚至比当初那个靓丽活泼的娜斯特还要惹人疼爱,她当初就是在彭莫法镇的那家小客栈里博得他的欢心的。

但是,那个诅咒仍在运转!那个预言的应验之日几乎就近在眼前!

第二章

事情发生在他们的宝贝儿子出生之后的那年秋天。他们度过了一个灿烂辉煌的夏季,天气晴好,阳光明媚,气温也很炎热。如今,随着季节的变换,这年的暑热正在渐渐淡去,即将转化为丰美甘醇的日子了,早晨有银色的薄雾,晚上有清冽的霜花。百花盛放时节的那种姹紫嫣红的美景,如今已经过去,再也看不到了,不过,取而代之的是,在那些阳光斑驳的叶片上,在苔藓上,在一派金黄的盛放的金雀花上,有的是艳丽多彩的色泽,即使到了万物渐渐枯萎的时节,衰败中也还有一番辉煌的景色。

娜斯特,由于爱之心切,想为丈夫把这个住所布置得处处有魅力,俨然成了园艺师,瞧屋前那个简朴的庭院,小角落里全都栽着不计其数的娇嫩的山花,移植这些山花主要是为了美观,并不是因为它们稀罕。那株野生多花蔷薇也许迄今还没人见过,老气横秋的,呈灰白色,她和欧文当初把它栽在她那间小闺房的窗台下时,还是一颗绿茵茵的小苗呢。每当这些时刻,欧文就忘却了一切,心中只有眼前,他所熟知的过去的一切烦忧和悲伤，以及或许在等待着他的未来的所有苦恼和死亡，统统都被抛在了脑后。这小男孩，像天下所有最心疼孩子的父母满心希望的那样，也是一个长得非常惹人喜欢的小家伙。譬如，在某个阳光明媚的秋日的早晨，妈妈把他抱在怀里站在小屋门前，翘首企盼地望着他父亲顺着那条崎岖的小径爬上山朝泰伊·格拉斯走来，这孩子一见到爸爸，就高兴得直叫唤，两只小手拍打着；随后，一家三口便其乐融融地一起走进屋来，真的很难说哪样事情才算最幸福。欧文抱着儿子，抛上抛下地逗他玩，娜斯特则趁机找出些针线活儿来，端坐在窗沿下的梳妆台边，一边忙着飞针走线，一边时不时地朝丈夫看看。她热切地向他讲述着家里活灵活现的一件件小事，这孩子越来越懂事的种种表现，昨日捕鱼的收获，以及彭莫法镇上的各类八卦传闻，如今的娜斯特已经退出了社交圈，这类闲话听得少了。她注意到，只要她一说起什么跟柏德文稍许有点儿沾边的事情，哪怕是微不足道的小事，她丈夫都像被戳到了痛处，显得很不自在，久而久之，凡是与他那个家稍有牵涉的事情，她干脆一律都避而不谈了。事实上，由于他父亲动辄发怒的脾性，他近来一直很苦恼，虽说都是些鸡毛蒜皮的琐事，但是这一点也让人大伤脑筋。

就在他们如此这般地说着话儿，情意缠绵地相拥相吻、亲吻着孩子时，一个幽灵突然从天而降，把屋子刮得一团漆黑，他们还没来得及看清这不期而至的家伙究竟是谁，那幽灵又消失得无影无踪了。随后，葛里菲斯老爷拨开门闩，赫然站在他们面前。他伫立在那儿来回打量着——目光起先落在他儿子身上，却见他与平日大不相同，神采奕奕的脸上洋溢着满足和欢愉的表情，怀里搂着他的宝贝孩子，俨然一个自豪而又幸福的父亲，同自己当年一模一样，根本不是那个抑郁寡欢、脾气乖戾的小伙子了，与他在柏德文显露的面貌简直判若两人；他又朝娜斯特望去——可怜巴巴、浑身哆嗦、面无人色的娜斯特！她丢下了手里的针线活，只是人还没有惊得从座椅上跳起来，愣愣地坐在梳妆台边，这时，她抬眼朝丈夫望去，仿佛想寻求庇护，躲开他父亲似的。

老爷没说话，而是怒目圆睁地看看这个，再看看那个，强忍住满腔怒火，脸气得煞白。等他开口说话时，由于故作镇静，他的话说得一字一顿，清清楚楚。他朝自己的儿子喝道：

"那个女人！她是谁？"

欧文犹豫了一下，然后才用不慌不忙、镇定自若的口气回答道：

"父亲，那个女人是我妻子。"

他本想再加点儿道歉的话，说自己不该把婚姻大事隐瞒了这么久；他本想恳求父亲的原谅，岂料，欧文老爷竟对娜斯特破口大骂起来，骂得嘴角唾沫横飞：

"你娶她为妻！人言果然没错！娶了娜斯特·普里查德这个婊子！你还好意思站在那儿，就像还没有把自己的脸面丢尽一样，竟敢娶这该死的女人为妻！这个十足的娼妇还好意思坐在那儿，就她那装模作样、假充正经的样儿，还想修炼成未来的柏德文夫人。不管怎么样，我要动用天地间的一切办法，免得这个虚情假意的女人败坏了门风，成了这个家族的女主人！"

这番话说得如此气急败坏，欧文虽然话到嘴边，竟来不及说出口。"父亲！"他终于爆发了，"父亲，不管是什么人告诉你的，要是把娜斯特·普里查德说成一个娼妓，那他就是对你撒了一个弥天大谎！啊！好一个弥天大谎啊！"他朝老爷逼近了一两步，又补了一句，声如炸雷。僵持了片刻后，口气稍许缓和下来，他说——

"她和你自己的妻子一样纯洁。不，愿上帝救救我！和我那至亲至爱的妈妈一样纯洁，妈妈生下了我，后来又抛下了我。得不到母亲心心相印的庇护，我只能独自一人继续挣扎着度过人生。我告诉你，娜斯特和我那亲爱的、已经死去的妈妈一样纯洁！"

"蠢货——下作的蠢货！"

就在这时，那孩子——那个小欧文——一直在神情专注地望着，左看是一张生气的面孔，右看还是一张生气的面孔，他还一脸认真的样儿，似乎想弄明白究竟是什么原因让这些面孔变成了凶巴巴的横眉瞪眼。直到现在，他只看得懂那些充满爱意的表情，然而，也不知是什么原因，这孩子忽然引起了老爷的注意，于是，老爷愈发恼怒了。

"没错，"老爷接着说，"你这卑鄙下作、意志薄弱的蠢货，怀里抱着别人的孩子，好像那是你自己的后代一样！"欧文不由自主地抚弄着被吓坏了的孩子，对父亲话里有话的说法报以淡淡一笑。这淡淡一笑竟让老爷识破了，于是，老爷抬高嗓门，变成勃然大怒的尖叫，接着说：

"我命令你,要是你还当自己是我的儿子,把那个蹩脚的、不要脸的女人的后代丢掉。马上丢掉——立即丢掉!"

在这种怒不可遏的状态下,见欧文压根就没有俯首听命的意思,他双手暴伸,抓向那可怜的婴儿,把孩子从那爱子如命、紧紧搂着的父亲的怀抱里抢夺过来,并随手把婴儿朝那可怜的母亲甩了过去,气得一言不发地离开屋子扬长而去。

娜斯特——在这场可怕的对话中,她苍白、沉静得犹如大理石,在专注地看着、听着,仿佛被那些重重敲打着她心灵的话语震慑住了一样——下意识地张开双臂,想去接住、想去安抚她那爱若至宝的小宝宝,可是,这孩子偏偏命中注定到不了那片吉祥的避难所,到不了她的怀抱,老爷狂怒的举动根本就没有什么准头,小婴儿被甩得一头撞在梳妆台锐利的边角上,继而又跌落下来,重重摔倒在石板地上。

欧文飞身猛扑过去,想接住孩子,可惜小家伙已经倒卧在地,那么无声无息,那么纹丝不动,死亡的畏惧使这位父亲头晕目眩,他旋即蹲下身去,贴得更近地仔细察看着。就在这一瞬间,那双朝上圆睁、晶莹剔透的眼睛突然转动了一下——全身一阵抽搐——还有那两瓣小嘴唇,依然带着亲吻的余温,微微颤抖了一下,便永远安息了。

丈夫嘴里迸出的一声惊呼让娜斯特全明白了。她软绵绵地从座椅上滑下来,像尸体一样倒伏在她心爱的儿子的遗体边,任凭丈夫令人心碎的抚慰和情深意切的哀求,全然无动于衷。这悲苦、不幸的丈夫和父亲啊!若不是这区区一刻钟的时间,由于刚刚懂得了爱,他是那么幸福!在他小宝贝的脸上寄托着今后许多年的美好希望,在孩子那日渐懂事的聪颖的小脑袋里,焕然一新、充满活力的灵魂已然绽开了笑脸。然而孩子却躺在那儿了,那小小的血肉之躯,再也不会一看见他就高兴起来了,再也不会伸出小手迎接他的拥抱了,他那含混不清却极富表情的咿呀声,或许还会在梦中萦绕在他心间,然而在梦醒后的现实生活中却永远也听不到了!还有那可怜的母亲,就倒在那死去的宝宝身边,几乎同宝宝一样毫无生气,已然陷入了令人心痛的昏厥状态——无端遭受诽谤、如万箭穿心的娜斯特啊!欧文强忍住涌上心头的呕吐感,手忙脚乱地想让她从神志昏迷的状态中恢复过来,却怎么也不见效。

此时已接近正午时分,埃利斯·普里查德回到家中,却连做梦也没料想到在等待着他的这一幕惨景,不过,虽然大惊失色,他仍能采取更有实效的急救措施,让他那可怜的女儿恢复神志,比欧文强多了。

不一会儿,她便显露出渐渐恢复神志的症状,他们把她抬到一间昏暗的房间里,让她躺在自己的小床上,还没真正清醒到完全恢复意识,她便睡着了。这时,她丈夫,尽管被沉痛的思想包袱压得喘不过气来,还是从她攥得紧紧的双手里轻轻抽出自己的手,深情温存地亲吻着她煞白如蜡的额头,随后便轻手轻脚地匆匆走出房间,离开了屋子。

莫埃尔·热斯特山脚附近——距泰伊·格拉斯约四分之一英里——有一小片人迹罕至、偏僻荒凉的萌生林,林中乱蓬蓬的,遍地都是犬蔷薇的藤蔓和白泻根的卷须。这片错综复杂的灌木林中央有一汪深邃、清澈的水潭——宛如一面明镜倒映着头顶上方蔚蓝色的天空——潭水边漂浮着睡莲宽阔的绿叶,每当那帝王般的骄阳将正午时分的灿烂光辉洒落下来,睡莲艳丽的花朵就会从凉爽的水底升出水面来欢迎他、问候他。这片萌生林到处都是悦耳动听的声音:躲在阴凉处的鸟儿在欢快地婉转啼鸣,盘旋在深潭上空的昆虫在无休无止地嗡嗡飞鸣,远处的瀑布在演奏着编钟般的乐声,偶尔从山顶下来的羊群在咩咩地叫唤,这些声音全都融汇在一起,构成了大自然美妙和谐的乐章。

每当欧文形影相吊地四处游荡——在往昔的岁月里漫寻爱的真谛时,这里便是他钟情的地点之一。因此,离开泰伊·格拉斯之后,仿佛出于本能,他便朝这边走来,一路强压着波翻浪涌的苦痛,直到他走近这片小小的无人之地。

此时正值一天中天气状况频频多变的时节,这汪小水潭已不再是蔚蓝色的阳光灿烂的天空的倒影了:水面倒映的是头顶上空那晦暗的、青石板似的云团,而且,时不时地,会有一阵阴风刮来,猛烈摇曳着树枝上浓墨重彩的秋叶,所有美妙的乐声都湮没在阵阵狂风的呼啸声中,如同拉风箱般的阵阵阴风是从荒野深处,从半山腰的那些罅隙、裂缝中刮来的。顷刻间,雨来了,大雨如注,哗啦啦从天而降。

但是,欧文却对此视而不见。他坐在阴冷潮湿的地上,脸埋在手里,他的全部精力、体力和脑力,都用来强压汹涌澎湃的热血了,一腔热血在翻涌,在沸腾,在头脑里汩汩奔流,仿佛要让他发疯了。

他那死去的孩子的魂灵宛然浮现在眼前,仿佛在哭喊着要报仇。然而，在复仇的狂想中，只要这可怜的年轻人一想到他要去索命的那个加害者，便不寒而栗起来，因为那毕竟是他的亲生父亲啊！

他一次又一次地竭力不去想，可是思绪的怪圈依然会循环往复地回到老路上，潮起潮落地涌入他的头脑。他总算控制住了澎湃的激情，渐渐平静下来，随后，他强迫自己对未来做些打算。

在那气血翻涌的匆匆一瞬间，他并没有看到，他父亲离开小屋扬长而去时，对降临在那孩子身上的不幸事件并不知情。欧文自以为他目睹了一切。他一度曾打算去找老爷，把自己满腔的悲痛告诉他，用这令人伤心的尊严，让他在某种程度上也感到畏惧。但他又再度望而却步了——他信不过自己的自控能力——那古老的预言以其恐怖的方式复活了——他担忧厄运降临在自己头上。

最后，他决定永远离开父亲，带着娜斯特远走他乡，在那儿，她或许能忘却她的头一胎孩子，他也能凭借自己的艰苦努力养家糊口。

可是，当他试图静下心来考虑各种各样细致入微的安排，考虑如何落实这项计划时，才忽然想起来，他的所有钱款（葛里菲斯老爷在这点上倒不是一个小气之人）都锁在柏德文家中他那张写字台的抽屉里了。他想不考虑这些实实在在的困难，却又做不到，他必须去一趟柏德文，他只希望——并不是决心——别撞见父亲。

他站起身来，顺着一条僻静的小路朝柏德文庄园走去。在倾盆大雨中，那座房屋看上去比平时还要阴暗、还要凄凉，欧文怀着些许遗憾的心情凝望着那幢老宅——尽管他在那里度过的日子充满了悲酸，他毕竟要离开它很多很多年了，即使不是永远。他从一个边门走了进来，这儿有一条过道直通他自己的房间，他的书籍、枪支、渔具，以及写作资料等等物品，统统都存放在这里。

一到这里，他就急匆匆地挑选着他想带走的一些生活用品，因为，除了怕受打扰之外，他心急如焚地想当天夜里就远走高飞，只要娜斯特能撑得住这趟旅途。他一边如此这般地忙碌着，一边也在努力揣度着，父亲一旦发现他曾经深爱的儿子将永远一去不返了，会是什么样的感受。他会不会幡然醒悟，后悔把儿子逐出家门的举动？会不会心酸地想到在过去的那些日子里老是脚前脚后地跟着他的那个亲亲热热的少年？或者，哎呀！他会不会只感到，影响他日常幸福生活的一块绊脚石——

影响他和他妻子以及他后来莫名其妙、过分溺爱的那个孩子的心满意足的生活的一块绊脚石——终于被除掉了？他们会不会嘲笑这个继承人离家出走的行为？接着，他又想到了娜斯特——那个没了孩子的年轻母亲，她的心还没有意识到今后凄楚悲凉的处境呢。可怜的娜斯特啊！她就是这样的人，那么充满深情，那么钟爱她的孩子——他该怎么安慰她呀？他遐想着她远走他乡生活在一片陌生土地上的情景，她会怀念故乡的高山，拒绝别人的安慰，因为她的孩子没了。

即使是这种乡愁，这种或许能困扰得娜斯特不能自拔的乡愁，也动摇不了他的决心，这种念头如此强烈地盘踞在他的脑海中，唯有让千山万水横隔在他和父亲之间，他才能躲过厄运，只要他待在杀害他孩子的凶手附近，厄运似乎就会主动找上门来，与他人生的诸般目标纠缠在一起。

他此时已经快要做完仓促的准备工作，心中洋溢着对妻子的万般柔情，偏偏就在这时，房门忽然开了，那个淘气的罗伯特探进头来，想来寻找他哥哥的什么物品。一看见欧文，他愣住了，但随即便壮起胆子走上前来，把手搭在欧文的胳膊上，说——

"娜斯特那个婊子！娜斯特那个婊子怎么样啦？"

他不怀好意地盯着欧文的脸，想看看他这句话的效果，却被他看到的表情吓坏了。他拔脚就跑，朝门外逃去，欧文竭力克制住自己，连声说，"他不过是一个孩子。他不懂他那句话是什么意思。他不过是一个孩子！"还是罗伯特，满以为现在安全了，又接着叫骂起来，满口都是那些侮辱人的字眼，欧文的手按在枪上，紧握着枪柄，似乎在强压着胸中油然而生的怒火。

但是，当罗伯特接着又肆无忌惮、污言秽语地嘲弄那可怜的已经死去的孩子时，欧文再也忍不住了，还没等那小顽童弄清是怎么回事，欧文就以凶神恶煞般地一把扼住了他的喉咙，另一只手狠狠朝他揍去。

刹那间，他突然收住了拳头。他愣了一下，松开了紧握的拳头，紧接着，他惊恐地看到，罗伯特已经软软地瘫倒在地上——事实上，那少年只是被吓得半呆半傻了，觉得最好的办法就是赶紧装死。

欧文——可怜的欧文——见他浑身虚脱地躺在那儿，不禁难过后悔起来，想把他拖到那条雕花长靠背椅上去，尽自己所能抢救他，让他苏醒过来，岂料，偏偏就在这节骨眼儿上，老爷闯进门来。

十有八九，柏德文庄园的这户人家那天早晨起床时，他们当中恐怕只有一个人不知道这位继承人与娜斯特·普里查德以及她孩子的关系，尽管为保密起见，他每次去泰伊·格拉斯都守口如瓶，然而去得太过频繁，就难免不被人撞破，再加上娜斯特改头换面的表现——不再频频光顾各种舞会，不再到处寻欢作乐——就是一个非常确凿的佐证。但是，在柏德文庄园，葛里菲斯夫人的势力一统天下，即使没得到公开承认，因此，除非她同意揭开这个秘密，否则没有人敢告诉老爷。

现在，不管怎么说，时机快要成熟了，非常有利于她设法让丈夫知道他儿子结下的这门亲事。所以，淌了许多眼泪，再装出很不情愿的样子，她向他泄露了这个消息——话说得小心翼翼，与此同时，把娜斯特生性轻浮的性格特点也顺便告诉了他。她也没有把这个坏名声只局限在娜斯特结婚之前的品行上，而是巧舌如簧地暗示说，直到今天，娜斯特也还是一个"爱钻小树林和灌木丛的女人"——这是多少个世纪以来威尔士人的一句切口，专门用来辱骂那些风流成性、淫荡放浪的坏女人的。

葛里菲斯老爷循着欧文的足迹，轻而易举地找到了泰伊·格拉斯；他并没有任何别的目的，只有满腔怒火要一泄为快，跟踪他过来不过是为了教训他一下，如我们所见到的那样。没想到，他离开那个小屋时对儿子更恼火了，比他刚进屋那会儿还要气恼，再加上回家后听到的又是那个继母用心歹毒的诸般暗示。顺着客厅走来时，他听见了一阵轻微的扭打声，听出那扭打声中有罗伯特的嗓音，随即便看到，他最宠爱的小儿子显然已经没了生命体征的躯体被那个无疑是凶手的欧文径直向前拖去——欧文脸上还残留着愤激不已的痕迹。这个做父亲的怒斥他儿子的那些话，声音虽不高，却很刻薄，很怨毒；而欧文则傲气十足，满脸愠怒，一声不吭地僵持在那儿，面对这个如此不顾亲情地坑害他的人——如此致命地伤害他的人，他不屑替自己作任何开脱罪责的辩解——就在这时，罗伯特的母亲闯进屋来。一看到她那理所当然的凄婉哀恸的表情，老爷的愤怒顿时又加重了一层，他的无端猜疑也随之加深了一层：欧文对罗伯特的这种暴行，无疑是一种蓄谋已久的行为，透过盛怒之下的层层迷雾可以看出，这是证据确凿的事实真相。他召来了家里所有的人，仿佛想保护他自己和他妻子的性命免遭他儿子的攻击似的。家仆们一头雾水地站在周围——时而愣愣地望着葛里菲斯夫人，只见她一边骂，一边哭，一边还在忙着救治那个少年，他确实被打得鼻青脸肿，似乎处于半昏迷的状态；时而看看那一脸凶相、怒气冲冲的老爷；时而看看那神情忧伤、默不作声的欧文。而欧文呢——他几乎全然没在意那些人疑惧交加的神色，对父亲的话也充耳不闻，因为他眼前浮现出了一个面无血色、已然死去的宝宝，在那个女人悲痛欲绝、哭天喊地的号啕声中，他听到了一个更加悲伤、更加无助的母亲的恸哭声。因为就在这时，少年罗伯特忽然睁开了眼睛，虽然欧文的一顿痛打显然让他吃了不少苦头，但他完全明白周围正在发生的一切。

倘若任由欧文按他自己的天性行事，他准会心生怜悯，加倍爱护这个被他打伤的小顽童的，可是，由于种种不公，他变得性格倔犟了，由于遭难，他变得铁石心肠了。他拒绝为自己辩护，连老爷下令关押他时，他也无心反抗。后来，一名外科医生拿出了鉴定意见，罗伯特的实际伤势才真相大白。关押欧文的房间是上了锁、用铁条封死的，仿佛关押着一头桀骜不驯、脾气暴躁的野兽似的，直到这时，他才想起了可怜的娜斯特，想起了没有他在身边安慰她的处境，思念之情不禁油然而生。啊！他遐想着，娜斯特会多么消沉，会多么渴望他温情脉脉的抚慰啊；但愿果真是这样，但愿她已经从休克状态中恢复了神志，能完全感受到他的安慰！他不在她身边，她会怎么想呢？她会不会认为他相信了父亲的话，因而抛弃了她，在这种令她愁肠百结、再加上痛失爱子的情况下？这个念头简直要让他发疯了，他随即环顾四周，寻找起逃走的方法来。

他被囚禁在一楼的一间面积很小、没有任何家具的斗室里，墙壁的下段镶着护墙板，四周雕刻着各种图案，有一扇厚重的门。这间斗室经过精心设计，可抵挡十来个壮汉的攻打，即便这样，他以后也有办法神不知鬼不觉地从屋里逃出去。窗户就设在壁炉的上方（是旧时威尔士人家的房屋常见的那种），左右两侧都是烟囱的通风管，在室外形成了一个凸起的通风口。有了这个出口，他就能轻而易举地逃走，哪怕他不那么毅然决然，不那么铤而走险，他也会逃出去的。从屋顶下来时，只要稍加小心，多绕点儿路，他就能避开所有耳目，实现他要赶往泰伊·格拉斯的初衷。

　　暴风雨渐渐退去，一道道带着浓浓雨意的阳光把海湾映成了一片金色，这时，欧文从窗口一跃而下，随后，在光天化日的午后的幽影里，他蹑手蹑脚地向前走去，悄然来到菜园里的一小片绿茵茵的高地，来到山势陡峭、巉岩嶙峋的悬崖顶上，凭借一条十分结实的缆绳，从他常走的那面峭壁上滑下来，钻进一条小帆船（唉！那曾是父亲送给他的一份礼物呢，那些日子早已一去不复返啦！），小帆船就泊在悬崖下深不见底的海水里。他一向把船停在这里，因为这是他能找到的离家最近的一个泊位。不过，在到达此地之前——毫无疑问，他必须穿过一片地势开阔、阳光普照的地段，从屋子面朝这一侧的几扇窗户望过去，这片开阔地一览无遗，而且连一棵能藏身的树木或灌木的影子也没有——他不得不绕道而行，沿着那片半月形林下灌木的边缘绕过去，要是有人不辞劳苦地加以管理，这里理应是一片整齐美观的灌木林。他一步一步悄然向前走去——时而能听见有人在说话，偶尔能看见父亲和继母在不远处散步，老爷显然在百般温存地抚慰他妻子，她似乎带着极大的怨愤在激动地催促着什么很要紧的事情，欧文不得不再次蹲下身来，免得被那个厨子看见，后者从厨房后那片茁壮的菜园子里折返回来，手里抓着一大把香草。柏德文庄园的这位倒霉的继承人就这样永远离别了他祖先的家园，希望能从此把他的厄运也远远抛在身后。他终于到达了那片高地——能更加自由自在地呼吸了。他俯下腰去，想找出事先藏好的那卷缆绳，缆绳完好干爽地藏在悬崖边一个石洞里，压在一大块平平整整的石板下。他低着头全神贯注地忙着，没看见父亲正朝这边走来，也没听见父亲的脚步声，因为他弓着腰使出浑身力气掀起那块大石板时，气血都倒冲向了头部。他还没来得及直起腰来，老爷就一把揪住了他，他还没来得及完全弄明白是谁出手扣留了他；此时此刻，他满以为自己的人身自由和活动自由都很有把握了呢。他奋力挣扎着想脱出身来，一时间，他竟与自己的父亲展开了搏斗——他狠劲推开了他，把他推得踉踉跄跄跌向了那块刚被搬开的大石板，石板摇晃着失去了平衡。

　　老爷一跤跌翻，径直摔了下去，摔下了悬崖下那片深不可测的海域——欧文也紧跟着父亲跳了下去，似醒非醒、懵懵懂懂地跳了下去，部分是由于反作用力的突然终止而身不由己地扑了过去，部分是出于一种要去营救父亲的不可遏制的强烈冲动。但是，他出于本能，在那片深不见底的水域中选择了一个更安全的位置，并没有直奔他把父亲推下去的那个地点。老爷跌翻下去时，脑袋重重地撞击在船舷上，我们的确也很难预料，他沉入海底前是否已经撞死了。然而欧文对此一无所知，只觉得那可怕的厄运似乎就在这时应验了。他纵身跳下悬崖，潜入水下，四处搜寻父亲的躯体，可惜那具躯体已经毫无生命体应有的灵活性，无力再浮出水面；他看到父亲沉在那片深水区，他朝后者猛扑过去，一把拽住他，把他拖出水面，把他托起来推上了船，然而，经过这番折腾，欧文已累得精疲力竭，又身不由己地沉了下去，他凭着本能吃力地钻出水面，爬上了摇摆不定的小船。他父亲躺在那儿，脑袋侧面有一道深深的裂口，颅骨被撞碎了；由于血流停滞，他的脸已经发黑。欧文摸了摸他的脉搏、他的心脏——全然没有动静。他呼唤着父亲的名字。

"父亲啊，父亲！"他哭喊着，"醒醒吧！快醒醒啊！你根本不知道我是多么爱你！我依然还深爱着你啊——假如——啊，上帝！"

这时，脑海中他那幼小的儿子又再次浮现在他眼前。"是啊，父亲，"他又哭了起来，"你根本不知道他是怎么摔——他是怎么死的！啊，要是我当时能耐下心来告诉你该多好啊！要是你能容忍我、听我说一声该多好啊！可是，现在一切都结束了！啊，父亲啊！父亲！"

究竟是不是因为听见了这惊天动地、悲痛万分的恸哭声，还是仅仅由于她思夫心切，期盼他来解决什么微不足道的日常问题，或者，十有八九是因为，她发现欧文已经逃走了，便匆匆赶来告诉她丈夫，我不得而知，反正就在那石崖上，就在他头顶上方，看情况好像是这样，欧文听见他继母在呼喊她丈夫。

他止住哭声，轻轻地把小船朝石崖的正下方推去，直到船舷紧贴着石壁，石崖边倒垂下来的树枝把他和小船遮蔽得严严实实，倘若不在同一水平线上，谁也看不见。虽然浑身上下湿漉漉的，他依然躺在他那已经死去的父亲身边，想把自己隐藏得越严密越好；然而，不知何故，这一举动竟让他情不自禁地回想起童年时代那些早已远去的日子——老爷刚刚鳏居的那段日子——那时候，欧文跟父亲睡在同一张床上，常常在清晨时分就把父亲唤醒，想听他再讲一个古老的威尔士人的传奇故事。他像这样躺了多久——浑身冷得簌簌发抖，头脑却在紧张地思索着，这个已成事实的沉重压力恐怖得让人魂不附体，不亚于做了一场噩梦——他压根儿就不知道，很久之后，他猛然惊醒过来，这才想起了娜斯特。

他抽出一大块船帆，把父亲的遗体摆放在船底，用这块船帆掩盖好父亲的遗体。随后，他用麻木的双手拿起船桨，把小船划了出来，划向了辽阔的大海，朝克里基厄斯驶去。他紧贴着海岸线向前划去，直到他看见黑魆魆的礁石丛中那个隐隐约约的罅隙，他径直朝那个位置划去，把船停靠在岸边。接着，他跟跟跄跄地攀爬上去，心里真恨不得就倒在这片黑暗的水域里，永远安息——迷迷糊糊，凭着本能，他在那面陡峭的岩壁上摸索着最坚实可靠的落脚处，终于一步步攀了上来，稳稳登上了绿草如茵的崖顶。他撒腿就跑，仿佛有人在追捕他一样，朝彭莫法奔去，他使出浑身力气狂奔而去。突然间，他收住脚步，转过身来，以相同的速度又狂奔回来，一头扑倒在悬崖顶上，趴下身子、瞪大眼睛朝那条小船望去，想看看船上是否有生命的迹象——裹着的船帆是否被挪动过。深深的悬崖下一派寂静，但是，就在他凝眸向下窥望时，游移不定的光亮恰巧映照出了一个微微有点儿动静的模样。欧文急忙朝石崖下一个地势较低的位置冲去，迅速脱光衣服，纵身跃入水中，匆匆朝小船游去。游到船边时，船上依然一派寂静——寂静得让人心生恐惧！有一两分钟，他不敢揭开那块帆布。随后，由于想到同样的恐惧还会缠着他不放——丢下父亲不管，在生命的火花仍在弥留之际，不采取任何急救措施——他掀开了遮盖着的船帆。那双眼睛在怒视着他，死死地盯着他！他合上了那双眼睑，托了托那个下巴[1]。他再次端详着他。直到这时，他才从水里爬上船来，亲吻着父亲的前额。

"这是我的厄运啊，父亲！要是我一出生就死了，那该多好！"

日光逐渐黯淡下来。多么宝贵的日光啊！他游了回来，穿上衣服，重新打起精神朝彭莫法奔去。他推开泰伊·格拉斯的屋门时，埃利斯·普里查德责备地朝他看了看，一动不动地端坐在黑咕隆咚的烟囱边的角落里。

"你总算来啦，"他说，"我们这种人没有一个会丢下自己的老婆不管，由她自个儿去悲痛地面对死去的孩子；我们这种人也没有一个会允

---

[1] 免得下巴耷拉下来，有失死者的尊严，是抚慰死者的常见习俗。

许自己的父亲杀死自己的亲生儿子。我想好了,让她永远别再跟着你算了。"

"我没对他说这种话,"娜斯特一边哭,一边哀怜地望着丈夫,"他逼我告诉了他一部分情况,其余都是他猜的。"

她依然把她的小宝宝抱在膝头上照料着,仿佛宝宝还活着一样。欧文愣愣地站在埃利斯·普里查德面前。

"别说啦,"他说,语气很平静,"好话歹话,好事歹事,都过不了这道坎儿,凡是命中注定的事情,迟早都会发生,谁也挡不住。我要干的事情都是命运早就安排好的,这一百多年来的命运啊。时机早就埋伏在那儿等着我了,那个人也早就埋伏在那儿等着我了。我已经干下了好几代以来注定要我来干的事情啦。"

对这个古老的传说中的预言,埃利斯·普里查德是知道的,只是有些将信将疑。他对这个预言似乎早已麻木不仁了,却怎么也没有想到这个预言竟应验在他这一代人身上。事到如今,不管怎么说,他在这一瞬间什么都明白了,尽管他对欧文的天性有很深的误解,总觉得这种行为实属明知故犯,是为了替他那死去的孩子报仇。由于按照这种思路看问题,埃利斯认为,在这令人难熬的下午这几个钟头里,他的独生女竟遭受了如此这般极度绝望、极度悲痛的打击,就他亲眼所见而言,这是一种正当的惩罚,只不过稍微过分了点儿。但是,他也知道,法律是不会这么轻易地放过这件事的。哪怕是从前的那种很宽松的威尔士法律,也不会不审查像葛里菲斯老爷这样有地位的人的死亡事件。所以,头脑敏锐的埃利斯马上想到的是,怎样才能把这个罪犯先藏匿一段时间。

"过来,"他说,"别这么惊魂不定的样子!这是你的厄运,不是你的过错。"他把一只手搭在欧文的肩上。

"你浑身都湿透啦,"他突然改口说,"你到底去哪里啦?娜斯特,你丈夫浑身都湿透啦,你瞧他那湿漉漉的样子。这才是他脸色发青、面无人色的主要原因。"

娜斯特温柔地把她的小宝贝放进摇篮里;她已经哭得昏昏沉沉,没听懂欧文那番话的含意。欧文刚才说,他的厄运终于应验了,要是她确实听见了这句话就好了。

她的抚摸融化了欧文那颗悲惨的心。

"啊，娜斯特！"他说着，把她紧紧搂在怀里，"你还爱我吗——你还能爱我吗，我亲爱的心上人？"

"怎么能不爱你？"娜斯特问道，两眼泪水涟涟，"我比什么时候都更加一心一意地爱你，因为你是我那可怜的小宝贝的父亲啊！"

"可是，娜斯特——啊，告诉她吧，埃利斯！你知道。"

"没必要，没必要！"埃利斯连声说，"她要考虑的事情已经够多啦。快点儿吧，我的姑娘，赶紧把我最好的那套衣服找出来。"

"我搞不懂，"娜斯特说着，抬起一只手来指着自己的脑袋，"究竟有什么话要告诉我？还有，你怎么会弄得这么水淋淋的？上帝帮帮我这个可怜的脑子里一片混乱的人儿吧，因为我猜不出你那番话到底是什么意思，还有你那奇怪的脸色！我只知道我的小宝贝死了！"说罢，她又哭得泪流满面了。

"别这样，娜斯特！去拿套衣服来给他换，快！"趁她软绵绵地听从吩咐走开，无心再费脑筋去弄明白什么了，埃利斯赶紧用低沉、匆忙的嗓音，急切地对欧文说——

"听你的意思，老爷已经死了？小声点儿，别让她听见！算了，算了，没必要说他是怎么死的了。事情来得很突然，我明白，我们大家都会死的。得赶紧想办法安葬他。幸好天快黑了。你现在是否愿意出去避避风头，这对娜斯特也大有好处；再说，离家出走、从此一去不回头的人，古今都大有人在；还有——我相信，他不是死在自己家里——难免会乱一阵子，有一通搜查，一通怀疑——然后，风声就渐渐过去了，你这个继承人到时只要踏进家门就行，要尽量不露声色。这毕竟是你该做的事情，要带着娜斯特去柏德文。别这样，孩子，最好多带些长筒袜，别带那些东西，把我在兰鲁斯特展销会上买的那些蓝色羊毛袜找出来。千万别灰心。事情现在已经出了，谁也没办法。人家都说，这是从都铎王朝时期就定下来要你来做的一件事。他也是罪有应得。看着你的摇篮吧。所以，告诉我们他在哪儿，我也会怀着感恩之心，看看能为他做些什么。"

岂料，欧文只是遍身湿漉漉地坐在那儿，形如枯槁，两眼盯着泥炭火，仿佛在缅想过去的场景，埃利斯说的话他连一个字也没听进去。娜斯特抱着满满一怀的干衣服进来时，他也没动一下。

"喂，打起精神来，男子汉！"埃利斯说，开始有些不耐烦了。

但欧文还是既不说话，也不动弹。

"到底怎么回事啊，父亲？"娜斯特问道，一脸的茫然。

埃利斯盯着欧文看了足足有一两分钟，听见女儿在反复问这个问题，他说——

"你自己问他吧，娜斯特。"

"啊，老公，你这是怎么啦？"她一边说，一边跪下身来，使自己的脸跟欧文的脸处在同一水平线上。

"难道你不知道？"他说，口气很沉重，"你要是真的知道了，就不会爱我了。可是，这不是我一手造成的，这是我劫数难逃的厄运。"

"他这话是什么意思啊，父亲？"娜斯特问道，抬起头来看了看。她看到父亲朝她做了个手势，要她继续向她丈夫追问下去。

"不管发生了什么事情，我都会爱你的，老公。无非是让我知道最坏的消息呗。"

一阵沉默，娜斯特和埃利斯都紧张得屏住了呼吸。

"我父亲死了，娜斯特。"

娜斯特惊得倒抽了一口冷气，喘息了一声。

"愿上帝原谅他！"她说，念念不忘她的小宝贝。

"愿上帝原谅我！"欧文说。

"又不是你——"娜斯特欲言又止。

"是的，是我。唉，你总算知道这件事了。这是我劫数难逃的厄运啊。我能有什么办法？魔鬼帮了我一把——是他布下了那块石板，我父亲就这样摔下去了。我跳下水去救他。我去救他了，真的，娜斯特。我自己也差点儿就淹死了。但他还是死了——死了——是摔死的！"

"这么说，他现在十有八九还在海底喽？"埃利斯怀着急切的心情说。

"不，他不在海底，他就躺在我的船上。"欧文说罢，禁不住打了个寒噤，不是因为冷，而是因为想起了最后一眼看到父亲脸庞的模样。

"啊，老公，赶紧把你这身湿衣服换下来呀！"娜斯特恳求道，对她来说，这位老人的死亡只是一件令人恐惧的事，却和她没有任何关系，她丈夫是不是舒服才是眼前要操心的事。

她帮丈夫脱下湿衣服,他大概根本没有力气自己脱了,埃利斯则在忙着准备饭菜,还特意调制了一大杯烈酒兑热水的鸡尾酒。他站在这个不幸的年轻人面前,强迫他多吃点儿多喝点儿,也逼着娜斯特吃了几口——在这期间,他自己的脑子里一直在盘算着怎样把已经发生的事情,连同做下这种事情的人都遮掩过去的最佳方案。他的思绪中并非全然没有某种庸俗的大获全胜的喜悦之情,瞧娜斯特,虽然她站在那儿,由于沉浸在悲痛中,整个一副衣冠不整、头发凌乱的样儿,可她是柏德文庄园实实在在的女主人呢。埃利斯·普里查德从未见过比柏德文更为气派的豪宅,尽管他相信这种情况有可能存在。

趁着欧文有吃有喝的时候,凭借几个巧妙的问题,他从欧文嘴里套出了他想了解的所有信息。事实上,谈谈这些事情可以冲淡恐惧心理,对欧文来说差不多也算是一种缓解。这顿饭还没有吃完,假如这也能称得上一顿饭的话,埃利斯就把他一心想弄明白的所有事情都打听清楚了。

"喂,娜斯特,快去穿上你的披风,戴好帽子。把你们需要随身带走的东西都打好包,因为到了明天早上,你和你丈夫必须走在前往利物浦的半道儿上了。我会用我的渔船带你们经过里尔沙滩,把你的船拖在后边。还有,万一遇到什么危险,我会立即带着我的鱼货回来,探听柏德文混乱到了什么程度。只要能安然无恙地到达利物浦,没有人会知道你们去了哪里,你们就安安静静地待在那儿,到你们该回来的时候再回来。"

"我永远都不会再回家了,"欧文固执地说,"那是个可恶的地方!"

"别胡说!按我的吩咐做,男子汉。哎呀,不管怎么说,那也只是一起意外事件嘛!我们会在霍利岛上岸,停泊在林恩港,我有一个老表哥在那边,是牧师,在那边——因为普里查德家族也曾有过出人头地的好日子,老爷——我们就在那儿安葬他吧。这不过是一起意外事件,男子汉。昂起头来!你和娜斯特终究要回家的,还要在柏德文养一大群孩子呢,我要活着看到这一天。"

"不可能了!"欧文说,"我是我们这个家族的最后一个男性,可是这个做儿子的却谋杀了他的亲生父亲!"

娜斯特穿戴整齐,裹着披风,提着鼓鼓囊囊的包裹走进屋来。埃利斯巴不得他们火速上路。他们熄灭了炉火，锁上了门。

"过来，娜斯特，我亲爱的女儿，让我拿着你的包裹吧，我领你们顺着那条石阶走下去。"她丈夫却耷拉着脑袋，一句话也不说。娜斯特把包裹递给了她父亲（已经满满当当装了这么多东西，他自己也认为那些东西都该带着），然而却小心翼翼、恋恋不舍地紧紧搂抱着另一个包裹。

"这个包裹谁也别帮我拿。"她说，声音很低。

她父亲不明白她是什么意思；她丈夫明白她的心思，便赶忙伸出他强有力的胳膊搂着她的腰，深情地护着她。

"我们全家会一起走的，娜斯特，"他说，"可是，去哪儿呢？"他抬起头来，仰望着迎风吹来的裹挟着暴风雨的层层云团。

"今天夜里有暴风雨，"埃利斯说，他终于扭过头来对跟随在他身后的人说话了，"不过，根本不用担心，我们一定能战胜这场暴风雨！"话音刚落，他便大步流星朝他停船的地方走去。接着，他突然收住脚步，想了一下。

"待在这儿别动！"他说，是说给他身后的人听的，"我说不定会碰见当地人，所以，大概吧，我得去打听一下，说几句话。你们就等在这儿，等我回来找你们。"于是，他们便相互依偎着在路边的一个角落里坐了下来。

"让我看看他，娜斯特！"欧文说。

她把她那幼小的儿子从她的方形披巾底下抱了出来，两人久久地、深情地望着那张蜡黄的小脸，他们亲吻着它，然后恭恭敬敬、小心翼翼地盖上了它。

"娜斯特，"欧文说，终于开口了，"我仿佛觉得我父亲的魂灵就在我们附近，好像附在我们可怜的小宝贝身上了。我每次俯下身来看他的时候，都有一股奇怪的寒气朝我扑面而来。我觉得，我们纯洁无辜的孩子的魂灵正引领着我父亲幡然醒悟的魂灵走在通往天国大门的天路上，躲开了地狱的那些该千刀万剐的恶狗，那些恶狗是在追逐人的灵魂的时候从北边恶狠狠地扑上来的，还不到五分钟呢。"

"别这么说，欧文，"娜斯特说着，在黑魆魆的灌木中蜷曲着身子朝他拥来，"谁知道有没有什么人在偷听我们说话呢？"

他们不说话了,沉浸在一种不可名状的恐惧之中,直到他们听见埃利斯·普里查德压着嗓子的呼唤声。"你们在哪儿啊?过来吧,轻一点儿,稳住神。周围这一带到现在还有人呢,老爷不见了,夫人吓坏啦。"

他们火速朝山下的小码头奔去,登上了埃利斯的船。即使在这儿,大海也是浪头迭起,波涛汹涌,撕裂的乌云借着肆虐的狂风在头顶上空急遽翻涌着。

他们把船驶出码头,开进了海湾,大家依然噤口不语,只有埃利斯偶尔会发出一声指令,他在负责掌舵。他们朝那片礁石林立的海岸驶去,因为欧文的船停泊在那儿。船不在那儿。那条船早已被人割断缆绳,不见踪影了。

欧文颓然坐了下来,用手捂着脸。刚刚发生的这起事件,虽然情节如此简单,也如此情有可原,却以非同寻常的方式在他那深受刺激、充满迷信的头脑里留下了不可磨灭的印象。他本想采取某种折衷的办法,也就是说,把父亲和自己的孩子安葬在同一个坟墓里。可是,现在看来,他似乎永远也得不到宽恕了,父亲哪怕死了,似乎也强烈反对这种太太平平的做法。埃利斯在这件事上采取了一种很现实的态度。万一老爷的遗体被人发现了,躺在一条随波逐流的船上,那条船又众所周知是他儿子的,人们势必就会对他的死因产生严重怀疑。当天晚上,有一回,埃利斯想说服欧文,让他来安葬老爷,按海员的规矩下葬;或者,换句话说,拿一副备用船帆把他缝合起来,再配上合适的重量,把他永远沉入海底。他终究没敢提起这个话题,因为他也有些担心,唯恐欧文会对这个方案深恶痛绝,大发脾气;否则,要是他同意的话,他们说不定早就返回彭莫法去了,在那儿消极等待事件的进展,确保欧文继承柏德文庄园,这是迟早的事儿;或者,要是欧文真被已经发生的事情压得过于抬不起头来,埃利斯也可以劝他稍微躲开一段时间,等风头和一切非议都过去之后再回来。

现在倒好,情况全变了。他们绝对有必要暂且离开这个国家了。当天夜里,他们就必须顶着暴风骤雨和惊涛骇浪跨海而去。埃利斯无所畏惧——要是真这样无所畏惧就好了,无论如何,他也要支持欧文,如同他一周前、一天前那样,可是,面对这个狂怒、绝望、无助、受命运摆布的欧文,他能做什么呢?

他们的船驶进了波涛汹涌、茫茫无际的黑暗中,从此再也没被人们看见过。

柏德文的那座房屋逐渐沦为潮湿昏暗的废墟,后来,一位陌生的撒克逊人接管了葛里菲斯家族的这片领地。

(吴建国　朱晓琳　译)

不肖之子[1]

　　本世纪[2]开始之后没过多少年，有一对家境还算宽裕、姓亨特罗伊德的夫妻，在约克郡的北雷丁[3]买下了一个小农场。尽管他们彼此都还非常年轻时就开始"亲密相处"了，却熬到晚年才结婚。内森·亨特罗伊德从前一直跟随赫斯特·罗斯的父亲在农场做工，曾经追求过她一段时间，那时候，她父母认为，她将来说不定能嫁一个更好的人家，于是，他们也没有认真听听她的感受，就居高临下地解雇了内森。内森背井离乡，四处漂泊，直到他的一位叔叔去世，给内森——这时他已年近四十岁——留下了一笔足够买下一个小农场的钱，而且还略有盈余，可以存入银行以备不时之需。这笔遗赠引出的后话之一是，内森开始出言谨慎、不慌不忙地四处留意起来，想找一个老婆来料理这个家。终于有一天，他听说那个过去的恋人，赫斯特，居然还没有嫁人，也没有兴旺发达——并不像他每每揣度的那样，而是成了里彭[4]镇一个可怜巴巴的勤杂女佣。原来她父亲遭遇一连串不幸，晚年住进了济贫院；她母亲早已过世；她唯一的哥哥得苦苦挣扎才能养活一大家子人。赫斯特本人嘛，如今是一个辛勤劳作、模样难看（三十七岁）的女佣。内森得知命运轮盘弄出的这许多变故之后，心里竟有一种幸灾乐祸的满足感（也不过只持续了一两分钟）。对提供消息的那个人，他含含糊糊没说几句话，对其他人更是只字未提。但是，几天之后，他却主动登门了，穿着他外

1　本篇小说原名"The Crooked Branch"，直译应为"弯曲的树枝"，此处取其意译。
2　指十九世纪。——编者注
3　北雷丁（North Riding），旧时英格兰约克郡的地区，今为北约克郡的部分地区。
4　里彭（Ripon），英格兰北约克郡城市。

出时才舍得穿的那套最好的衣服,站在里彭镇汤普森太太家的后门口。

内森用他那像模像样的栎木拐杖像模像样地敲了敲门,赫斯特应声前来开了门,却愣在那儿了;她身在明处,他在暗处。一时间,两人都默然无语。二十年没见面啦,他仔细打量着旧相好的脸蛋和身段。年轻时姣美的容颜早已淡去,如我前面所说,她现在的模样一点儿也不好看,也不施粉黛,只是皮肤还算光洁,眼睛也挺和悦坦诚。她的身段已经不再丰腴圆润,她整齐地穿着一袭蓝白相间的睡衣,腰间系着白围裙,粗亚麻布面料的红色小短裙下裸露着干干净净的脚丫和脚踝[1]。她从前的情郎并没有显得欣喜不已的样子。他只是暗暗思忖着,"她会答应的。"于是便开门见山、直奔主题了。

"赫斯特,你不记得我啦。我是内森啊,就是你父亲当年辞退的那个人,就因为我老是想着要娶你做老婆,二十年过去了,马上又是米迦勒日[2]啦。从那以后,我就没再考虑过婚姻大事。不过现在,我叔叔已经去世,他在银行里给我留下了一小笔款子,我买下了奈布农场,还存了一小笔钱,我需要一个女主人来料理这些。你愿意过来吗?我没骗你。那是一个奶牛场,说不定也可以耕种,但是耕种要马多才行,我买不起那么多马,我宁愿买一批奶牛。情况就这些。要是你愿意嫁给我,等干草一收好,我就过来接你。"

赫斯特只说了一声:"进来吧,找个地方坐下。"

他走进屋,坐下来。一时间,她还无暇顾及到他,只是看了一眼他的拐杖,便忙着跑前跑后为她帮佣的那一家子人准备晚餐去了。他一边望着她手脚麻利、风风火火、忙里忙外的样子,一边在心里反复安慰自己:"她会答应的!"就这样默默地待了大约二十分钟之后,他站起身来,说:

"唉,赫斯特,我要走了。我什么时候再来找你?"

"随你便吧,反正你会来讨好我的。"赫斯特说,用的是一种想尽量把话说得轻描淡写、漠不关心的口气。不过,他看得出来,她脸红了,而且来回走动时还微微有点儿颤抖。随后,赫斯特便被结结实实地亲吻

---

1 这是典型的北方劳动阶层妇女的装束。
2 米迦勒日(Michaelmas),9月29日,英国四大结账日之一。

了一下。可是，等她回过身来要责怪这个已经人到中年的农夫时，却见他显得那么镇定自若，她便不言语了。他说：

"我已经心满意足了，但愿你也高兴。这份工资是按月结的吧，提前一个月通知他们行吗？今天是六月八号。七月八号就是我们的结婚日。在这之前，我没有时间来向你求婚了，再说，结婚这件事也不宜久拖。两天足够了，对我们这把年纪的人来说。"

简直像做了一场梦。不过，赫斯特还是打算先把手头的活儿干完，然后再来考虑这件事。于是，等到把晚上的一应活儿都收拾干净之后，她去向女主人提出了辞职的请求，用短短几句话把自己的人生故事都告诉了她。七月八日，她从汤普森太太家出嫁了。

这场婚姻的结晶是一个儿子，取名本杰明。孩子出生几年后，赫斯特的哥哥在利兹[1]去世，丢下了十个或十二个孩子。赫斯特对这个亲人的故去深感悲痛；内森也默默地深表同情，尽管他还是念念不忘杰克·罗斯当年对他的百般羞辱，这使他原本就很痛苦的心情雪上加霜。他帮妻子收拾好行装，让她乘马车去利兹。等到一切准备就绪要出发时，她才心乱如麻地想起了家里的种种难处，他说这些都不是问题，让她放宽心。他把她的钱包塞满钱，有了这些钱，她多少也可以缓解一下她哥哥那一大家子人的燃眉之急。她刚动身，他又追着马车喊道："停下！停下！赫蒂，如果你愿意——如果不是太为难你——把杰克家的小姑娘带一个回来给你做伴儿吧。我们还算富足，养得起；常言说得好，家有小女，其乐融融。"

马车继续赶路，赫斯特一路上心里都洋溢着如此这般的感激之情，既有对丈夫的感激，也有对上帝的感恩。

就这样，小贝茜·罗斯来到了这个家，成为奈布农场的一员。

在这个事例中，善行果然得到了善报，而且还是以一种明明白白、真实可感的形态表现出来的，根本无需故弄玄虚，混淆普通百姓的视听，让人觉得这就是善有善报的惯常情理。贝茜长成了一个聪明伶俐、善解人意、活泼可爱的小女孩，一个令她姑姑和姑父每天都眉开眼笑的小尤物。她是这户人家如此受宠的一个宝贝，老两口甚至觉得，她都赶

---

[1] 利兹（Leeds），英格兰西约克郡城市。

上他们的独生子本杰明了,在他们眼里,本杰明是个十全十美的人。一般情况下,两个相貌丑陋、面目难看的人很少会生出特别漂亮的孩子,但是,凡事总有例外,本杰明·亨特罗伊德就是一个例外。那个勤勤恳恳、劳心劳力、满脸皱纹的农民,还有那个即使在最佳年华也算不上标致的母亲,居然生出了一个这么优雅漂亮的男孩,简直堪称伯爵的儿子。连那些来附近打猎的乡绅,见他为他们打开大门时,都忍不住要勒住马缰夸赞他一番。他也不害羞,他从小就听惯了陌生人的夸赞,听惯了父母宠爱有加的赞誉。至于贝茜·罗斯,从她第一眼看见他的那个时刻起,他就居高临下地占据了她的心。随着她渐渐长大,她心中的这份爱也在与日俱增,还时常暗暗劝慰自己:凡是姑姑和姑父所钟爱的人,理所当然就是她最心爱的人。一看到这个小姑娘每每在无意中流露出的对她表哥情有独钟的征兆,老两口就会互相使个眼色,会心一笑:一切果然都像他们所希望的那样,用不着舍近求远给本杰明找老婆啦。如此看来,这户人家可以延续下去了,内森和赫斯特可以安享晚年了,操心之事、当家之事可以移交给那两个至亲至爱的人了。他们,在今后的岁月里,会孕育出又一代相亲相爱的人,像这样一代一代地传下去。

不料,本杰明却对这一切置若罔闻。他被送进了邻镇的一所全日制学校——那是一所文法学校,三十年以前,这类学校大多数都对学生疏于管理。他父母都没有多少学问,他们只知道(这也是他们选择学校的导向),他们舍不得跟他们心爱的儿子分离,无论如何,决不能送他去寄宿学校念书;他们只知道,必须让他上学,他们也知道,波拉德老爷的儿子去了海敏斯特文法学校。殊不知,波拉德老爷的儿子,以及很多其他老爷的儿子,只要进了这所学校,都注定会成为他们父母的心头之患。至于这所学校究竟是不是如此彻头彻尾的一个不良的教育之地,这个心地单纯的农夫和他的妻子或许要不了多久就明白了。这所学校的学生们不仅沾染了许多恶习,还学会了撒谎。本杰明天生就很聪明,不至于成为一个笨学生,要是他成心想当第一流的笨蛋,海敏斯特文法学校里也没有人能阻止得了他。不过,从外表上看,他确实变得越来越聪明、越来越有绅士风度了。每当他放假回家来,他父亲和母亲甚至还为他那神气活现的样子和气度不凡的举止感到骄傲呢。他们把这些当成了他大有长进的证据,尽管这种"大有长进"的实际效果是,他开始嫌弃父母土里土气、愚昧无知的样子了。长到十八岁时，他与海敏斯特的一家律师事务所签了约，给一位律师当徒弟——因为他打心眼儿里不愿当一介"纯粹的乡巴佬"，也就是说，他不愿像他父亲那样做一个勤勤恳恳、老实巴交的庄稼汉。唯有贝茜·罗斯对他大为不满，这个十四岁的小女孩本能地感觉到，他好像有些不对头了。唉！转眼又过去了两年，可怜这十六岁的姑娘爱慕的纯然是他的假象，看不出像本杰明表哥这样说话这么温柔、相貌这么英俊、心地这么善良的人，竟会滑落到道德败坏的地步。因为本杰明发现，要想从父母那里花言巧语地骗出钱来，满足他每每在外面胡作非为的放纵生活，最好的办法是，假装顺从父母那不谙世故的计划，假装同他那漂亮的表妹贝茜·罗斯谈情说爱。他处心积虑，在她面前把自己掩饰得恰到好处，只要他每次表演这种必要的手段哄得她开心，别露出马脚就行。但是，只要她不在身边，他也就懒得去回想她向他提出的那些小小的要求了。他答应她只要到了海敏斯特就会每周一封的信，她委托他替她去办的那些微不足道的小事，在他看来全都是麻烦，而且，即使她在一起，他也十分讨厌她问这问那，诸如他是怎么打发业余时间的，他在海敏斯特都结交过哪些女人。

　　学徒期结束后，没有任何事情适合他，他却说自己必须继续去伦敦待上一两年。可怜的农民内森开始后悔他当初想把儿子本杰明培养成一名绅士的良苦用心了。可是，现在再怎么懊悔，都为时太晚啦！他父亲和母亲都有这种感觉，不过，无论有多伤心，他们都没有说出来，对本杰明头一回开口提出的这个主张，他们既没有反对，也没有赞成。但是，贝茜，虽然泪水涟涟，还是注意到了，她姑姑和姑父那天晚上似乎显得格外疲劳，老两口手拉着手，坐在壁炉边的长凳上，呆呆地望着明亮的火苗，仿佛想从火苗中看到他们曾经满怀希望地憧憬过的未来的生活画面。贝茜在乒乒乓乓地忙着收拾晚饭后的一应东西，本杰明离开后，她就开始收拾了，只是弄出的动静要比平时大得多——仿佛她需要这噪声和忙碌，这样克制住自己别哭出声来——接着，她敏感地朝本杰明刚才坐过的位置看了一眼，又看了看内森和赫斯特的脸色，随后便不敢再朝那个方向看了，唯恐一看到他们那愁眉苦脸的表情，就会让她自己的眼泪喷涌而出。

　　"你坐下歇一会儿吧，姑娘——你坐下。把那个三脚小矮凳搬到壁炉边来，我们来稍微商量一下那孩子的打算吧。"内森说，仿佛他终于醒过神来，能开口说话了。贝茜走过来，在壁炉前坐下，用围裙捂着脸，用两只手托着脑袋。内森总感到，这两个女人好像要瞅准机会抢先抱头痛哭了。所以，他觉得自己该开口了，免得被她们的眼泪感染得说不出话来。

"贝茜，你以前听说过这个发疯的打算吗？"

"没有，从来没有！"她的声音听上去很闷，大概是捂着围裙的缘故，声音也变调了。赫斯特觉得，这一问一答仿佛都暗含着责怪，这一点让她受不了。

她说："我们当初同意他去做学徒的时候，就应该考虑到这一点，因为那样做必然会导致今天这个结果。那边有各种各样的考试，还有一连串非常严格的口授教学，所以，我真不知道他在伦敦怎么混得下去，那样对他有什么好。这不是他的错。"

"我们哪个人说过这是他的错？"内森有些恼火地说，"不过，就这件事而论，几个星期他就能走出低谷，成为一名好律师，跟那些当法官的人一样优秀。这句话是奥德·劳森律师对我说的，我曾经跟他交谈过几句。喏，喏！是这小子一心想去伦敦，是他自己想去那儿待一年的，别说两年了。"

内森气得直摇头。

"如果真是他自己想去的，"贝茜说着，放下了围裙，一张脸憋得通红，眼睛也肿了，"我觉得那也没什么坏处。小伙子不像姑娘家，得整天围着自己的锅台转，就像挂在烟囱上的钩子一样。好男儿就应该志在四方，在安定下来之前多见见世面才对。"

赫斯特摸索着拉住贝茜的手，两个女人激动地坐在那儿，不容任何人对那个不在场的心爱之人横加指责。内森只好说：

"不不，丫头，别这么火冒三丈的样子嘛，十头牛都拉不回来了。千不好，万不好，都怪我不好。是我一心想把我的小孩培养成一名绅士的，我们必须为此付出代价。"

"亲爱的姑父！他不会花很多钱的，我来负责他的花销。我会在家里省吃俭用，把这笔钱筹好的。"

"丫头！"内森很严肃地说道，"我说的不是要花多少钱的事儿，这件事得要我们付出心血，付出我们沉甸甸的灵魂啊。伦敦那种地方，恶魔已经控制了法院，控制了乔治王[1]，我那可怜的孩子恐怕也会落入恶魔的势力范围里。真不知道那恶魔嗅到他的气息时，会做出什么事来。"

"别让他走啊，你这当爹的！"赫斯特说，这是她第一次冒出这个念头。在此之前，她心里只念想着要和儿子相分离的悲伤。"孩子他爹，要是你这么想，那就留下他，让他老老实实待在我们自己眼皮子底下。"

"不行！"内森说，"他早就不是小孩子啦。唉，我们没有一个人知道他眼下人在哪里，他从来没有离开我们的视线超过一个小时。他已经长大了，不能老让他待在宝宝学步车里啦，孩子他娘，也不能老把他关在家里，把椅子倒过来堵着门了。"

"我真希望他还是那个躺在我怀里的娃娃。给他断奶的那天，我好心疼啊。我觉得，随着他一天天长大成人，日子反倒越来越让人心酸了。"

"得啦，孩子他妈，话不能这么说。应该感谢仁慈的上帝赐给了你一个已经长成男子汉的儿子，穿着袜子身高五英尺十一英寸，并且浑身上下挑不出任何毛病。我们不能因为他一时放纵就对他怀恨在心。对不对，贝茜，我的丫头？他一年以后就回来了，也许一年多一点儿吧，然后就在一个安安静静的镇子里安顿下来，娶个老婆，那个对象此时此刻就在我眼前。我们老两口嘛，等我们渐渐老了，就把农场卖了，花点钱在本杰明律师家附近买个房子。"

这个厚道的内森，尽管自己的心情十分沉重，还是努力想安慰家里的两个女人。但是，在这三个人当中，到头来只有他看得最远，他的担忧也最深。

"我不信我没把那小子培养好。我不信我担忧的事情会发生。"这个念头折磨得他彻夜难眠，一直睁着眼睛躺到天开始亮起来。"他肯定出问题了，要不然，人家在提到他的时候，也不会拿那种惋惜的眼光来看我。我看得出那是什么意思，可是，我太要面子了，只好假装不知道。还有劳森，我问他我那小子情况怎么样，他将来能当什么样的律师时，他却守口如瓶，比平时话还少，他真不该那样。愿上帝慈悲为怀，万一

---

[1] 乔治王（King George），指英王乔治四世（1820—1830 年间在位）。

那小子真走了,保佑我和赫斯特!愿上帝慈悲为怀!不过,也许是我自己整夜睡不着的缘故,才让我这么担惊受怕的。唉,我在他这个年纪的时候,要是能弄到钱,我恐怕也会花钱如流水的。可是,我得自己挣钱才行,这就大不一样了。行啦!我们这把年纪的人,要想阻挠孩子也很难,何况我们等了那么久才生下他的!"

第二天早上,内森骑着莫吉,就是那匹拉车的马儿,进海敏斯特城找劳森先生去了。但凡看见他骑马走出他自家院子的人,看到他回来时的模样,都会感到吃惊的,因为变化太明显了。那种变化,对他这把岁数的人来说,比干了一整天非同寻常的体力活儿还要疲惫。他几乎根本抓不住缰绳。只要莫吉的脑袋猛然一抬,就能把缰绳挣得脱出内森的手去。他脑袋向前低垂着,眼睛出神地望着某个莫须有的东西,很长时间一眨也不眨。但是,在快要到家的时候,他努力振作起来了。

"没必要让她们也跟着担惊受怕,"他暗暗思忖,"小子毕竟是小子嘛。尽管他还很年轻,但是,我觉得,他本质上不会这么没头脑。得啦,得啦!到了伦敦,他说不定就会变得更聪明了。不管怎么样,还是别让他再跟威尔·霍克那帮的坏小子勾搭在一起为好,还有诸如此类的坏小子,是他们把我的孩子带入歧途的。在结识他们之前,他是一个挺好的孩子嘛——对,在结识他们之前,他就是一个好孩子。"

但是,走进家门时,他把所有这些焦虑都压在了心底,因为贝茜和妻子都在门口等着他呢,两个女人都伸出手来帮他脱下大衣。

"行啦,丫头们,行啦!你们别管我,让一个大老爷们自己脱衣服吧,哎呀,我差点儿打到你了吧,姑娘。"他一刻不停地说着,想让她们暂且别去触及他压在心头的话题。但是,他不可能永远拖着不告诉她们;再说,他妻子也在反反复复地盘问,许多话还是被套了出来,他本来不想说这么多——这些话足以让那两个人悲伤不已了;然而,这个坚强的老汉还是把最坏的消息藏在了自己的心底。

第二天,本杰明回来了,打算在家待上一两个星期,然后就轰轰烈烈地启程去伦敦。他父亲对这年轻人始终保持着一定距离,表情严肃,什么话也不说。贝茜呢,起初也十分生气,说了许多言辞激烈的话,后来慢慢缓和了下来。然而,看到她姑父态度如此冷漠,父子俩一言不发地僵持了这么长时间,她不禁感到有些心痛、有些不高兴了,要知道,本杰明毕竟马上就要出远门啦！她姑姑走开了，在颤颤巍巍地忙碌着，在翻箱倒柜地整理东西，对过去和将来的事情，她仿佛连想都不敢想；只是有那么一两回，当走到儿子背后时，她突然俯下身去，望着坐在那儿的本杰明，禁不住吻了一下他的脸颊，摸了摸他的头发。过了许多年以后，贝茜还记得当时的情景——有一回，本杰明竟烦躁不安、异常恼怒地把头一扭，咬牙切齿地哼了一声——她姑姑没听见，贝茜却听得清清楚楚——

"你就不能让一个大男人清静一会儿吗？"

对贝茜本人，他表现得似乎相当通情达理。找不到别的词来形容他的态度：既谈不上热情，也谈不上温柔，更没有表兄妹间的亲情，只把她当作一个年轻、漂亮的女性，对她保持着并非很有教养的礼貌。但是，他朝母亲颐指气使或者满腹牢骚的时候，或者在他父亲面前黑沉着脸、一言不发的时候，这种礼貌就荡然无存了。有一两次，他试探性地对贝茜说了句恭维她的个人容貌的话。她当即就愣住了，满脸惊讶地瞪着他。

"自从你上次见到我以来，我的眼睛有什么变化吗？"她问道，"让你非得用这种方式告诉我不可？我倒很希望你去帮帮你妈妈，她现在眼神不好，天一擦黑，连棒针掉下来都找不到了。"

不过，贝茜很久以后都还念念不忘他那句赞美她眼睛的话，而他早就忘了，大概都说不出她那双眼睛的颜色了。他走了之后，有好多天，她认真地对着那面椭圆形小镜子打量着，那面小镜子就挂在她小卧室的墙上，但她总是把镜子取下来，对着镜子仔细察看他赞誉过的那双眼睛，一边看，一边喃喃自语，"美丽温柔的灰眼睛！美丽温柔的灰眼睛！"随后便大笑一声，满脸绯红地把镜子重新挂上墙。

在那段日子里，在他去了那个扑朔迷离的远方——那个叫作伦敦的城市之后——贝茜一直想把那些与她的情感格格不入的事情统统忘掉，她总认为，做儿子的就应该疼爱父母、孝敬父母。她有许许多多诸如此类的事情要努力忘却呢，然而这些事情却老是浮现在她的脑海中，比方说，她多希望他别不喜欢家里纺织、家里缝制那些衬衣啊，那都是他母亲和她怀着喜悦的心情专门为他准备的。他也许并不知道，然而那都是事实——想到这里，心中的爱意油然而生——她们是怎样小心翼翼、纹丝不乱地把那些纱线盘绕出来的;因为不满足于在阳光正盛的草地上漂白,亚麻布从那家纺织厂拿回来之后,她们每天是怎样在夏日芬芳的草地上把那些面料铺开、晾晒的;在没有露水帮忙的情况下,她们每天夜里是怎样仔仔细细地用清水漂洗的。他不知道——谁也不知道,只有贝茜自己知道——有多少错缝或者过大的针脚,由于姑姑的视力越来越差,被缝得错上加错或者针脚更大(即便这样,姑姑仍然坚持要拿出她最精湛的手艺亲手缝制),到了夜里,贝茜总是在自己的房间里把这些针脚拆开来,再用自己灵巧的手指重新缝好;在夜阑人静时,她缝得那样专心致志。这一切他根本就不知道,否则,他绝不会满腹牢骚地嫌恶那些衬衣布料太粗糙、款式太老套了;也不会逼着他妈妈把她卖鸡蛋、卖黄油攒下来的那点儿微薄的积蓄拿出来给他,好让他在海敏斯特购买更新潮、更时尚的亚麻布服饰。

自从本杰明发现了他妈妈珍藏的那点儿少得可怜的积蓄之后——幸好贝茜一直心静如水,压根儿就不清楚她姑姑每天数那些硬币时有多粗心,不是把几尼错当成先令[1],就是把先令错当成几尼——藏在那只黑乎乎的没了喷嘴的旧茶壶里的钱币就很少能对得上数了。但是,这个儿子,这种希望,这份爱心,仍然对这户人家有一种奇怪的吸引力。临走前的那天晚上,他坐在爸爸和妈妈中间,一手拉着爸爸,一手拉着妈妈,贝茜则坐在那张旧三脚小矮凳上,头枕着姑姑的膝头,时不时抬眼去看看本杰明,仿佛想牢牢记住他的脸庞似的,直到他和她四目对视时,她才垂下眼帘,若有若无地叹了口气。

那天夜里,他陪父亲坐到了深更半夜,两个女人上了床很久之后,他俩都还没睡。不过,大家都没能入睡,因为我知道:那满头白发的母亲整夜都没合眼,直到那个秋日的晨曦初露;贝茜听到了她姑父上楼来的沉重、谨慎的脚步声,大概是去查他积攒在那只旧长筒袜里准备存银行的钱的;她听见他在清点那些金几尼——他停顿了一下,随后又重新数起来,仿佛主意已决,要把钱慷慨地全拿出来当赠品似的;接着又是一阵长时间的停顿——她只能依稀听见夹杂在其间的断断续续的说话声,也许是姑父在嘱咐什么,也许是一句祷告词,因为那是他姑父的声

---

[1] 几尼(guinea)和先令(shilling):旧时英国金币名,1 几尼约合 21 先令。

音；又过了一会儿，父子俩都上床去了。贝茜的卧室和她表哥的卧室之间只隔着一扇薄薄的木板屏风，她早已哭得浑身无力、睁不开眼了，昏昏沉沉地入睡前，她清清楚楚地听见的最后一片声响是，几尼在有规律地相互碰撞、叮当作响的声音，好像是本杰明在开心地拿他父亲送给他的那份礼物忽上忽下地抛着玩儿。

他走了之后，贝茜还在满心希望地想着，要是他请求她送他一程去海敏斯特该多好啊。她已作好了一切准备，行李都放在床上了；可是，人家不邀请，她也不能去作陪呀。

这个小小的家庭得想尽一切办法来弥补空落的心情。他们似乎以超常的劲头全身心地投入在每天的劳作中。但是，不知何故，每当夜晚来临时，却好像什么活儿也没干。心情沉重干什么活儿都不会轻松，因此，无论在田野里、在纺织机边、在牛奶场上，谁也说不清每个人的内心深处有多牵挂、有多担忧。从前，每逢星期六，大家都在翘首期盼着他；期盼归期盼，尽管他不一定会回来；即使他回来了，也少不了要挨一顿数落；即便如此，他的归来仍不啻为一种乐趣：他依然还会回来，一切还会照常进行。对这些卑微小人物来说，这是多么阳光、多么快乐的事情啊！可是，他现在远走高飞了，单调乏味的冬天也要来临了，两个老人的视力每况愈下了，夜晚也变得越来越漫长、越来越让人伤感了，尽管贝茜在竭尽所能地有说有做，仍然无济于事。他并没有理所应当地经常写信回来——每个人都觉得不像话，尽管每个人随时都会挺身而出护着他，不让别人说出这种想法。"当然啦！"贝茜暗暗对自己说，这时，初露笑靥的报春花已经在洒满阳光的树篱中探出头来，她从午后的教堂回家时采摘了一捧——"当然啦，像今年这么单调乏味、这么备受煎熬的冬天，从今往后再也不会有了！"内森和赫斯特·亨特罗伊德在过去的这一年里有了很大变化。去年春天，在本杰明还是一个希望多于担忧的话题时，他父亲和母亲，按我的说法，看上去还是一对已过中年的老夫妻，和那些心事重重的人一样。现在倒好——造成这么大变化的原因，并不仅仅是儿子的离家出走——他们看上去十分虚弱，十分苍老，仿佛连每天再正常不过的那些烦心事都成了让他们承受不住的负担。因为内森听到了不少关于他那独生子的令人伤心的传闻，他以严肃的口吻把这些话都告诉了赫斯特。尽管事情恶劣得让人难以相信，他还得说,"即使他果真成了这种坏小子,上帝也会保佑我们的!"他们不知淌了多少眼泪,眼睛已经哭干了,欲哭无泪了。他们坐在一起,手拉着手,颤颤巍巍,只是唏嘘叹息,没说多少话,也不敢彼此相看。良久之后,赫斯特说:

"我们不能告诉那姑娘。年轻人的心有点儿脆弱,她也容易偏听偏信,以为这是真的。"说到这里,老妇人泣不成声了,声音有点儿像拉风箱,但是她竭力克制着,接下来的话说得还算自如:"我们不能告诉她。他一定挺喜欢她的,也许吧。要是她对他有好看法,也还爱他,那就一定能让他改邪归正!"

"上帝保佑!"内森说。

"上帝会保佑的!"赫斯特急忙说,声音带着哭腔,接着便不停地重复着这一句话。唉!再重复也不管用啊。

"这个地方真差劲儿,让人学会撒谎了,都怪海敏斯特,"她终于说,仿佛受不了长时间的沉默寡言似的,"我根本没想到是这种地方,让人学会编故事骗人了。不过,贝茜一点儿也不知道,你我也都不相信这些话,这才是不幸中的万幸啊。"

可是,假如他们真打心眼儿里不相信这些传闻,他们怎么会这么伤心,这么憔悴,比他们的实际年龄还要苍老呢?

转眼又过了一年,又到了冬天,一个比去年更让人痛苦的冬天。这一年,在迎春花开的时候,本杰明回来了——一个道德败坏、心狠手辣、油头滑脑的年轻人。然而那华而不实的言谈举止,那英俊帅气的面孔,却足以使他的外表形象令那些乍一见到他的人深感惊奇,对他们来说,一个出身如此卑微、却在伦敦风流放荡的年轻人的这一面,毕竟还很陌生,也很新鲜。就在乍一见面的时候,就在他带着那种自鸣得意、满不在乎的表情大摇大摆地走进家门的时候,他那年迈的父母竟对他感到有些敬畏,仿佛他不是他们的儿子,而是一位真正的绅士。不过,他们朴实的天性中有着太多向善的本能,并没有察觉到这一点,他们过了几分钟之后才反应过来,站在他们面前的并不是一个货真价实的王子。

"搞得那么花里胡哨,还留着那么长的头发。"两个女人刚单独凑在一起时,赫斯特就对她侄女说,"他到底是什么意思嘛?说话也装腔作势,活像舌头短了一截似的,难不成连舌头也分了叉,像喜鹊的舌头？咳！伦敦真是个坏地方，就像八月的大热天，把好端端的肉也弄坏了。他长个头的时候是一个多好看的少年人啊，现在倒好，瞧他那副样子，皮肤上画着那么多道道，那么多花斑，活像一本习字帖上的彩页一样！"

"我觉得他比过去帅多啦，姑姑，连鬓胡子也是新式的！"贝茜一边说，一边仍在满脸羞涩地回味着他刚才一见面就给她的那一吻——这就是一种誓约吧，她暗暗思忖着。这可怜的姑娘啊，尽管他写信的时候只字不提此事已经很长时间了，但她觉得他还是自己当未婚妻看待的。他身上的有些特点他们谁都不喜欢，虽然他们谁也没说；然而也有让他们倍感欣慰的事情，譬如说，他能静下心来待在奈布农场里了，而没有像从前那样，经常偷偷溜到附近的小镇上去寻欢作乐。本杰明去了伦敦之后不久，他父亲就替他把欠下的债都还上了，所以，就他父母所知，没有任何债务会让他惶恐不安而不老老实实待在家里。他早上和那老汉，他父亲，一起出门，内森在地里忙活的时候，他也悠闲地待在父亲身边，内森拖着年迈体衰的步子虽然忙碌，心里还是高兴的，因为，诚如他所说的那样，事情总算有起色了，因为儿子好像终于开始关心起种田的事情了，不急不躁地站在他身边，而他则一会儿看看自己家的小马驹，一会儿看看邻居家的篱笆墙那边若隐若现的粗壮的短角牛。

"他们这么做太不地道了，你看看他们卖的那些牛奶。人家也不管牛奶好不好，他们用来装牛奶的家伙里面都加了水，牛奶还没有挤出来之前就加好水了，还不如拿水泵直接往里灌呢。可是，你看看贝茜做的黄油，多漂亮的手艺啊！一方面是她自己态度好，一方面是我们的牲畜质量高。看见她挎着篮子，打好了包，准备拿到市场上去卖，我就高兴；看到那一桶桶的奶牛，蓝汪汪的全都兑了淀粉和水，却不是牲口产出的纯牛奶，我就不高兴，我就在想，他们不久前刚拿水泵冲过吧。咳！可是，我们的贝茜真是个聪明伶俐的丫头啊！我有时也想，你就不要当什么律师了，等你和贝茜结了婚，就来接手我们的老本行吧！"这番话的本意只是一种巧妙的试探，这位老农想借此来弄清自己的愿望和祈盼是否有根据，本杰明到底会不会放弃当律师，回来接手他父亲这简单原始的工作。内森现在之所以敢抱有这种希望，是因为他儿子根本不可能凭他的律师职业赚多少钱，毕竟如他所说，儿子还需要这层关系：

农场、积蓄，还有清清白白的妻子，这些都是他唾手可得的。内森现在还能安然无恙地自食其力，即便在他极其缺乏生活保障的时候，他也从来没有因为把自己辛辛苦苦攒下的几百英镑浪费在儿子的教育上而责怪过他。所以，老头儿虽然心里苦，还是很认真地听着儿子的回答，但他儿子显然在搜肠刮肚地寻找托词，只听他轻轻咳嗽了几声，擤了擤鼻子，然后才开口说——

"唉！你瞧，父亲，律师是一个很不稳定的生计，一个人，姑且就算说我自己吧，要是没有什么名气，在这一行当里就没有出头之日——你得去结交法官，结交一流的律师，结交这类社会名流。喏，你瞧，你和我妈在这一行里根本就没有这种熟人吧。可是，我已经结交了这样一个人，一个朋友，姑且这么说吧，他可真是个神通广大的人啊，什么人都认识，包括英国财政大臣在内，他给我提供了一个在他公司里合作共事的机会——简单地说，就是合伙人——"说到这里，他迟疑了一下。

"我敢肯定，那准是一个很不一般的贵人，"内森说，"我是不是应该亲自去感谢他。照理说，愿意把一个小青年从泥巴地里提拔起来人并不多啊，我是不是还应该跟他说'这是我的一半家产，请笑纳，先生。祝你身体健康'。大多数人，只要抓住了一点儿好运道，都会不声不响地立即跑开，躲在角落里偷偷把它贪为己有，谁会跟你分享呢！我倒真想知道，那人叫什么名字？"

"你没完全明白我的意思啊，父亲。你这话说得千真万确，确实很有道理。就像你说的，人们不愿分享好运。"

"这样一来，就更欠他们的人情啦。"内森打断了他。

"是啊，不过，你瞧，即使是像我朋友凯文这样优秀的人，也不会平白无故地把他一半的事业拱手送给别人的。他希望能等价交换。"

"等价交换？"内森说，声音一下子低了八度，"那是什么东西？这些冠冕堂皇的话里总是另有含义，我听出来啦，尽管我书读得不多，一时还弄不明白那层意思。"

"唉，在这件事情上，他要求的等价交换是，他接受我入伙，然后再把整个公司转让给我，要我先预付三百英镑。"

本杰明耷拉着眼皮偷偷斜视着，想看他父亲对这个动议的反应。他父亲把拐杖重重一戳，把拐杖深深插进泥土里，手撑着拐杖，转过脸来打量着他。

"这么说，你那个好朋友就该去上吊才对！三百英镑！要是我知道上哪儿去搞这三百英镑，要是我让你、让我自己当这种大傻瓜，我还不如自己去下地狱，去上吊算了。"

他这时已经气得说不出话来了。他儿子倔强地、一声不吭地听着他父亲刚才的这番话，这只不过是陡然爆发出的一顿气话，他自己对此早有思想准备，暂时还吓不倒他。

"我觉得，先生——"

"先生？——你凭什么叫我先生？这就是你的礼貌？我就是普普通通的内森·亨特罗伊德，从来没想过要成为一位绅士，但是我一直在花钱培养一个绅士，一直培养到如今。假如我有这样一个儿子，张口就向我索要三百英镑，只想满足这个要求，好像我就是一头奶牛，别的什么也干不了，只知道朝第一个摆布我的人下奶似的，这种事情我不想再干了。"

"得啦，父亲，"本杰明装出一副很率直的样子，说，"我也没有别的办法，只能照我以前经常盘算的那个计划干了，干脆一走了之、移居国外算啦。"

"什么？"他父亲一边说，一边正颜厉色、目不转睛地瞪着他。

"移居国外。到美国去，或者到印度去，或者到哪个殖民地去，那些地方大概有发展空间，可以让一个朝气蓬勃的年轻人大显身手。"

本杰明一直把这个计策当作他的王牌保留着，指望用这张王牌去赢得眼前的一切呢。没想到，令他大出意外的是，父亲把他刚才怒气冲冲地插进泥土里的拐杖拔了出来，向前走了四五步，随即又一动不动地愣在那儿了，父子两人就这样一言不发地僵持了几分钟。

"这大概，也许，就是你最拿手的把戏吧。"还是做父亲的先开了口。本杰明咬牙切齿地克制住自己，才没有骂出声来。幸好可怜的内森这时并没有环顾四周，因而没看见他儿子的那副嘴脸。"可是，你这样做对我们，对赫斯特和我，未免太不近人情了吧，因为，不管你是好是坏，你总是我们的亲生骨肉，我们的独苗儿。如果你根本就不是我们所希望的那样，那我们就错了，也许吧。我们一直以你为荣——假如他远走高飞去了美国，那就等于要了老太婆的命啊，贝茜也会非常难过的，那姑娘会多么想念他啊！"这番话，原本是说给他儿子听的，竟渐渐演化成了一场内心独白——不管怎么样，反正既让本杰明听得专心致志，又像全然对他自己说的。考虑了一会之后，他父亲转过身来："年轻人啊，我觉得，这种刚认识就向你要这样一大笔钱的人，不能称之为你的朋友——我敢断定，你不是唯一的一个，他真能让你在律师行业里发迹起来吗？其他人的父母呢，也会拿出这么多钱来吗？"

"一个也没有。只给了我这些平等的优惠条件。"本杰明说，觉得自己仿佛看见了有所缓和的迹象。

"好吧，那么，你不妨告诉他，不管是他，还是你，我都看不出我这三百英镑的钱会有什么前景。我不否认，我又积蓄了一点儿钱，天晴也得防雨天啊，不过，也没有他要的那么多，而且其中的一部分是给贝茜的，因为她一直就像我们的亲生女儿一样。"

"可是，贝茜总有一天要当你名正言顺的儿媳妇的，等我有了家，一定娶她。"本杰明说。对于他和贝茜的婚约，他总是反复无常，根本没当回事儿，甚至他自己心里都这样想。只要出现在她面前，那也是她最欢快靓丽、最妩媚动人的时候，他就表现得特别乖巧，仿佛他们就是一对情意绵绵的恋人似的；只要一离开她，他就把她当成了一枚很好用的楔子，把她牢牢扎进他父母的心坎里，代表他去求得父母的欢心。现在呢，不管怎么说，他这句话也并非全是假话，仿佛他本来就打算娶她为妻似的，因为他心里的确有这个想法，尽管他老是利用这一点来要挟他父亲。

"那样一来，我们的日子就没意思啦，"老人说，"不过，上帝会来眷顾我们的，到那时，上帝说不定会在天堂里多给我们一份关怀的，比贝茜在奈布农场对我们的照顾还要好，虽然她是个好姑娘。她的心也放在你身上呢。但是，孩子啊，我实在拿不出这三百英镑啊，我的现金都放在那只长筒袜里，你知道的，等攒够了五十英镑，我就把它拿到里彭银行去存起来。现在，从他们给我的最后那张凭条来看，刚好凑足了二百英镑，我手头只有十五英镑，还放在那只长筒袜里。我本来打算把其中的一百英镑给贝茜的，再加上那头红色奶牛生下的小牛犊，她特别喜欢那个小牛犊，就像是她亲手喂养的一样。"

本杰明立即警觉地朝父亲扫了一眼，想弄清楚他是不是在讲真话。

这个做儿子的脑袋瓜里居然对这个老人,对他的生身父亲,产生了怀疑,这一点足以能说明他的人品。

"我不能这么做啦——我当然不能这么做啦——尽管我应该这样想,权当我帮你们办了婚礼吧。那头黑色的小母牛也可以卖掉,大概值十英镑左右吧,可是,我们还要靠这头小母牛帮我们种玉米呢。因为去年耕地的收成不怎么好,我想,我会尽力——我实话告诉你吧,孩子!这事我来做主,权当贝茜把她那一百英镑借给你了,只是你必须给她写一个借据,里彭银行里的那笔存款你可以都带走。看看那位律师是否肯让你得到他所说的那个份额,他出价三百,不知两百行不行。我不是故意要说他坏话,但是你必须用这笔钱去做成一份公平的交易。我时常觉得,你是被人家坑了,现在,我真不愿让你从一个小孩子手里去骗一块铜法寻[1];与此同时,我又不愿让你心肠太软,容易受骗上当。"

为了说明这一点,应当交代一下,有一部分账单,本杰明本该用他父亲寄来的钱去支付的那些账单,都是被涂改过的,目的是为了拆东墙补西墙,弥补这小伙子花在其他一些令人生疑的事情上的开销;这个淳朴的老农民,尽管心中依然还残留着对儿子的信任,眼光还是够敏锐的,他当然看得出,上述这些购买日常生活用品的正常费用,他全都支付过了。

支支吾吾了一番之后,本杰明同意先收下这两百英镑,并满口答应,要最大限度地发挥这笔钱的作用,使自己在事业上出人头地。岂料,他还另怀鬼胎,想把存放在那只长筒袜里、用来积少成多的另外那十五英镑也弄到手。作为父亲的继承人,他暗暗思忖着,那笔钱就是他的。那天晚上,他很快就一反常态,不再像平时那样对贝茜百般殷勤了,因为他老是耿耿于怀,有一笔钱是专门留给她的,甚至在浮想联翩时也在埋怨,这笔钱居然给了她。他却全然没去想,马上就要拿到手的那两百英镑是一家人含辛茹苦地挣来、省吃俭用地攒下的全部积蓄。与此同时,内森那天晚上也格外激动。他的内心是那么宽宏大量、那么充满慈爱,虽然要奉献出他绝大部分的家产,却能帮两个年轻人走上幸福之路,他不知不觉有了一种满足感。在做父亲的看来,就凭他对儿子信

---

1 铜法寻(brass farthing),英国旧时硬币,十九世纪时值四分之一便士。

任到了这种地步，似乎也该使本杰明更值得信任了。他想努力排斥的唯一念头是，如果一切都如他所愿，本杰明和贝茜势必要远离奈布农场，在别的地方成家立业了；不过，到那个时候，他还有一个像孩子般的依靠，"不管怎么说，上帝总会眷顾他和老太婆的。想得太远也没用。"

那天晚上，贝茜不得不硬着头皮听他姑父说了许多晦涩难懂的笑话，因为他深信不疑，本杰明肯定把已经商量好的事情全都告诉过她了。殊不知，事实真相是，他儿子在这个话题上根本没向他表妹说过一个字。

老两口躺在床上时，内森把他答应儿子的事情告诉了妻子，还说，提前预付这两百英镑，是为了实现未来的人生规划。可怜的赫斯特一听到这笔钱的去向突然变了，顿时吓了一跳，长期以来，她一直暗自骄傲地把这笔钱看作"银行里的存款"，但是，如果有必要，为了本杰明，她当然舍得拿出这笔钱来。只是，怎么会需要这么一大笔钱呢，真让人搞不懂。不过，甚至连这个令人费解的疑团也被那个压倒一切的想法挤出了脑外，因为不仅"我们的本"马上就要去伦敦定居了，而且贝茜也要去那儿做他的妻子了。这个天大的烦恼吞没了一切对钱的忧虑，赫斯特难过得一整夜都在瑟瑟发抖、唉声叹气。第二天早上，当贝茜还在揉面准备做面包的时候，她姑姑就已一反常态地坐在炉火边了，因为这是她一遇事就沉不住气的习惯之一，只听她突然说：

"我估计，我们必须去那家店铺买面包吃啦，这种事情我活了这么大岁数压根儿就没想过呢。"

贝茜一边揉面，一边抬起头来吃惊地望着她姑姑。

"我肯定不会吃他们那么难吃的东西的。你为什么要买面包铺的面包呢，姑姑？这坨面会发得像南风中的风筝一样高呢。"

"我不想再像从前那样揉面了，揉面揉得我腰酸背疼。等你们离开家去了伦敦，我估计，我们只好去买面包吃了，我这辈子头一次要买面包吃。"

"我才不去伦敦呢。"贝茜一边说，一边重新毅然决然地揉着面，然而她的一张脸却变得红扑扑的，不知是因为使劲儿揉面，还是因为这个说法的缘故。

"可是，我们的本就要跟伦敦的一个大律师合伙做生意了，你要知道,他要不了多久就会接你过去的。"

"瞧,姑姑,"贝茜一边说,一边捋着粘在两只胳膊上的面团,却依然没有抬起头来,"要是仅仅因为这个,你就不要自寻烦恼了。本在安定下来之前,脑子里说不定有二十来个主意呢,不管是对待事业,还是在对待结婚这件事上。我有时候也觉得很纳闷,"她说,情绪也越来越激动了,"我何苦要这样想念他呢?因为在我看来,我不在他眼前的时候,他并不怎么想我。这回他离开我们之后,我要花一个月的时间来努力忘掉他——我一定会的!"

"你这丫头,真不像话!他这么计划、这么打算,还不都是为了你呀,这是他昨天才亲口跟你姑父说的。他而且他把一切规划得那么聪敏。你要知道,丫头,你们两个一走,我们的日子就没意思啦。"

老妇人说到动情处,竟哭了起来,是那种上了年纪的人欲哭无泪的抽噎。贝茜赶紧过来安慰她。两个人时而说着贴心话儿,时而倒着满腹苦水,时而倾诉着希望,时而计划着现在看来已成定局的未来的日子,直到两人都无话可说为止,只不过一个是在接受别人的安慰,另一个则是在偷偷地感到高兴。

内森和他儿子当天晚上就从海敏斯特回来了,他们以迂回的方式总算做成了这笔交易,老头儿觉得非常满意。倘若他能想到,有必要花费哪怕一半的精力去核实一下事情的真相,而不是只凭他儿子用花言巧语编造出来的这个所谓合伙做生意的故事,就像他试图用最保险的方式把钱转到伦敦那样,那他兴许还能全身而退!可惜他偏偏对这个骗局一无所知,一心只想以最佳方式来消除自己的焦虑感。他疲惫不堪地回到家,却感到心满意足;情绪虽然不像前一天晚上那么亢奋,在儿子即将离别的前夕,却要尽量装得坦然些。贝茜呢,听了她姑姑早上的那席话,说她表哥是真心爱她的,早就被撩拨得心花怒放了——我们多么热切地盼望我们长期以来信以为真的事情啊——还有那项计划,将以他们的婚姻为结局的那项计划——至少,对她来说,这就是女人的结局嘛——贝茜那喜气洋洋、羞得面红耳赤、原本就很标致的脸蛋,显得分外漂亮,而且不止一次,每当她从厨房出来走向奶牛场的时候,本杰明都要把她拉进怀里,亲她一口。对所有诸如此类的举动,老两口一概都假装没看见。然而,随着夜色渐渐逼近,每个人都愈发伤感、愈发矜持起来，都在想着明天一早的离别。随着时间不知不觉的流逝，连贝茜也变得闷闷不乐了，于是，过了一会儿，她动起了纯朴的小花招，想让本杰明在他妈妈身边坐下来，因为贝茜看得出，做母亲的那颗心有多疼爱他。一旦她孩子被安排到她身边来了，一旦她能握住他的手，她就会不停地抚摸儿子的手，会喋喋不休地说着没用的亲热话，就像儿子还是个小娃娃时那样说话。可是，这些话在他听来全都是令人厌烦的废话。只要能玩弄贝茜、折磨她、抚弄她，他就不觉得困，现在倒好，他竟大声打起了呵欠。贝茜真想给他一记耳光，让他别张着这么大嘴打呵欠，不管怎么说，他也不该这么肆无忌惮地打哈欠啊——简直太张狂了。他母亲愈发令人同情了。

"我的孩子，你累了吧！"她说着，心疼地想把一只手搭在他肩膀上。不料，手竟被甩开了，因为他突然站起身来，随口说：

"对，非常累！我要去睡觉了。"说完，他便粗鲁地、漫不经心地吻了吻在场的每个人，甚至对贝茜也这样，仿佛他真的跟这个情人玩得"非常累"了，随后便扬长而去。剩下的这三个人慢慢回过神来，跟着他走上楼来。

第二天早上，看到大家都早早起床为他送行，他似乎显得很不耐烦，而且也没有多少告别的话，只说了这样一句："行啦，好心的亲人哪，下次再看见你们的时候，我希望你们有好看点儿的脸色，别像今天这样。哎呀，你们大概是要去参加一个葬礼吧，这副样子简直要把人吓跑啦。贝茜，同你昨天夜里的模样相比，你现在看上去真丑。"

他走了。他们转身回到屋里，定下神来应付这漫长的一天的活计，对心中的失落感也没说多少话。的确，他们没功夫闲聊，因为有大量的活儿都还没干呢，他这短短几天的做客，耽误了多少活儿啊，这些事情本来早该做完的，所以，他们现在只好不分昼夜地加倍工作了。辛勤劳作就是他们的安慰，多少个漫长的日子都是这么熬过来的。

有一段时间，本杰明的来信即便不常有，但来了便是满纸让人欢欣鼓舞的话，说他目前一切安好。诚然，有关他事业有成的细节写得多少有些含糊其辞，不过，大体情况写得还算清清楚楚、明白无误。后来，来信的间隔时间就越来越长了；信也越来越短了，连语气也变了。他离开家大约一年之后，内森收到了一封来信，这封信既让他十分费解，也让他十分气恼。他犯事儿了——究竟犯了什么事,本杰明没说——信的结尾处有一个请求,简直就是命令,要他父亲把家里剩下的积蓄,不管是长筒袜里的,还是银行里的,都给他。唉,内森这一年并不是一帆风顺:牲口中出现了传染病,他和邻居都遭了殃;除此之外,还有奶牛的价格,他买了几头想替补已经病得不中用的牲畜,却发现价格高得超出了以往任何时候。存在长筒袜里的那十五英镑,本杰明离开时没要,现在只剩下三点几英镑了,而他居然还以如此不容置辩的口气要求他把这笔钱也拿给他!内森等不及把这封信的内容告诉任何人(贝茜和她姑姑那天恰好搭乘邻居家的马车赶集去了),就找出了钢笔、墨水和纸,给本杰明写了一封回信,虽然有不少拼写错误,意思却很明确,口气也很严厉,绝对不行。本杰明已经拿走了他那份钱,如果他不能有所作为,对他来说情况只会更加糟糕,他父亲再也没钱给他了。这就是这封信的主要内容。

信写好、地址填好、封好口之后,被交给了那位乡村邮递员,邮递员收发完当天的信件就会返回海敏斯特。这一切做完了,赫斯特和贝茜也从集市回来了。她们这一天过得很愉快,同附近的乡亲们见了面,亲切地拉了家常:物价又上涨了。她们兴致很高,只是有点儿累了,还带回了一肚子小道消息。说了好一会儿,她们才发觉那个守在家里的听者有多兴味索然,竟对她们的话充耳不闻。可是,等她们看出,他一脸沮丧并不是烦人的日常琐事所引起的,而是另有蹊跷,并远远超出了她们所能猜出的地步时,她们便催促他快告诉她们到底是怎么回事儿。他怒气未消。由于越想越气,他便用铿锵有力的话语道出了事情的原委。可是,他话还没说完,两个女人就听不下去了,她们即使不像他那样生气,伤心的程度也不亚于他。的确,多少天来,那些怀着这两种情感的人早就被它折磨得心灰意冷了。贝茜最先醒过神来,因为她以行动找到了宣泄悲伤的突破口。行动,那只是一半的宣泄,并可以作为一种补偿来弥补她曾经说过的许多刺耳的难听话,她表哥上次回来时,只要干了什么惹她生气的事,她都会毫不客气地加以谴责;另一半是因为,她认为他绝不会给他父亲写这样一封信,除非他真的急需要用钱。可是,他已经拿走了这么一大笔钱,怎么会这么快又急着要钱呢,她也说不出正当的理由。贝茜把她自小攒下的便士和先令都拿了出来——把她靠那两只母鸡下蛋换来的所有钱也都拿了出来——准确地说,有两个半英镑加七便士——她留下了一便士作为以后的积蓄,剩下的都包在一个小包裹里,附了一张便条,寄给了本杰明在伦敦的住址:

寄自一位满怀希望的人

  本杰明博士——姑父已经损失了两头奶牛和一大笔钱,他非常恼火,但是更多的是发愁。所以眼下没有多余的钱了。希望我们寄出这点钱你能收到。虽不能相见,甚为想念。无需归还。

你至亲至爱的表妹
伊丽莎白·罗斯[1]

  自从这个包裹顺利寄走后,贝茜又开始边干活儿边唱歌了,她压根儿就没指望收到哪怕是只言片语的致谢。当然,她对那位承运人十分信任(他把包裹运到约克郡,然后再用马车转运到伦敦),因此她相信,假如他对转运人、马车和马儿没有十足的信心,他会亲自将人家委托他的物品运到伦敦去交货。因此,即使没收到包裹到达的消息,她也不着急。"把东西交给认识的人投送,"她暗暗寻思道,"比起把东西塞进邮筒里,还是有很大区别的,反正里面的东西人家也看不到;不过,信件迟早也能安全送到。"(这种相信邮局不会出任何差错的观念,要不了多久就会受到冲击。)不过,她内心深处还是盼望本杰明来感谢她,说几句老调重弹的情话,这样的话她已经很久没听到了。不,她甚至觉得——日复一日,周复一周,到如今连一句话也没收到——在那个让人意志消沉、挥霍浪费成风的伦敦,他会把所有事务都了结掉,回到奈布农场当面向她道谢的。

  有一天——她的姑姑,由于要检查夏天做的那批奶酪,在楼上还没下来,她的姑父下地干活去了——那个邮递员带着一封信走进厨房交给了贝茜。乡村邮递员,即使是现在,都不会急着赶时间,何况在那个年代,需要送的信件本来就不多,而且信件也只是从海敏斯特发出来的,每周一次,送往奈布农场所在的这个地区。因此,在那种情况下,邮差

---

[1] 伊丽莎白是贝茜的全名。

通常在早上登门,把他带来的信送到形形色色的人手里。所以,他就半靠半坐在餐具柜上,开始翻开邮包找信:"我这趟带给内森的,居然是一封好像很古怪的信。恐怕不是什么好消息,因为信封的正面盖着'死信处'的邮戳。"

"愿主保佑我们!"贝茜说罢,就近在一张椅子上坐了下来,脸色煞白。然而,转眼间,她又腾地一下站起身来,紧跟着,她一把从邮差手里夺过了那封不吉利的信,随即把他推出了屋外,连声说,"趁我姑姑还没下来,你快走吧!"随后,她以最快速度从他身边飞奔过去,一直跑到地里,只盼能赶紧找到姑父。

"姑父,"她气喘吁吁地说,"这是怎么回事?啊,姑父,快说呀!他死了吗?"

内森两手发抖,眼冒金星。"拿着,"他说,"告诉我,这是怎么回事。"

"这是一封信——是你寄给本杰明的信,没错——上面写着,'该地址查无此人',所以,他们把信退给了写信人——写信人就是你呀,姑父。啊,这封信真把我吓坏了,信封上写着这么讨厌的字。"

内森又把那封信重新拿回自己手里,一边翻来覆去地看着,一边揣摩着,想弄明白机灵的贝茜一眼之下究竟看到了什么。岂料,他却得出了一个完全不同的结论。

"他死了!"他说,"那孩子已经死了,我给他写这封口气严厉的信时心里有多难过,他永远也不会知道了。我的孩子!我的孩子啊!"内森原地坐了下来,用那双那苍老、干枯的手捂着脸。退给他的这封信是他亲手写的,信中饱含无尽的痛苦,而且反复说了多少遍,用了比以往都要亲切的言辞、比以往都要长的篇幅,目的就是想告诉他孩子,他为什么没法把他要的钱寄给他的种种原因。可是现在,本杰明已经死啦;不,老人仓促之下匆匆得出的结论是,他儿子是活活饿死的,因为他身上没有钱,又待在一个混乱无序、人海茫茫、举目无亲的地方。他起先只能说:

"我这颗心哪,贝丝[1]——我这颗心伤透啦!"他放下了一只手,依

---

[1] 贝丝(Bess)是贝茜(Bessy)的昵称。

然用另一只手捂着他紧闭的双眼,仿佛永远也不想再看到天光了。贝茜立即俯伏在他身边,把他抱在怀里,抚摸着他,亲吻着他。

"情况不会那么糟糕的,姑父,他没死,信上也没说他死了呀,别这么想。他只是从原来那个住处搬走了,那帮懒惰的狗东西不知道上哪儿去找他,所以,他们干脆就把这封信退回来了,没有像马克·本森那样挨家挨户去找。我一直听人家说,南方人都很懒惰。他没死,姑父,他就是刚搬了家,要不了多久他就会通知我们他搬到哪儿去了。也许是一个便宜些的地方,因为那个律师骗了他,你想想看,他一定想尽量少花钱过日子,就这么回事儿,姑父。别这么伤心啦,因为信上并没说他死了。"

这时,贝茜也急得哭了起来,尽管她坚信自己对这件事的看法,总觉得打开这封可恶的信不啻为一大解脱。她马上开始从语言和行动两方面来劝说她姑父,要他别再坐在这湿漉漉的草地上了。她把他拖了起来,因为他已经浑身僵直得不能动弹了,而且,就像他自己说的那样,"慌得整个人都垮掉了"。贝茜拉着他来回走动了几步,一遍又一遍地重复着她对这个问题的解答,反反复复地说着"他没有死,不就是刚搬了一次家嘛"如此等等。内森摇着头,也想相信贝茜的话,但他自己心里却认定了这个事实。他面无人色地和贝茜回到家时(因为她不肯让他再继续做当天的活儿了),他妻子真以为他受了风寒,而他呢,由于已经心灰意懒,把生死都置之度外了,反倒乐意像病人一样躺在床上,想藉此来恢复元气,摆脱确实因罹患疾病而造成的体力不支。有好多天,他和贝茜两人都没再提那封信,甚至彼此之间也闭口不谈;她还想出了计策去阻止马克·本森乱嚼舌头,她把自己对此事的看法乐观的一面告诉了他,以此来满足他那善意的好奇心。

内森又起床了,由于那个星期的抱病卧床,他的面容和体格都像一下子老了十岁。因为他这么不当心,老爱坐在湿气很重的田里,他妻子不知骂过他多少回了,再累也不能这样啊。不过,她现在也开始对本杰明久久杳无音信感到心神不宁了。她自己不会写信,但是她催促了丈夫不知多少次,要他务必寄封信去问问她孩子的情况。他默不做声地拖了一段时间没答应。后来,他对她说,他会在下个礼拜天的下午写这封信的。礼拜天一般是他写信的日子,但是这个礼拜天他打算去教堂,这是他病倒以来第一次去。到了礼拜六，他却非常执拗地不肯按他妻子的愿望去做（贝茜也在一旁竭力为他撑腰），而是执意要去海敏斯特看看市场行情。换换环境对他有好处，他说。但是他回到家时却显得很疲惫，而且行事也有点儿诡秘。当天晚上最后一次去马棚时，他要贝茜陪他起去，帮他提着灯笼，好让他查看一头生病的奶牛。可是，等他们走到屋里人听不到他们说话的地方时，他却从口袋里掏出了一个小小的商店购物袋，说：

"你把这个缝在我礼拜天戴的那顶帽子上吧，行吗，姑娘？对我来说，这多少也是一种安慰。因为我知道，我那孩子已经死了，离开人世了，尽管我有口难言，生怕惹得老太婆和你伤心。"

"我会缝的，姑父，假如——可是，他根本就没死啊。"贝茜忍不住呜咽起来。

"我知道——我知道，姑娘。我也不愿别人相信我的看法啊。可是，出于对我那孩子的悼念之情，我还是戴点儿黑纱吧。我本来想，我最好买一件黑色的外套，可是，老太婆会误以为我礼拜天穿上了那套结婚礼服，因为她的视力越来越差了，可怜的老太婆啊！不过，她根本不会留意一小块黑纱的。你得把它缝得尽量巧妙齐整些。"

贝茜勉为其难，把那块黑纱弄得越狭窄越好，在他的帽子上缝了一圈。于是，内森就戴着窄窄的一小条黑纱去了教堂。这就是人性矛盾的一面，因为，尽管他非常担心，唯恐妻子会得知他认定儿子已经死了的念头，却又隐隐约约感到有些痛心，因为邻居们谁也没注意到他那致哀的标志，结果，谁也没问他是在为谁戴黑纱。

但是，过了一段时间之后，他们还是没收到过本杰明一个字，也没听到有关他的任何消息，全家人都纳闷起来，不知他究竟遭遇了什么不测。疑虑越来越严重、越来越强烈，内森再也憋不住压在心头的看法了。然而，那可怜的赫斯特，从思想意识到灵魂深处，百分之百接受不了他这个看法。她没法相信，也不会相信——无论怎样也无法让她相信——她的独生子本杰明还没有向她尽孝心，没有向她告别，就不明不白地死了。没有任何说法能动摇她的意念。她认为，哪怕到了最后的危急关头，哪怕她和儿子之间所有自然而然的联系方式都被切断了，哪怕死神猝不及防、突如其来、意想不到地降临到了他的头上，她那无比强烈的爱心也该有超自然的心灵感应。内森有时候也暗自庆幸,她依然还能抱着再次见到那小子的希望;但是,有的时候,他很想得到她的同情,因为他心里充满了悲痛、自责和让人心烦意乱的疑惑,不知他们在对待儿子这件事上究竟做错了什么,究竟怎么出的差错,让他成了这样一个令父母牵挂、令父母伤心的人。贝茜起先相信了她姑姑的说法,后来又不得不相信她姑父的说法——是心悦诚服地相信的——觉得双方的说法都有道理;所以,她眼下才能对两个人都抱以同情。可是,短短几个月下来,她自己的青春却白白流逝了——她看上去就像一个成熟稳重、人到中年的妇人,与她的实际年龄很不相称,而且难得看到她的笑脸,再也听不到她的歌声了。

各种各样的事情都得重新作出安排,这一点足以说明这场打击有多凄惨,耗费了奈布农场这户人家多少精力。内森已经无力再四处走动指挥两个下人,在农忙时亲自上阵轮班干活儿。赫斯特对她拿手的乳制品也没了兴趣;诚然,她的视力也越来越差,不适合再干这个了。贝茜既要下地干活儿,又要饲养奶牛和打扫牛棚,既要炼黄油,又要做奶酪;她样样精通,虽然不再那么活泼欢快,却似乎多了一份稳练。不过,有一天晚上,她姑父对她和姑姑说,有一个家住附近的农民,乔布·柯克比,已经主动向他提出,愿意出一份价钱接管他手里的大部分土地,只给他留下够两头奶牛用的牧场,他们也无需再照管耕地了;柯克比不会擅自动用屋里的任何东西,只求能用屋外的一部分附属建筑来饲养他日益增多的牲畜就行。她听了这话也没感到遗憾。

"我们有霍基和黛茜就行了,每年夏天,我们可以有八到十磅的黄油拿到集市去卖呢,而且也免得我们操心太多,随着年纪越来越大,我也怕操心这些事情啦。"

"是啊,"他妻子说,"要是只管管奶牛和宅基地,你也用不着跑那么远下地干活了。贝茜也不用再做她最拿手的奶酪了,只要学会做奶油黄油就行。我过去一直想尝试做奶油黄油,但是那非得用乳清才行。此外,凡是我见过的,根本都不怎么像乳清黄油。"

当赫斯特和贝茜单独在一起时,针对这一改变,赫斯特说——

"照实际情况来看,我真要感谢上帝:因为我一直很担心,生怕内森会把房子和农场一齐卖掉,如果那样的话,那孩子从美国回来就不知道该去哪儿找我们了。他已经到美国发财去了,我敢肯定。你记住,姑娘,他总有一天会回来的,他的野燕麦已经播下了。啊!那只是福音书中关于浪子回头的美妙故事,一个吃猪食的人,到头来却在他父亲家里过上了养尊处优的生活[1]。我敢保证,我们家内森随时会原谅他、爱他、大力培养他的,说不定比我还心疼他呢,他决不会相信他已经死了。这就好比我们家内森的死而复生啊。"

农民柯克比,没过多久,就接管了属于奈布农场的绝大部分土地。至于剩下的那些活儿,连同保留下来的那两头奶牛,有三双勤快的手呢,再加上时常还有人来帮忙,做起来就很轻松了。柯克比一家待人十分随和,很好相处。他家有一个儿子,一个性格倔强、表情严肃的单身汉,这人干起活儿来一丝不苟,而且有条有理,就是不太喜欢跟人说话。不料,内森却固执地认为,约翰·柯克比是在追求贝茜,因此,他心里感到非常别扭,这是他头一次不得不面对他认定儿子已经死亡所带来的影响。然而他也发觉,连他自己都感到吃惊,他并没有那种绝对的信念。否则,把贝茜当作另一个男人的妻子、而不是把她当作自幼就许配给的那个人的妻子来看待,他或许会好受点儿。不管怎么说,反正约翰·柯克比好像并不急于向贝茜表白心迹(如果他真有什么企图的话)。作为他那已经逝去的儿子的代表,这种嫉妒心也只是偶尔才涌上内森的心头。

但是,人一旦上了年纪,又处于深深无望的悲伤之中,往往就变得容易发脾气,不管他们事后对这种容易动怒的性格有多懊悔、有多克制。这些天来,贝茜不得不时常忍受她姑父没来由地发火;不过,她对他那么爱戴,那么尊敬,尽管她会对所有其他人大发脾气,对他却从没回过一句嘴,从没说过一句不耐烦、不中听的话。她坚信,姑父是深深地、真心实意地喜爱她的,姑姑也是全心全意、无比心疼地信赖她的,这就够了。

有一天,不知何故——那是在将近十一月底的时候——姑父又对贝

---

1 这是一则著名的寓言故事,描写一户人家的小儿子早早继承了财产,随后便离家出走了;他把财产挥霍一空,终于沦落到了乞讨的地步,在向一个陌生人讨要食物时,被送进了猪圈与猪猡同吃同住。他充满悔恨和自卑,回到了父亲家,却受到了家人饱含爱意的欢迎,过上了优裕的生活。

茜大发了一通脾气，这回好像比平时还要不讲理。事情的起因是，柯克比家的一头奶牛病了，约翰·柯克比对农家场院里的这类事情很有一套，而贝茜很想知道怎么给牲口治病，就帮忙在他们燃起的火堆上添加了一些麦麸，必须让生病的牲畜暖和一点儿才行啊。倘若约翰是个外行，最焦急的人大概莫过于内森：因为一方面，他天性心地善良，又是好邻居；另一方面，他给牛看病的本事远近闻名，对此他感到相当自豪。可是，因为有约翰在忙前忙后，贝茜也帮忙做了点儿该做的事，内森反倒无事可做了，于是便想当然地认为："对生病的畜生没什么可操心的，要担忧的倒是小子和姑娘之间的事情。"约翰如今已经是快四十岁的人了，贝茜也将近二十八岁了，所以，就他们的情况而言，小子和姑娘确实不该这样干。

将近五点半，贝茜挤完自家奶牛的奶、把牛奶搬回家时，内森要她关上大门，别在又黑又冷的天气里跑出去管别人家的闲事。听了这话，贝茜虽然有些诧异，对他说话的腔调也颇为厌烦，但她一句也没反驳就坐下来吃晚饭了。长期以来，内森养成了一个习惯，晚上临睡前要最后再仔细查看一下，去看看"天气怎么样"。于是，到了将近八点半钟的时候，他提起拐棍，走了出去——在距离大门两三步的地方，大门是朝着堂屋开的，她们此时就坐在堂屋里——赫斯特把一只手搭在她侄女的肩上，说：

"他已经得了风湿病啦，因为疼得厉害，难免说话很难听。我刚才不想在他面前问你，那头可怜的牲口怎么样了？"

"好像病得不轻呢。我回来的时候，约翰·柯克比出门找兽医去了。我估计，他们得熬夜给它治病了。"

自从有了这些伤心事以来，她姑父每晚临睡前都要念一段《圣经》。他念得不大顺畅，常常为一个词迟疑很久，最后还是读错了。但是，只要翻开这本书，似乎就能安慰那些老年丧子的父母，因为这会使他们在上帝面前渐渐宁静、安稳下来，使他们抛开尘世间的种种烦恼和牵挂，去憧憬那个来世，无论那个来世有多朦胧、有多模糊，对他们那颗忠贞不渝的心来说，那里就是他们确定无疑的安息之地。在这短暂的心绪宁静的时刻——内森戴着他那副角质架眼镜端坐在那儿；他和《圣经》之间摆放着一盏牛脂烛，强烈的烛光映照在他那无比虔诚、一本正经的脸上；赫斯特坐在火炉的另一边，低着头听得十分认真，只见她时而摇头，时而悲叹，不过，一听到许愿的话，或者哪句天大的喜讯时，就会热忱地说声"阿门"；贝茜坐在她姑姑身边，大概有点儿心不在焉，在想着什么放心不下的家务事，要不就是在惦念着那些不在身边的人——唉，这短暂的心绪宁静的时光，对这个家庭来说，还是令人快意、令人舒缓的，如同一个疲惫的孩子在听着摇篮曲。但是，今天晚上，贝茜——面朝那扇低矮的长条窗坐着，窗台上种着几株权当遮帘的天竺葵，窗户旁边是那扇门，她姑父不到一刻钟前就是从这扇门出去的——突然间看见那木门闩被轻轻地、几乎无声无息地提了起来，仿佛有人试图从外面拨开门闩。

她吓了一跳，随即便警惕地看了又看，看得目不转睛，可是，门闩这时却一动也不动了。她想，肯定是门闩没插好，刚才她姑父进屋时，明明锁了门的。这一幕只不过搅扰得她有些忐忑不安罢了，算不得什么，她自我安慰，那一定是幻觉吧。不管怎样，上楼睡觉前，她还是走到窗前，朝黑咕隆咚的窗外看了看，然而四下里一片寂静，什么也没看到，什么也没听见。于是，三个人都静悄悄地上楼睡觉去了。

这幢房屋比一般农舍好不了多少。正门开在堂屋里，堂屋上面是老两口的卧室。走进这间让人舒心可意的堂屋，左边，与入口处几乎呈直角的地方有一扇门，进去是一个小厢房，那是赫斯特和贝茜最喜欢的地方，虽然远不及堂屋那么舒适，也从未用作为起居室。壁炉里有果壳和椴树枝，屋里有精美的五斗橱，有一整套华丽的彩釉瓷器，地上是一块常见的色彩鲜艳的地毯。不过，这一切都不如堂屋那样能给人以家庭般的温馨感和雅致的整洁感。这间小厢房的上面是本杰明的卧室，他小时候就睡在那里——回家时也睡在那里。卧室依然保持着原样，随时等他回来。床还照样摆放在那儿，自从他最后一次睡过之后，是八九年前吧，从来就没人睡过；他老母亲时不时会轻手轻脚、不声不响地把暖床用的长柄炭炉端上去，床铺也彻底晾晒过。不过，这一切她都是瞒着丈夫做的，而且从没对任何人说过一个字。贝茜也没有主动去帮她，看着姑姑依然在忙着这些完全无望的家务，贝茜只有以泪洗面。不过，这个房间如今已经变成了堆放废弃物品的储藏室，而且向来总有一个角落堆放着冬季储存的苹果。在堂屋的左侧，如果面朝壁炉站着，站在正对着窗户和外侧那扇门的这边,就能看到另外两道门:右边那道门通往后厨房,后厨房是一个单坡屋顶的披棚,那里也有一扇门,通往农家场院和屋后的宅基地;左手边的那道门通楼梯,楼梯下有一个隐蔽的壁橱,形形色色的家用器具和家里珍藏的物品都放在那里;壁橱的另一侧是牛奶间,牛奶间上面是贝茜睡觉的地方,她那间小闺房的窗户正好开在后厨房的斜坡屋顶上。楼上楼下所有的窗户都没有遮帘,也没有百叶窗;房屋是石砌结构,连狭小的窗框架也是用沉甸甸的石头砌成的,堂屋的那扇矮矮的长条形的窗户当中有竖条,那东西在大型建筑中大概叫"直梃"。

我要讲述的这一夜已经将近九点钟了,大家都上楼睡觉去了,睡得甚至比平时还要晚,因为白白让蜡烛燃烧着不啻为一种极大的浪费,连乡下人都保持着早睡的习惯呢。但是,这天晚上,不知何故,贝茜却睡不着,虽然说,在一般情况下,她头一挨到枕头,五分钟内就睡得很香很沉了。她思绪万千地遐想着约翰·柯克比家的那头奶牛是否还有救,也有点儿担心,生怕小病演变成了传染病,再传染到自家的牲口。把要操心的家务事都想了一遍之后,她突然清清楚楚、忐忑不安地回想起了门闩刚才上下移动的那一幕,门闩没有足够的外力是根本拨不动的。她现在更有把握了,刚才在楼下时还不敢确定,门闩真的动了一下,绝不是她的幻觉。她多么希望这一幕不是发生在她姑父恰好在念圣经的时候,多么希望她当时能立刻飞奔到门那边,亲自去证实一下是什么造成的啊。于是,她胡思乱想、心神不宁地想到了超自然现象,接着又想到了本杰明,她亲爱的表哥、儿时的玩伴、少女时的恋人,他如果不是真的死了,她也早已不要他了,因为他已经永远离她而去了;可是,这种永远放弃他的做法,就是一种对他的放任、对他的充分宽恕,把他对她犯下的所有过错统统都一笔勾销了。她温情脉脉地思念着他,把他当成了一个在后几年误入了歧途的人,但是,他只活在她的回忆中,他还是那个天真烂漫的孩子,朝气蓬勃的少年,英俊潇洒、闯劲十足的青年。假如约翰·柯克比的默默关注,真的暴露了他对贝茜抱有希望——假如他的确在这件事上抱有什么希望的话——她的第一反应没准就是将他那饱经风霜、人到中年的脸庞和身材与她记忆犹新的那个人的脸庞和身材进行对比,不过,那个人的脸庞和身材这辈子再也见不到啦。她就这样思来想去，渐渐变得烦躁起来，连床也让人厌烦了，于是，辗转反侧了很长时间之后，就在她觉得这一夜恐怕都没法入眠的时候，她竟不知不觉地沉沉睡去了。

突然间，她双目圆睁地警醒过来，坐在床上，听着外面的响声，刚才一定是那响声把她吵醒的，可是，那响声只一会儿就没了。毫无疑问，那是她姑父房间里的声音——是姑父起床了，但是，有一两分钟，不再有任何动静了。随后，她听见他打开了房门，接着又下了楼，走得很急，是跌跌撞撞的脚步声。这时，她以为一定是姑姑病了，便急忙跳下床来，匆匆穿上衬裙，慌得双手都在发抖。不料，她刚打开房门，就听见大门被人撞开了，接着是一阵扭打声，好几个人慌乱的脚步声，还夹杂着许多恶声恶气、破口大骂的粗话，骂得声音嘶哑、咬牙切齿。就像急中生智似的，她立刻明白了一切——这是一座孤零零的房子，外人都知道她姑父很富裕——他们假装天黑了还在赶路，借口过来问路的。幸好约翰·柯克比家的奶牛生病了，那儿有好几个壮汉在照看它呢！她跑回房间，打开窗户，蜷着身子挤了出去，顺着斜坡屋顶滑下来，光着脚丫、气喘吁吁地飞奔到牛棚前：

"约翰，约翰，看在上帝的分儿上，快开门，屋里有强盗，姑父和姑姑要遭殃啦！"她用惊恐的腔调，隔着紧闭的用铁条做成的牛棚门，压着嗓子说。门立即开了，约翰和兽医站在门口，只要他们听懂了她的话，随时可以行动。她又重复了一遍，语无伦次、含混不清地把她自己也没完全弄明白的情况说了一通。

"你是说，大门是开着的？"约翰说着，拿了一把干草叉当作武器，兽医也拿上了别的农具，"依我看，我们最好就从那儿直接冲进屋去，把他们都堵在里面。"

"快！快！"贝茜连声说着，一把拉起约翰·柯克比的胳膊，拖着他拔脚就跑。三个人飞速朝那幢屋子冲去，转过屋角，径直闯进了敞开的大门。他们带来了牛棚里用的那盏牛角灯笼，于是，在突然点亮的长椭圆形光束的照耀下，贝茜看到了让她万分焦急的主要人物，她的姑父，只见他一脸惊愕、软弱无力地倒在厨房的地板上。她首先想到的是要去救他；因为她根本不知道她姑姑是否随时都有危险，尽管她听到了楼上有跺脚声，有凶狠的压低嗓门说话的声音。

"快关门,姑娘。我们不能让他们逃走!"英勇的约翰·柯克比说,他一身正气,无所畏惧,尽管他并不知道楼上有几个人。兽医插上门闩,上了锁,大义凛然地说了声"好了!",随手把钥匙放进了自己的口袋。这必定是一场生与死的搏斗,反正不是成功地抓住坏人,就是让坏人拼死逃走。贝茜跪在姑父身边,却见姑父既说不出话,也没有意识清醒的迹象。贝茜托起他的脑袋,拖过长椅上的枕头,把枕头垫在他的脑袋下。她很想去后厨房打点儿水来,然而,一阵阵剧烈的搏斗声,沉重的击打声,低沉、凶狠、咬牙切齿的咒骂声,含混不清的怒喝声,仿佛拼斗得连气也喘不过来、话也说不出来的呼哧声,迫使她一动不动、哑然无声地守在厨房里,守在她姑父身边,厨房里一片漆黑,简直能使人感觉到,夜色多么浓重、多么深邃。有一度——她的心跳骤然停顿了一下——有一种突如其来的恐惧感涌上心来;她察觉到,如同我们在无比黑暗的屋子里有时会莫名其妙地察觉到某个活生生的东西在向我们逼近一样,有人潜伏在她身边,和她一样一动也不动。她听见的绝不是那个可怜的老人的呼吸声,她感觉到的也绝不是他身上散发出的体温;厨房里还有别人,或许是另一个劫匪,是留下来监视这个老人的,万一他苏醒过来,就立即干掉他。此时此刻,贝茜完全明白,她的强敌为了自保,不会轻举妄动,因为没有任何动机比逃生的欲望更强烈;由于他躲在暗处目睹了一切,他心里一定很清楚,一旦他行迹败露,他的任何努力都会付诸东流,因为大门早已锁上了。然而,由于知道他就潜伏在那儿,近在咫尺,一动不动,像坟墓一样寂寂无声——怀着做贼心虚,没准也会孤注一掷的鬼胎——由于早已习惯了黑暗,视觉甚至有可能比她还要敏锐、还要强健,能够清楚地窥见她的身形和姿势,因而像头野兽一样在虎视眈眈地盯着她呢——贝茜心知肚明,她躲不过那人的视线!楼上的搏斗仍在继续:纷乱的脚步声,刺耳的重击声,意图明确的扭打声,格斗骤然停顿时粗重的喘息声。其间,贝茜明显感觉到,有人在蹑手蹑脚地朝她袭来,楼上的打斗声一消失,那人就按下不动,只要打斗声再次响起,他又蠢蠢欲动了。她是凭着微微颤动的气流觉察到的,而不是凭触觉和听觉。她可以断定,在她刚刚跪下来的那一刻,他就一直在向她逼近,紧接着,他又鬼鬼祟祟地朝直通楼梯的那道内门溜去。她暗暗寻思,他是想跟同伙汇合,想去增援他们呢,于是,她大喝一声,朝他猛扑过去；不料，刚冲到门边，借着楼上房间透过来的微弱光亮，她就看到一个人被重重地摔下了楼梯，几乎就倒在她脚边，那个模糊不清、蹑手蹑脚的人影顿时趁机一蹿，溜向了左边，飞快地一头扎进了楼梯下的壁橱里。贝茜没功夫去揣摩他这样干的用意，也没功夫去考虑他的初衷是不是想去帮助他那几个正在恶斗的同伙。她只知道，他是敌人，是劫匪，于是，她飞身扑向了壁橱门，转眼间就从外边锁上了门。随后，她战战兢兢、气喘吁吁地站在那个黑暗的角落里，吓得头晕眼花，不知道那倒在她脚前的人究竟是约翰·柯克比还是兽医，倘若是这两个好人中的哪一个，那另一个人怎么样了——她的姑父、姑姑，还有她自己怎么办？不过，没几分钟，这个疑虑就被打消了：那两个前来保护她的人缓慢、沉重地走下楼来，他们押着一个人，一个面目狰狞、垂头丧气、一脸绝望的人——已经被揍得不能动弹了，那张脸也被打得血肉模糊，肿成了发面团。再一看，约翰和兽医的情况也好不了多少。他们两人中有一个用牙齿叼着灯笼，因为他们把所有的力气都用在挟持那个膘肥体重的家伙了。

"当心！"贝茜说，依旧站在那个角落里，"你们脚下有一个人，我不知道他死没死。姑父还躺在那边的地板上。"

他们立即在楼梯上收住脚。就在这时，被他们扔下楼梯的那个盗贼挣扎、呻吟起来。

"贝茜，"约翰说，"快去马厩拿几条绳子和套马索来，好把他们捆上。我们要把他们从这屋里带走，要不然，你也没法照看那两个老人，他们特别需要你。"

贝茜没过几分钟就回来了。她进来时，堂屋里已经亮堂多了，因为有人拨开了先前封住的炉火。

"那家伙看样子好像腿断了。"约翰说着，朝那个依然还躺在地上的人点了点头。看着他们在处置他——毫不客气地——在捆绑他，尽管他已经处于半昏迷状态了，看着他们就像对付他那个凶恶、暴戾的同伙一样，把他结结实实地五花大绑起来，贝茜感到有些于心不忍。望着他那痛苦的样子，望着他们在翻来覆去地捆绑他，她甚至为他感到难过起来，便赶忙跑去给他端来了一杯水，让他润润嘴唇。

"我也不想把你一个人留下来守着他，"约翰说，"尽管我认为，他的腿肯定是断了，没法动弹了，即使他朝你龇牙咧嘴，也伤害不了你。可是，我们还是得先把这个家伙带走关起来才行，我们会派一个人回到你这边来的，我们可以，大概也行，帮你想个什么办法，把他拉到屋外去关起来。这家伙被绑得很结实，没法再害人了，这一点我敢肯定。"他一边说，一边望着站在一旁的那个盗贼，只见那人浑身是血，鼻青脸肿，阴险的脸上带着恶毒的仇恨。当约翰看到贝茜望着他的那双眼睛明显流露出恐惧时，他忍不住笑了，他的眼神和微笑使贝茜把刚到嘴边的话又咽了回去。她不敢当面告诉他，屋里还有一个体格健全的帮凶，唯恐那个被囚禁在壁橱里的歹徒会突然破门而出，造成新一轮搏斗。所以，约翰准备离开屋子时，她只对他说了一句：

"那你快点儿回来，因为跟这个人单独在一起，我害怕！"

"他伤害不了你。"约翰说。

"不行！我怕他万一死了怎么办。姑父和姑姑还在屋里呢，快点儿回来吧，约翰！"

"哎，哎！"约翰连声答应着，不禁有些高兴起来，"我会回来的，放心吧。"

于是，他们一走，贝茜就立即关上了门，却没把门锁上，唯恐屋里会有什么不测，接着便去照看她姑父去了。姑父的呼吸，这时看来，比她起先领着约翰和兽医返回堂屋时要平稳些。此刻，借着炉膛里的火光，她也看见了，姑父的脑袋挨了一记重击，大概就是这记重击把他打得昏死过去的。见伤口还在血流不止，贝茜便把几块布浸在冷水里，把这道伤口包扎起来，然后便暂时离开了他，点亮了一支蜡烛，准备上楼去看看她姑姑。不料，她刚走到那个被捆绑得结结实实、丧失了反抗能力的劫匪身边时，就突然听见有人在轻轻地、急切地呼唤她的名字：

"贝茜，贝茜！"起初，由于那声音听上去很近，她以为一定是她脚边那个失去知觉的坏蛋在叫她。但是，那个声音又一次响起时，她听得浑身直发毛：

"贝茜，贝茜！看在上帝的分儿上，快放我出去！"

她急忙来到楼梯壁橱的门口，想说话，却偏偏张不开嘴，心跳得很厉害。再一听，那声音分明就在她耳边：

"贝茜，贝茜！他们很快就回来了。我说，快放我出去！看在上帝的分儿上,快放我出去!"话音刚落,他就照着门板狠狠踹了几脚。

"嘘,嘘!"贝茜说,由于一种极度的恐惧,然而又有一种意志在强烈反抗着她的判断,她恶心得直想呕吐,"你是谁?"其实她心里很清楚——十分的清楚。

"本杰明。"他恶狠狠地骂了一声,"我说,快放我出去!我要离开这儿,明天夜里就离开英格兰,永远不再回来,我父亲的钱财全归你好了。"

"你以为我在乎这个吗?"贝茜气呼呼地一边说,一边用颤抖的双手朝门锁摸去,"要是这世上没有钱财这种东西该多好,你就不会落到这种地步了。行啊,你自由了,但是我警告你,永远别让我再看到你这张脸。要不是因为怕他们伤心,我绝不会放你走的,但愿你还没杀了他们……"岂料,她话还没说完,他就不见了踪影——逃进了漆黑的夜色中,任由屋门大开着。一种新的恐惧感油然而生,贝茜再度把门关上——这回把门闩也插上了。随后,她就近在一把椅子上坐下来,极度悲怆、无法抑制地放声痛哭了一场,好让自己的灵魂得到解脱。然而,她也知道,现在还不是失声痛哭的时候,于是,她挣扎着站起身来,仿佛每条腿都有千斤重。她走进后厨房,喝了一杯冷水。令她吃惊的是,她忽然听到了姑父的声音,只听他在微弱地说:

"把我搬上去,让我躺在她身边。"

可是,贝茜搬不动他,她只能搀扶着他费劲儿地朝楼梯口挪去,不过,等他到了楼梯口,喘息着坐在贝茜就近拉来的一把椅子上时,约翰·柯克比和艾金森恰好回来了。约翰赶紧奔上来帮她。她的姑姑横躺在床上,一副不省人事的样子,她的姑父软绵绵地坐在那儿,好像已经彻底垮掉了,贝茜生怕老两口就这样死了。不过,约翰一边劝贝茜振作起来,一边再次把老头儿抱起来放在床上,随后,趁着贝茜在吃力地理顺可怜的赫斯特的四肢,好让她平躺着的时候,约翰下楼寻找杜松子酒去了,她家存着一点儿应急用的杜松子酒,一直放在碗碟橱的角落里。

"他们遭受了一场让人痛心的惊吓呀,"约翰一边说,一边摇着头,用茶匙一点儿一点儿地把杜松子酒和热水喂进他们嘴里,贝茜在揉搓着他们冰冷的脚,"碰上了这种事,再加上这么冷的天,真够他们受的,可怜的老人啊!"

他温柔地望着他们，贝茜看在眼里，心里由衷地感激他。

"我得走啦。我刚才派艾金森去农场把鲍勃叫回来，杰克已经带着鲍勃回牛棚了，得去收拾另一个家伙。他竟敢满口脏话辱骂我们，所以，我离开的时候，鲍勃和杰克正在用马笼头堵他的嘴呢。"

"千万别在意他胡说些什么，"可怜的贝茜急得大叫起来，一种新的恐慌在困扰着她，"他那种人总是喜欢把别人也拖下水。幸好把他的嘴堵住了。"

"好吧！不过，我刚才想说的是这件事。我和艾金森得把楼下这个家伙带走，他现在好像挺安静的，但得把他押到牛棚去，这是一件事，因为既要管住他们，又要照看那头奶牛；另外，我得给那匹枣红色的老马配好马鞍，骑上它去海敏斯特请警察和大夫来。我要把普利斯顿大夫请过来，先给内森和赫斯特看病，然后嘛，我估计，才能轮到那个断了腿的家伙，尽管坏事做尽，他毕竟在一条错误的人生道路上遭到了不幸。"

"行！"贝茜说，"我们务必要把那位大夫请来，瞧他们躺在那儿的样子！就像教堂纪念碑上的两个石雕，那么悲伤，那么肃穆。"

"不过，自从他们喝了点儿杜松子酒和水，看样子脸色好像有点儿恢复正常了。贝茜，我要是你的话，我会不停地用水给他擦擦头，时不时喂他们点儿东西。"

贝茜跟着他下了楼梯，打着灯笼把他们送出了屋子。她不敢举起灯笼查看他们背在肩上的重负，直到他们绕过屋角走了；她忧心忡忡，唯恐本杰明还潜伏在附近，伺机再次闯进屋来。她急匆匆奔回厨房，插上门闩，把门锁死，再把梳妆台推过来抵住门，走过没有遮帘的窗前时，她闭上了眼睛，生怕会猛然瞥见一张苍白的面孔贴在窗玻璃上，在偷偷窥视着她。可怜的老两口还躺在那儿，安安静静，哑口无言，尽管赫斯特的姿势稍稍有了点变化：面朝丈夫微微侧过身去，一只干巴巴的胳膊搂着他的脖子。他却照样还是贝茜刚才离开时的那副样子，头上缠着湿布，眼睛虽然还不乏灵性，却十分严肃，对发生在他周围的一切毫无知觉，活像死人的眼睛一样。

他妻子时不时地还说上几句——大概是感激之类的话；他倒好，根本不作应答。在这惊魂之夜的其余时间里，贝茜一直在悉心照料那可怜的老两口，她自己却心慌意乱，愁肠百结，虽然在尽心尽责地忙来忙去，却恍若做了一场梦。十一月的早晨姗姗来迟，她也察觉不出有什么变化，无论是好是坏，直到八点钟左右，大夫来了。约翰·柯克比总算把他请来了，接着便大谈起活捉那两个江洋大盗的经过。

在贝茜看来，那个不合常理的第三者应该没人知道。这不啻为一种解脱，当初由于极度恐惧突然转为极度嫌恶时，她简直恶心透了，现在倒好，她感到那一幕整夜都浮现在她眼前，盘踞在她心头，折磨得她没法思考。此时此刻，她的所思所想都是那样栩栩如生、历历在目，毫无疑问，这是导致她度过又一个不眠之夜的部分原因。她差不多可以肯定，她姑父（没准还有她姑姑）已经认出了本杰明；不过，他们也有可能没认出他来，如果是那样，纵然用野马分尸，也休想从她嘴里掏出这个秘密，她也绝不会有任何疏忽大意的话，泄露此案还牵涉到一个第三者的事实。至于内森，他绝不会吐露一个字。倒是她姑姑那默不做声的样子让贝茜很担忧，唯恐赫斯特知道，她儿子多多少少脱不了干系。

大夫仔细检查了老两口的病情；心情沉重地看了看内森头上的伤；问了一些问题，赫斯特简短、勉强地作了回答；内森则根本没说话：他两眼紧闭，仿佛连看到陌生人都很痛苦似的。贝茜接过话来，尽其所能地回答了与他们的病情相关的问题，随后便怀着一颗怦怦乱跳的心跟在大夫后面走下楼来。一走进堂屋，他们便发觉，约翰早已打开了大门，好让屋内换换空气，并且刷了炉膛，生上了火，把桌椅也放回原处了。看到贝茜的目光落在他那肿得变了形的脸上时，他有点儿脸红了，不过，他勉强笑了笑掩饰过去了，干巴巴地说了声：

"你瞧，我是个老光棍，我只是觉得，应该把这些什物稍微整理一下。大夫，他们情况怎么样？"

"唉，这可怜的老两口有过一次重度休克。我要让他们服用点儿镇静药，调理一下气血，再清洗一下老人家头上的伤。幸好只是失血过多，说不定已经有很严重的炎症了。"他如此这般地说着，还一再嘱咐贝茜，务必要让他们卧床静养一天。她担心了整整一夜，听了大夫的这些嘱咐，这才镇定下来，知道他们并不是快要死了。大夫认为他们还有望康复，但是需要有人精心护理才行。她甚至恨不得出现另一个结果，那样的话，他们老两口，还有她自己，就可以躺在教堂墓地里安息了——在她看来，人生就是这么残酷，一想起那个没露面的强盗低声下气的求饶声，她就不寒而栗，因为认出了他而心如刀绞。

在这期间，约翰一直在忙着准备早餐，手脚麻利得简直像个女人。对他一再坚持让普利斯顿大夫喝杯茶再走的殷勤态度，贝茜颇有点儿看不惯，她甚至巴不得他也离开，让她一个人想想心思。她不知道他这一切所作所为都是出于对她的爱，她不知道其貌不扬、寡言少语的约翰对她那么憔悴、那么忧愁的表情一直放心不下，想用这些好心好意的巧妙方式，让她表现出热情好客的样子来，义不容辞地去挽留普利斯顿大夫一起吃顿饭。

"我看到牛奶已经挤好了，"他说，"你们家的都挤好了，艾金森把我们家的那头母牛也治好了。多么侥幸的一桩事啊，那头母牛偏偏就在这天夜里生病了！要是你没去叫我们赶过来，那两个家伙恐怕很快就得手啦。不管怎么说，我们苦斗了一场。他们有一个人到死都会带着那些伤疤的，对不对呀，大夫？"

"他的腿恢复得再好，也很难站立在约克郡巡回法庭的审判席上；从现在算起，巡回法庭两个星期后举行。"

"没错，这倒提醒我了，贝茜，你还得去当着法官罗伊兹的面作证呢。是警察让我转告你的，还给了你这张传票。别害怕，要不了多久就完事了，尽管我不能说这是一桩让人高兴的事。你还得回答问题，比方说，这事儿是怎么发生的，事情的来龙去脉。甄妮（他妹妹）会过来照顾两个老人的。我用马车送你去。"

谁也不知道贝茜怎么会突然脸色煞白、目光黯淡了。谁也不知道她内心有多忧虑，生怕自己会迫不得已说出本杰明也是那伙劫匪中的一个，除非，果真是这样，在某种程度上，警方还没有追踪到他脚底抹油的行迹，及时把他捉拿归案。

不过，那场审判并没有让她难堪。她得到过约翰的告诫，既要回答问题，也要把话说得适可而止，以免节外生枝；再说，根据性格，人家也看得出她的为人，至少罗伊兹法官和他的书记员心里有数。因此，他们也想尽可能不把这场审问弄得那么吓人。

等到一切都结束之后，在驾车把她接回来的路上，约翰表达了他高兴的心情，现有的证据足以给那两个家伙定罪，不需要传唤内森和赫斯特出庭作证了。贝茜因为太累，一时还弄不明白这是一次多么侥幸的脱险，其意义有多重大，连她那个同伴也不明白。

甄妮·柯克比陪伴了她一个多星期，也算是一种难以言表的安慰。要不然，她有时觉得，自己真要疯掉了，因为她姑父的那张脸，那冷冰冰的痛苦的表情，每时每刻都在提醒着她，使她想起那个惊魂之夜。她姑姑虽然沉浸在悲痛中，反倒变得更加温柔了，仿佛成了一个心地虔诚的忠实信徒；但是，谁都看得出，她的心在流血。她的体力恢复得比她丈夫快，不料，随着她日渐康复，大夫发现，她也在飞快地走向完全失明。每一天，不，每一天的每一个小时，贝茜都过得提心吊胆，倒不是怕引起他们的猜疑，说她知道实情，她反复告诉他们，就像她起初惴惴不安地对他们说的那样，事情已经查明，只有两个人，两个地地道道的陌生人，与这起入室盗窃案有关。即使她故意隐瞒与此事相关的所有信息，她姑父也绝不会提出任何疑问；但是她注意到，每当她从别人那里或者从别的地方回来时，她姑父都会敏感、警惕、期待地朝她扫一眼，仿佛她应该得到了本杰明是否已被调查，或者已被逮住的消息；她总是把她听到的一切赶紧告诉老人，消除他的焦虑；幸好，随着日子一天天过去，她一想起来就害怕的那种危险也在日渐淡化。

日复一日，贝茜越来越坚信，她姑姑知道的情况比她起初所担忧的还要多。赫斯特的样子总是显得那么低声下气，那么令人感伤，常常四处瞎摸着寻找她丈夫——板着面孔、愁眉苦脸的内森——默默无言地尽力安慰深陷在悲苦之中的他，就凭这一点，就凭这种充满爱怜与同情的举动，贝茜就知道，她姑姑早已心知肚明了。姑姑的脸茫然地望着姑父的脸，泪水止不住地从她那双目失明的眼睛里流淌下来，有时候，在她自以为周围除了他没人会听见时，她会反复吟诵她过去在那些幸福美满的日子里在教堂听过的那些经文，她总觉得，凭着她那颗真诚、淳朴的虔敬之心，那些经文或许能给他带来些安慰。然而，日复一日，姑姑变得越来越悲伤了。

巡回法庭再次开庭前的三四天，他们接到了两张传票，要老两口去约克郡出席庭审。贝茜、约翰、甄妮都不明白怎么会这样，因为他们自己很久以前都接到过出庭通知，而且早就被告知，他们提供的证据已经足以给坏人定罪。

可是，唉！偏偏出了这种情况，受聘为那两个囚犯辩护的律师从囚犯嘴里得知，此案中还有一个第三者，而且已经获悉那个第三者是谁；这位辩护律师的义务，要是有可能的话，就是要减轻他的当事人的罪责，因此，他想证实，他们只不过是受人指使的工具，那个指使他们的人，由于对这片宅基地和房主的日常起居习惯十分熟悉，才是整个事件的元凶和主谋。为了证实这一点，必须向其父母取证，因为，据那两个囚犯说，二老一定听出了那小子的声音，那人就是他们的儿子。因为没有人知道，贝茜也可以作证他当时就在现场；因此，鉴于本杰明大概已经逃出了英格兰，他的同伙根本没有确凿的证据来揭发他。

忐忑不安、神情恍惚、萎靡不振的老两口，在约翰和贝茜的陪伴下，在开庭的前夕，抵达了约克郡。内森依然还是那么沉默寡言，贝茜根本猜不透他脑子里究竟在想什么。对老太婆颤巍巍的爱抚，他也几乎无动于衷；他似乎对这些爱抚毫不在意，表情十分僵硬。

贝茜有时很担心，姑姑竟变得越来越孩子气了；因为显而易见，姑姑对丈夫怀着一片如此深厚、如此牵肠挂肚的爱，她似乎总在缅怀她过去是怎样努力消解他那凛若冰霜的外表和态度的；她偶尔会装着不记得他怎么会变成了这样，充满怜爱、陪着小心，想让他回归到从前的模样。

"要是他们看看老人家有多苦，他们肯定不忍心折磨他们！"贝茜叫道，在开庭的那天早上，有一种朦朦胧胧的恐惧感笼罩在她心头，"他们肯定不会这么残忍！"

然而，事实"肯定"还是这样。出庭律师抬头朝法官看了看，当他看到那个满头白发、神情悲痛的老人是怎样被带到证人席上时，不免动了恻隐之心，因为这时已经进入了辩护，内森·亨特罗伊德被传唤过来作证了。

"尊敬的法官大人，代表我的当事人，我必须一路追查下去，至于其他种种原因，我深表歉意。"

"继续！"法官说，"正当、合法的权利必须维护。"不过，法官本人也是一位老者，他用手捂着自己哆哆嗦嗦的嘴唇，望着内森那晦暗阴郁、木无表情的面孔，望着他那庄重、茫然的眼睛，望着他把双手撑在证人席的两侧，摆好了回答问题的架势。他对案情的性质已经初见端倪,但是,他不会回避如实的回答:"连石头都会站出来说话,指认这个罪人的。"(他仿佛在自言自语,怀着大打折扣的永恒的正义感。)

"我想,你就是内森·亨特罗伊德?"

"正是。"

"你住在奈布农场?"

"没错。"

"你还记得十一月十二日那个晚上吗?"

"记得。"

"我想,你那天晚上是被什么动静吵醒的。那是什么动静?"

老人的眼睛不由自主地盯着那个盘问者,表情犹如一头陷入绝境的困兽。那种表情辩护律师永远也不会忘记。那种表情到他临死的那天都会困扰着他。

"有人用石块砸我家窗户。"

"你起初听见没有?"

"没有。"

"后来是什么把你吵醒的?"

"是她。"

"这么说,你们两人都听到石块砸窗户的声音了。你有没有听到别的什么动静?"

一阵长时间的沉默。随后,一声低沉、清晰的"有"。

"什么动静?"

"我们家的本杰明要我们让他进来。她说好像是他,至少有点儿像。"

"你认为是不是他?"

"我对她说,"这回他的说话声大了点儿。"睡觉吧,别老是把每一个路过的醉汉都当成我们的本杰明了,他已经死啦,永远离开我们啦。"

"她是怎么说的?"

"她说,她好像听见是我们的本杰明,要我们让他进来,那时她还没完全睡醒。但是我要她千万别把做梦当真事儿,让她侧过身去,再接着睡。"

"她呢?"

一阵长时间的沉默——法官、陪审团、律师、听众,全都屏住了呼吸。良久之后,内森说——

"她不听我的。"

"那么,你呢?"(尊敬的法官大人,我不得不问这些让人痛苦的问题。)

"我看到她没法静下心来:她总是觉得,他会回到我们身边来的,就像福音书里说的那个回头的浪子一样。"(他的声音有些哽咽,但他努力想镇定下来,总算稳住神之后,他才接着说。)"她说,要是我不肯起床,她就起来;就在这时,我听见了一个人的说话声。先生们,我有点儿头晕——我一直在生病,长期抱病在床,再这样问下去,我好像吃不消了,浑身都在发抖。我听见有人说:'爸,妈,是我呀,快要冻死啦——你们难道不打算起来给我开门吗?'"

"那声音是——"

"好像是我们本杰明的声音。我知道你这样追问是什么意思,先生,我会实话实说的,尽管说出来会要了我这条老命。我并没有说那就是本杰明在说话,请你注意——我只是说,那声音好像是——"

"我只想了解这一点,我的好心人。后来,在说话声音像你儿子的那个人的苦苦哀求下,你便下了楼,为羁押在此的这两个囚犯开了门,接着又给第三个人开了门?"

内森点头表示同意,于是,连那个律师也不忍心勉强他再说下去了。

"传唤赫斯特·亨特罗伊德。"

只见一个老妇人,脸上的那双眼睛显然已经失明,带着一张慈祥、温雅、憔悴的面容,来到了证人席上,恭恭敬敬地向在场的所有人行了个屈膝礼,她事先得到过指点,要敬重在场的所有人——尽管她看不见这些人。

她那谦恭有礼、双目失明的神态仿佛若有所思,站在那儿等待着别人对她的发落——至于会怎么发落,她那可怜的慌乱如麻的心里却一无所知——凡是看见她的人,无不为之动容,都被这情景感动得无法形容。辩护律师再次深表歉意,法官却无言以对——他那张脸已经抽搐得变了形,陪审团也忧心忡忡地望着囚犯的辩护律师。这位绅士意识到,自己做得未免也太过分了，竟然置众人对另一方的同情心于不顾，可是，他总得提一两个问题才行啊。于是，他草草概括了一下他从内森嘴里了解到的情况，然后说："你认为，恳求你们放他进屋的那个声音，是你儿子的说话声吗？"

"对啊！我们的本杰明回家来了，我可以肯定。他还能去哪儿呢？"

在全场一片肃静的法庭上，她侧着脑袋听着，仿佛在寻找她孩子的说话声。

"这就对了，他那天夜里回来过——是你丈夫下楼去开门让他进来的，是吗？"

"嗯！我想，是他开的门吧。楼下有许多人吵吵嚷嚷的声音。"

"在其他人的说话声里，你有没有听到你儿子本杰明的声音？"

"这件事会不会伤害到我儿子啊，先生？"她问道，脸上多了几分警觉，对近在眼前的事情听得很专注。

"那不是我的事，我只是问问你。我认为，他已经离开英格兰了，所以，无论你说什么，都不会对他构成任何伤害。我说，你有没有听到你儿子的说话声？"

"听到了，先生。没错，我听到了。"

"是不是有几个人跑上楼来，闯进了你的房间？他们都说了哪些话？"

"他们问，内森把那只长筒袜藏在哪儿了。"

"那你——告诉了他们没有？"

"没有，先生，因为我知道，内森不希望我告诉别人。"

"那你后来是怎么做的？"

她脸上顿时浮现出一层很不情愿的阴云，仿佛她开始察觉到了事情的因果关系。

"我就直起嗓门喊贝茜了——那是我的侄女，先生。"

"那你有没有听见有人在楼梯下高声叫喊？"

她楚楚动人地望着他，没回答。

"陪审团的先生们，我恳请诸位尤其关注这一事实：她承认她听到有人高声叫喊过——某个第三者，诸位请注意——朝楼上那两个人高声叫喊过。他都说了些什么？这是我要麻烦你的最后一个问题。那个留在楼下的第三者，他说了些什么？"

她那张脸开始抽搐起来——嘴巴张了两三次，却欲言又止——她乞求般地伸出了双臂，却连一个字也没说出来，就仰面跌倒在距离她最近的那个人的怀抱里。内森不由自主地抢上前来，走进了证人席。

"尊敬的法官大人，我想，你也有母亲吧，这样对待一个母亲，未免太残忍、太不近人情了。是我的儿子，我的独生子，在外边喊我们给他开门的，老太婆朝她侄女喊救命的时候，是我们的儿子在高声叫喊，要是老婆子再不闭嘴，就掐断她的喉咙。你现在知道真相了吧，这就是真相，我要让你当着上帝的面，对你获得真相的方式作出裁决。"

还没到晚上，这位母亲就罹患了全身瘫痪症，只能躺在病榻上度过余生。不过，她那颗破碎的心总算回归故里，得到上帝所赐予的安慰了。

（吴建国　王　晓　译）

如果是真的，就太奇怪了
（摘录自理查德·惠廷厄姆老爷的一封信）

我的祖先是加尔文[1]的妹妹，她嫁给了达勒姆郡[2]的教长惠廷厄姆，你们以前总是对我的这份骄傲感到很好笑，不过，我怀疑你们是否会考虑到，正是这层显赫的关系把我带到了法国，在那儿，我可以查询各种记录和档案，寻找这个伟大的宗教改革者的旁系后裔，也就是我的表兄弟姐妹。我没必要告诉你们在这项研究中我所碰到的种种麻烦和奇遇，你们不需要听到这些事；不过，去年八月的一天晚上，有一件非常奇妙的事情发生在我身上，要是我没有十足的把握认为我那时是完全清醒的，说不定就把它当作一场梦了。

为了我已经说过的那个目的，我有必要把图尔[3]暂且当作我的大本营。我追寻着加尔文的后裔，从诺曼底到了法国中部。不过，我发现，要想查阅一些家庭文件，得经教区主教批准才行，因为那是教会的财产。由于我在图尔还有几个英国朋友，因此，我一边在镇上等待着某某阁下对我的请求的批复，一边随时恭候人家的邀请。没想到，收到的邀请竟寥寥无几。所以，晚上的时光该如何打发，我时常有些茫然不知所措。旅店的自助餐[4]五点钟开饭，我不愿在单间包厢里多花钱，也不喜欢点菜餐厅[5]里的用餐气氛，我也不会玩那种下赌注的台球或弹子游戏，

1　约翰·加尔文（John Calvin，1509—1564），法国著名宗教改革家、神学家，基督教新教重要派别加尔文教派（在法国称胡格诺派）的创始人。
2　英格兰东北部地区。
3　法国中西部城市。
4　此处原文为法语 *table d'hete*。
5　此处原文为法语 *sale a manger*。

而其他那些客人的做派又十分不讨人喜欢，因此，我也就懒得参与他们那种一对一的[1]赌博活动。所以，我总是早早离开餐桌，充分利用八月傍晚的余晖，迈着轻快的步伐去勘踏周围的原野。正午时分天太热，干不了这件事，最好懒洋洋地坐在林荫大道的长椅上，漫不经心地听着远处传来的乐曲声，顺便看看从身边经过、同样也很懒散的那些女性的容颜和体态。

有一个星期四的晚上，我想，应该是八月十八号吧，我比平常走得远了些，当我停下脚步打算往回走时，才发觉天色比我所猜想的晚了些。我估计，我可以兜一圈再走回去，我十分清楚我该去的方向，只要走上左边那条狭窄笔直的小径，就可以抄近路返回图尔。所以，我认为我还不至于会迷路，只要准确无误地找到出口。不过，我对法国这一地区的田间小道几乎一无所知，而我走的这条道，坚实平坦得有如城里的马路，两旁的白杨树错落有致，缤然成行，令人心悸地渐渐消失在远方，仿佛永远也走不到尽头。毫无疑问，夜幕降临了，我已经处于黑暗之中。倘若在英国，只要走过一两块田垄，我说不定就会有幸看见某个农舍透出的灯光，就能向那里的住户问路，然而在这里，我根本看不到那种令人赏心悦目的灯光。的确，我至今都认为，法国农民夏日里大白天就早早上床睡觉了，所以，即使附近真有什么住户，我也根本看不到他们。终于——毫无疑问，我大概已经在黑暗中走了足足两个钟头——在这条令人乏味的路径的一侧，我忽然看到了一片林地影影绰绰的轮廓，于是，我急不可耐地把所有森林法和对擅闯私人领地者的惩罚统统抛在了脑后，径直朝那片林地奔去，心想，哪怕结果是雪上加霜，我好歹也能找到一个藏身之地——找到一个可以躺下来歇息的栖身之地，等到晨曦初露时，再伺机找到返回图尔的路。没想到，这片树林，我原以为是一片密林的外围，竟然全是小树苗，由于栽植得过分稠密，充其量不过是长到一定高度的纤细的茎梗，树冠也没几片树叶。我只好继续朝那片茂密的森林奔去，一到那儿，我便放慢了脚步，环顾四处，想寻找一个安身的窝儿。我挑剔得简直像洛希尔的孙子一样，他因为自享其乐

---

1 此处原文为法语 tete-a-tete。

地头枕着雪球呼呼大睡，把他爷爷气得捶胸顿足[1]。这片低矮的丛林荆棘密布，而且好像全被露水打湿了。既然已经不抱希望能在四面有墙的地方过夜，也就用不着发急了。于是，我便悠然自得地四处摸索起来，相信我手里的棍子不会把野狼从夏日昏昏沉沉的睡眠中捅醒。就在这时，一座城堡[2]突然出现在我眼前，离我不足四分之一英里，坐落在一条看似古色古香的林荫大道的尽头（这条林荫道如今已是杂草丛生、很不规整了），我当时恰好要横穿这条路，蓦然朝右侧扫了一眼，便看到了这一令人欣慰的景物。在黑魆魆的夜空衬托下，城堡的轮廓显得十分庞大，气势恢宏，鬼鬼耸立；错落有致的墙垛、鳞次栉比的塔楼[3]，以及其他说不出名堂的建筑，奇形怪状地赫然矗立在朦朦胧胧的星光中。更加令人惊奇的是，尽管我此时此刻呈现在我面前的这座建筑物看不真切，但是再清楚不过的是，许多窗户都亮着灯，仿佛有一场规模盛大的招待晚宴正在进行中。

"不管怎么样，反正他们是热情好客的人，"我暗暗寻思，"他们大概会给我一张床的。我一向认为，法国领主们不会像英国绅士那样随身带着充足的行李和马匹；但是，他们显然正在举行一场规模盛大的宴会，说不定有些客人就是从图尔来的，返回狮子饭店[4]时还可以捎我一程呢。我不是高傲，而是精疲力竭了。如果需要，我不会躲在后面不肯见人的。"

于是，我便打起精神，稍许加快了脚步，径直来到门前，却见大门无比热情好客地敞开着，一个灯火通明的大厅蓦然呈现在眼前，大厅里到处都悬挂着猎物、盔甲和其他战利品，其中的细节我没时间去留意，因为我刚在门槛边站定，就来了一位身躯高大威猛的门卫，穿着一套稀奇古怪、十分老派的装束，一种与这座豪宅的整体外观十分般配的制服。他向我盘问起来，用的是法语（发音非常奇怪，害得我以为突然接触到了一种闻所未闻的方言[5]），问我叫什么名字，从何而来。我觉得他

---

1 英国小说家瓦尔特·司各特（Walter Scott，1771—1832）的《苏格兰史：爷爷的故事》中所描写的情景。
2 此处原文为法语 chateau。
3 此处原文为法语 tourelles。
4 此处原文为法语 Lion d'Or。
5 此处原文为法语 patois。

聪明到了无以复加的地步，不过，我还是得摆出文质彬彬的样子先作出回答，然后才好请求帮助，所以，作为回答，我说——

"我叫惠廷厄姆——理查德·惠廷厄姆，英国人，住在——"令我无比惊讶的是，那彪形大汉的脸上竟明察秋毫般地露出了一丝欣喜的笑容。他对我深深一鞠躬，说（同样还是那种奇怪的方言）欢迎我的到来，还说对我期待已久了。

"期待已久！"这家伙说这话是什么意思？难道是我碰巧发现了约翰·加尔文这一脉亲戚的老家，他们得知我在调查这个家族的宗谱，对此深感荣幸，也颇感兴趣？不过，我十分高兴今晚总算有落脚之处了，来不及细想在接受这让人备感惬意的款待之前，我是否有必要解释一下自己贸然前来的原因。他刚把大厅通向屋内的那道门沉重的门闩[1]拉开，却突然转过身来说——

"勒·让凯勒先生[2]显然没有陪你一起来嘛。"

"没有！就我一个人，我迷路了，"——我刚要说明来意，他却径直把我领上了一座巨大的石砌楼梯，似乎对我的解释毫不关心。楼梯有好多个房间那么宽，楼梯的每一层平台都有厚重的大铁门，镶在结结实实的门框里；只见那门卫神情庄重、动作迟缓地逐一打开了这些尘封已久的门。诚然，这座古堡自建成以来，已经不知过去多少个世纪了，我在等待那些沉甸甸的钥匙插在古老的铁锁里扭动时，有一种神秘莫测、不可思议的敬畏感油然袭上心头。我几乎不由自主地胡思乱想起来，仿佛听到了一阵滔滔不绝的窸窣声（犹如远方的大海那永不停息的涛声，潮起潮落永无止境的涛声）从宽阔的楼梯两侧那些已然敞开的巨大、空旷的长廊中源源不断地传来，黑暗中可以隐隐约约地感到，那声音就在我们头顶上方回荡着。那声音犹似好几代人的说话声在静谧无声的空中回响、盘旋着。气氛也很怪异，我那态度友好的门卫走在我前面，身躯笨重得路也走不稳，衰弱苍老的双手把高高的烛台擎在胸前，费劲儿地想拿稳它，却偏偏拿不稳——说来也真奇怪，他居然是我在这些洋洋

---

[1] 此处原文为法语 *battants*。
[2] 此处原文为法语 *Monsieur le Géanquilleur*，与著名童话《杰克与魔豆的故事》主人公杰克的绰号"巨人杀手"（Jack the Giant Killer）谐音。

大观的厅堂和过道里,或者在这气势恢宏的楼梯上所遇到的唯一的家仆。不知过了多久,我们终于站在了通向客厅的金碧辉煌的门前,这家人——要不就是一大群人,嘈杂的七嘴八舌的说话声不绝于耳——都聚集在这儿。等我发觉他要向这满屋雍容华贵的人介绍我时,我真恨不得埋怨他几句,因为我一路走得灰头土脸,邋里邋遢,连身上的一套晨衣也不是我最好的衣服,谁知道有多少仕女和绅士聚集这儿呢;可是,这固执的老人显然一心想直接带我去见他的主人,根本不理会我的话。

门豁然大开,我被领进了一间十分雅致的客厅,客厅里不可思议地充满了惨白的灯光,灯光既没有任何聚焦点,也没有任何中心,更没有丝毫的摇曳,空气也纹丝不动,却充斥在每一个角落里,所有的东西都被照得一目了然。这灯完全不同于煤气灯和烛光,既不像南方清新的气氛,也不像我们英格兰那样多雾。

起初,我的到来并没有引起任何人的注意,屋子里熙熙攘攘,人人都沉浸在自己的交谈中。不过,我那友好的门卫径直走向了一位端庄娴雅、人到中年的贵妇,只见她一身盛装打扮,穿着近几年因为复古热又重新流行起来的那种古装。门卫起先只是恭恭敬敬地等在一旁,直到她注意到他,这才向她说明了我的名字和大致情况,这是我根据他的手势和那贵妇的眼角突然朝我一瞥猜测的。

她马上朝我走来,甚至还没等走到可以开口说话的距离时,就朝我极其热情地招呼起来。然而——这难道不奇怪吗——她的措辞和口音居然与这个国家最普通的农妇并无二致。可是,她看上去却显得那么高贵,要是她多那么一份稳重,脸上少那么点儿眉飞色舞、过分好奇的表情,她一定尊贵得令人肃然起敬。我对图尔古老的历史知之甚多,对那些居住在周五市场[1]或类似这种地方的人的方言也有所了解,否则,我实在听不懂这位模样端庄的女主人的话。她主动把我介绍给了她丈夫,一个虽然惧内、却颇有绅士风度的人,他的服饰比他妻子那风格极其夸张的裙子还要复古。我暗自寻思,像英国一样,法国当地的居民居然会把时尚推崇到如此过分的程度,简直荒唐得可笑。

---

1 此处原文为法语 *Marche au Vendredi*。

不管怎样，他说（依然还是那种方言）他很荣幸认识我，并让我坐在一张形状古怪、一点儿也不舒服的安乐椅上，这件古董与其余家具一样奇特，完全可以在克吕尼酒店[1]那些古色古香的家具中占有一席之地而不会让人觉得不合时宜。随后，大家又继续用法语嘁嘁喳喳地交谈着，我的到来不过是转瞬即逝的干扰，于是，我便趁机朝四周打量起来。我的对面坐着一位花容月貌的贵妇，从她甜美的面容上看，我想，她年轻时一定是个大美人，晚年也相当迷人。但是，她实在太胖了，一看见她搁在靠垫上的那双脚，我顿时就感到，那双脚臃肿得简直会让她无法行走，这大概是导致她极度肥硕[2]的原因吧。她那双手又胖又小，但是皮肤却很粗糙，也不是那么洁净，总的来说，不如她那张迷人的脸蛋那样有贵族气。她的裙子是上等黑天鹅绒，貂皮镶边，整条裙子上镶满了钻石。

离这位女士的不远处站着一位我这辈子见过的个头最矮小的男士，他的身材比例极好，没有人会称他为侏儒，因为我们通常会把这个词和畸形联系在一起；然而，他脸上却流露着小淘气般的狡黠、冷酷、精于世故的智慧，破坏了人们对他的印象，否则，他那小巧玲珑的五官没准能给人以好感。事实上，我觉得他和其他客人并不完全属于同一阶层，因为他的服饰并不适合这个场合（他显然是请来的客人，而我则是个不速之客），他有一两个姿势和动作更像一个没念过书的乡巴佬玩的把戏。我来解释一下：他的那双皮靴显然穿过很久，鞋帮、脚后跟、鞋底都被修鞋匠的巧手更换过。如果这不是他最好的——唯一的一双鞋，他为什么要穿这双鞋来？难道还有什么会比贫穷更让人斯文扫地？接着，他又耍了一个很不自在的把戏，把手举到喉咙处，仿佛想在喉咙里找到答案似的；他有一个很不雅观的习惯——我认为他这个习惯并不是从约翰逊博士[3]那儿模仿来的，因为他极有可能从来就没有没听说过约翰逊博士——他总是在踱到屋子的某个地方后又试图在同一块地板上循着自己

---

[1] 此处原文为法语 Hotel Cluny。
[2] 此处原文为法语 embonpoint。
[3] 约翰逊博士（Samuel Johnson, 1709—1784），英国作家、文学评论家和诗人。1728 年进入牛津大学学习，因家贫而中途辍学。经八年奋斗，终于编成《英语大辞典》(1755)，《词典》出版以后，牛津大学给他颁发了荣誉博士学位，因此人们称他为"约翰逊博士"。

的脚步往回走。此外,为了解惑,我有一次听到别人叫他普赛先生[1],却没有任何贵族头衔的 de 作为前缀,而在场的几乎每一个人都至少是一个侯爵。

我说"几乎每一个人",因为连有些莫名其妙的人都有头衔;除非他们确实和我一样,也是天黑之后还在赶路的人。其中有一个客人,要不是因为他对那个我以为是他主人的人似乎特别有影响力,我还以为他是个用人呢,因为他无论做什么事,显然都是按照他身后那个人的吩咐去做的。那个主人,虽然一身华服,却局促不安,仿佛那身衣服是为另外某个人定制的,他是个弱不禁风、模样英俊,老是不停地走来走去,我猜想,他已然成了在座的有些绅士怀疑的对象,大概正是这一点,才使他不得不紧跟着他的随从。他的随从穿着类似于大使的贴身保镖式样的制服,然而又根本不是一个贴身保镖的制服,倒更像一套彻头彻尾的老派服饰:皮靴把他那细小得滑稽可笑的腿遮没了一半,他只要一走动,皮靴便咔哒作响,活像靴子太大,不适合他那双小脚;他身上还有大量灰白色的兽毛镶边,譬如大衣、披风、皮靴、帽子上——样样都有。你知道那副模样,有些人的面孔永远会使你情不自禁地想起某些动物,想起飞禽走兽!唉,这个身穿制服的保镖(因为想不出更好的名头,我姑且就这么称呼他吧)特别像人们时常在我房间里看见的那只大公猫,它那十分诡异、一本正经的举止还经常被人嘲笑呢。我那只大公猫有灰胡髭——这个保镖也有;我的大公猫的上嘴唇遮盖着浓密的灰色毛发——这个保镖的上嘴唇也被灰色的八字胡遮住了。大公猫那双眼睛的瞳孔既可以扩大,也可以收缩,我原以为只有猫的瞳孔可以这样,直到我看见了这个保镖的瞳孔才恍然大悟。当然,大公猫再狡猾,也比不上这个保镖那更加精明的表情。他似乎已经完全掌握了左右他主人或主顾的主动权,以一种不信任的态度严密监视着他主人的表情、紧随着他主人的脚步,这一点倒让我大惑不解。

在客厅较远的地方还有好几拨人,从他们的仪容举止来看,我推测他们都是气度不凡的老派人物,都是冠冕堂皇的贵族。他们彼此似乎非

---

[1] 此处原文为法语 Monsieur Poucet,意为"普赛先生"。此处乃一语双关,Poucet 也是法国童话《小拇指》(Le petite poucet)的主人公名字,因为头矮小被叫作小拇指。

常熟识，仿佛相互见面是习以为常的事情。岂料，从房间对面走来了一个身材瘦小的绅士站在我身旁，我的观察被打断了。对法国人来说，悄然插入交谈不算什么难事，我的这位侏儒朋友十分优雅地保持着这个民族的特点，还没到十分钟，我们就推心置腹地无话不谈了。

这时，我总算弄明白了，这种冲我而来的欢迎态度——从门卫到那个兴高采烈的夫人和那个唯唯诺诺的堡主——都是针对另外某个人的。不过，要想让那些如此幸运地认错了我的人幡然醒悟，要么需要我自己有一定的道义上的勇气，这一点我没法自吹自擂；要么需要一个比我更勇敢、更机灵的人，他有着自强自立、善于搭讪的本领。然而，我身边的这位小个子男人竟阿谀奉承地主动巴结上来，想赢得我的信任，使我不禁心有所动，想把我的具体情况告诉他，并把他变成一个朋友和同盟。

"夫人明显日渐衰老啦。"就在我深感困惑的时候，他朝我们的女主人瞥了一眼，开口说。

"夫人依然风华正茂呢。"我回应道。

"瞧，真奇怪，"他压低了嗓音，接着说，"女人几乎无一例外，都喜欢赞美那些不在场的人或者已经逝去的人，好像他们是光明的天使似的；至于那些在场的人或者活着的人嘛——"说到这里，他耸了耸他那纤细的肩膀，做了个话里有话的停顿，"你信不信！夫人总是当着老爷的面称赞她那早已作古的丈夫，直到把我们这些客人都弄得很难为情，不知该怎么看这件事：因为，你知道，那位已经作古的莱兹先生的人品臭名远扬——人人都知道他这个人。"我暗暗思忖，全世界所有的图尔人，大概只有我表示赞同地哼了一声。

就在这时，我们的东道主老爷朝我走来，彬彬有礼的脸上挂着温情脉脉的关心（那种表情就像有些人问候你母亲时假装出来的那种表情，其实他们对你母亲丝毫也不关心），问我知不知道我的猫近来怎么样。"我的猫怎么样！"这人是什么意思？我的猫！他指的是我那只没有尾巴的大公猫吗？那只大公猫出生于马恩岛[1]，此时应该在站岗放哨，随时捕捉侵入我伦敦住所的那些大大小小的老鼠。那只大公猫，大家都知道，对我的一些朋友很友好，常常毫无顾忌地把他们的腿当柱子在上面

---

1 英格兰与爱尔兰之间的海上岛屿，是英国的皇家属地。

磨蹭，并因为它老成持重的举止和聪明的眨眼方式赢得了高度评价。可是，难道它的名声都已经传播到英吉利海峡对岸了吗？不管怎么样，有问总得有答才行，因为老爷俯身下来，带着礼貌而又焦虑的神情直对着我的脸；所以，轮到我回答时，我作出感激的表情，并请他放心，据我所知，我那只猫非常健康。

"它适应这儿的气候吗？"

"完全适应。"我说。在幻想的迷宫中，我对这只在残酷的陷阱中丧失了一只脚和半个耳朵的无尾猫表示了深切的关怀。我的东道主露出了甜美的微笑，接着，朝我旁边那个矮小的邻座说了几句，就走了。

"那些贵族多么无聊啊！"我的邻座说着，轻轻冷笑了一声，"老爷的谈话，不管对谁，都很少超过两个句子。超过两句，他的能耐就枯竭了，需要用沉默来恢复。无论如何，你和我，还有老爷，都是仰仗我们自己的智慧在这个世界上崛起的！"

一听这话，我再次感到大惑不解起来！你知道的，我为我出身的家族深感自豪，即使他们自己不是贵族，也是贵族阶层的盟友。至于我在这个世界上的崛起——即使我真的已经崛起了，也是仰仗那些气球般的优点，而不是靠娘胎里带来的智慧，我的头脑和口袋里都没有沉重的沙袋的拖累。不管怎么说，我得有所表示才行，所以，我又笑了笑。

"对我来说，"他说，"要是一个人不为琐事而烦恼，要是他知道怎样明智地添加或者隐瞒事实，在彰显人性时不那么感情用事，他一定能做得很好，一定能为自己名字添加 de 或 von 这样的前缀，他的日子也会以安逸而告终。我这番话有实例为证——"他偷偷瞥了一眼那个模样很虚弱的主人，他身后紧跟着那个目光犀利、头脑聪明的用人，就是我前面所说的那个保镖。

"要是不仰仗他那个用人的才干，侯爵老爷原本啥都不是，只是个磨坊主的儿子。你当然知道他的来历，是吧？"

我正打算对路易十六[1]时代以来贵族排行榜的变化发表点儿看法——事实上，我正打算非常明智、非常尊重历史地谈谈我的看法——

---

1 路易十六（Louis XVI, 1754—1793），法国国王（1774—1792 年在位），法兰西波旁王朝复辟前最后一任国王，也是法国历史上唯一被处死的国王。

不料，就在这时，屋子另一端的那帮人群中突然发生了一阵小小的骚动。我估计，那帮身穿古色古香的制服的侍者肯定是从那面挂毯的后面走进来的（因为我根本没有看见他们进屋，尽管我坐的位置正对着大门），他们正在向客人分发少量的饮品和少量的佳肴，人们觉得这些点心已经足够了，可是对我这饥肠辘辘的人来说，却显得微不足道。这些男佣都神情庄重地伫立在一位贵妇面前——她非常美丽，犹如晨曦般光彩照人，然而——却熟睡在一张华丽的长沙发上。有一位绅士对她如此不合时宜地酣然大睡很是恼火，我想，那人一定是她的丈夫，他在试图唤醒她，动作简直接近于连推带搡了，却怎么也唤不醒她；她全然不知他在生气，不知大伙儿都在笑盈盈地望着她，也不知伺候在她面前的那些男佣都一本正经、表情严肃地望着她，更不知老爷和夫人那困惑焦虑的神情。

我那身材矮小的朋友冷笑一声，坐了下来，仿佛他的好奇心由于蔑视而就此作罢了。

"道德家们会对这一幕作出无穷无尽、充满智慧的评论的，"他说，"首先，道德家们会注意到，所有这些人对等级和头衔的迷信和崇拜，会将他们置于荒谬可笑的境地。因为那丈夫是几个小公国在位的王子，这种实实在在的地位至今还没有人发现呢，在那位公主夫人醒来之前，没有人敢冒险喝一杯糖水[1]；而且，从过去的经验来看，那些可怜的男佣也许得在那儿伫立一个世纪，得等她醒来才行啊。接下来——我总是像一个道德家一样说话，你会观察到——摒弃年轻时养成的不良习惯有多难！"

就在这时，那位王子总算成功地唤醒了睡美人，至于他用了什么方法，我却没有看到。可是，她起初并不记得自己身在何处，只见她深情地望着自己的丈夫，微微一笑，说：

"是你吗，我的王子？"

然而，他太在意那些旁观者，不想娱乐大众，也不去想他自己随之而来的烦恼，反而很温柔，并转过身去用法语说："什么，什么，我亲爱的！"

一杯不知名的美酒下肚后，我的胆量比之前壮了不少，于是，我便

---

[1] 此处原文为法语 *eau sucre*。

告诉我那个身材矮小、老爱挖苦人的邻座——那个我已经开始厌烦的家伙——说我在那片森林里迷了路，来到这座城堡纯属巧合。

他似乎对我的故事听得津津有味，说同样的事情在他自己身上已经发生过不止一次了；还告诉我说，在这些场合，我的运气比他好，根据他的讲述，他那时一定碰到过生命攸关的危险。他讲完他的故事时，让我好好欣赏了一番他那双靴子，他说，尽管这双靴子补了又补，所有质地精美的地方都被修补得不见踪影了，他仍然还穿着，是因为这双靴子的做工是一流的，很适合远足。"不过，的确，"他结束这番话时说，"新型的铁路似乎取代了描述这双靴子的必要性。"

当我征求他的意见，我是否应该让男主人和女主人知道我只是一个赶夜路的旅行者，而不是他们所接待的客人时，他大声说："绝对不行！我讨厌这种令人作呕的道德。"他似乎对我这个不谙世故的问题非常生气，仿佛我是在含沙射影地谴责他似的。他很生气，不肯再说话了；就在这时，我忽然发觉对面那位贵妇在用她那双甜美、迷人的眼睛望着我——就是我起先称她为青春已逝的那位贵妇。不知何故，她那双脚似乎有些柔弱无力，搁在身前一块竖起来的软垫上。她的表情似乎在说："过来呀，我们一块儿说说话吧。"于是，我不动声色地向这位个头矮小的同伴欠了欠身，表示失陪了，然后朝那位跛脚的老夫人走去。她做了个最美丽的表示感谢的手势迎接我的到来，接着，略有些歉意地说："如此美好的夜晚，却没法走动，真有点儿憋闷啊。不过，这也算对我早年爱慕虚荣的所作所为的一种应得的惩罚吧。我这双可怜的脚啊，天生就这么小，因为我不善待它们，硬把它们塞进那么小的软底鞋，现在就让我大吃苦头了……话说回来，先生，"她嫣然一笑，"我本来以为，你对你那个身材矮小的邻座所说的那些不怀好意的话大概已经厌倦了。他年轻时就没安好心，这种人到了晚年肯定会变得愤世嫉俗的。"

"他是什么人？"我用英语莽撞地问道。

"他叫普赛。他父亲，我认为，是一个樵夫，或者是烧木炭的工人，反正就是干这类活儿的人吧。他们就爱讲悲情故事，纵容谋杀呀，忘恩负义呀，以虚假的借口敛财呀，如此等等——但是，如果我再继续讲那些诽谤他人的话，你就会觉得我和他一样坏。还是让我们来欣赏那位花容月貌的贵妇吧，她朝我们这边来了，手里还拿着玫瑰花呢——我从没见她缺少过玫瑰花，玫瑰花与她过去的经历那样紧密相连，毫无疑问，你是知道的。啊，美人！"我的同伴朝那位正在向我们款款走来的女士说，"既然我已经没法去看你了，你来看我，这才是你的本色嘛。"接着她便转向我，优雅地把我拉进谈话中，她说，"你一定知道，尽管我们是彼此结了婚之后才认识对方的，却一直就像亲姊妹一样。我们的处境有那么多的相似之处，我想，应当说，我们的性格也一样。我们都有两个姐姐——虽然我的只是同父异母的姐姐——她们对我们并不像亲姊妹那么好。"

"我们一直对此感到很难过。"另一个女士说道。

"自从我们嫁给王子以来，"还是那个女士在侃侃而谈，还狡黠地笑了笑，笑靥中并非没有善意，"因为我们两个都属于攀高枝，都嫁给了比我们原来的地位高得多的人；我们两个都有不守时的习惯，而这种不守时的后果是，我们都不得不忍受屈辱和痛苦。"

"而且两个人都很迷人，"有人紧贴在我身后悄悄说了一声，是侯爵老爷，他说，"而且两个人都很迷人。"

"而且两个人都很迷人。"另一个声音响亮地喊道。我转过身去，原来是那个长得像猫的诡计多端的保镖，在敦促他的主人说话要有礼貌呢。

两个女人欠了欠身权作答谢，那种高傲的神态表明，她们对这号人说出的恭维话很反感。可是，我们三个人的谈话却被打断了，我对此感到很遗憾。侯爵的脸色表明，他好像是受了鼓动才说出这句话的，仿佛巴不得别让他再说话了；而站在他身后的那个保镖，举止和态度似乎既有傲慢，又有屈从。那两个女士，她们才是真正的贵妇，似乎对侯爵的尴尬处境感到过意不去，便向他询问了一些琐碎的问题，主动调整好自己的心态，使她们提出的话题能够让侯爵毫不费劲地作出回答。与此同时，那保镖竟嗓门很大地自言自语起来。我对这种打断别人谈话的背景不是很了解，只觉得这场谈话本该是十分愉快的，于是，我忍不住想听听他到底在说些什么。

"真的，德·卡拉巴变得越来越愚蠢了。我有让他自动解职的雄心壮志，由他自生自灭去。我的目标是宫廷，宫廷才是我要去的地方，我要创造自己的财富，就像我给他创造了财富一样。皇帝[1]会欣赏我的才

---

[1] 此处的"皇帝"指拿破仑三世（1808—1873），1852—1871年间为法兰西皇帝。

干的。"

　　这就是法国人的习惯，或者说，这就是他在生气时特别健忘的好风度，只见他对着镶木地板左右各啐了一口痰。

　　就在这时，一个相貌非常丑陋、却非常讨人喜欢的男人，朝刚才一直在跟我说话的那两位女士走来，把一位娇滴滴的金发美妇引领到她们面前，那美妇浑身上下都穿着无比柔软的白色衣裙，仿佛她只钟情于白色[1]似的。我总觉得她身上没有一点儿别的颜色。她一路走来时，我觉得我听到她发出了欢快的声音，那声音不完全像茶壶里的水开了的声音，也不像鸽子的咕咕声，然而却使我联想到了这两种声音。

　　"米乌米乌夫人急着想见你呢，"他说，是朝那位手持玫瑰花的夫人说的，"所以我就带她过来了，想让你高兴一下嘛！"好一副诚实、善良的面孔啊！可是，啊！多么难看的面孔啊！不过，我更喜欢他那丑陋的相貌，而不喜欢大多数人姣美的容颜，他的丑陋透着一种让人心生怜悯的神情，一种对你太过仓促地做出的评判的不赞成，他那张面孔确实能赢得人心。那个柔弱无骨的白衣女子一直在打量我旁边的那个保镖，好像他们以前就认识似的，这使我感到非常困惑，因为他们完全是不同阶层的人。不管怎么说，他们的神经质显然是同调的，因为一听到挂毯后面有动静，那不过是大大小小的老鼠在四散逃窜的声音，米乌米乌夫人和那个保镖俩人都吓了一跳，脸上都露出了顾虑重重、万分焦急的表情，行为上也焦躁不安起来——夫人在喘着粗气，他的眼睛在剧烈扩张——谁都看得出，这些再普通不过的动静对这两个人产生的影响，与在场的其他人是多么地不一样。手持玫瑰花的那位美妇的丑丈夫这时主动和我搭讪起来。

　　"发现先生并没有在你那位同胞的陪伴下前来，"他说，"我们非常失望——英国伟大的让先生[2]，我念不准他的名字——"他望着我，想让我帮他一下。

　　"英国伟大的让先生！"英国那位伟大的让先生究竟是谁呢？是约

---

[1] 此处原文为法语 vouee au blanc。
[2] 此处原文为法语 Jean d'Angleterre。

翰·布尔[1]吗？是约翰·罗素[2]吗？是约翰·布莱特[3]吗？

"让——让——"这位绅士望着我一脸的窘态，继续说，"啊，这些让人头疼的英国人的名字——让·德·让凯勒[4]！"

我的聪明程度和以前一样。然而，这个名字我感到很耳熟，但我还是稍微掩饰了一下。我暗自重复了一下这个名字。这个名字听上去极像是"巨人杀手"约翰的名字，只是他的朋友们向来都尊称他为"杰克"。我大声说出了这个名字。

"啊，就是这个名字！"他说，"可是，他今晚为什么不陪你来参加我们这场小小的聚会呢？"

在此之前，我已经尝到过一两次大惑不解的苦恼，可是，这个十分严肃的问题又进一步增添了我的困惑。诚然，"巨人杀手"杰克[5]有一度确实是我相当要好的密友，只要（印刷机）有油墨和纸张，就可以保持这份友谊；可是，我已经有好多年没听人提起过他的名字了，我根本不知道他会对亚瑟王[6]的骑士们那样心驰神往——他们为情所迷，随时准备在英格兰需要的时候，响应四大君王号角的召唤去效命疆场。但是，这个问题已经由这位绅士一本正经地提出来了，与这屋里的其他人相比，我更希望他对我有一个好的评价。所以，我恭恭敬敬地回答说，我已经很久没听到我那位同胞的消息了；不过，我可以肯定，我这样回答会让他很高兴，就像我自己能出席如此令人惬意的朋友聚会也很高兴一样。他朝我点了点头，随后，那位跛脚夫人接过了话题。

"今晚是一年中最热闹的不眠之夜，据说，这座大名鼎鼎的森林环绕的古堡会有幽魂前来作祟，那是一个农家女孩的鬼魂，有一度就住在

---

1 约翰·布尔（John Bull），英国人的"典型"代表，盖斯盖尔夫人所处时代常见的英国人名字。
2 约翰·罗素（John Russell，1792—1878），英国伯爵，曾担任英国首相（1846—1852）、英国外交大臣（1859），1865年再次当选为英国首相。
3 约翰·布莱特（John Bright，1811—1889），英国反谷物法改革家、著名演说家、英国国会议员。
4 原文为法语 Jean de Géanquillcur，"让凯勒"同样与英文中的"巨人杀手"（giant killer）谐音，影射《杰克与魔豆的故事》主人公杰克。
5 西方童话故事《杰克与魔豆的故事》的主人公。穷苦的小男孩杰克用仅有的一头牛换了五颗有魔法的豌豆，豆子在一夜之间发芽。杰克不断给其浇水，最后豆茎直达云霄。杰克爬上去之后，发现那里住着巨人，便从巨人家里偷了一些金币，一只会下金蛋的母鸡和一把会唱歌的竖琴。杰克爬下豆茎时，发现巨人穷追不舍，便把豌豆藤砍断。巨人摔死了，杰克从此和母亲过上了幸福的生活。
6 五世纪英格兰传说中的国王，也是凯尔特英雄谱中最受欢迎的圆桌骑士团的骑士首领，一位近乎神话般的传奇人物。

这附近,传言说,她是被一头狼吃掉的。在从前的那些日子里,在这样的晚上,我看见过她,是在画廊尽头的窗户前现身的。你,我的大美女,带这位先生去看看外面月光下的景色吧(你或许真能看到那个孩子的幽灵呢),留下我和你丈夫私下里[1]谈谈,好吗?"

手持玫瑰花的那位夫人做了个优雅的动作,遵从了另一位贵妇的要求,于是,我们来到一扇很大的窗户前,俯瞰着那片树林,我就是在那片树林里迷路的。在惨淡的月光中,一望无际的树冠、枝繁叶茂的树木纹丝不动地展现在窗口下,惨白的月色把窗外景物的形态映照得几乎和白天一样清晰,尽管色彩分辨不清。我们俯瞰着窗外数不清的林荫道,四通八达的条条大道似乎都通向这座雄伟的古堡。突然间,在其中一条林荫道上,在离我们很近的地方,闪现出一个小女孩的身影,她头戴一顶"嘉布遣会的女式斗篷"[2],而不是法国农家女孩常戴的那种无边呢帽,她胳膊上挽着一只竹篮,在她身旁,在她扭过头去的那一侧,走着一匹狼。我差点儿没喊出声来,那匹狼在舔她的手,仿佛在表达忏悔的爱恋之情,忏悔也好,爱恋也罢,要是狼真有这种品质该多好啊——尽管不是活生生的狼,也许是狼的幽灵吧。

"瞧那儿,我们看到她啦!"我那美丽的同伴喊道,"虽然去世那么久了,她的小故事,有关家庭美德和天性纯朴的故事,依然让听说过她的故事的所有人久久难以忘怀。这一带的乡民们说,在这个周年纪念日,要是能看到那孩子的幽灵,就能为这一年带来好运。但愿我们大家都享有这传说中的好福气吧。啊!莱兹夫人来了——她保留着她第一任丈夫的姓氏,你知道的,因为他的身份比现任丈夫高。"我们的女主人也加入了我们的谈话。

"如果老爷喜欢自然美和艺术美,"她说,她看得出,我一直在观赏窗外的景色,"他也许爱看这幅画。"说到这里,她叹了口气,颇点儿悲伤的样子。"你知道我指的是哪幅画。"这话是对我同伴说的,我同伴表示赞同地点了点头,接着又不怀好意地笑了笑,我听懂了夫人的暗示。

我跟着她来到客厅的另一头,顺便也打量着她,只见她怀着强烈的

---

[1] 此处原文为法语 tete-a-tete。
[2] 此处原文为法语 capuchon,一种有风帽的嘉布遣会修女常戴的斗篷。

好奇心在敏锐地捕捉着左右两边的人在说什么话、有什么举动。当我们面对面地站在墙角处时,我看到了一幅全身画像,是一个模样英俊、相貌怪异的人——尽管眉清目秀,却带着一副非常凶恶、怒目而视的表情。我的女主人双手合十,因为她两只胳膊都垂在胸前,又再次叹息了一声。接着,仿佛像在自言自语,她说——

"他是我少女时代的恋人,他坚忍不拔而且很有男人味的性格第一次打动了我这颗心。什么时候——什么时候我才会不再为失去他而深感痛惜啊!"

由于我和她并不十分熟悉,不便于回答这个问题(的确,假如她的第二次婚姻这一既成事实都不能充分回答这个问题的话),我感到很尴尬,于是,为了说点什么来缓解一下,我只好说——

"这张脸使我感到印象很深,很像我以前见过的某一幅画——我想,大概是从一幅描绘历史的画卷上摹拓下来的版画吧,只是,他是一幅群像里的主要人物:他揪着一位女士的头发,在用他手里的弯刀威胁她;画中有两名骑士正在往楼上冲,显然就是为了抢时间赶上去救她的命。"

"唉,唉!"她说,"你太准确了,说出了我这一生中一段悲惨的经历,这段经历常常被曲解地再现出来。我最好的丈夫啊——"说到这里,她抽泣起来,因为悲痛而略有些口齿不清了,"有时我还惹人不高兴。我那时还很年轻,也很好奇,由于我桀骜不驯,他生气也是应该的——我那几个兄弟都是急性子——后果是,我成了一个寡妇!"

在对她的泪水给予了应有的尊重后,我斗胆说了几句司空见惯的安慰话。她猛然转过身来——

"没用的,先生,我唯一的安慰是,我从来没有原谅过我那几个兄弟,他们如此残忍地出手干预我亲爱的丈夫和我之间的事情,采用了这样一种莫名其妙的方式。借用我朋友斯甘奈勒先生的话来说吧:'有些小事情是爱情生活中时常不可或缺的东西:彼此相爱的人之间有五六次拔刀相向的争吵,只会使他们的感情重新复苏'[1]。你观察到的颜色并不

---

[1] 此处原文为法语,引自法国剧作家莫里哀的名作《屈打成医》(*Le Medicin Malgre Lui*, 1666),盖斯凯尔夫人对莫里哀的原作进行过篡改。剧中主人公斯甘奈勒是一个樵夫,吃尽苦头,成天打老婆,老婆生气了,把他说成是名医,于是就被无知的乡绅请去给他忽然变成哑巴的女儿看病,樵夫成全了哑女的爱情。

完全是它原有的本色吧？"

"在这种光线下，胡须呈现出了一种相当奇怪的色泽。"我说。

"没错，是画家没把它画好，歪曲了他的形象。那是他最可爱的地方，使他有了别具一格的精神气质，完全不同于普通民众。等一等，我要让你看看确切的颜色，如果你靠近这个火把的话！"她靠近光源，解开发箍，发箍上镶着一大串光华夺目的珍珠。毫无疑问，这只发箍相当奇特。我不知道说什么才好。"他那珍贵、可爱的胡子啊！"她说，"这些珍珠与这精美的蓝色十分般配！"

她丈夫早已来到我们跟前，一直在等待她的目光落在他身上，然后才敢壮起胆来说话，这时听见他说："真奇怪，奥雷格先生到现在还没有来！"

"一点儿也不奇怪呀，"她刻薄地说，"他总是表现得很愚蠢，而且总是不断地犯错误，这就使他的处境变得越来越糟糕了。幸亏他没来，因为他本来就是个容易轻信、胆小如鼠的家伙嘛。一点儿都不奇怪！如果你愿意——"由于她转向了她丈夫，我几乎没有听见她在说什么，直到我忽然听到——"那么，每个人都有他自己的权利，我们本来就不该多找麻烦。对不对，先生？"她在对我说。

"如果我在英格兰的话，我想，夫人应该说的是改革法案[1]或千年法案，可是，我对此一无所知。"

就在我开口说话的时候，那道巨大的对开门突然被人推得豁然大开，人人都拔脚飞奔起来，去迎接一个小老太婆，她拄着一根纤细的黑色魔杖。于是——

"费玛丽安娜太太。"众人用甜美、尖细的嗓音齐声吟诵着。

顷刻间，我依然躺在草地上，身旁是一棵空落落的橡树，灿烂的晨曦斜斜地照耀着我的脸庞，成千上万的小鸟在婉转啼鸣，无数灵巧的昆虫在放声啁啾，用它们的歌唱来迎接这红彤彤的朝霞的光辉。

（吴建国　张淇惠　译　吴建国　审校）

---

[1]《1832年改革法案》(Reform Act 1832)，是英国在1832年通过的关于扩大下议院选民基础的法案。该议案改变了下议院由保守派独占的状态，加入了中产阶级的势力，是英国议会史上的一次重大改革。

洛伊丝女巫

第一章

一六九一年，洛伊丝·巴克莱站在一个很不起眼的木码头上，努力稳住身子伫立在这片稳固的土地上，姿态就跟八九个星期前一样，那时，她也是竭力稳住身体，站在摇摆颠簸的轮船的甲板上，任由那艘船把她从旧英格兰带到了新英格兰[1]。此时此刻，脚踏实地的感觉似乎有些不可思议，就像不久前在海上日夜都在颠簸的那种感觉一样。这片土地的外观也同样不可思议。瞧那片森林，远远望去似乎一望无际，然而，从实际情况来看，那片森林距离那些构成波士顿城的木质结构的建筑群并不算远，却是一派迥然不同的层层叠叠的黛青色，连外形轮廓都大不一样，这与洛伊丝·巴克莱十分熟悉的沃里克郡老家的那些景色完全不同。她独自一人伫立在那儿，心情有点儿沉了下来。她在等待"救赎号"远洋轮的船长，在这片陌生的大陆上，那位心地善良、性格粗犷的老兵是她唯一熟悉的朋友。然而，霍尔德内斯船长很忙，她看得出来，也许得过一阵子才能腾出身来顾及她；于是，洛伊丝在一只木桶上坐了下来，这种装酒的木桶摆得到处都是，然后把那件灰色粗呢大氅紧紧裹在身上，把披肩裹在头上，尽量把自己包裹得严严实实，借此来抵挡刺骨的寒风。这瘆人的寒风似乎一直追着他们不放，在大海上横行霸道欺

---

[1] 位于美国东北部，包括美国的六个州。因其早期居民是来自英国的躲避宗教迫害的清教徒，此地保留了英国的部分生活习俗，因此称为"新英格兰"。

负他们，还顽固不化地妄想在陆地上继续折磨他们。尽管心力交瘁，冻得瑟瑟发抖，洛伊丝仍然很耐心地坐在那儿，因为这天是五月里最难熬的日子。"救赎号"，专门为新英格兰地区的这些清教徒殖民者运送生活必需品和舒适用品的远洋轮，是敢于越洋过海冒险而来的最早的船只。

在这总算可以喘口气的时刻，坐在波士顿码头上，洛伊丝怎能不追怀过去，遥想未来？她用那双酸痛的眼睛凝望着朦朦胧胧的海雾（眼睛里时不时就不由自主地充满了泪水），脑海中油然浮现出巴福德的那座乡村小教堂（距离沃里克郡不足三英里——你也许会看到的）。早在她出生之前，父亲从一六六一年开始就一直在那里布道传教，如今父亲和母亲都躺在巴福德教堂的墓地里了。每当那座古老、低矮、灰白色的教堂浮现在眼前时，她会情不自禁地回想起那个古老的牧师住处，回想起那间环绕着奥地利玫瑰花和黄色茉莉花的小屋，因为她就出生在这里，是早已青春不再的父母双亲的独生女。她仿佛看见了那条小路，它不足一百码长，从牧师的住处通向教堂法衣室，那条小路是父亲每天的必经之路。由于那间法衣室既是他书房，也是至圣所，所以他就在那里埋头苦读圣父们的洋洋大观的巨著，并将他们制定的清规戒律和那时——斯图亚特王朝[1]晚期——英国国教[2]的权威们制定的清规戒律进行对比研究。那时候的巴福德牧师的住处，不论面积大小还是气派程度，都远不及周围的农家小屋：每层只有三个房间，总共也不过两层高。一楼，或者底楼，是客厅、厨房、后厨房或操作间；楼上分别是巴克莱夫妇、洛伊丝和那个女佣老克莱曼斯的房间。若是来了客人，洛伊丝只好搬出自己的闺房，跟女佣同睡一张床。可是，那些日子都已经过去啦，洛伊丝在人世间再也见不到父母了：他们平平静静、无声无息地长眠在巴福德教堂的墓地里，再也顾及不到他们已成孤儿的孩子今后会怎么样了，再也不会把尘世间的嘘寒问暖、关怀体贴放在心上了。克莱曼斯也长眠在那里，躺在她用蔷薇花的枝条编织而成的长满青草的床上。洛伊丝在与英格兰说再见的前夕，专程乘火车去探望过那三座珍藏在她心中的墓。

---

[1] 斯图亚特王朝（The Stuarts，1371—1714），由苏格兰斯图亚特家族建立，1371年至1714年间统治苏格兰，1603年至1714年间统治英格兰和爱尔兰。
[2] 十六世纪欧洲宗教改革后分化出的宗派之称，属于新教，脱离天主教分化而来。

世上也有人很想留住她,他还在内心里对上帝发了重誓,只要她还活在世上,他迟早有一天要找到她。可惜他是富家子弟,是磨坊主卢西[1]的独生子,他家的磨坊就坐落在艾冯河畔绿草如茵的巴福德草甸上。他父亲对他期望很高,看不起巴克莱牧师那一贫如洗的女儿(可见那时神职人员的地位有多卑微!);正因为怀疑休·卢西爱上了洛伊丝·巴克莱,他父母便更加谨慎,执意不肯收留这个孤儿。教区其他居民里也没有一家有这经济能力收留她,即便他们有这个愿望,也是心有余而力不足。

所以,洛伊丝吞下了哗哗流淌的眼泪,除非实在忍不住时才会哭出声来,她的一言一行都谨遵母亲的话:

"洛伊丝啊,你父亲就死于这种可怕的热病,我也是快要死的人了。不行啦,死反正也就这么回事儿,虽然在这最后几个时辰里,我还能勉强忍住病痛,愿上帝保佑!这些冷酷无情的人啊,害得你连一个亲朋好友也没有。你父亲唯一的兄弟在埃奇希尔战役[2]中被打死了。我嘛,也有一个兄弟,尽管你从来就没有听我说起过他,因为他是一个教会分裂主义者[3]。你父亲与他向来意见不和,发生过激烈的争吵,于是,他就漂洋过海去了那个新成立的国家,甚至都没来向我们告别一声就走了。但是,拉尔夫从小就很厚道,直到他后来接受了那些新奇古怪的观念,因此,看在往日的情分上,他一定会收下你的,也会把你当自家孩子一样爱你的,会让你跟他的孩子们一起生活,毕竟血浓于水啊。等我一离开人世,你就立即给他写信——因为,洛伊丝啊,我要走啦——愿上帝保佑,让我尽早跟我丈夫团聚在一起。"这是出于恩爱夫妻的自私心理,相比之下,她心里对洛伊丝日后孤苦伶仃的处境想得不多,只盼着快点儿与她死去的丈夫团聚!"给你舅舅拉尔夫·希克森写信,地址是新英格兰的塞勒姆(把这个地址记下来,孩子,写在你的记事本上),就说我,汉丽埃塔·巴克莱,拜托他,看在他那些或在天国或在人间的所有亲人的分儿上——看在他善良的救赎之心上,看在位于莱斯特桥的那

---

[1] 磨坊主卢西(The Miller Lucy),卢西家族是十二世纪英国沃里克郡的名门望族,该家族的磨坊坐落在莎士比亚的故乡艾冯河畔斯特拉福特镇,1974年被大火烧毁。
[2] 埃奇希尔战役,英国内战中的第一场战役,于1642年发生在沃里克郡的埃奇希尔地区。
[3] 英国基督教长老派信徒,基于教义分歧,与英国国教分道扬镳。

个故乡的情分上,看在父母养育了我们这些儿女的分儿上,看在他和我之间已经死去的那六个兄弟姐妹的情分上——把你接到他家里,把你当作他自己的亲生骨肉,你可真是他的血亲啊。你舅舅自己有老婆,有孩子,因此,谁也没必要为你的到来而担心。我的洛伊丝啊,我心爱的女儿,我的宝贝,你会跟他们成为一家人的。啊,洛伊丝,真恨不得让你和我一起死啊!一想到你,我的心就好痛,比死还难受!"洛伊丝慌忙连声答应,她一定遵从母亲的临终遗愿来写这封信,还自我表白说,她绝不敢辜负舅舅的一片好心,以此来安慰母亲,就是没想过自己,这可怜的孩子啊。

"答应我——"这奄奄一息的女人呼吸越来越困难了,"你即刻就走。我们的东西可以换成钱——你父亲写给他老同学霍尔德内斯船长的那封信——你明白我想说什么——我的洛伊丝啊,愿上帝保佑你!"

洛伊丝庄重地作出了承诺,她会认认真真地遵守自己的诺言。这一点做起来更加容易,因为休·卢西遇见了她,出于爱的强烈冲动,一见面就向她滔滔不绝地诉说起来,说他多么深情地爱恋她,说他与他父亲激烈斗争了多少回;说他目前多么无能,说他对未来如何充满了希望和决心。而且,在说这些话时,当中还夹杂着许多恶狠狠的威胁和情绪失控的过激言辞。这让洛伊丝不禁感到不能再留恋巴福德了,免得成为这俩父子间不要命争吵的导火索,若她一走了之,说不定就能缓和事端,那个老磨坊主说不定会变得宽厚起来,要不——她不禁心酸地想到了另一种可能性——休·卢西的爱说不定就冷下来了,她青梅竹马的玩伴儿说不定学会忘却了。即使不是这样——即使休·卢西果真像他所说的那样,是一个值得信赖的人——上帝允许他去实现他的决心,终于找到她了,那也是不知多少年以后的事情了。一切都在上帝的手里,那才是最佳答案,洛伊丝·巴克莱想道。

霍尔德内斯船长的不期而至,使她从恍恍惚惚的万千思绪中猛然惊醒过来,霍尔德内斯船长向他的大副下达了一系列必不可少的命令和指示后,终于朝她走来了,夸她那么有耐性,船长还告诉她要送她去寡妇史密斯女士那里去。史密斯住的是一个非常漂亮的房子,每当船员们停靠新英格兰海岸时,都会去她家里寄宿。船长告诉洛伊丝,史密斯女士和女儿们一起住,他去波士顿的这一两天里,洛伊丝会住到史密斯家,然后他再带洛伊丝去塞勒姆。船上的一切准备就绪，船长还想说些什么，不过一时想不起来了，两人就这样并排走着。他对洛伊丝充满了怜惜和疼爱，这让洛伊丝感动不已，饱含热泪。船长心想，"这个可怜的小姑娘，自己来到这片陌生的土地上，这里的人对她而言都是陌生的，我想她肯定会感到孤独和难过吧。我一定会让她振作起来的。"船长一直在考虑眼前艰难的现状，考虑洛伊丝将来的生活问题，不过好在很快就到史密斯家了。或许对洛伊丝而言，她更喜欢这种谈话的方式和氛围，她感到愉悦，不过不是因为史密斯女士的怜悯和同情而感到高兴，而是因为谈话中总有那么一些事儿能够启发她。

船长说："这些新英格兰人的习惯就是奇怪，连放东西的陈设都这么奇特。你们看，这是一些很难见到的祈祷用的皮裤，他们会在任何地方进行祈祷，这个新国家的人不么繁忙，都会像我一样进行祈祷。我祈祷时，会将绳子烧断放在手上，船员们总是说我们应该感谢这次航行，很幸运，没有碰到海盗，但是我想感谢这片土地，有了这片土地我的船才得以靠岸，法国的殖民主义者说也要出来冒险，发誓要出来探险对抗加拿大。这里的人野蛮、残暴，就像信徒一样丢掉了自己的宪章法则。这些都是船员们告诉我的，因为他们想让我们感恩而不是进行破坏。我们已经到达史密斯女士的家了，现在，都给我打起精神来，让我们露出灿烂的笑容，迎接沃里克郡吧。"

史密斯女士出来迎接致意，人人都笑脸相迎。她是位长相标致又很慈祥的人，衣着严谨整洁，样式是二十年前在英国风靡的款式，彰显了她的社会地位。她心情愉悦，展示着她美丽的裙子，只不过现在这件裙子的颜色有些暗淡肃穆，不过大家仍然觉得这裙子既漂亮又招人喜欢，因为这件裙子已经与史密斯女士的人格魅力融在一起、不可分割了。

她亲吻了洛伊丝的双颊，不过在此之前她还以为洛伊丝只是一个陌生的女佣而已，一个看上去有些孤独和悲伤的陌生人。当船长把洛伊丝介绍给她时，她再次亲吻了她。她领着洛伊丝进了自己的屋子，这木屋看上去未经雕琢，却很气派，门口悬挂着一些树枝，这些貌似是打趣男士和他们的马的标志。不过，史密斯女士并不是接受所有的男人，对一些男士她表现得冷酷傲慢，对他们的一些嘘寒问暖以及询问会充耳不闻，除了一句话，那就是："除了这里，在哪还能找到住宿的好地方呢?"对于这种问题,她早早就想好了答案,却不会欢迎那些人。史密斯女士可以依靠直觉来判断事情,只要她看一眼男人的脸,就能知道这个人到底适不适合做自己女儿的丈夫。这种独特而准确的判断力,使得史密斯女士拥有一定的权威,任何事情都得听她的,就像她那坚定的邻居一样在背后支持她。如果她开始对事情不闻不问,甚至连语气和手势都懒得给的话,这就意味着这位客人不怎么受欢迎。史密斯女士仅仅依靠外表来挑选客人,显然很看重外在的世俗条件,去过她家的人都说,她有本事让所有在她家住的客人都感到宾至如归、无拘无束。她有两个女儿,普鲁登丝和赫斯特,她俩是天赐的礼物,但又不是完美的。两个女儿能够说服母亲不仅仅只看客人外表,并在第一时间判断她俩是否喜欢这位客人。她俩会关注客人的着装、服装质量及剪裁,因为这些彰显了这位客人的身份地位。她俩比母亲更保守冷漠,也更犹豫不决,她们没有母亲那么强势,权利也没那么大,要维持自己的生计也不容易。姐妹俩表现得衣着得体,言语和善,有大家闺秀风范。两人友好地与洛伊丝握手,她们的母亲还抱了抱洛伊丝。母亲领着洛伊丝去参观自己的客厅,只不过这个房间在一个英国女孩看来有些奇特:房子是木材建的,到处都有泥浆和石膏,房屋的梁上还挂着一些奇怪动物的皮毛,这些皮毛是做生意的熟人送的。船员们给她送的礼物有贝壳、贝壳串、海鸟蛋以及一些古老国家的物品。这房间不像是客厅,倒像是展示自然历史的博物馆。另外,这些东西会发出怪怪的味道,不过并不难闻。受壁炉里大量燃烧松树枝产生的烟雾熏染,这些东西的味道变得更清香了。

母亲告诉女儿们船长就在外屋,孩子们立刻放下手中的针线活,不再纺线而是去为船长准备晚餐了。洛伊丝坐在那里,一脸茫然,不知该如何来描述这顿晚餐。首先就是将发好的面团制成蛋糕。拐角橱柜里有一瓶正方形的甜酒,这可是来自英格兰的美酒,味道奇特。然后要磨咖啡,这是最普通不过的招待项目了。另外切希尔的奶酪、几块鹿肉和牛排已经切好准备用来烧烤了。还要把冷冻猪肉切片,倒入糖蜜,制成肉馅饼。女孩子们说起这种饼似乎有种骄傲,肉馅饼跟南瓜饼一样备受推崇。还有新鲜的咸鱼以及用多种方法烹饪的牡蛎。看到这些,洛伊丝简直傻了眼,心想一个来自英国的陌生人会受如此礼遇,不知道最后一道菜是什么。现在一切准备就绪,菜已上桌,热气腾腾。这时,史密斯的邻居霍金斯进来了，他向在座的人问好，感谢有这样一个过感恩节的机会，感谢这片土地过去的耕耘者，感谢未来的美好生活。

就座后，大家饥肠辘辘，狼吞虎咽。餐毕，他们食欲渐饱，好奇心却不断增加。他们听过很多传说，当然有的故事，聪明的英国姑娘洛伊丝也听过，但她还是想听这个陌生国家的故事以及与她生活在一起的这些人的奇特生活经历。洛伊丝的父亲是亨利·詹姆斯[1]的崇拜者与跟随者，在那个时代叫作"雅各派"[2]，她父亲还是罗德大主教[3]的跟随者，所以洛伊丝至今为止很少听到这样的谈话，也很少见到新教徒的生活方式。埃尔德·霍金斯是一个严苛清教徒，很明显由于他的出现，这个屋子里的两个女儿都对他肃然起敬。但是史密斯女士却有特权，她的热心肠名声远播，很多人都感受过她的魅力，因此她说话有一定的威信。不过她也会用沉默的方式否定别人，若有人侵犯，她必予以惩罚。这时，船长和船员们也参与到这热闹的谈话当中。想想洛伊丝也是刚刚来到新英格兰，她享受着这些新教徒带给她的新鲜感，不过她还是有种孤独感。

谈话的第一项内容就是殖民地的现状。洛伊丝发现，她对殖民地一些常用地名并不陌生，因为她会很自然地联想到英国的地方。史密斯女士开口道："在埃塞克斯[4]，人们常常汇集在一起讲这样的故事。据说，有四个侦察兵，还有一群战士，每组六个人寻找藏在树林里的土著印第安人。初到新英格兰时我觉得很害怕，不过这也已经过去二十多年了。印第安人身上画满了图画，手上拿着战利品，还有一些条纹，他们就潜伏在树林里，悄无声息地靠近你。""是这样的，"一个女儿打岔道，"妈妈，您还记得汉娜·本森给我们讲的事情吗？就是为了防止印第安人潜伏在他们家附近，她丈夫把他们家附近的树林都砍倒的事儿。有天晚上，汉娜·本森在外乘凉，家人都睡了，她丈夫去普利茅斯做生意了。她忽然看见一块木桩，像是砍倒的木桩，躺在阴影下，她又仔细地看了

---

1 亨利·詹姆斯（Henry James, 1457—1509），即亨利七世，英格兰国王，都铎王朝的建立者。在位期间恢复王室威望，通过联姻手段改善王朝的生存环境，加强王权。
2 1688年因光荣革命处死的国王詹姆斯二世的党人与追随者。
3 罗德大主教（Archbishop Laud, 1573—1645），1633年，罗德大主教被任命为坎特伯雷大主教，国王赋予其一项特别专职权利，即镇压权。
4 位于美国马萨诸塞州，与英格兰的埃塞克斯郡同名。

一会，想象这块木桩离她越来越近，她很害怕，吓得不敢动弹，只好闭上眼睛数到一百，再睁开眼时，这个阴影越来越深。她快速跑开，回到屋子上了锁，急忙跑到她大儿子伊莱贾的房间。伊莱贾已经十六岁了，他没听从母亲的话，反而拿起父亲的长枪，上膛装上了子弹，还一边祈祷上苍能够指引他。然后他靠近窗户，看了看木桩所在的位置，开了枪。没人敢去看外面发生了什么事情，家人只能诵读圣经，整个夜晚都在祈祷。直到明媚的早晨，木桩旁边的草丛里现出一条长长的血迹。原来这里根本没有木桩，是印第安人怕被发现伪装成树皮的颜色，他们手里还拿着军刀。"

所有人都屏住呼吸认真听着，像这样的故事很常见，另外一个人继续讲着这样的恐怖故事：

一群海盗在马布尔黑德[1]安顿了下来，他们是去年冬天来到这里的，这是一群法国天主教徒，他们住的地方离这里居民的房子不远。他们还不知道接下来将会发生什么事情。在这个故事里有一个女人，她是船上的囚徒，海盗们用武力把她带到了内陆的沼泽地里。这里的居民都准备好了枪支，每个人都在仔细地注意观察，因为他们不知道这些强盗将会在他们的家园干什么。夜晚降临，人们会听到一个女人凄惨的叫喊声，从沼泽地里发出来，"上帝，可怜可怜我吧，救救我，上帝！"听到这样的叫喊声时，人们身体不由自主地打颤，十分恐惧。不过有个人，就是南斯·希克森，他已经在床上卧病多年了，而且还是个聋子。他把所有的人聚集在他外孙的房子前，说道："居住在马布尔黑德的居民不够勇敢，信仰不足，似乎没有办法帮助那个无助哭喊的女子，她的叫喊声已经充斥到我外孙的耳朵里去了，也已经传遍世界了。"南斯说完最后一句话就死了。虽然海盗们在早上天刚亮的时候就离开了，但是马布尔黑德的居民还是能够从废弃的沼泽地里听到那个女人尖锐刺耳、痛苦悲伤的凄厉叫喊声——"上帝，可怜可怜我吧，快救救我。哦，上帝啊，可怜可怜我吧！"

埃尔德·霍金斯操着一口新教徒特有的浓重鼻音，低声说道："诺伊斯先生在这里传道，真是令人振奋人心，'这些事你们既作在我这弟

---

[1] 美国马萨诸塞州东北部城市。

兄中一个最小的身上,就是作在我身上了'[1]。不过我会不时地想到这个问题:这些强盗和这个女人的叫喊声是不是撒旦追随者们挑选信徒的伎俩,他们等着看这一伎俩得逞,然后由上帝来谴责那些上当受骗的人。若是这样,那敌人肯定赢了,因为新教徒是不会丢下一个无助的女人任她陷入困境的。"

史密斯女士说道:"但是霍金斯,这可不是一个预言,他们都是居住在海边真实存在的人啊。这些人披荆斩棘,在这片土地上开辟了自己的成就,留下了自己的足迹。如果是这样的话,撒旦力大无穷,如果他有天发怒了,会不惜一切完成任务。我告诉你们,我们精神上的敌人通常很会伪装,他们存在于地球上任何废弃的地方。我就相信印第安人就是圣经当中说的邪恶生灵,毫无疑问,他们与那些令人讨厌的异教徒联合在一起,就是加拿大的法国教徒。我曾听说法国人给印第安人大量的黄金来悬赏英国人的头颅呢。"

船长见洛伊丝脸色发白,眼里布满恐惧,说道:"谈论这个很振奋人心,也许你在想,早知道我还是待在巴福德好了。其实不然,我告诉你啊,并不是所有邪恶的人都会伪装得那么好的。"

埃尔德·霍金斯说道:"哎呀,又来了,魔鬼伪装了自己,古时候就是这样,好像并不是现在印第安人伪装的这样,难道他们模仿了他们的祖先吗?"

洛伊丝问旁边的船长:"真的是这样吗?",埃尔德·霍金斯继续滔滔不绝地说着,洛伊丝没有理会他,尽管屋里还有两个女儿很崇拜地在听着他的长篇大论。

老船长说:"我的小姑娘啊,你已经跨海来到了这片充满危险的土地。印第安人之所以讨厌白人,是因为白人逼迫他们,英国人占领了他们的土地,而且什么也没有给他们留下,所以他们才会报仇,成为邪恶的人。但他们到底是不是邪恶的人,谁又会知道呢?不过千万不要深入到森林里,这确实是真的,也最好在远离殖民地的地方建造自己的家园。从一个地方来到另一个陌生的地方,旅途漫漫,确实需要很大的勇气。人们都说印第安人会埋伏来袭击英国人,还有些人说印第安人与魔

---

[1] 出自《圣经·新约·马太福音》第 25 章第 40 节。

鬼撒旦联合在一起，要将天主教徒从撒旦统治已久的土地和国家驱逐出去。海岸上还出现了大量的海盗，他们占领土地、烧杀抢掠，夺取战利品，残暴至极，人人惶恐。《圣经》中提到了巫师，说他们的力量是最邪恶的，在英国我们听说过一些人出卖他们的灵魂来换取一丁点儿的权力，希冀能够统治地球几年。"

这时饭桌上显得异常安静，所有人都在听船长讲话，这样的安静不经常出现，其中显然是有原因的。现在几个月过去了，船长还记得洛伊丝跟他说的话，虽然洛伊丝很低声地说话，但是她或许只是想让自己唯一的老船长朋友能够听到她说话吧。

"巫师是可怕的、邪恶的。有一个女巫师，她很穷很老，我很害怕她。我那时很小，在巴福德见过她，没人知道她什么时候来的，但是她在这里定居了下来，连同她的猫，住在一个小土屋里。（当提到猫的时候，霍金斯摇了摇头，表情很阴郁痛苦。）没人知道她怎么在那种条件下居住，如果没有一些杂草铺盖，以及一些剩下的燕麦粥，她将怎么生活呢？人们因为害怕才给她点儿吃的，可不是因为真正怜惜同情她。她经常自言自语，人们说她会捕捉一些藏在她屋子周边灌木丛里的小鸟或是兔子，我不知道她怎么抓住的。但是村里有人生病了，一些牛群也在春天里死掉了，这些事情发生在我四岁的时候。我从来没听过这些怪异的事儿，因为父亲说谈论这些事情是不吉利的。我只知道有天下午我生病了，仆人去买牛奶，顺便把我也带上了，我们经过了艾冯河旁边的草地，在一个大池塘旁边聚集了很多人，一层围着一层，根本透不过气来，他们都盯着水里看，女仆把我放在肩膀上，这样我就可以透过人群看到究竟发生了什么。我看到老太婆汉娜躺在水里，满脸是血，血已经发黑了，旁边还有人们扔过去的泥块，她的猫紧紧地缠着她的脖子。我把眼睛挡住，因为我知道如果我看了这个场景，她那双饱含愤怒和无助的眼睛会让我恐惧。她似乎在向我喊：'牧师的女孩，小姑娘啊，你还年轻，依偎在保姆的臂弯里，他们从没想过要救我，以后你成为一个巫师的时候，他们同样也不会救你的。'这些话语不断地出现在我的脑海中，每当我睡觉时，耳朵都会充斥这样的话。我甚至曾经梦到过我躺在一个大池塘里，所有的人都用憎恨的目光看着我，就因为我是一个巫师，甚至有时那只猫好像还活着，也会经常不断地重复那些话语，太可怕了。"

洛伊丝停下来，两个姑娘看着她，她们的眼睛里好像浸满了泪水，显得既兴奋又恐惧。霍金斯摇了摇头，自言自语地说了一些《圣经》里面的内容，史密斯女士看上去饶有兴趣。她不喜欢气氛低沉的话题，于是她试着说些让大家兴奋的话语："牧师家漂亮的姑娘能够迷倒一些人，对这一点我是不否认的，你快讲讲英格兰年轻姑娘们的故事吧。"

船长说："嗯，我想啊，在英国的沃里克郡没有谁能够比得上她的魅力啦。"

霍金斯把手放在桌子上倚着，继续说道："兄弟们，我必须告诉你们，那些有魅力的姑娘和巫师都是邪恶的，我相信这个姑娘什么也没为他们做，但是我还是怀疑她的那个故事。那个邪恶的巫师应该是从撒旦那里得到力量来影响这个小姑娘的心智，因为她还是个孩子。不要在这只顾着说话了，我觉得你们应该加入到我的队伍里来，为这个陌生的姑娘来到这片土地上进行祈祷，希望她的心灵得到净化，远离邪恶，让我们来祈祷吧。"

船长说："反正又没有害处，大家一起来吧。但是霍金斯，你工作的时候，可以为我们所有的人祈祷啊。我觉得咱们中间还有很多人看上去比洛伊丝更需要你的祈祷，从而消除罪恶，净化心灵。"

船长在波士顿有生意要做，于是在那里停留了几天。这段时间里，洛伊丝与史密斯在一起，参观一下这片新土地上值得一看的地方，从此这里就是她的家了。已故母亲的信已经送去了塞勒姆，这样她就能见到舅舅了，船长也会带着她去下一个好玩的地方。离开的时候到了，洛伊丝要前往塞勒姆。由于史密斯女士对自己的和蔼友善，她舍不得这里，很是难过。直到走出去很远，洛伊丝仍不住地回望史密斯女士的小屋。她和船长坐一辆小车，脚下是一个盛满食物的篮子，还有一袋马粮，去塞勒姆应该路途遥远，且路上危险重重，再说找一个休息落脚的地方也不容易。英国的路况已经很糟糕了，没想到美国的路况更差劲，一些砍倒的树木阻碍了道路的通行，所以必须小心驾车才能绕过去。地上的泥土很松软，很容易就陷进去，还有一些木头挡在这些泥土上。这片森林既幽深又黑暗，看不清前面的路，所以这里的居民都想把这里清理一下，希望能开出一条路来，不过因为害怕有印第安人出没，所以一直不敢行动。这儿有一些奇特的鸟类叫声,鸟的颜色也很奇怪,像是暗示人们要提防伪装的印第安人。不过,最终他们幸运顺利抵达塞勒姆。这里面积跟波士顿差不多,只有一两条街道有名称。房子成群排列,其中不乏正在建造的房子,在一个英国人看来这些房子的建造并不规则。整个地方是由两个圆形的栅栏围在一起的,栅栏中间是花园和牧场,人们把牛群赶到森林里去吃草,然而过栅栏时可能会有危险。

到了塞勒姆,驾车人策马扬鞭,加速朝拉尔夫的家奔去。已经是晚上了,人们放下手头的活去休息了,孩子们在自家院子里玩耍,洛伊丝被这美景吸引了。她看到一个刚学会走路的孩子不小心被小树枝绊倒了,尔后哇哇大哭,母亲听到哭声赶紧跑出来询问孩子怎么样了,但是轰隆隆的轮子声把她的声音掩盖过去了。洛伊丝没来得及思考,不一会儿马车就停在了一处小木屋前面。只见房子方方正正,富丽堂皇,美轮美奂,连房屋的颜色都是漂亮的乳白色,或许这是镇上的气派房子。车夫告诉洛伊丝这就是她舅舅拉尔夫的住处。慌忙之中,洛伊丝没注意到房子里面竟然没有一个人出来迎接,不过船长倒是注意到了,老船长把洛伊丝抱了下来,领着她进了房子。房子面积很大,像是英国的庄园住宅,富丽堂皇。幽暗的灯光下,有个瘦削的年轻人,看起来二三十岁的样子,正坐在靠窗的椅子上读书。他们进来,这个年轻人也没有起身迎接,倒是很惊讶的样子。他严肃昏暗的脸庞没有任何表情,屋里不见女主人的身影,这时船长开口说话了:"这是拉尔夫家吗?"年轻人低声说道:"是的。"就再也没有说话。"这是拉尔夫的侄女,叫洛伊丝。"船长一面说着,一面拉着洛伊丝的胳膊,让她上前去。这个年轻人盯着她看了几分钟,然后起身,不紧不慢仔细地把放在腿上的那本书合了起来,然后漫不经心地对他俩说:"我去告诉我的母亲,她一会儿就来。"

他打开门,里面是一间温暖明亮的厨房。很显然,三个女人在烹饪食物,火光照耀着她们的脸庞。屋里还有一个棕褐色皮肤的帮手,身体瘦削,年老背弯,不停地来回踱步。

年轻人叫了一声母亲,女人一下就听到了,她顺着男孩指的方向,看见了这个新来的陌生人。说完男孩就回去继续读书了,不过也时不时地抬起他那浓密的睫毛下深邃的目光看一眼洛伊丝。

一个高挑的妇女,年龄已过五十岁,从厨房里走出来,站在那里重新打量着这个陌生人。

船长说道:"这位是拉尔夫·希克森先生的外甥女,她叫洛伊丝。"

这位女主人声音跟他儿子的一样,低沉中透着男子汉般的粗犷,她说道:"我可没有听说过这位外甥女。"

"拉尔夫难道没收到他姐姐的信件吗?我已经命令一个年轻人伊莱贾把信送过来了,他昨天早上就离开波士顿来这里了。"

"拉尔夫可从来没有收到过这样的信件,他已经躺在屋子里卧床不起好几年了,任何给他的信件都是由我经手,我肯定我从来没有收到过这样的信件,他的姐姐汉丽埃塔·巴克莱,她的丈夫不是发誓效忠查理·斯图亚特吗?等到这些'虔诚人儿'脱离教会的那天[1],他的生活不也是捉襟见肘,穷困潦倒吗?"

洛伊丝听到这些粗鲁的话,心里顿时感到悲痛和伤心,她的心凉了一大半。这位女主人出言不逊,就这样侮辱她的父亲,洛伊丝要回击,这可让船长和女主人大吃一惊:

"夫人,或许他们的确追随了你说的在那天脱离教会的'虔诚人儿',但他们自己却并非那种人,而且也没有人能够仅凭自己的想法就去限定什么是虔诚吧。"

船长说:"孩子,说得好。"他钦佩地看了看洛伊丝,轻轻地拍了拍她的后背,表示嘉许。

洛伊丝和她的舅妈两人互不妥协,相互看了看,都陷入了沉默。但是洛伊丝感觉自己脸色不是那么自然,而舅妈却面不改色。洛伊丝眼里一下子就涌上了泪水,而她的舅妈格蕾丝眼神依旧那么坚定。

年轻人迅速起身,说道:"妈妈,表妹第一次来我们家你就说这样的话,多扫兴啊,今后主会眷顾她的。你看他们千里迢迢从波士顿赶来,肯定累坏了,表妹和这位船长一定需要好好休息一下,补充些食物。"

他不管这些话会有什么作用,继续坐下来,又一次沉浸到书本里去了。或许他知道严厉的母亲会听他的话,因为如果母亲不命令自己去椅

---

[1] 查理·斯图亚特即英王查理二世(1661—1685年在位),他晚年脱离英国国教圣公会,改信天主教,此处洛伊丝的舅妈则是一个虔诚的清教徒,故有此批评。

子上看书,他会一直说话。"梅纳西说得对,坐下吧,我这就让费丝和纳特准备饭菜,同时我也会转告我丈夫,说自称是他姐姐孩子的人来探望他。"

她走到厨房的门口,告诉年龄较大的女孩准备晚餐,洛伊丝知道,这就是她的女儿吧,费丝站在那儿,似乎不太敢看新来的陌生姑娘,她很像自家弟弟,让人猜不透,但是却和弟弟一样,面容姣好,眼神深邃,每当她站起来的时候,弟弟和船长都会打量她一番。这位严谨苛刻的母亲比起女儿来差了那么一点儿,还有一个十二岁左右的小姑娘,很顽皮,似乎被大家忽略了,她在大人的怀里,时不时地向洛伊丝和船长做鬼脸。船长抽上了雪茄,似乎想平复一下自己的心情,但是他还是按捺不住自己,低声对洛伊丝说:"这个坏蛋伊莱贾,我得好好教训他一下,如果信件寄到了,我们还会遭遇到这样的待遇吗?只要我还有些力气,我就一定会出去把他找回来,带回来那封信。放心吧,孩子,一切都会好的,不要灰心丧气,我可受不了你们女人家的眼泪,你只是太累了,还需要补充食物。"

洛伊丝赶紧擦干眼泪,到处看看转移自己的注意力,她看见表哥正在偷偷地盯着她看,这虽然不是什么敌视的眼神,但是洛伊丝总是觉得不对劲。不过令她高兴的是舅妈让她进到里屋去看看自己的舅舅,因此,她暂时离开了那个表情阴郁的表哥。

拉尔夫确实比他妻子大好几岁,看上去很苍老,他卧床后,更是显得枯瘦。他不像自己的妻子那么强势,也没有那么威风,衰老和疾病已经不断地在摧残着他。他就像个孩子,但是内心情感丰富,他伸出颤抖的双手,拥抱了洛伊丝,他根本不在乎那封信去哪了,眼前的这人又是不是自己的外甥侄女,一切他都不在乎。

"你从那么远的地方过来,很辛苦吧,你能够来找我,我很高兴啊。我姐姐还是把你交给了我啊,她实在是太好了!"

洛伊丝告诉舅舅实际上在英国没有人会留恋她,因为在那儿她已经成了无父无母的孤儿,无家可归,是母亲的遗言让她来找舅舅,希望舅舅能够收留她。洛伊丝说完这些话,舅舅的内心很悲痛,由于年老的缘故,说话总是重复,他竟然像个孩子一样哭了起来。他与姐姐已经二十多年没见面了,而姐姐就这样走了,临死之前还把自己的女儿托付给他。洛伊丝控制自己不哭,她要在这个家里变得勇敢一些,只要她一想到舅妈不欢迎的表情,她就会控制自己不要哭泣。舅妈格蕾丝出生在新英格兰,在这里长大,她不喜欢自己丈夫家的亲戚,这使得他信念不足,好像没有那么想念自己的家人,他似乎已经忘记自己离开英国的原因了,他觉得自己不应该离开英国,这导致了他一生中的悲剧。舅妈说:"来,孩子,我很同情你的遭遇,深陷失去亲人的痛苦。但是他们都是年迈将死之人,你还是应该好好想想自己吧,你自己都自身难保了!"

虽然事实如此,但是在这时说出来,总是叫人不舒服。洛伊丝愤怒地看着她,她留意到舅妈在提及伊莱贾时的轻蔑表情和语气,但她还是在舅舅的病榻前为他整理床铺,希望他躺得更舒服些。

"人们或许认为你是无神论者,不过从你悲痛的神情来看,你什么也做不了,什么也无法挽回。事实就是你这么大年纪了,还这么幼稚。我们结婚时,你什么也不管,我真希望自己当初没嫁给你啊。"格蕾丝说道,她看到了洛伊丝此刻脸上的表情,"你不用愤怒,用这样的表情来吓唬我,我只不过是在做我的本职而已,塞勒姆还没有一个人敢质疑我格蕾丝的本职和信仰,就是大主教也说要向我学习,孩子,我劝你还是看清楚形势,安分守己地生活,上帝并没有眷顾你,但是他把你送到我这里来,就像是在耶路撒冷山,亚伦接受主的珍贵恩赐[1]。"

舅妈一下子就看穿了自己的想法,洛伊丝此刻觉得很羞愧也很尴尬,她埋怨自己怎么出现这样的表情,舅妈之前突然碰到一个陌生人,陌生人突然闯入,她得多烦忧啊,此刻她多希望之前的一切不和睦和小误会能够烟消云散。她让自己镇定下来,跟自己的舅舅道了声晚安,就出来了。来到外间,一家人准备吃晚饭,有蛋糕还有牛排卤肉,那个印度仆人把饭菜从厨房拿到桌子上。没人和船长说话,洛伊丝出去了。梅纳西安静地坐在那儿读书,眼神空洞像在梦游。费丝站在桌子旁,指挥着纳特准备摆放食物。普鲁登丝懒洋洋地倚在门上,时不时地和那个印度仆人开玩笑。纳特气鼓鼓地出来了,普鲁登丝一看没劲就走开了,她不过是喜欢玩恶作剧罢了。一切准备就绪后,梅纳西举起右手,说让我

---

[1]《圣经》里的人物,摩西的兄长,亚伦曾受到主的恩赐,此处指洛伊丝寄人篱下是受了上帝的恩惠。

们祈祷吧,让上帝赐予我们力量来打败撒旦,熄灭他的嚣张气焰。洛伊丝想这个人的性格还真是单纯,他似乎像在找自己灵魂生病的原因,并告知上帝。普鲁登丝从后面拽了他一下,他睁眼看到孩子作的生气鬼脸,随后坐下来,一家人也跟着坐了下来。格蕾丝想着自己的招待不周,要不要让船长去外面找住宿的地方。漫漫长夜,桌上那一瓶烈酒可以满足他了。今天麻烦不少,十分忙碌。刚到十点钟,他们就都睡去了。

早上,船长第一件事情就是去找伊莱贾还有那封信。找到了伊莱贾,船长心里的石头总算放下了。伊莱贾心想自己晚了那么几个小时也没什么,反正都是一样的。不过毕竟船长吩咐自己以最快速度送信,况且船长也是信任自己才交代了这个差事,伊莱贾渐渐意识到自己的错误了。

终于拿到信了,洛伊丝现在能够心安理得地住在亲人那里了,船长想也许该是时候离开了。

"孩子,你就要融入他们家了,这样你就不会经常想起英格兰的生活了。分离真是件痛苦的事情。孩子,不要难过,明年春天我会来看你的,下次啊说不定年轻的磨坊主人会跟我一起来呢,别伤心,别流泪,也不要为一个教徒祈祷。洛伊丝,我要走了,上帝会保佑你的!"

此刻身处新英格兰,洛伊丝真是孑然一身了。

第二章

对洛伊丝来说,真正融入这个家实属不易。舅妈嫉妒心强,喜欢斤斤计较。以前她是爱她的丈夫的,只能说是以前,现在感情早就灰飞烟灭了。现在,她不过是在履行自己的职责罢了。既然是履行义务,只管做好就行了,但她控制不了自己那张嘴,时不时地讥讽她的丈夫。每次看到这样的场景,洛伊丝都觉得心疼。不仅如此,舅妈也抽不出时间来照顾丈夫,陪伴丈夫。不过,她的数落也是对自己的一种解脱,并非真心想让丈夫不好过。她丈夫因病痛缠身已经很痛苦了,再加上她时不时地冷嘲热讽,开始变得沉默寡言,只想吃饱穿暖,其他什么也不关心。

甚至他初次见到洛伊丝表现出的激动和喜爱似乎都有些勉强，或许只是因为洛伊丝很用心地为自己整理床铺，准备一些让他有食欲的可口饭菜，现在他觉得洛伊丝不仅仅是死去姐姐的孩子了。他依然很关爱洛伊丝，洛伊丝从来不去想这份爱的缘由，只是觉得特别高兴。对他来说，这个屋子里再也没有人能够像洛伊丝一样给自己带来快乐。不过舅妈似乎对自己不甚友好，也许是因为自己的到来不合时宜，或许是因为一开始洛伊丝让格蕾丝为难了。在这个英国姑娘看来，一个国家里的最高统治似乎是英国国教。舅妈和表哥梅纳西对自己不是同情，更多的是反感她脑子里的想法。洛伊丝又想到巴福德的教堂，他父亲在那里传教，离开时，自己国家的事情似乎令她心烦。在家里，梅纳西常常读书读到一半站起来，因为洛伊丝说的话在屋里生气地来回踱步，自言自语。有一次他径直走到洛伊丝面前，义正言辞地命她不要说话，说她看上去像个傻瓜。他对待洛伊丝的方式与他母亲不同，他母亲是完全针对她，不过洛伊丝在某些问题上仍会表达自己的看法，一旦洛伊丝打开心扉，舅妈就会冷不丁地打击她一番。尽管梅纳西很生气，不过洛伊丝觉得凡事不都是有好有坏嘛。

其实，洛伊丝经常本能地觉得梅纳西对自己是友好的。他是家里最小的孩子，却能自己做一些农牧和商业生意，俨然就是一家之主。打猎的季节来了，他就去森林里狩猎，这让他母亲提心吊胆，私下里警告嘱咐，还会责骂他。不过在邻居面前，她只会夸自己的儿子勇敢无畏。洛伊丝不常出来散步，不过有那么一两次，她被这片森林吸引了。她听着动物的美妙叫声，地上有一些散乱的树枝，大风一吹，整片森林就会发出奇怪的声音，大风吹着松树枝干，发出呜呜的声音，听上去悦耳多了，这也是一种乐趣。最重要的是，森林环绕着这片土地，里面有一些恐怖的野兽四处游荡，比印第安人还多，像是酝酿着阴谋要与基督徒为敌。带条纹野兽与印第安人联合在一起，邪恶势力十分庞大。

家里的那个印第安老女仆纳特经常讲一些让洛伊丝害怕的恐怖故事，普鲁登丝和费丝也会听她讲一些吓人故事，讲的都是他们族里巫师的故事。夜晚降临，老女仆纳特会在厨房趁着煮东西、等着发面或做蛋糕的功夫，坐在炉火边给大家讲恐怖故事，这时炉火的灰烬还没有灭，火光照亮了每个人的脸庞。故事里经常出现一些人类祭祀的场景，以及对邪恶力量的诅咒。纳特相信这些恐怖的生灵,讲的时候自己会发抖打颤,她操着一口蹩脚的英语,讲一些受压迫种族的女孩怎么摆脱受奴役的命运,结果遭到驱逐,来到荒无人烟的地方,来到这片曾经属于她们父辈的土地。

听了这些恐怖故事,洛伊丝不想外出。但是舅妈命她晚上去镇上牧场把自家的牛群牵回来,谁知道会不会有双头蛇在灌木丛中出没。在印度巫师眼里,蛇是邪恶的,该受诅咒,在白人看来,蛇弯曲爬行的身体里似乎蕴藏着巨大的邪恶力量,他们所以如同厌恶印第安人一样厌恶它们。他们会去森林里寻找印第安人并把他们带回自己住处,劝他们放弃自己的信仰和种族。也许真如纳特所说,这个世界真的存在巫师咒语,能改变一个人的心性,之前是善良的,之后却变成邪恶残忍的人,能施加自己的邪恶力量让别人痛不欲生。有次纳特在厨房里悄悄对洛伊丝说,普鲁登丝曾经见过那个邪恶的诅咒,这个印度老仆人把自己的手臂伸出来给洛伊丝看,她身上被调皮的孩子涂成了黑色蓝色。洛伊丝开始害怕表妹,看来不仅仅是纳特和洛伊丝相信这些恐怖事情。现在我们可以对它们有说有笑,但是我们的祖先过于迷信,他们深信新英格兰这片土地上的森林里隐藏着邪恶的生灵。相信双头蛇的传说,巫术的传说,还有传教和传教士的迷信,使得我们变得残酷懦弱,成为残忍的压迫者。

费丝与自己家人联系密切,两个人年龄相仿,都在帮家里做工,她俩轮流放牧,挤奶制作黄油,然后由工人何西亚进行搅拌。这个工人很严谨,年纪很大,但是格蕾丝很看重他。每个姑娘都会得到一台纺布机,用来纺织羊毛和亚麻。洛伊丝来这里已经住了一个月了。费丝的性格安静缄默,有时阴郁悲伤,洛伊丝为了让她高兴,会讲一些英国的生活方式和生活情景。有时费丝专心地听着,有时则心不在焉。过去和将来的生活,谁又会讲述呢?

严谨负责的老牧师来做教务访问了,在这样的特殊场合,格蕾丝换上了干净的围裙,将杯子清洗干净,让家里比以往任何时候都显得温馨。她拿出家里最好的食物,把它们全都摆出来,还把《圣经》摆在了前面。何西亚和纳特必须放下手头的工作来听老牧师讲道,他一边读一边解释。一切准备妥当之后,老牧师举起右手来为基督徒祈祷,祈祷灵魂得到安慰和满足，最后，牧师根据每个人的愿望来为他们祈祷，满足他们的心愿。刚开始洛伊丝还怀疑这位祈祷人的才能，当她得知自己的舅妈在此之前与这位老牧师有过一次私人谈话之后，她便开始留意起后者从"虔诚人格蕾丝女士"那里获得的印象和认识。牧师说，恐怕格蕾丝女士对来自另一片大陆的那位小姐有失关心了，"这位小姐漂洋过海，把那片土地的种子撒到了这里，让这样一颗种子发芽长成邪恶之树，成为罪恶生灵的藏身之处"。

有天洛伊丝对费丝说："我更喜欢英国传教士，英国的传教士不能根据自己想法来传教，因此他不能基于自己对他人的看法来评价他人，而今天早上的塔普先生却可以这么做。"

突然，费丝从嘴里喊出："我讨厌塔普先生！"她表情愤怒，神情激动。

"为什么呢？虽然我不喜欢他的祷告，但是他人还是不错的。"

费丝只重复着刚才的那句话："我就是讨厌他啊。"

洛伊丝见费丝的厌恶感这么强烈，感到有些伤心，一种本能的伤心。因为洛伊丝很爱自己，也喜欢被别人爱，她对别人寻爱不得的叹息很是敏感。但是洛伊丝此时不知道说什么好了。费丝也沉默了，继续摆弄她的纺车，一不小心掉了纺线，她愤怒地把纺车撂在一边，离开了屋子。

这时普鲁登丝来到洛伊丝的身旁，这个孩子阴晴不定，今天有时高兴，有时可爱，说不定明天就会搞恶作剧，才不管别人的喜怒哀乐呢，看上去真是没心没肺的一个人。

她小声说："你为什么不喜欢塔普的祷告呢？"

洛伊丝后悔说了这话，但现在想收回已经不可能了。

"我不喜欢他的祷告是因为他的祷告与我在家乡听到的完全不一样。"

"我妈妈说你的家乡是没有神灵的。你别这样看我，又不是我说的，我自己也不喜欢祷告，塔普先生自己也不喜欢，费丝很讨厌他，我知道原因，洛伊丝，我告诉你吧。"

"不行，费丝自己都没有说，只有她自己是最有权利来说这件事情的人。"

"问问她诺兰先生去哪儿了,你就知道了,只有跟诺兰先生在一起的时候,费丝才不会伤心难过。"

"小点儿声。"洛伊丝说,因为她听见了费丝越来越近的脚步声,害怕费丝听见她俩刚才的对话。

事实就是一两年前,塞勒姆村庄有过一场大规模划分宗教派别的抗争活动,一队是塔普先生率领的激进宗教主义者,还有一队由诺兰先生率领,输的那个人要离开村子,结果是塔普先生率领的派别获胜。虽然诺兰没有表明过他的心意,不过费丝对诺兰情深意切。费丝的家人倒没察觉到,诺兰的离开让费丝遭受如此大的情感打击。不过这一切被印第安老女仆看在了眼里,纳特知道为什么费丝不愿意关心家人,不愿意干活,也不喜欢宗教仪式,少有开心的时候。纳特知道费丝厌恶塔普先生的原因,也知道为什么她躲避这位老牧师,不喜欢听他祷告。有时候,人们做不到爱屋及乌,因为他们会嫉妒那些被爱的人,这就是"你讨厌的人就是我讨厌的人"[1],其实纳特对塔普先生的厌恶之情,就和费丝对他无声的厌恶是一样的。

一直以来,洛伊丝不明白为什么费丝那么厌恶塔普先生。但是诺兰先生的名字却一直在洛伊丝的脑海盘旋,或许这就是为什么小女孩喜欢打听一些两人间的暧昧关系的原因。她很好奇,忍不住把费丝缺席祷告的言语和行动联系在一起,最后的结论就是诺兰一直印在费丝的心里。这些她没跟普鲁登丝说,因为她不想再听到任何这类话题了,她怕冒犯费丝。

秋天很快到来,费丝越来越忧郁,食欲不振,脸色蜡黄,毫无血色,眼球深陷,看上去更加空洞。眼看就要到十一月了,洛伊丝很想让房里充满阳光和朝气,于是给费丝讲一些英国的生活习俗。尽管这样做很愚蠢,因为毫无疑问,给一个美国女孩讲英国的故事,恐怕提不起她的兴趣来吧。表妹房间里堆满了东西,她躺在床上,已经醒了。洛伊丝很心疼她,她经常听见费丝沉重而安静的呼吸,像在压抑什么,还常常听到黑夜里长长的叹息声,但她只是听着,没有说话,就这样过了很长的时间。她觉得通过这种方式,费丝能发泄心中压抑的感情,洛伊丝不

---

[1] 原文套用自《圣经·旧约·路得记》中的"你往哪里去,我也往哪里去;你在哪里住宿,我也在哪里住宿"。

愿意去打扰她，但是费丝似乎睡不着，四肢开始抖动，洛伊丝试着开口讲话，讲讲英国的传统，分散费丝注意力。提到万圣节时，洛伊丝讲了一些英国的小传统和习俗，现在应该很少能见到了。她还讲些她玩过的小把戏，在镜子前面吃苹果，到处洒水，烧坚果，还有其他好玩的恶作剧，她们大笑着，想象着她们将来会有怎样的丈夫。费丝听着，急切地想问问题，好像一缕阳光进到了她的心里。洛伊丝继续讲了很多故事，这些故事都证明了"功夫不负有心人"的道理。这些故事她自己都是半信半疑的，无非是为了哄费丝开心，绞尽脑汁让她心情好起来。

突然，普鲁登丝起身来到房间里，她们竟不知道她已经醒了。其实她已经听了很长一段时间了。

"若洛伊丝愿意的话，她可以去河边见撒旦了。费丝，若你也要去，我会告诉妈妈，当然我也会告诉塔普先生。洛伊丝，听了你的故事，我真害怕自己的生活，我不想结婚……"她脑中浮现出可怕的画面，开始尖叫了起来。费丝和洛伊丝赶紧穿过被月光照亮的房间走过去，身上还穿着白色的睡衣。这时格蕾丝被哭声吵醒了，也走了过来。

"嘘……"费丝喊道。

"怎么了，孩子们？"格蕾丝问道。洛伊丝知道自己犯了错，沉默不语。

普鲁登丝大叫："把她弄走，快看她的肩膀，对，就是左肩膀，上面有一个邪恶生灵，我看到他正在拿出那个被咬过的苹果。[1]"

格蕾丝严厉地说："她究竟在说些什么呢？"

费丝说："没什么，做噩梦了吧。普鲁登丝，快别说了。"洛伊丝更想把她挑起来的这个事件给平息下来。

费丝说道："安静些，别吵啦，快去睡觉。我得看着你，直到你睡着为止。"

"不，不要！不要过来！"普鲁登丝大叫，刚开始她确实是很害怕的，但是现在成为众人关注的焦点让她觉得很开心，很好玩，"好吧，就算陪我，也只能是费丝，还轮不到洛伊丝你这个邪恶的英国女巫！"

费丝陪着普鲁登丝。格蕾丝非常不高兴，也不知道发生了什么事

---

[1] 此句话指撒旦引诱夏娃吃智慧之果，结果带来了灾难。

情。她上床睡觉去了，想一切事情等到了早上她再去弄个明白。而洛伊丝只想大家能够把昨天晚上的事情忘记，再也不要提这件事情了。但是晚上发生的事情彻底改变了接下来的局势。当时格蕾丝不在屋里，她丈夫偏瘫抽搐发作，发出可怕的叫声，但是似乎没有人听到，床边的蜡烛微弱地燃烧着。他妻子预料到可能会有事发生，因此又回到丈夫房间，她听到一阵阵不规则的微弱呼吸声，像在作最后的挣扎。一家人都起来了，赶紧呼叫医生，采取一些能够帮助病人恢复的手段。但就在十一月末的早上，拉尔夫死了。

　　第二天，所有的人都坐在黑乎乎的屋子里，没什么人说话。梅纳西一直待在家里，他为父亲的死感到很遗憾，但是似乎没有多少感情。费丝的情绪很强烈，她为自己失去了父亲感到万般心痛。在她阴郁的外表下藏着一颗善良的心，与母亲外露的情感相比，父亲给予她的更加含蓄，因为格蕾丝最喜爱的是自己唯一的儿子梅纳西和自己最小的女儿普鲁登丝。洛伊丝很难过，舅舅是自己最亲近的朋友，失去舅舅就像失去父母般，有撕心裂肺的痛。但她没时间、也没地方好好发泄一番。为了准备葬礼，让一切显得合乎礼仪，所有人都换了衣服，家里也准备了丧礼用的食物，洛伊丝在舅妈的严厉指挥下准备东西。

　　葬礼持续了一两天了，这是最后一天，洛伊丝到院子里取些柴火。这晚夜色很美，星光熠熠，但是突然间洛伊丝的心沉了一下，她在这个浩瀚的宇宙中感到巨大的孤独感，于是坐在木柴旁边，声音哽咽，哭了出来。

　　这时，梅纳西从木柴堆拐角处走出来，突然站在洛伊丝面前，把她吓着了。

　　"洛伊丝，你哭啦。"

　　"就一小会儿。"洛伊丝站了起来，把木柴捆在一块儿，她不想遭到表哥的质问。但是出乎她的意料，他把手放在洛伊丝的胳膊上，说：

　　"先停一会儿，洛伊丝，你为什么哭呢？"

　　洛伊丝说："我不知道。"她就像小孩子回答问题一样，又哭了起来。

　　"洛伊丝，我知道父亲对你不错，我也知道他死了你很难过，但是

'永恒主赏赐,永恒主取去'[1]。上帝已经带走了他,我会比父亲对你更好,我知道或许现在不是跟你谈婚论嫁的时候,但我不想在死之前留下遗憾,所以我想告诉你。"

洛伊丝听到这吓得停止了哭泣,表哥这是什么意思,她还以为表哥会说自己伤心的样子很可笑呢。

以后几天里,洛伊丝都小心翼翼地躲着他,有时觉得这只是个噩梦罢了。她想着若自己在英国没有喜欢的人,她甚至从未想过结婚,更别说让梅纳西做自己丈夫了。其实一直到现在,不论言语还是行动上,梅纳西可从没表示出有这想法啊。洛伊丝还没告诉他自己有多讨厌他。虽然他人好、虔诚,不过自从他在木柴旁对洛伊丝表露心迹后,洛伊丝觉得他眼神空洞,头发细黑,皮肤粗糙,十分丑陋。

洛伊丝知道,以后肯定会再提到结婚的话题,自己怕是躲不过去,只能装傻,好像事情从来没发生过一样。但她知道格蕾丝肯定对自己唯一的儿子有另外的打算。其实,格蕾丝是一个强势虔诚的女人,因为买了塞勒姆村庄的土地,变成了有钱人,慢慢积累之后财产越来越多,才有了现在享受的权利以及丰厚的物质条件。不过,他们也很现实,谁也不能反对他们的习惯和做事的方式。在人们看来,他们似乎威风凛凛,所以格蕾丝觉得应该在这所有人中为自己唯一的儿子挑选妻子,好像塞勒姆这个地方没人能够配得上他儿子。有时格蕾丝会想等她丈夫死了自己回波士顿,希望能够为儿子物色一个好妻子。当然,除了外表漂亮,这姑娘还必须出身好,家境殷实。一旦发现合适人选,格蕾丝会毫不犹豫地选择她做自己儿子的妻子,或许格蕾丝会讨厌洛伊丝和梅纳西之间谈婚论嫁的事儿。

梅纳西出去一整天谈生意,谈完后,超出所有人的预期,他很快就回来了。他想找洛伊丝,却只看到姐姐在房间里纺线,母亲在织东西,纳特在厨房里忙活。他没法直接问洛伊丝在哪里,不过很快就发现了她。在一个储存蔬菜和水果的阁楼里,舅妈让她检查苹果,把坏的挑出来。她认真仔细地干活,压根没注意到慢慢靠近的梅纳西,直到她抬起头来,才见他就站在自己的身旁。洛伊丝放下手中的苹果,脸色有些

---

[1] 引自《圣经·约伯记》第 1 章第 21 节。

苍白，对着他默默无语。

梅纳西说："洛伊丝，你还记得我父亲死后你很难过伤心时我对你说的话吗？我想现在我需要结婚了，而且我是一家之主，在我看来没人比你更合适了。洛伊丝，在我心里，你是最好的！"他试图去握住洛伊丝的手，然而她像孩子一样害怕得缩了回来，几乎要哭了出来，说道：

"梅纳西，别对我说这种话了。我想你是应该结婚了，也应该成为这一家之主，但我不想结婚，更不想跟你结婚。"

梅纳西无奈地皱着眉说："可是，这是我们之前就说好的啊，或许我有些着急，父亲才刚走没多久。我们结婚的事需要很多人的参与，如果可以的话，我们现在就结婚。我希望你放松心情，别觉得有压力。"他又伸出了手，这次，洛伊丝接受了，轻松地握住他的手。

"表哥，我知道自从来到你们家，你对我好，我无以回报，如果你愿意，我会把你当成最好的朋友，但是我怎么能成为你的妻子呢？"

他把手拿走，但是眼睛没有离开洛伊丝，他在自言自语些什么，洛伊丝听得不很真切，洛伊丝继续说了下去，尽管她现在已经在发抖，但她还是控制住自己不流泪。

"实话跟你说吧，我在巴福德已经有喜欢的人了。我不想告诉你，是怕你生气难过，那个人说过要娶我，但我太穷了，所以他父亲不同意，但是我还不想结婚，要是结婚，我也会嫁给……"

洛伊丝的声音低沉了下去，她害羞的表情已经说明了一切。梅纳西听了很难过，站在那一动不动，眼神空洞深邃，他说："但是洛伊丝，这是命运的安排，你只能成为我的妻子而不是其他人的。几个月前，我读了一本圣书，心情很愉快，结果你就出现了，难道这不是缘分？不是命中注定？我在书上看到一种我不认识的语言写的文字，它似乎在向我的灵魂诉说'快娶了洛伊丝，快娶了洛伊丝'。父亲过世后，我知道是时候了，这是上帝的旨意，洛伊丝，你逃不了。"他再次伸出手来，但是这一次洛伊丝躲避了他。

洛伊丝说："不，我不觉得这是神的旨意，也不是命中注定，我不是你的妻子，我也不会跟你讨论结婚的事儿。我不会像关心自己丈夫一样关心你，但是我会像对待表哥一样地关心你。"

洛伊丝停下来，此时此刻，她已经想不出还有什么词能形容她的诚意了，他们俩就像两条平行线无法交汇。

但是他却一直相信这是预言，是命运的安排，洛伊丝会是自己的妻子，而且这也并不是他们两个人能够改变的命运和预言，他们别无选择。梅纳西说："这个声音一直在我耳边回响'快娶了洛伊丝'，我的回答是'我一定会的'。"

洛伊丝回答道："那个声音只有你能听到，我从来没听见这声音。"

他说："洛伊丝，你会听到的，而且你也会遵守的，就像撒母耳[1]遵守上帝的旨意，对吗？"

洛伊丝迅速回道："不，不会的，这声音只是你的幻觉罢了，我不能遵守，我也不会嫁给你。"

"洛伊丝，你怎么这么冥顽不灵啊，不过没关系，命运让我看到你穿着白色婚纱的样子。虽然现在我的信仰还不足以让你顺从我，但是一切会改观的，我相信这是命运的安排，而且我会扫除一切世俗的障碍！"

梅纳西离开了房间，洛伊丝哭着大叫道："梅纳西，你可是我表哥啊！你回来，你不该跟我说这些话，世上谁也没权利让我嫁给你，让我在不爱你的情况下跟你结婚。我现在很痛苦，我是严肃地在说这件事，必须迅速了断。"

梅纳西知道她的行为亵渎了神灵，他举起洛伊丝的手，说道："上帝原谅我，哈薛不是说过这样一句话吗，'你仆人算什么，不过是一条狗，焉能行这大事呢？'[2]。主会原谅你的冒失的，你还记得哈薛吗？直接点儿说，就是世界没出现之前，上帝选择他干出一番事业。上帝预示着我，你的前途就摆在你的面前，不是吗？"

梅纳西走了，洛伊丝愣了一会儿，好像他说的是真的一样，洛伊丝很困惑，她讨厌被安排的命运，而她也似乎逃不开成为梅纳西妻子的事实。这样的现实，加上洛伊丝的遭遇，要是换了其他的女孩，早就向命运屈服了。现在洛伊丝失去了之前与船长的一切联系，也不知道家乡英

---

1 希伯来的先知，撒母耳受到上帝的三次召唤，遵守上帝旨意。此处意指梅纳西相信洛伊丝一定会遵从上帝的旨意嫁给他。
2 出自《圣经·旧约·列王纪下》第8章第13节。

格兰那边的情况。不过现在她面对着一个自称具有绝对权威的男人，而且是家里唯一的男主人。家里的气氛凝重，冷清无聊，眼前的这个男人骄傲，自恃英雄，所有的人都得围着他转，谁让他是家里唯一的男人呢，这一事实似乎也昭示着——所有的女孩必须臣服于我，为我服务。另外，最近还发生了一些怪事儿，好像大家都认定是神灵显灵，不管好的坏的，都能影响人们的生活。洛伊丝似乎受了上帝的指引，也信了。打开《圣经》，落叶飘下，好像人人都会被上帝选中。冥冥之中的声音来自邪恶神灵，他们从未在大地上消失，这些神秘的无法解释的预言来自撒旦，他以某种形式存在，寻找他的臣民。漫漫冬季才刚开始，就听到这样恐怖的传说，那些古老的幽灵、邪恶神灵经常缠绕着人们久久不退。黑夜漫长，坐在灯光昏暗的屋里，讲着这些令人毛骨悚然的故事。外面俨然开始起雾，在死寂的夜里，经常会听到深沉的叫声。第二天一看，却跟往常一样，什么也没有。人们习惯了夜晚发出的声音而不习惯寂静的深夜——白色的浓雾越来越近，蒙住了窗户，像幽灵一样来回游走，还有那远处倒了的树，枝叶缠绕，神神秘秘。印第安人寻找着自家住所，叫喊声离白人的房子越来越近，到处游荡的猛兽饥肠辘辘，开始接近牛群。塞勒姆的冬夜恐怖奇特，让初到美国的英国姑娘着实吓了一跳，也让她记住了这个一六九一年。

现在让我们来想想如果梅纳西坚定的信仰影响了洛伊丝，也就是洛伊丝注定会成为他的妻子，那会怎么样呢？我们能看得出来洛伊丝勇敢、坚定，一直相信自己。举个例子来说，如果洛伊丝因为害怕或是相信了梅纳西那个所谓的坚定信仰，那么几年之后她将一直被关在这个冷清无聊的地方，在黑暗的夜里独自迎接暴风雪的来临。夜晚降临，火炉旁的熊熊烈焰比身边的任何人都要温暖。洛伊丝每天也不过是在转动那台发出单调声音的纺纱机，亚麻不够时，格蕾丝就吩咐她去取。储物室又黑又暗，因为冬季寒冷干燥，尤其是霜冻的时候，蜡烛容易引爆易燃易爆物品，十分危险，所以这儿没蜡烛。洛伊丝穿过无尽的走廊，爬上楼梯，每当这时走廊里总会发出异样的怪声，像在低声倾诉。洛伊丝哼着歌，试图让自己振奋起来，但是突然间她听到了一个经常听到的声音，那是巴福德教堂熟悉的声音——"上帝啊，今晚将是荣耀的一晚，"我想洛伊丝肯定没有如此近距离听到这样亲近的声音。她拿了些亚麻织物要离开时,听到梅纳西的声音离自己越来越近。

"看来我还需要再等等,但我知道最后你一定会答应我的。"梅纳西声音嘶哑地说,"洛伊丝,说吧,你一定听到了那个声音吧,就是那个日夜回荡在你耳边的声音:嫁给梅纳西吧!"

洛伊丝有些害怕,不过她立即坚定勇敢地回答:"表哥,我永远也不会嫁给你,因为你是我的表哥,我的亲人。"

"看来我还需要再等等,但是我知道你早晚会屈服的,一定会的。"

萧瑟的冬天终于快过去了,牧师们开始讨论这里到底需不需要扩建。当然在这件事儿上,塔普牧师一点忙也帮不上的,实际上这个问题很早之前就已被讨论过,塔普早就默认此事,所以一切都顺利进行,直到他的助手被推选出来。或许是嫉妒年轻人才华,不久就形成了两大派别,一个是由诺兰先生领导的年轻派,另一个是由塔普牧师领导的老一派。不过那时更多人选择塔普先生,他信仰坚定,曾见证他们的婚礼,给他们的孩子洗礼,这使得塔普先生成为教堂的核心力量。所以最后诺兰先生离开了塞勒姆,如同费丝的心一样哀伤。

现在是一六九一年的圣诞节,牧师的老一派成员都死了,越来越多的年轻人来塞勒姆接替他们的工作,而塔普先生也老了,需要更多鲜活的生命来接替慈善工作。这时诺兰先生回来继续工作的机会越来越大,道路也更平坦。对于诺兰先生回来这事儿,洛伊丝充满了兴趣,不过是替费丝着想罢了,倒是费丝,她的纺车就没停下过,纺线也没断过,脸上神情一点儿变化也没有,一切如常。

这日只见费丝快步如飞,迅速进了厨房,关了门,与纳特商量着什么,但是什么也听不到。她们俩似乎兴趣相投,此时洛伊丝觉得好像是自己打断了两个人的对话。不过洛伊丝还是很喜欢费丝,也觉得费丝对自己的爱超出了父母和姐妹之情。

这天,洛伊丝独自坐在缝纫机台边上,费丝和纳特两人在悄悄地说着什么,似乎不想让洛伊丝听见。这时,一个高个瘦削的年轻男人从门外进来,行为举止俨然是一个严谨的牧师。洛伊丝迅速起身,向来人表示欢迎,因为她知道此人一定就是诺兰先生了。这几天几乎每个人都在谈论他的事儿,洛伊丝也不例外,好像已经等他很久了。

受到欢迎,诺兰先生很惊讶也很高兴,因为他从来没有见过这位英国女孩,她不像屋里的其他人那样严肃,谨慎,毫无生机。这个可爱的女孩微笑着,露出酒窝,天真无邪,像是在对待认识很久的人一样。洛伊丝赶紧搬了椅子让诺兰坐下,自己快速跑去告诉费丝,心想估计费丝现在的心情应该和这位年轻的牧师一样,尽管他没表现出来。

"费丝,"洛伊丝大叫,"你猜谁来了,是诺兰先生,那个新来的牧师,现在在客厅坐着呢。他要见舅妈和梅纳西,但是梅纳西不在,舅妈去了塔普牧师的祈祷仪式。"洛伊丝一边说,一边留出时间来让费丝反应,不过此刻费丝大脑一片空白。就在这时,洛伊丝看到印第安女仆的眼神既渴望又狡猾,既好奇又威严,她看上去心满意足,得意洋洋。

洛伊丝说:"快去吧。"她亲了亲费丝苍白冷冷的脸颊,"你再不去,他该疑惑怎么还没人出来,也许会以为自己不受欢迎呢。"费丝一言不发走进客厅,纳特和洛伊丝就一同离开了。洛伊丝高兴地就像好运降到了自己身上。梅纳西的顽固求婚和舅妈的冷漠,自己的孤单,这些琐事全都被抛之脑后了。

洛伊丝快要手舞足蹈了,这时纳特却在一旁哈哈大笑,自言自语:"神秘的老印第安女人啊,她不知道自己去哪,去该去的地方,听该听的话,但是她——"说着说着,纳特脸上的表情就变了,"她知道怎么让白人男子来,那他一定会来,她什么也不说,他就什么也听不到。"

客厅里,事情也跟洛伊丝想的不一样。费丝呆呆地站在那里,神情呆滞,一句话也不说。若是个眼神犀利的人就一定能看见费丝心里的紧张。她的双手因不停颤抖而时不时交织在一起,可惜诺兰先生完全没有注意到。他还沉浸在自己的世界里想事情,有一些事情他还没弄明白,刚才那位漂亮的英国姑娘是谁,他刚来她就很高兴地迎了上来,为什么后来又很快消失了呢?其实在塞勒姆,牧师有一个传统习惯,即早上去拜访一家人并为他们做祈祷,或许现在是时候给这里的每个人做祷告了。现在只有牧师以及这位年轻的姑娘坐在这里,他似乎也了解这位姑娘的个性。最后牧师大胆请求,要为屋里的每个人祈祷。洛伊丝和纳特都出来了,诺兰先生坐在他们中间。他是一个虔诚的信徒,他真诚地祷告,信仰灵魂,把神的爱意传达给每个人。纳特也跟着说了几句自己知道的祷告词,而洛伊丝感觉很舒服,一点儿也不像塔普先生的祷告似的令她难受。

但是费丝却在啜泣,声音越来越大,哭得根本站不起来,只能用双手支撑着。洛伊丝看到这一幕,对诺兰先生说:"先生,看来你得走了,费丝现在很虚弱,她需要一个安静的环境来休息。"诺兰先生身鞠一躬,起身离开,但是过了一小会他又回来,在外面问道,"我想问一下,今天早上能不能打电话给格蕾丝女士为她祈祷。"

费丝没有听到这些话,她哭的声音越来越响:"你为什么让他走,洛伊丝,我本来想直接告诉他的,我已经有很长时间没有见到他了。"

费丝把脸深深地埋了下来,洛伊丝没怎么听见她说的话,于是她趴下来,让费丝重复一遍,但是费丝一时很生气,于是一把推开了洛伊丝,洛伊丝被狠狠地撞向了木质长椅的椅角,脸颊受伤了,她的眼泪一下子流出来。倒不是脸角的淤青,而是因为当费丝推开她时,她感觉不到之前的温暖和爱护,而只有痛苦。洛伊丝一时不知怎么办,像小孩子一样生气了,不过想到诺兰先生真诚的祷告,她想应该让这次祈祷真正起作用,但是洛伊丝不敢弯下身来安抚费丝,只能站在她旁边,安静地待着。直到门外好像有人来了,费丝才从地上起来,转身进了厨房,洛伊丝看见是梅纳西回来了。他刚打猎回来,已经走了两天了,与塞勒姆镇的其他女孩一起结伴去的,打猎也许是他最大的爱好了。梅纳西也看到了洛伊丝,不过洛伊丝千方百计想摆脱他。

"我妈妈去哪儿了?"

"跟塔普先生做祷告去了,她和普鲁登丝一块去的,费丝刚刚还在这呢,我去叫她。"洛伊丝正要往厨房去,但是梅纳西挡住了她的去路。

"洛伊丝,这么长时间了,我都等不及了,命运已经在暗示我了,那暗示已经很清晰了。昨天晚上,我在树林里宿营,我清晰地感知到我的灵魂。半梦半醒间,我看到一个白色的灵魂伴侣,另一个闯进来是死亡之神。你选择了你的灵魂,而我也听到了那清晰的声音,你将成为我的妻子。这时黑色的死亡之神消失了。洛伊丝,这就是我看到的,命运早已暗示,我的灵魂愿意接纳你。"梅纳西神情激动,真情流露,但不论他说什么,命运也好,灵魂也罢,以及他那无私的爱,在洛伊丝看来,她都不曾有过这样的想法。梅纳西靠近洛伊丝,抓着她的手,又重复了一遍刚才说过的激情洋溢的话:"洛伊丝,这个声音一直出现在我的脑海里,嫁给我吧。"洛伊丝试图让梅纳西平静下来,然后再讨论这件事情。不过这时,格蕾丝和普鲁登丝回来了,恰好听见他们的对话。梅纳西不慌不忙,谁也不管,只是看着洛伊丝,希望洛伊丝看见自己的心意。格蕾丝快步走了进来,双手叉腰,问道:"你们刚才说什么?"格蕾丝更像是在质问洛伊丝而不是他儿子,能看出来她很生气。

洛伊丝希望梅纳西来回答这个问题,前几分钟他还积极主动,激情洋溢地谈论这个话题,但现在他什么也没说,而舅妈很生气地站在那里等着答案。洛伊丝心想既然舅妈问起来了,那就说清楚吧。于是回道:"梅纳西在向我求婚。"

"就你?"格蕾丝看着自己的外甥女,一副轻蔑的样子。这时,梅纳西倒开口说话了:"是的,我要娶洛伊丝,我的灵魂已经认定她是我的妻子了。"

"灵魂?那也一定是个邪恶的灵魂吧。一个好的灵魂应该挑选一个虔诚高尚的妻子,而不是一个陌生人,一个英国女孩。"

"舅妈,我已经竭尽全力了,我已经告诉梅纳西我不会嫁给他的,"洛伊丝说道,"在英国我已经有了心上人,况且现在我也不会结婚的。"

"我觉得婚姻从你口中说出来显得不合时宜,当然,梅纳西呢,我会再和他好好谈谈的。不过,我希望你说的话是真的,因为你们俩接触太频繁了。"

洛伊丝顿时痛彻心扉,因为只有她自己知道她从没接受过梅纳西的求婚,自己又是如何千方百计地逃避他,洛伊丝希望梅纳西能够站出来,告诉舅妈她说的话都是真的。但是梅纳西总是在重复自己想对母亲说的话,自己的想法:"妈妈,如果我不娶洛伊丝的话,我和她不久都会死去,我并不怕死,妈妈,但是如果洛伊丝成为了我的妻子,我才会活下去,我有预见,这种感觉也愈发强烈。""儿子啊,这个结婚的话题我们先不要讨论,你想洛伊丝成为你的妻子,可她在我心里离准儿媳妇还差得远呢。"

"不,梅纳西,我爱你仅仅是出于兄妹之情,而我绝不可能成为你的妻子,舅妈,我不想欺骗他,我已经有心上人了,他在英格兰。"

"孩子,自从我丈夫死后,我就是你的监护人,你肯定在想我会不会接受你,我想不会。你那么微不足道,对梅纳西来说你只是一剂毒药,我希望以后的日子你别再纠缠他了,日后我会好好看住你的。"

舅妈的这些话像是提醒,如果洛伊丝现在是个内科医生的话,她应该会医治普鲁登丝喜欢恶作剧的顽皮心性,也会治好费丝那浓烈的单相思。但是至今洛伊丝也不明白,费丝对诺兰先生的依恋不仅仅是因为他的离开,更多的是因为他没察觉到的事情。

诺兰先生确实经常来这里,跟这些人坐在一起,却没怎么关注过费丝。但是洛伊丝注意到了她很痛苦,纳特也察觉到了,但是费丝却宁愿找那个印第安女人倾诉,也不愿找洛伊丝来商量。

费丝说:"他根本不关心我,他更关心洛伊丝。"费丝一边说一边叹气,语气中带着痛苦和妒忌。

纳特安慰道:"长期寄居于此的老鸟有了温暖的鸟巢和坚硬的羽毛,但你如何也不能在此建巢筑窝,那就等着,早晚有一天印第安人会想方设法把他们都赶走的。[1]"

格蕾丝把梅纳西看得很紧,这样反倒让洛伊丝安心,但是有时候梅纳西还是会趁母亲不注意来偷看洛伊丝,祈求洛伊丝嫁给他,说他的预见,说他所谓的命运。

除了希克森一家人的事儿,我们来说说发生在塞勒姆镇上的事情吧。塞勒姆镇陷入了一片混乱之中,死亡的阴影笼罩着小镇,镇上的人们和领头的人似乎也无能为力,还没从这惨重的损失中回过神来。镇上的族长带领着大家来到了坟墓前,这里埋葬着的都是可敬的父亲和这片土地的开拓者,但是现在他们都死了。这直接引发了两大候选人之间的争夺,塔普先生和诺兰互不相让。其实当诺兰重新回到塞勒姆镇的时候,这样的危机还没有发生,当然也有很多人投靠在他的门下。这件事情对希克森一家倒是产生了很大的影响,格蕾丝毫不犹豫地支持塔普先生,而费丝则是一个激进主义者,毫无疑问是诺兰先生忠诚的支持者。梅纳西一直沉浸在自己的幻想当中,一直认为自己必须要娶洛伊丝为妻,想象自己拥有预言的神力,对外界发生的事情置之不理,甚至充耳不闻,照此下去,他的体力会吃不消。普鲁登丝倒好,还嫌不够乱,用支持哪一派这件事儿说事,这让每个人都很生气,她还喜欢传话给不相信的人,让情势乱上加乱。大家聚集在一起谈论过这件事情,每个派别

---

[1] 此处"老鸟"指洛伊丝,暗指洛伊丝受到诺兰先生的喜欢并不会长久,而费丝需要的只是等待时机。

的代表都希望反对派和支持他的人下场惨淡，溃不成军。

看来，镇上已经乱成一锅粥了。二月底的一天，格蕾丝做完每周祷告回来，按惯例，她会去塔普先生家坐坐，心情格外舒畅。她回到家，进屋就坐了下来，做好了祈祷的姿势。洛伊丝和费丝停下手中的针线活，对格蕾丝这一行为十分惊奇，但是她们谁也不敢问到底是怎么回事。最后，费丝忍不住了，站起来问道：

"妈妈，怎么了，是不是发生了不好的事情？"

格蕾丝显得苍老但坚毅的脸庞不停地抽动，她眼里充满了恐惧，所以她才祈祷，说话间豆大的泪珠就滚落脸颊。

她看起来必须努力让自己的意识恢复到正常的家庭生活中，然后才能找出词作答：

"生性恶劣的人！女儿们，撒旦在外面——离我们很近。此刻我看到他在折磨两个无辜的孩子，就像他在犹太折磨那些被控制的人一样。赫斯特·塔普和阿比盖尔·塔普已经被他及他的下属们折磨得扭曲、痉挛成了现在这样，我想想都害怕；她们的父亲——虔诚的塔普先生——劝诫和祷告时，她们也许会像田间的野兽那样咆哮。撒旦就在我们身边任意妄为，两个女孩不停地呼唤他，好像他就在我们中间。阿比盖尔尖叫道'他就站在我后面，伪装成一个黑人'，听了她的话我转过身来，看到一个东西像影子一样消失了，吓得我一身冷汗。谁知道他现在哪里啊？费丝，用稻草把门槛堵住。"

"但是如果他已经进来了，"普鲁登丝问道，"堵住门就无法让他离开了吧？"

她的母亲没有注意到她的问题，继续摇晃并祈祷，直到她再次爆发并开始讲述：

"塔普牧师说，就在昨晚他听到一个声音，一个沉重的身体被一些强大的力量拖着穿过了整个房子。在那个关键时刻如果他没有大声而热诚地祷告的话，一旦那个身体被扔向他的卧室门，毫无疑问将会破门而入。祷告时一声尖叫传来，令他毛骨悚然。今天早晨发现房间里所有的陶器都碎了，堆在厨房地板中间。塔普牧师说，早餐时他刚一开始祈祷，阿比盖尔和赫斯特就大哭，好像有人正在掐他们。主啊，怜悯我们！撒旦确实是在任意妄为啊！"

"听起来像我过去在巴福德听过的老故事。"洛伊丝因为惊吓而气喘吁吁地说道。

费丝似乎不那么担心,她对塔普牧师厌恶太深,对降临到他和他家人身上的不幸几乎没有同情。

傍晚诺兰先生来了。通常情况下,对社交聚会尤为热衷的格蕾丝·希克森会欢迎他的到来,她发现自己常常花时间忙这些事儿,并且很多时候想得出神,想着向他展示自己备好的各种款待品,这是她最突出的优点之一。但今天,塞勒姆兴起了新恐怖,作为对抗撒旦的战斗教会的一员(或者清教徒主张的事情等同于战斗教会的事情),她无法用过去那样的方式来迎接诺兰了。

诺兰似乎对这一天发生的事感到压抑,起初,对他来说一直坐着思考似乎是一种解脱,接下来东道主们几乎感到不耐烦了,因为他要说的绝不仅仅是一两个字:

"我祈祷以后再也不要遇到像这样的一天。好像我们的主驱逐到猪群里的魔鬼又回到地球上了[1]。我宁愿是失去了灵魂的人在折磨我们;但我更担心那些我们尊敬的上帝的子民,担心他们已经把灵魂出卖给撒旦了,为了获得一点邪恶的力量去折磨他人一段时间。老谢林汉姆一家今天失去了一匹好马,他的妻子因为疾病常年卧床不起,他常常用这匹马拉着全家人去参加聚会。"

"也许,"洛伊丝说,"那匹马死于某种自然疾病。"

"的确,"诺兰牧师说道,"但是我还是得说。他走进屋子的时候,心里满满的都是失去那匹马的悲伤,一只耗子突然窜到他跟前,以至于几乎绊倒他,之前没有出现过这样的事,他手拿鞋追赶耗子,这只耗子就像疼痛中的人那样哭喊着,径自钻进了烟囱里,顾不得里面炎热的火焰和烟雾。"

梅纳西专注地听着整个故事,故事结束时他拍拍胸前,大声地祈祷大家能从邪恶之人的力量中被解救出来,整个晚上每隔一段时间他就会祈祷一次,他的表情以及动作都显得卑微和恐惧——他,可是所有村落里最勇敢、最胆大的猎人。事实上,几乎所有的家庭都在无声的恐惧中

---

[1] 此故事参见《圣经·新约·马太福音》第8章第28—32节。

挤作一团，对通常的家庭活动几乎没任何兴趣了。费丝和洛伊丝互相挽着胳膊坐在一起，如同费丝未曾嫉妒洛伊丝的那段时光一样；普鲁登丝小声向母亲和牧师询问恐怖的问题，询问关于外面的魔鬼以及他们折磨别人的方式；当格蕾斯恳求牧师为她和家人祈祷时，牧师为自己也做了一个漫长而充满激情的祈祷：针对这个没有宽恕之说的犯罪——巫术之罪，他祈求这个小群体中不要有人陷入绝望的毁灭之路。

第三章

"巫术之罪。"

我们可以朗读它，明白它的字面含义，但却很难意识到它引致的恐怖。每一次冲动的行为或不同寻常的行动，每一次小小的紧张不安，每一次的疼痛或痛苦，都引起极大的关注，不仅仅受害者周围的人注意到了，受害者本人也注意到了，无论他是谁，无论他是在以最简单、最普通的方式自主行动还是在接受操控。他或她（妇女或女孩被认为是最常见的受害者）感觉到自己突然渴望起一些不同寻常的食物，或有一些不寻常的举动，如休息时手颤抖，脚没了知觉或腿抽筋，他们立刻就会提出可怕的问题："难道在撒旦的帮助下，有什么邪恶的力量控制了我吗？"也许他们会接着思考："我的身体要熬过一些未知的邪恶人对我施加的力量已经够糟了，但如果撒旦给予他们更大的力量，他们就可以触摸我的灵魂，用令人讨厌的想法激励我，引诱我犯罪，这些事情让我厌恶，该怎么办？"诸如此类。他们很害怕会发生什么，不断出现各种想法，甚至对某些可能性或一些被认为可能会出现的事物感到恐惧，这引起了他们想象力的混乱，这些起初都让他们不寒而栗。而且，同瘟疫中出现的那种压倒性恐慌的情形一样，由于不确定谁会被感染，他们会因为抑制不住的恐惧而在一贯热衷的事情面前退缩。兄弟姐妹、在孩提时代或年轻时的最好朋友，现在也许与一些神秘致命的最可怕的恶灵有关——谁能辨别出来？在这种情况下，放弃曾那么深爱过的肉体已变成一种责任，一种神圣的责任，因为这个肉体现已成为有着邪恶倾向的、腐败而可怕灵魂的寄生之所。也许，对死亡的恐怖可能带来认罪、悔改和净化，或许不能，不然为什么女巫会和邪恶的生物一起逃到撒旦的王国呢，他的目标可是要用尽手段败坏和折磨上帝的造物！有些人更为简单，或许也更无知，他们对女巫和巫术感到恐怖，再加上有意识或无意识的欲望作祟，他们就会对那些做出任何令他们不悦的行为的人进行报复。在这里，证据具有一种超自然的特性，没人能否定它。这个论点是："你仅有自然的力量，而我有超自然的。你通过谴责这种巫术的罪行来承认超自然力量的存在。你几乎不知道自然力量的极限，你又如何定义超自然呢？我说，在夜深人静的时候，我躺着，似乎进入了安静的睡眠，那时，我的意识完整而清醒，在我的身体里躲藏着男巫和女巫，撒旦是他们的首领，他们在我的身体里折磨我，因为我的灵魂不会归顺他，而我目睹了他们的行为。那个外表如我一般且安静地睡在我的床上的东西，其本质究竟是什么，我不知道；但正如你承认巫术的可能性一样，你不能否定我的证据。"由于亲眼目睹者对当时的事情可能相信也可能怀疑，所以提供的证据可能真实也可能虚假，但每个人一定都见识到了外面那巨大可怕且意图报复的力量。而且，被告们也加剧了外面可怕的恐慌：有些人害怕死亡，懦弱地承认了他们被指控的虚构的罪行，并且为了获得原谅而去忏悔；有些软弱害怕的人，通过在这样的情况下肯定会产生的臆想病，真的相信了自己的罪责。

洛伊丝与费丝坐在一起。两个人都沉默着，思考着外面的各种故事。洛伊丝先开口了：

"噢，费丝！这个国家比英格兰的哪个时代都糟糕，甚至比马修·霍普金斯[1]时代还要糟糕。我渐渐害怕每一个人，我想，有时我甚至害怕纳特！"

费丝有点儿受到影响。她问："为什么？是什么让你不信任印第安女人？"

"啊！这些恐惧一出现在我的脑海，我就为它感到羞耻。但是你知道，我第一次来的时候看到她的样子和肤色就感到奇怪：她是一个没有接受过洗礼的女人；她们讲述的都是些印第安巫师的故事；我不知道她

---

[1] 马修·霍普金斯（Matthew Hopkins, 1620—1647），十七世纪英国搜巫大将军，以收费方式到处替人搜捕巫师。

经常在火上搅拌的是什么混合而成的东西，也不明白她唱给自己听的歌有什么意思。有一天黄昏，我在塔普牧师家附近遇到她和牧师家的仆人霍塔在一起——就在牧师家的不幸遭遇发生之前，我在想她跟这事儿有没有关系。"

费丝一直坐在那里，仿佛在思考。最后她说道：

"即使纳特真的拥有超越你我的能力，她也不会用它做邪恶之事，至少不会去伤害她爱的那些人。"

"你说的话给了我一点儿安慰，不过作用不大，"洛伊丝说，"如果她真的拥有她本不该拥有的能力，即使我没有对她做过什么坏事，不，几乎可以说我给她留下的是亲切的感觉，但我仍害怕她，因为她的这种力量是恶魔给予的。而且你方才讲的话就是证据，纳特会对那些冒犯她的人使用那些邪恶的力量。"

"为什么她不可以使用？"费丝问道，那双眼睛瞪得大大的，闪烁着火苗。

"因为，"洛伊丝没看费丝，说，"人们告诉我们，要为那些恶意对待我们的人祈祷，而且要善待那些迫害我们的人。但是可怜的纳特是一个没有接受过洗礼的女人。我会让诺兰先生给他洗礼，这样也许就能将她从撒旦的力量诱惑中解脱出来了。"

"难道你从来没受到过诱惑吗？"费丝有些轻蔑的问道，"我怀疑你小时候也没接受过一个好的洗礼！"

"没错，"洛伊丝遗憾地说，"我经常做错事，但是，如果没有神圣的洗礼，也许我会做得更糟。"

她们又沉默了一段时间。

"洛伊丝，"费丝说，"我没任何冒犯你的意思。不过你从没觉得你将放弃未来的所有生活吗？牧师的谈话，还有那些模糊、看起来遥远的事，从明天的这时候开始，以后的真实生动的幸福生活，这些你都没有想过吗？哦！我可以想象到那种幸福，为这我愿意放弃那些进天堂的微小机会——"

"费丝，费丝！"洛伊丝大叫，用手捂住表姐的嘴，惊恐地环顾四周，"嘘！你不知道，也许那些坏人正在听着呢，你正在把自己置于他们的控制之中。"

但费丝把她的手推开,说:"洛伊丝,我连上帝都不相信了。也许上帝和他们可能都存在,但他们太遥远了,远到我可以忽视他们。为什么我要承诺永远不告诉任何活着的人所有这些关于塔普先生家的纷扰,我告诉你一个秘密。"

"不!"洛伊丝吓坏了,"我害怕所有的秘密,我一个秘密也不听。我会为你尽我所能,费丝表姐。但是在这个时候,我会努力让自己的生活和思想严格保持在简单的思维界限内,我害怕去承诺隐藏和保密。"

"懦弱的女孩才会充满恐惧。如果你听了我的话,你的恐惧感即使不会完全消失,也会减少许多。"接下来费丝不再说一个字,尽管洛伊丝试图温和地诱使她谈论别的话题。

关于巫术的谣言就像雷声在山谷中回响。首先在塔普先生家爆发,他的两个女儿被认为是受巫术迷惑的第一例;但是消息传出去之后,城镇的每个角落都出现了遭遇巫术的事情。几乎每一个家庭都有一个所谓的受害者。很多深受巫术威胁的家庭,并未被这件事的恐怖和神秘吓倒,反而大声呐喊要报仇。

庄严的禁食和祈祷仪式之后,这一天终于来到了。塔普先生邀请附近的牧师和所有人聚集到他家,和他一起投入到一整天庄严的宗教仪式中,祈求把他的孩子和那些遭受同样折磨的人从恶魔手里解脱出来。塞勒姆的所有人都涌向了牧师家里,人们都很兴奋,开始时,许多人脸上还满是渴望和恐惧,但到了情绪高涨时,他们作决议时的严厉竟演变成了残忍。

祷告进行到一半时,小女孩赫斯特开始抽搐,一阵又一阵的抽搐,并且声嘶力竭地尖叫哭喊。第一阵抽搐过后,孩子慢慢好些了,人们站在筋疲力尽、气喘吁吁的赫斯特周围,塔普牧师举起右手,以三位一体[1]的名义为女儿起誓,让她说是谁在折磨她。接下来是死一般的沉寂,几百个人没有一点动静。赫斯特疲倦不安地转过身来,呻吟着喊出了霍塔的名字,她们家的那位印第安仆人。在场的霍塔显然和其他人一样对这项宗教仪式非常感兴趣,事实上,她一直在忙着照料这痛苦的孩子。但此刻,她目瞪口呆地傻愣住了。她的名字也被周围所有人听到了,他

---

[1] 基督教中的三位一体,指的是圣父、圣子、圣灵。

们还以排斥和仇恨的腔调喊了出来。接下来,他们的目光便落在这个颤抖的女人身上,仿佛在撕扯她的四肢——脸色苍白、全身打颤的霍塔那副茫然的样子看上去倒有几分像有罪。但是憔悴的塔普牧师却站直了身子,示意大家都回去,保持安静;然后告诉他们,复仇不是故意惩罚,它还需要信念,也许还要忏悔——如果她被带去忏悔的话,他希望能为遭受苦难的孩子作些补偿。他们必须离开罪魁祸首,罪魁祸首在他手里,也在他的牧师同事们的手里,在把她移送到民事权力机关之前,他们可能要对付撒旦。他说得很好,因为他的话出自一个看到孩子的可怕和神秘而深感痛苦的父亲的内心,他坚信自己手中的线索最终能解救自己的孩子们和同样遭受折磨的同伴们。大伙儿都在抱怨,对处理罪犯的方式不满意;塔普在做漫长而充满激情的祈祷,有时提高音量;而倒霉的霍塔站在那里,已经被两个人绑起来并看守着,他们像准备猛扑的警犬那样盯着她,虽然祷告的结语是仁慈的救世主。

整个场景使洛伊丝感到不舒服甚至颤抖,这不是知识面对愚昧和迷信的发抖,而是仁慈的道德面对罪责的发抖。即使人们仇恨和厌恶的证据表明霍塔有罪,她仁慈的心也会产生忧虑和苦恼。她跟着舅妈和表姐妹走出塔普家,眼睛低垂,脸色苍白。格蕾丝怀揣因查出罪犯而产生胜利的喜悦往家赶。费丝似乎非常不安,这种不安超出她的意愿。梅纳西因为自己的预言实现而打赌获胜。普鲁登丝却对这个小说般的情节感到兴奋,情绪达到了与大伙儿不和谐的高昂状态。

"我和赫斯特同岁,"她说,"她的生日是九月份,我的生日是十月份。"

"那跟这个有什么关系?"费丝犀利地问道。

"没什么,只是看到她发生这件事情,所有的那些牧师都为她祈祷,还有那么多的人远道而来——据说有些人来自波士顿——这些人都是为了她而来。为什么,你看,虔诚的亨维克先生按住她的头防止她乱动,老夫人霍尔布鲁克为了看得更清楚让人搀扶自己坐到椅子上。我想知道我得发生什么事,这些伟大而虔诚的人们才会如此关心我。但是,我想,身为一个牧师的女儿,现在没人跟她说话会使她非常不安。费丝,你认为霍塔真的迷惑她了吗?上次我去塔普牧师家的时候,她还给过我玉米蛋糕,感觉她跟其他的女人一样,只是稍微和气些。她竟然是一个女巫!"

但是费丝似乎急于回家,没有注意普鲁登丝的话。梅纳西跟他母亲一道,洛伊丝坚持躲着梅纳西,所以她加快脚步与费丝一起走,尽管费丝近来似乎总想躲开她。

那天晚上消息传遍整个塞勒姆,霍塔已经认罪——承认她自己是个女巫。纳特是第一个听到情报的人。她闯进了房间,女孩们正与格蕾丝坐一起,因为早上的祈祷会,大家现在都庄严地坐着什么都没做。她喊道:"仁慈而怜悯的每位小姐!可怜一下贫穷的印第安女人纳特吧,她从不做错事,除了对小姐们和家人偶尔犯错!霍塔是一个坏的邪恶的女巫,她这么说自己,哦,我!哦,我!"并且俯身向费丝低声以可怜的语调说着什么,洛伊丝只听到一个词"折磨"。但是费丝全部听到了,她脸色顿时苍白,半扶半拉将纳特带回了厨房。

不久,格蕾丝·希克森回来了。她刚刚出去看一个邻居,不能说如此虔诚的夫人们在闲聊,事实上,她们谈话的主题太严肃、太重大了,我只能采用一个程度轻点儿的词来形容它。所有人都在听并重复小的细节和谣言,说话者们没有注意到就是这些小细节构成了谣言;但在这个例子中,所有琐碎的事实和谣言都被认为会产生可怕的影响,而且可能有一个可怕的结局,这样的耳语多少也提高了发生悲剧的可能性。有关塔普先生家的事情,其中的每个细节都被紧紧抓住:他家的狗是如何狂吠漫长的一整夜而不肯停下来;他家的奶牛是如何在产犊两个月后突然不下奶的;某天早晨他是如何失忆一两秒钟,甚至在重复主祷文时,突然不安地漏掉了一个句子;他孩子怪病的所有这些前兆,也许现在可以解释和理解了——这已经成为了格蕾丝和她的朋友们之间谈话的主要话题。最后,鉴于这个邪恶之人对塔普先生家作的邪恶行为,法庭将会对这个邪恶之人做什么样的判决,他们之间出现了争议,如果事情是真的,这意味着什么?尽管各种观点的区别相当大,但这并非一次不愉快的讨论。由于聊天者中没有一个人家里发生这种事情,这证明他们没有犯过任何罪。大家正聊天时,一个人从街上带来一个消息,说霍塔已经承认了一切——曾经在撒旦给她的红宝书上签字,曾经在圣礼上不虔诚,曾经飞到纽伯里瀑布。事实上,霍塔已经承认了长者们和法官们问她的所有问题,他们仔细地阅读以前在英格兰被审判的女巫们的认罪记录,以防忽略掉某一项调查。她说得更多的都是些不重要的东西,她掌握的不是精神层面的超能力量,更多的是世俗技巧:她说通过调整绳索可以将塔普先生家的陶瓷推倒或打碎。但是人们并不怀疑塞勒姆这些流言蜚语的真实性。其中一人说,这样做正是撒旦的指示,但是他们更愿意听亵渎圣礼的罪犯的内疚和超自然飞行这两方面的内容。来人最后说,虽然霍塔忏悔了,第二天早上还是要被绞死,尽管之前承诺她只要认罪就饶她一命;因为这是发现的首例女巫案,必须做个示范;好在她是一个印第安人,一个异教徒,她的死对整个村的生活影响不大。格蕾丝对这事也发表了自己的看法,女巫就应该在地球上消失,不论是印第安人、英国人还是其他国家的人,要是接受过洗礼的基督徒变成女巫更糟,像犹大那样,背叛上帝投奔了撒旦。对她来说,她希望首次发现的女巫来自虔诚的英国家庭的一员,那样就可以向人们展示,如果信教人士沾上这个邪恶的罪,他们都愿意切断右手,摘下右眼,她严厉地说。最后来的人又说,她的话也许提供了证据,因为有人耳语说霍塔供出了其他人,他们大多来自塞勒姆信教家庭,霍塔曾经在恶魔的圣礼上看到过她们作为恶魔的使者出现。格蕾丝说她会拿出态度来,所有虔诚的人都应该支持证据,放下所有的自然情感,不应让这样的罪在他们中间继续生长和扩散。她身体虚弱,甚至害怕目睹动物间的暴力与死亡;不过,她不会让这些阻止自己见证那早该死的魔鬼从他们身边消失。

与她之前的习惯相反,格蕾丝对家人讲了很多这次谈话的内容,这表明这个主题让她很兴奋,这种兴奋在她的家人之中以不同的形式传播。费丝脸色通红,焦躁不安,在起居室和厨房之间徘徊不定,尤其是对于霍塔忏悔的那部分让她对母亲产生怀疑,她好像在努力说服自己相信,那个印第安女巫真的做了这些可怕和神秘的事情。

洛伊丝听了那番话,想到这事儿的可能性,吓得浑身发抖。她发现自己对这个将要死了的女人、这个所有人都憎恨的女人、这个上帝不原谅的女人产生了同情之心。洛伊丝非常害怕自己因为霍塔成为叛徒,而且在这个重要时刻——洛伊丝坐在家族的温暖而欢快的火光旁,期待着明天的和平和快乐;而霍塔孤独,颤抖,惊慌失措,内疚,被关在城镇监狱里冷墙之间的黑暗中,没人陪她,没人安慰她。但是洛伊丝渐渐不再同情这个让人讨厌的撒旦帮凶,并祈求上帝宽恕她的慈悲心肠;不过她随后又想起救世主的慈悲精神，允许自己同情霍塔，直到最后她的是非之心变得困惑，于是只能交给上帝来处理了，仅仅要求上帝将所有人和所有事情掌握在自己手中。

普鲁登丝倒是很高兴，仿佛是听一些愉快的故事，她对这事儿很好奇，母亲告诉她的那些内容还不能让她尽兴。她对女巫和巫术好像不怎么害怕，反而特别想在第二天早晨和母亲一起去绞刑现场。洛伊丝躲开普鲁登丝残酷而急切的面孔，因为她央求母亲允许自己去绞刑现场，连格蕾丝也为女儿的执拗感到不安和困惑。

"不行！"她说，"不要再求我了。你不能去。那样的场面不适合小孩子。一想到那场面我就不舒服。但是我要证明，身为一个女基督徒，必须和上帝一起，同魔鬼作斗争。我告诉你，不准去，再打这个主意我就打你。"

"梅纳西说，霍塔被带去忏悔之前，塔普先生把她打了一顿。"普鲁登丝说道，好像急于转变讨论的话题。

梅纳西从对开的那本大《圣经》中抬起头，他正在研究他父亲从英格兰带来的那本《圣经》。他没听普鲁登丝说话，但听到自己的名字就抬起头，所有人被他狂野的眼睛、毫无血色的脸吓了一跳，不过显然他对大家的反应很生气。

"为什么这样看我？"他问道，显得焦躁而激动。

他母亲赶紧答道："普鲁登丝说是你告诉她，塔普牧师鞭打女巫霍塔，玷污了他的手。你这是什么邪恶的思想？告诉我们，不要再去研究你的人类学了。"

"这不是我研究的人类学的内容，这是上帝的话。我还想知道更多关于巫术之罪的本质，无论内容是什么，其实都是对抗圣灵的不可饶恕的过错。有时候，我感觉这会对我有所影响，促使所有邪恶的想法和闻所未闻的行为产生，我也扪心自问：'这不是巫术的力量吗？'我生病了，我厌恶我的一切所作所为，然而一些邪恶的魔鬼已经掌控了我，我必须做我讨厌和害怕的事，说这些话。你为什么不知道，妈妈，我和所有人一样都想努力去了解巫术的本质，为此不再虔诚地学习上帝的话语？你没有看到恶魔像过去那样把我控制了吗？"

他平静而又遗憾地说，但却怀着深刻的信念。

他母亲想安慰他:"我的儿子啊,"她说,"没人看过你做那些事,也没人听过你说那些话,大家都说那是在恶魔驱使下才干的事、说的话。我们看到你这个可怜的孩子,你的智慧误入歧途,但你都是在被禁止的地方寻求神的旨意,失去了方向,这才时刻渴望黑暗的力量。不过那些日子早就过去了,未来就在你面前。别再想女巫或巫术的力量了。我过去大错特错,总是在你面前说这些。让洛伊丝坐你旁边,跟你说说话。"

洛伊丝走到梅纳西那里,为他的沮丧感到伤心,想给他安慰,然而在内心深处却比以往任何时候都排斥成为他妻子的想法——她看到舅妈日复一日不知不觉的自我调节来接受这个安排,因为她认为这个英国女孩能够安慰自己的儿子,甚至是那甜美的音调、舒服的嗓音都有很好的效果。

他拿起洛伊丝的手。

"让我握住它,它让我感觉很好,"他说,"啊,洛伊丝,每当在你旁边时,我就会忘记所有的烦恼——我以为有一天你也会听到那个不断对我讲话的声音,是不是这一天永远也不会到来了?"

"我从没听到过那种声音,梅纳西表哥,"她轻声说,"但也不去想那些声音。告诉我关于你希望在森林里圈出一片地的事——你希望在那里种什么树呢?"

这样,通过实际生活中简单的问题,她用自己未觉察到的智慧将他的思绪带回来,回到梅纳西总能展示自己强大的实用话题上。他随心所欲地说着这些事,直到家庭祈祷时间开始,最近几天仪式进行得早些。梅纳西作为一家之主来主持仪式,这个位置在他父亲去世之后他母亲就急于分配给他。他即兴地祈祷,今晚他的思绪漫游到了与祈祷无关的地方,周围跪着的那些人对这个说话者感到焦虑,猜测祈祷可能永远不会结束了。几分钟过去了,几刻钟过去了,他的语调却变得更高、更迷惑,他为自己祈祷,将他的内心深处表露无遗。最后他母亲站了起来,牵起洛伊丝的手,因为她相信洛伊丝能给她儿子带来类似于弹奏竖琴的牧羊人大卫给予坐在宝座上的扫罗国王的力量。她把洛伊丝拉向梅纳西,他正在那儿朝圆圈跪着,眼睛朝上看,脸上的恍惚与痛苦描绘出他内心灵魂的挣扎。

"洛伊丝来了,"格蕾丝几乎是温柔地说,"她很愿意去你的房间。"女孩的脸上流下泪水。"站起来,去你的小房间完成祈祷吧。"

但是当洛伊丝靠近他时,他一跃而起,跳到一边。

"带她走,妈妈!不要试探我,她给我带来了邪恶和罪恶的念头。即使上帝出现在我面前,她也使我处于黑暗中。她不是发光的天使,否则她不会这样做。即使在我祈祷时,她也用命令我娶她的声音折磨我。走开!带她走!"

如果不是洛伊丝沮丧而惊恐地退回来,梅纳西就打到她了。他的母亲虽然同样惊愕,但没有恐惧。她以前见过梅纳西这样,知道他的发作方式。

"快离开这儿,洛伊丝!你的出现刺激到他了,就像上次费丝的出现刺激到他那样。我来照顾他吧。"

洛伊丝跑回她的房间,趴在她的床上,气喘吁吁,像个被捕杀的猎物。费丝慢慢地、步履沉重的跟过来。

"洛伊丝,"她说,"你能帮我一个忙吗?这不是过分的要求,你能在黎明之前起床,把我的这封信送到诺兰的住处吗?我本想自己去,但是妈妈吩咐我做别的事,可能要一直做到霍塔行刑的时候。这封信内容关乎生死,无论诺兰牧师在哪儿都要找到他,他看过信之后再和他说话。"

"不能让纳特去送信吗?"洛伊丝问道。

"不!"费丝反应激烈,"为什么让她去送这封信?"

但是洛伊丝没回答。她脑子里迅速产生怀疑,闪电般突然,以前从未发生过这种情况。

"坦白吧,洛伊丝。我看穿了你的想法,你不愿意去送信?"

"我去,"洛伊丝温顺地说,"你说这封信关乎生死?"

"是的!"费丝的语调不同寻常,想了一会,她补充道,"只要议会还在,我就要写下必须要说的东西,而不是把它留在心里。你要保证在天亮之前送到信,否则就没时间行动了。"

"好的,我保证!"洛伊丝说。费丝知道洛伊丝一定会办好此事,不过还是不放心。

信写好了——洛伊丝把它放在胸前;第二天天亮之前,洛伊丝就开始活动了。费丝半闭着眼睑，眯缝着眼睛看她——漫长的一夜睡眠中她的双眼一直未完全合上。洛伊丝戴上连帽斗篷离开家，她刚一离开房间，费丝也起来了，准备去找母亲，她听见母亲起床的动静了。在这个可怕的早晨，几乎塞勒姆的每个人都起来了，但很少有人像她那样早出门走上街道。匆忙矗立的木架子的黑影延伸到街对面，非常可怕；现在她必须经过铁条结构的监狱，从无釉的窗户传来女人可怕的哭声和脚步声。她开始加速，瞬间各种不适都烟消云散了。到达诺兰先生寄住的寡妇的家时，他已经起床出去了，房东说是去监狱了。洛伊丝不断地重复着"关乎生死"，被迫往监狱走去。往回走的路上，她庆幸看到诺兰先生正惨淡地走出监狱的大门，走近他，看到他沉重的身影更显得惨淡。洛伊丝不知道他去做什么了，但他看起来严肃而难过。洛伊丝把信塞进他手里，安静地站在他面前等待他把信读完，并且给出她期待的答案。但是相反，他没有打开信，而是握在手里，显然是陷入了沉思。最后他终于开口说话了，但更像是对自己而不是对洛伊丝说：

"上帝！她要在这种可怕的精神错乱中死去吗？这样疯狂而可怕的忏悔只可能出自陷入谵妄状态的人之口。巴克莱小姐，我刚从被判死刑的印第安女人那里来。看起来昨晚她认为自己被背叛了，因为对她的判刑没有缓刑，即使她对自己罪责的忏悔之深足够将火从天上降下来。在我看来，这个无助女人的激情和无能为力的愤怒变成了疯狂，因为她昨晚向看守透露的话让我很吃惊。我几乎可以想象她的想法，通过加深她坦陈的内疚来逃脱最后可怕的惩罚，她说的好像是什一税[1]，一个人犯了这样的罪可以继续活着。在这样一个疯狂的恐怖状态不判她死刑！应该怎么做？"

"但是《圣经》说我们的世界没有女巫。"洛伊丝缓慢地说。

"的确，如果信仰上帝的人因为仁慈为她祈祷的话，我会要求缓期。有人会为她祈祷的，她那么可怜。你会的，巴克莱小姐，我确定？"但他是以质疑的口气在说。

"我夜里为她祈祷了很多次，"洛伊丝小声说，"此刻我内心也在为

---

[1] 由欧洲基督教会向居民征收的一种主要用于神职人员和教堂日常经费以及赈灾的宗教捐税，这种捐税要求信徒要按照教会当局的规定或法律的要求，捐纳本人收入的十分之一供宗教事业之用。

她祈祷，我想，他们（撒旦）会被命令放了她，我不会让她被上帝完全抛弃。但是，先生，你还没有看我表姐的信，她命令我赶快把你的答复带给她。"

他还在犹豫，还在想刚刚听到的可怕忏悔。如果这是真的，这个美丽的世界是一个污染严重的地方，他几乎想通过死去来摆脱这些污染，和那些纯洁天真的人一起站在上帝面前。

突然他的眼睛落在洛伊丝纯净而严肃的脸上，她正仰着脸看着他。那一瞬间洛伊丝这种天然的善良走进了他的灵魂，他不知不觉地祝福她。

他把手放在洛伊丝的肩膀上，动作有几分像父亲那样——尽管他们的年龄差还不到十二岁——他向她俯下点儿身子低声说，也有些像对自己说，"巴克莱小姐，你对我做了件好事。"

"我！"洛伊丝似乎自言自语，"我对你做了好事！做什么好事了？"

"就是做你这样的人。但是，也许我更应该感谢上帝，在我灵魂如此慌乱的时刻把你派来了。"

在这一刻，他们意识到费丝站在他们前面，表情极为愤怒。她愤怒的表情使洛伊丝感到内疚，她没有极力敦促牧师看信，她想，正是自己拖延了表姐交付的事关生死的紧迫任务让表姐愤怒，导致她又直又黑的眉毛下一双眼睛蔑视自己。洛伊丝解释自己在诺兰先生的住所没有发现他，而不得不追随他到监狱门口，但是费丝以顽固的蔑视回应她。

"别费唇舌了，洛伊丝表妹，我明明看到你和诺兰牧师在聊愉快的事情。对于你的遗忘我一点儿也不惊奇，我改主意了，把信还给我。先生，这是一件没意思的事情——老年妇女的生命又怎么比得上年轻女孩的爱呢？"

洛伊丝听到后，一瞬间不明白嫉妒愤怒的表姐为何怀疑她和诺兰先生彼此爱慕。她从来没想象过这种可能性，她尊重他，几乎崇拜他——甚至把他当费丝未来的丈夫来喜欢。想到表姐可能认定自己犯有这样的背叛罪，洛伊丝暗淡的眼睛睁大，盯着费丝怒火中烧的那张脸，这个完美纯真的女孩正以严酷的方式告诉指控者不是她想的那样。这时，费丝看到了牧师不安而通红的脸（他觉得内心深处无意识的秘密如面纱般被揭开了）。费丝从他手中夺过信，说道：

"让女巫被绞死吧！我那么关心干什么？她已经用她的魅术和巫术伤害了塔普牧师的女儿。让她死，让其他所有巫婆也看看她们自己，因为外面还有各种巫术。洛伊丝表妹，你和诺兰牧师最好停下来，否则我会求你跟我回去吃早餐。"

嫉妒的讽刺没有把洛伊丝吓倒，她决心不理会表姐疯狂的话，而是向诺兰牧师伸出手，以她习惯的方式跟他道别。他犹豫一下后拿起她的手，当他这样做的时候几乎抽搐紧缩。费丝站在那里等着，嘴唇紧绷，以复仇的眼神看着这一切。她没有告别，没说一句话，而是紧紧地抓住洛伊丝的手臂，出了街后几乎是一路拖着她回到了家。

上午的安排是这样的：格蕾丝和她的儿子梅纳西作为一家之主，出席塞勒姆第一个女巫的绞刑现场。其他成员不得外出，直到低沉的钟声响起，宣布印第安女巫霍塔从世上消失为止。行刑结束后，塞勒姆村民将举行一场庄严的祈祷大会，远道而来的牧师们协助他们举行祈祷会，竭力清除这片土地上的魔鬼及其帮凶。不难想象老会议厅将会多么拥挤，费丝和洛伊丝到家后，格蕾丝让她们去找普鲁登丝，催促她们早点准备出发去会议厅。严厉的老太太预想到可能会看到的场景，内心极度不安，没过几分钟，说话不由自主地匆忙且不连贯。她穿着只有礼拜天才穿的最好的衣服，但是脸色灰白，没有血色，似乎不敢从谈论家庭琐事中停下来，唯恐有时间思考。梅纳西站在她旁边，也穿着礼拜天穿的最好衣服，神态依旧僵硬，脸也比平常苍白，但是多了一份心不在焉且入迷的表情，就像看到了愿景的人。费丝进来的时候，手还紧紧地抓着洛伊丝，梅纳西笑了，但还像在梦中。他的态度如此特别，甚至他母亲也停下讲话更密切观察他，他还处在兴奋的状态下，通常他母亲及一些朋友尊称这种情况为先知的指示。他开始说话，起初声音很低，渐渐音量增加：

"比乌拉的土地多么美丽，穿过海洋，越过山脉！那里天使们载着她，她如晕倒般躺在天使的臂弯里。他们要吻去死亡的黑圈，让她躺在羔羊的脚下。我听到她的恳求，因为地球上那些人同意她死去。啊，洛伊丝！为我祈祷，为我祈祷，好凄惨！"

当他说出时表妹的名字时，所有人的眼睛都转向洛伊丝。她与他的幻象有关！洛伊丝站在他们之中，惊奇，敬畏，但没有惊恐或沮丧，她

第一个讲话：

"亲爱的朋友们，不要怀疑我，他的话可能是真的也可能是假的。无论他是否有预言的天赋，我都是信仰上帝的。另外，难到你们没听到我的祈祷也是在你们结束祈祷的时候结束的吗？想想他和他的祈祷，总在结束后让他疲惫不堪。"

洛伊丝忙着照顾梅纳西，帮舅妈那双颤抖的双手把食物端到他面前。他现在疲倦而不知所措地坐在那里，注意力涣散，很难集中。

普鲁登丝尽全力帮他们尽快启程。但是费丝站在一旁，眼神激动而愤怒。

他们一动身奔赴庄严而致命的差事，费丝就离开了房间，她没尝一口食物，也没喝一滴水。事实上，他们都感到恶心。姐姐上楼的时候，普鲁登丝跳到椅子上，上面有洛伊丝的斗篷和连帽：

"把头巾和斗篷借给我吧，洛伊丝表姐。我从没见过女人被绞死，我要看看为什么我不应该去；我会站在人群边上，没人认识我，我会在母亲回来之前到家。"

"不！"洛伊丝说，"不可以，舅妈将会大发雷霆。普鲁登丝，我很吃惊，你居然想去见证这样的景象。"她说话时紧紧抓住斗篷，普鲁登丝也强烈挣扎。

费丝回来了，或许是被她俩撕扯的声音引过来的，她笑了——是致命的微笑。

"放弃吧，普鲁登丝。不要再和她争了。在这个世界上她是很出色的，我们不过是她的奴隶。"

"噢，费丝！"洛伊丝说着，放下她的斗篷，转过身来，表情和声音都很激动，"我做的事情正是你要告诉我的事情，而且我认为你也是爱护妹妹的不是吗？"

普鲁登丝抓住这个机会，匆忙穿上斗篷，斗篷对她来说太大了，她觉得这样正适合隐蔽。但是，当她向门口走去时，她被衣服不寻常的长度绊倒了，胳膊上有多处淤青。

"下次小心，你怎么能干涉一个女巫的事情呢。"费丝说，她几乎不相信自己说出了这句话，但是内心的痛苦和嫉妒使她与全世界为敌。普鲁登丝擦了擦手臂，愣愣地看着洛伊丝。

"女巫洛伊丝！女巫洛伊丝！"她最后轻声地说，尽管还是一张孩子气的脸。

"噢，嘘，普鲁登丝！不要学这种可怕的话，让我看看你的手臂。我很抱歉你受伤了，但也很庆幸你能听你母亲的话乖乖待在家里。"

"走开走开！"普鲁登丝说着并推开她，"其实我很怕她，费丝，让女巫离我远点儿，否则我会向她扔凳子。"

费丝笑了笑——这是一个邪恶的笑——但她并未去消除自己带给小妹的恐惧。就在这一刻，铃声响了。霍塔，那个印第安女巫，死了。洛伊丝用双手捂住脸，甚至费丝的脸也从未如此苍白，她叹息着说："可怜的霍塔！但是死亡是最好的结果了！"

唯独普鲁登丝，她看起来对这个庄严而单调的声音没任何想法，无动于衷。她唯一的想法就是，现在她可以走到大街上看看风景。听到这个消息，她从对表姐的恐惧中逃脱出来。她飞奔到楼上去找自己的斗篷，又跑下来，经过洛伊丝时，这个英国女孩还没结束她的祈祷，普鲁登丝迅速融入到去会议厅的人群中。费丝和洛伊丝也在适当的时候来了，但是两人是分开来的，不是一起来的。费丝显然在躲避洛伊丝，她自卑而且伤心，无法迫使自己与表妹同行，始终在后面不远处边走边玩，眼泪默默地从她脸上流下来，因为今天早上发生的事情让她难以释怀。

会议厅里拥挤得几乎令人窒息。这地方有时会发生这种情况，大批人被堵在门外，因为很少能有人一来就挤进去。外面人对里面的人不耐烦，推着费丝和她后面的洛伊丝，直到两人都被挤到会议厅中间显眼的位置，虽然没有座位，但有空间可以站着。讲坛周围站着几个人，其中有两位身穿神职袍和日内瓦礼服的牧师，而其他同样穿着并扶着讲坛的牧师好像在交流讨论些什么。格蕾丝和儿子优雅地坐在自己的座位上，这说明他们是从刑场直接过来提前到的。从这些人的面部表情，你几乎能算出出席这次印第安女巫绞刑的人数，他们很敬畏这种可怕的静。外面的人依然蜂拥而入，那些没能观看行刑的人看起来不安、兴奋、激动。嗡嗡声遍布整个会议厅，讲坛上站在塔普牧师旁边的是科顿·马瑟先生，他从波士顿赶来协助清除塞勒姆的女巫。

现在塔普牧师开始像平常那样即兴祈祷了。他有些语无伦次，也许是因为他默许了对霍塔使用血腥手段，而后者几天前还是自己家的一员；

他的祈祷暴力而激情，像一位正在寻找孩子的父亲，他相信孩子在这场犯罪中很害怕，他将在上帝面前谴责这宗罪行。最后他筋疲力尽地坐下来，马瑟先生站到前面，他说的不过是些祈祷的话，比塔普先生冷静多了。祈祷之后，面对人群以镇静雄辩的方式演讲，他的讲话类似于恺撒谋杀事件后安东尼在罗马的演讲。因为他后来把这些话写进了自己的作品，所以马瑟的许多话语都被保留了下来。谈到那些"不相信上帝"的人，他认为这样的罪犯无法生存，他说："且不去管他们对祝福的经文总是愚蠢地呼喊和嘲笑，确认无疑的历史证明，没有人能够怀疑人类社会的共同法律，我们更崇拜上帝的善良，他能让婴儿和乳儿口吐真相。虔诚牧师的饱受痛苦折磨的女儿揭露了真相，魔鬼在你们周围进行了几次可怕的行动。让我们祈求他们的权力受到抑制。迄今为止，他们的邪恶阴谋还没有达到四年前在波士顿那样的程度，当时我在上帝的指引下，用卑微的力量消除了古德温先生四个孩子身上撒旦的力量。这四个漂亮的孩子被爱尔兰女巫蛊惑，他们经受了数不清的折磨。他们一会像狗叫，一会又像猫那样发出咕噜声——是的，难以置信——他们会像大雁那样快速飞行，只是他们的脚趾不时停留在地上，有时一次飞行二十英尺都不止，手臂挥舞着像一只鸟。但是不飞行时，蛊惑他们的女巫使用地狱般的刑具，令他们只能一瘸一拐地走路，用一种无形的锁链困住了他们的四肢，有时一个套索几乎令他们窒息。特别是其中一个被撒旦派来的女巫把孩子置于烤箱般的温度中，我看到她的汗流个不停，而周围天气凉爽，气温舒适。我不想讲太多故事，我要证明是撒旦给予了她力量。有一个非常引人注目的事情，恶魔不允许她阅读任何神圣的或宗教类的书籍，不允许她说出耶稣告诉我们的真理。她能够很好地读天主教的书，然而我给她《威斯敏斯特要理问答》时，她既看不懂也读不了。而且，她喜欢英国国教高位圣职者所使用的《公祷书》，但这些是用英语写成的不敬的罗马弥撒经书。她痛苦时，如果一个人把祷告书放进她手里就宽慰了她。但是我必须告诉你们，不论她读什么书，她永远不可能阅读主祷文，从而清楚证明她跟撒旦有牵连。我把她带到我家，我甚至像马丁·路德先生那样，与恶魔作斗争，嘲弄她。我召集家人做祷告，控制她的恶魔使她不正常地吹口哨，唱歌，像入地狱般大叫。"

在这一刻，一阵尖锐清晰的口哨声穿过所有人的耳朵。马瑟先生停了一下：

"撒旦就在你们之中！"他激动地喊道，"看看你们身边！"他激动地祈祷着，好像在对抗眼前充满威胁的敌人，但是没人注意他。这么不详的、不寻常的哨声来自哪里呢？每个人都在观察自己旁边的人。哨声又响起来，是从他们中间发出的！有一个角落里一阵喧闹，那三四个人很激动。不知何故牧师他们立刻觉察到远处的人有些异样，顿时人群涌动，拥挤的人群迅速给两人让出一条通道，他们面前的普鲁登丝像一块木头那样躺在那里，抽搐，癫痫发作。俩人让普鲁登丝平躺在牧师讲坛前。普鲁登丝的妈妈来到她身边，看到女儿不正常便大哭起来。马瑟从讲坛上走下来站在普鲁登丝旁边，开始驱除她身上的恶魔，他似乎早已习惯这样的场景，人们却惊恐地向前冲。最后，她的僵硬消失了——他们说恶魔受到了制裁。暴力袭击结束后，观众们松了一口气。尽管之前的恐怖已经过去，他们好像听到不祥的哨声再次突然响起，他们禁不住恐惧地四处观望，仿佛撒旦在背后挑选下一个受害者。

同时，马瑟、塔普牧师和其他一两个人正鼓励普鲁登丝揭发女巫，她能否可以说出那人的名字，那个女巫受了撒旦的影响，让小孩遭受这样的折磨，就像他们刚刚目睹的那种情形。他们命令普鲁登丝在上帝面前说出来，她用疲惫的低声说了一个名字。整个圣会里没人听到名字，但是塔普牧师听到了，他沮丧地后退。然而马瑟不知道这名字是谁，他用清晰冰冷的声音喊出来：

"你们之中有一个人叫洛伊丝·巴克莱，是她迷惑了这个可怜的孩子。"

这个答案是用行动，而不是言语给出的，尽管很多人都在低语。所有人都在后退，从洛伊丝站的位置尽可能往后退，同时以惊讶和恐惧的眼神看着她。几英尺的空间立刻就空出来，这事儿一分钟之前好像还办不到。只有洛伊丝一个人站在那里，每一双集中在她身上的眼睛都充满憎恨和恐惧。她站在那里，结结巴巴说不出来话，好像是在做梦。她是一个女巫！在上帝和人们面前被谴责是女巫！她光滑而健康的脸蛋变得萎缩而苍白，但她一句话都没说，只用睁大、惊恐的眼睛盯着马瑟。

有人说："她是虔诚的格蕾丝·希克森家的一员。"洛伊丝不知道这句话是否对她有利，她甚至没有考虑这些，他们说的关于她的事情比在场任何人都少。她是一个女巫！银光闪闪的艾冯河，童年时代在巴福德看到的溺水的女人，英格兰的家乡，都出现在她面前，末日来临之时她的眼睛垂下来。同时场上也产生了一些骚动——纸张的沙沙作响，镇上的法官在讲坛旁写写画画并向牧师们咨询。马瑟再次发言：

"今天早上处死的印第安女人供出了几人的名字，她作证在参拜撒旦的可怕会议上见过那几个人，尽管我们看到有些人的名字时很吃惊——但是上面没有洛伊丝·巴克莱的名字。"

中间休息了一会儿，他们在协商讨论。马瑟再次发言：

"把被告洛伊丝·巴克莱带过来，带到这个可怜的孩子旁边来。"

他们冲上前去要把洛伊丝押送到普鲁登丝躺的位置，但洛伊丝却自己走上前去。

"普鲁登丝，"她用温馨感人的声音说（很久以后，那些听到这些话的人对自己的孩子说，"我有没有说过伤害你的话、做过什么事让你生病？说吧，亲爱的孩子。"），"你不知道自己刚刚说了什么，是吧？"

但是普鲁登丝拒绝她靠近，并且尖叫，像被折磨得非常痛苦一般。

"带她走！带她走！女巫洛伊丝，女巫洛伊丝，她今天早晨让我摔倒，把我的手臂摔得青一块紫一块。"她露出胳膊，好像是为了证实自己的话，那胳膊上是严重的瘀伤。

"我当时并不在你旁边，普鲁登丝！"洛伊丝难过地说，但那些伤痕却被认为是她邪恶力量的新证据。

洛伊丝的大脑开始不知所措，女巫洛伊丝！她是一个女巫，所有人憎恶的女巫！但是她还是想再努力争取一次。

"希克森舅妈，"她喊道，格蕾丝走到前面来——"我是个巫婆吗？希克森舅妈？"她问道，因为舅妈严厉，苛刻，没有爱心，洛伊丝想着——几乎到了发疯的地步——如果舅妈谴责她，那她可能确实是女巫。

格蕾丝不情愿地面对着她。

"这将成为我们家庭永远的一个污点。"她心里想着。

"你是不是女巫都是由上帝来判断，不是我来判断。"

"唉，唉！"洛伊丝呻吟道，因为她之前就看到了费丝，从她那阴郁的脸上和躲避的眼睛里就能知道她不会有好话。会议室里充满了急切的嗓音，压抑得让人渴望摆脱这儿，空气中都是喃喃的声音、愤怒的声音,刚刚站在洛伊丝旁边退却的人,现在又往前压,将洛伊丝围住,准备抓住这个年轻无助的女孩,将她送进监狱。那些可能是、应该是她朋友的人现在要么反对她,要么漠不关心;只有普鲁登丝一人大声哭诉,邪恶的孩子不断喊着,说洛伊丝对她下了邪恶的法术,命令他们让女巫远离自己。确实,当洛伊丝困惑和渴望的眼神看向她的方向一两次时,普鲁登丝就很奇怪地开始抽搐。到处都是女孩、女人们奇怪的叫声,很明显是遭受了与普鲁登丝同样的攻击,都是她那些焦虑不安的朋友。他们喃喃自语地说巫术如何野蛮,要求把前一晚霍塔说出的人名公开,对法律的缓慢程序不满。其他对这些受害者不太感兴趣的人则跪着,大声地为他们自己的安全祈祷,直到马瑟先生在祈祷和讲道时中听到他们不满的言语并平息了这一切。

梅纳西在哪儿?他说了什么?你肯定记得,尖叫、指控、被告的申辩,好像都是在嗡嗡喧闹的人群中进行的,这群人都是崇拜上帝的,但是现在却评价和训斥他们的同胞。直到此刻洛伊丝才瞥了一眼梅纳西,很明显他想推开人群到前面来,但他母亲用语言和行动阻止他。洛伊丝知道她会阻止他,因为这已经不是第一次,她注意到舅妈是怎么努力维护儿子在同乡中体面的名声,尽量不要让他们怀疑他的兴奋和初期的精神失常。在精神病发作的日子里,梅纳西幻想自己听到了预言,看到了未来的景象,他的妈妈会努力避免让家人之外的人看到他。现在,洛伊丝始料未及地发生了这种事,她有次看梅纳西的脸,和周围那些红润而生气的脸比起来,他的脸色黯淡而不正常。在这种情况下,梅纳西的母亲再怎么替儿子遮掩也是徒劳,无论她怎样努力、怎样说都是没有用的。梅纳西站在洛伊丝旁边,兴奋而结巴地说出模糊的证词,这些证词在冷静而正义的法庭上是没有价值的,只会给愤怒的观众火上浇油。

"把她送进监狱!""把女巫找出来!""撒旦的罪恶已经深入到各家各户了!""撒旦就在我们中间!""我们要跟他斗争!不遗余力地斗争!"科顿·马瑟认为这个被指控的女孩是有罪的,他徒劳地提高嗓门,大声祈祷,但是没有人听,他们都想抓住洛伊丝,好像怕她会从他们眼前消失。这个颤抖的、默默站着的白人女孩,被陌生的、粗鲁的男人紧紧地抓住,她睁大的眼睛仅能看到周围不远处,她想寻找一张同情自己的脸——但是几百人中竟然没有找到一张。一些人拿绳子把她绑起来,其他人低声问东问西，企图通过普鲁登丝紊乱的大脑给洛伊丝添几个新的罪名，梅纳西再次听到了预言。他问科顿·马瑟，显然是要急于弄清楚自己得到的论据："先生，在这件事情上，关于她是不是女巫，结果我已经从预言那里知道了。现在，尊敬的先生，如果这件事情被圣灵知道，他一定会在议会上表现出来。既然这样，为什么要为这种她没有自由意志的事情惩罚她呢？"

"年轻人，"马瑟先生说着，从讲坛上弯下腰来，很严厉地看着梅纳西，"小心点儿！你在亵渎神灵。"

"我不在乎，我再说一遍。洛伊丝·巴克莱可能是一个女巫，也可能不是。如果她是女巫，是她命中注定，因为几个月之前，我看到过她被定罪为女巫而死亡的预言——那个声音告诉我，对她来说，那只不过是解脱。洛伊丝——那个声音你知道——"他讲得很兴奋，开始踱步。但是看到他分析自己的逻辑论证时，思路竟如此清醒，让人很震惊，他巴不得能证明洛伊丝不该受惩罚，他努力让自己的想象力远离旧思想，努力集中注意力恳求上帝：如果洛伊丝是女巫，预言早就告诉了他；如果是预言的话，那一定是预知；如果是预知，就是命中注定；如果是命中注定，那就不是洛伊丝个人的自由意志，那样的话，洛伊丝就不该受不公正的惩罚。

他完全沉浸到自己的分析中，完全没有在意自己越来越充满激情，把自己的激情完全投入到了敏锐的论点和绝望的嘲讽之中，而不是激发自己的想象力。甚至连马瑟也觉得，自己在这场集会中是最坏的人，而半个小时之前，大家都觉得自己是最可靠的。保持一个良好的心态，科顿·马瑟！你对手的眼睛开始眩光和闪烁，眼神变得可怕而不坚定——他的演讲变得没那么连贯，他的辩论混合了令人迷惑的启示，这些会导致他自己慢慢被孤立。他触犯了界限，跨越了亵渎的边界，可怕地哭泣，站起来斥责会众，与上帝作对。马瑟露出一丝残酷的笑容，人群纷纷准备向梅纳西扔石头，而梅纳西此刻继续疯狂地说着，什么也不顾。

"等等，等等！"格蕾丝·希克森喊道——家庭荣誉感促使她一直隐藏着自己唯一儿子的不幸，现在儿子的生命受到威胁，她已然顾不得家族的面子问题，"不要碰他，他根本不知道自己在讲什么，他不正常。我在上帝的面前告诉你们真相。我的儿子，我唯一的儿子，是个疯子。"

他们被这个消息吓呆了。这个勇敢的年轻人，每天都默默地与大家生活在一起，但是却与他们不熟悉，这的确是真的；但他也许更尊敬研究神学书籍的学生，适合与来这里的最有学问的牧师们谈心——他就是对洛伊丝女巫讲那些荒唐的话的人吗？好像现场就他和洛伊丝两个人！解决这个问题要靠大家了。梅纳西是另外一个受害者。撒旦的力量很强大！通过邪恶的力量，那个白人女孩已经控制了梅纳西·希克森的灵魂。这样的话从一张嘴里传到另一张嘴里，格蕾丝也听到了，这对消除她的耻辱是一剂良药。此刻她宁愿任性、不诚实、视而不见——甚至在她自己的内心深处也不愿意承认，早在这个英国女孩来到塞勒姆之前，梅纳西就已经表现奇怪、喜怒无常、举止暴躁了。她甚至为他很久以前的自杀行为找到了一个似是而非的理由。梅纳西过去发过烧，恢复后虽然身体相当健康，却落下了谵妄的毛病。自从洛伊丝来了之后，他变得更加任性！不理智！喜怒无常！他总是产生奇怪的错觉，总觉得有声音命他与洛伊丝结婚！他总是跟着洛伊丝，缠着她，就像受到某些力量的驱使一样。此刻格蕾丝满脑子思考的都是，若梅纳西真是被巫术折磨，而不是疯了，也许还能挽回他在这大会上以及在镇上的名誉，那时他的那些话语就不算数了。因此格蕾丝坚持以这种想法说服自己，也用这种说法来劝说大家——洛伊丝用巫术蛊惑了梅纳西和普鲁登丝两人。而这个说法的后果导致在大家判断洛伊丝是不是女巫的时候，洛伊丝几乎没有什么支持者。大家关心的只是：如果她是女巫，她是否会承认并供出别人，是否会悔恨，是否会过一种充满苦涩和耻辱的生活，是否会受到残酷的对待，所有人都躲避她；还是说，她会不知悔改，保持强硬，在绞刑架上依然否认自己的罪行。

所以他们把洛伊丝从基督教的大会上拖走，送进监狱，等待她的审判。我说"拖"是因为，尽管她很温顺地跟着他们去他们想要她去的地方，但那是因为她太虚弱以至于需要外力的帮助才可以走路——可怜的洛伊丝！在她如此筋疲力尽的时刻，应该被人小心地带走并且悉心地照顾，然而事实上人们却如此憎恨她，把她视为作恶多端的撒旦的同谋，毫不在意如何对待她，就像一个粗心男孩毫不在意地把蟾蜍扔到墙上那样。

洛伊丝完全清醒后，发现自己正躺在黑暗的屋子里一张又小又硬的床上,她马上意识到自己是在城镇的监狱里。这是一个大约八平方米的屋子,四面都是石墙,头顶是一个高高的有格栅的开口,光线和空气能进来,开口在屋里投射出一个大约一平方英尺的光圈。对可怜的洛伊丝来说,这里是如此的孤独和黑暗,她慢慢地、痛苦的从虚弱中缓解过来。每次昏昏欲睡之后醒来,挣扎,她都渴望有人能帮助自己,努力挽救自己的生命,但这似乎是徒劳的。起初她不明白自己在哪儿,不明白自己怎么到这儿来的,也不想去思考这些。她的身体本能地躺在那里,让激烈跳动的脉搏渐渐平稳下来。所以她再次闭上了眼睛,慢慢地,慢慢地,会议厅里发生的场景就像一幅画浮现在她眼前。在她的眼睛里,她看到数不清的厌恶的面孔像海水一样朝她涌来,就像面对着一些不干净和仇恨的东西。必须记住,你是生活在十九世纪时读到这篇文章,两百年前巫术对洛伊丝来说是极为可怕的罪行。那些人脸上的表情深深地铭刻在她的脑海里和她的心里,激起她奇怪的同情心。噢,上帝!这是真的吗,撒旦真的给予了她可怕的力量并控制了她的意志吗,就像她曾经听说的以及在书上读到的那样?她真的已经被恶魔掌控并且成为女巫了吗,只不过至今自己都还没意识到自己是女巫?她丰富的想象力被调动起来,奇异而生动的想象里都是她曾经听说的关于这方面的信息——可怕的午夜圣礼,撒旦的存在及其力量。然后她回忆起自己每一次的愤怒,对邻居生气,对普鲁登丝的无理生气,对舅妈的专横生气,对梅纳西执着而疯狂的追求生气,那天早晨的愤怒,以及费丝的不公平对待——噢,难道这些想法导致邪恶之父赋予了自己邪恶力量吗?而她还未曾意识到,这些已经对世界产生诅咒了吗?一瞬间,各种想法全部朝可怜的洛伊丝脑海中涌来,此刻她完全沉浸在自己的思绪中。最后,脑海里的各种刺激迫使她焦躁起来。这是什么?她的双腿上绑着一块铁——后来,据塞勒姆监狱的监狱长说,这块铁的重量"不超过八磅"。很显然对洛伊丝来说,这个让她非常不适,也正是这种不适感将她的思绪从无边无际的漫游中拉了回来。她握住这块铁,看到自己破了的袜子,擦伤了的脚踝,开始怜悯自己的境遇,哭了起来。他们害怕她即便在监狱里也能找到方法逃脱。为什么她还会相信这些完全荒谬的事情,相信自己是无知的,相信自己拥有却忽视了的超能力;沉重的铁块将洛伊丝从这些萦绕在心头的幻想中拉了出来。

不！她无法飞出那深深的地牢。对洛伊丝来说，没有自然的逃脱之法，更没有超自然的逃脱之法，除非有人对她心存怜悯。在这个人人惊恐的时刻，人们的同情是什么呢？洛伊丝明白，它们什么都不是。她的本能战胜了理智，教导她"惊恐之下出懦夫"，还有懦夫的残酷。她哭了，肆无忌惮地放声大哭，因为这是她第一次感觉到自己被铁块压住，被铁链锁住。她的同类真的学会了仇恨和恐惧，这似乎太残忍了，她曾有些愤怒的想法，上帝原谅！但是她的这些想法从来没有说出来，更没有付诸行动，为什么？甚至到现在洛伊丝还是爱着这些家人，只要他们不排斥她；即使她明白正是普鲁登丝的公开指控、舅妈和费丝的拒绝作证让自己陷入了目前的困境。她们会来看望她吗？洛伊丝天真地想着，过去的日子里一直与大家一起分享面包，这些能够促使家人来看她吗，来询问是不是真的是她导致普鲁登丝生病，导致梅纳西产生错乱的想法？

没有人来。面包和水被人放进来，那人快速地打开门又锁上门，也不管自己放的食物囚犯能否够得着，也许他认为这个距离对一个女巫来说是小事一桩。很久以后洛伊丝才够着它们，平静下来之后她也产生了饥饿感，于是躺在地板上的她开始使出全身力气去够面包。她吃了部分面包后，天开始变暗，洛伊丝感觉自己应该躺下睡觉了。睡觉之前，监狱看守员听见她在唱《晚祷歌》：

> 荣光归于你，我的上帝，
> 今晚所有光芒的祝福归于你。

一个无聊的想法钻进她空洞的大脑，她突然很庆幸得到的祝福很少，如果她能够调整自己的嗓子来歌颂这一天所发生的事情，如果她真的是女巫，这将是个可耻的发现，如果不是的话……沉思的过程中，她的思绪在这里停顿了一小会儿，然后跪下，说主祷文，讲每一句话之前都停顿一会儿，也许是在内心深处确定她得到原谅。后来她看着自己的脚踝，眼睛里充满了泪水，但不是因为感到疼痛，而是因为人们是如此恨她。不久她躺下来，慢慢地睡着了。

第二天，她被塞勒姆的两个法官——哈索恩先生和柯温先生带出来，被公开指控违法使用巫术。站在她旁边的其他人也以同样的罪名受到指控。囚犯们被带出来时，面对讨厌他们的人群大哭不已。塔普家的两个女儿、普鲁登丝还有其他两个年龄相仿的女孩都在这里，声称自己是被告咒语的受害者。囚犯站在距离法官七八英尺的位置，指控的人位于法官和囚犯之间；接下来囚犯被命令站在法官的右前方。洛伊丝按照他们的命令，一一照做，完全是出于小孩的顺从，并没有寄希望于软化周围人冷酷而厌恶的表情，或者是寄希望于拯救那些由于愤怒而失去理智的人。一个官员接到命令抓住洛伊丝的双手，哈索恩法官命令洛伊丝看着自己，没人告诉她这样做的原因——是为了防止她看向普鲁登丝。那样的话普鲁登丝说不定会恢复健康，但也可能会因为突然的剧烈疼痛而大哭。如果有任何心灵能够感知到残酷，他们都会对这个拥有甜美脸庞的英国女孩产生同情，温顺地去做女孩吩咐的所有事情。她的脸色苍白，然而充满了悲伤的温柔，一双灰色的眼睛在她严肃的表情下闪动，一副少女的无辜表情看着哈索恩法官严厉的脸。他们就这样沉默地站着，这是令人窒息的一分钟。然后他们命令洛伊丝说主祷文。洛伊丝从头到尾说了一遍，就像她独自被关在监狱里时那样；但是，如同前一天晚上她独自在监狱里念主祷文时一样，她中途停顿了一下，请求得到原谅。就在洛伊丝犹豫的一刹那——大家好像都观察到了这一点——他们全都呼喊起来叫洛伊丝"女巫"，喧嚷结束后法官命令普鲁登丝·希克森来到前面。洛伊丝转向一边，想要找到哪怕是一张熟悉的面孔。当她的眼神落在普鲁登丝身上的时候，普鲁登丝一动不动地站在那里，没有回答任何问题，也没说一个字，法官们宣布她被施展了巫术才会哑然无声。后面的人用胳膊搀住普鲁登丝，强迫她上前接触洛伊丝，认为这样也许可以解除她所中的巫术。但是普鲁登丝还没走出三步就挣脱了他们的胳膊，在地上打滚并且尖叫呼喊，恳求洛伊丝帮助她，把她从折磨中挽救出来。然后所有的女孩开始"像猪一样倒下来"（根据目击者的话），对着洛伊丝和其他同样被关起来的女巫们哭喊。最后这些女孩被命令伸出双手，人们想象着如果将女巫们的身体摆成一个十字形，那么她们就会丧失邪恶力量。渐渐地洛伊丝感觉自己快没力气了，耐心地忍受着这样一个不寻常的姿势，疼痛和疲劳导致眼泪和汗水模糊了她的脸，她用低沉而哀伤的声音问道，可不可以靠着板壁休息一会儿。但是哈索恩法官却告诉她,既然她的力量足以折磨别人,就应该有足够的力气站起来。洛伊丝叹了口气,承受着反对她的大声疾呼的声音和越来越多人的指控;防止自己完全失去意识的唯一途径就是分散注意力,不去想现在的痛苦和危险,朗诵自己记得的赞美诗,表达对上帝的虔诚。最后她被押回监狱,隐约明白她和其他囚犯会因为巫术而被判处绞刑。现在很多人急切地看着洛伊丝,看看她是否会在自己的末日哭泣。如果她还有力气哭泣,可能——或许仅仅是可能——会儿会有人为她求情,因为女巫是不会流泪的。但是那时她已经筋疲力尽并且绝望了,唯一想的就是再次躺在牢房的那张床上,躲开人们厌恶的叫喊,躲开他们残忍的眼神,所以他们把洛伊丝带回牢房时,她一句话没说,也没流眼泪。

但是休息之后洛伊丝恢复精力思考了。她真的就要这么死了么?她洛伊丝·巴克莱,才十八岁,这么漂亮,这么年轻,内心充满了爱和希望,却只有这短暂的几天可活了!家里人知道了该怎么想——真正的家,在英格兰巴福德的那个家?在那个真正的家里他们都爱她;在那个真正的家里,她可以一整天都在艾冯河岸边的草地上尽情地边走边唱。哦,为什么爸爸妈妈会去世,导致她被带到这个残酷的新英格兰海岸村镇,这里没人想念她,没人关心她,现在这里的人要把她视为可耻的女巫来处死?这里的人也不会把消息带给那些她以后都再也见不到的人。再也见不到了!年轻的卢西会快乐地生活着——他也许会想到她,也许会想到曾经许诺春天时要来家里娶她做妻子。可能他已经忘了她,谁知道呢。一周之前,洛伊丝只要想到卢西哪怕有一分钟的时间可能会忘记自己,都会为自己对卢西的不信任发怒。现在,她怀疑所有人的善良,因为她周围的人都是要人命的,残酷的,无情的。

洛伊丝转过身去,愤怒地拍打自己(心里想着要说的话),永远猜不透自己的恋人。哦!如果自己和他在一起!哦!如果自己坚定得和他在一起,他绝不会让自己死去,他会把自己从愤怒的人群中解救出来藏进怀里,把自己带回家乡巴福德。也许他现在正在广阔的蓝色海面上航行,每分每秒都在向自己靠近,但一切都太迟了。

在那个焦躁不安的晚上,洛伊丝脑海里萦绕着各种想法,几乎达到了神志失常的地步,并且疯狂地祈祷自己不会死,至少不是现在,自己还这么年轻。

第二天上午,塔普牧师和其他几位老人将洛伊丝从沉睡中唤醒。一整夜她都在颤抖,哭泣,直到早晨的曙光透过上面的方形栅栏照进来安抚了她,她才慢慢入睡,后来被人唤醒,来人正是刚才所说的塔普牧师。

"起来!"他喊道,略显顾虑地碰碰她,因为他迷信洛伊丝有邪恶的力量,"都要到正午了。"

"我这是在哪儿?"洛伊丝说道,面对这种不寻常的唤醒方式有些不知所措,一张张严峻而带有排斥的脸凝视着她。

"你在塞勒姆监狱里,因为女巫的身份被判死刑了。"

"唉!刚刚那一瞬间我忘了这事。"她说着,把头埋到胸前衣襟的位置。

"毫无疑问,昨天晚上一定出去施展巫术了,所以今天早上才这么疲惫和困惑。"有一个人小声说道,声音很轻,他以为洛伊丝听不到。但是洛伊丝抬起头来,朝他看了看,带着无声的责备。

"我们来,"塔普牧师说道,"是要劝你坦白承认自己所犯的各种大罪。"

"我的各种大罪!"洛伊丝重复道,摇着头。

"是的,你的巫术罪。如果你愿意认罪,对受害者们来说也算是有个交代了。"

其中一个老人看到年轻的洛伊丝表情苍白而萎缩,着实可怜,说道,如果她认罪,真心悔过,可以考虑放她一条生路。

蓦然间洛伊丝感到一缕希望的曙光照射在她低垂而迟钝的眼睛上。她还有可能活下去?她还有权利活下去?

为什么,没人知道拉尔夫·卢西还要多久才能来到这儿,把她带到一个新家里!那里有和平!有新的生活!哦,希望还没有完全破灭——也许她还能活下去,不会死。然而她还是说出事实,几乎没经过大脑的思索就说出来了。

"我不是女巫。"她说。

接下来塔普牧师把洛伊丝的眼睛蒙上,洛伊丝没有反抗,她心里很想知道接下来会发生什么。她听到有人轻轻地走进地牢,窃窃私语,接着她的双手被举起来触摸旁边的人,刹那间她听到挣扎的声音,还有熟悉的普鲁登丝的歇斯底里的尖叫声以及人们被带走的声音。看来是法官对她所犯的罪产生怀疑，要求进行另一个测试。洛伊丝重重地坐到床上，想着自己肯定在做一个可怕的梦，现在自己看起来就像是危险人物和敌人的化身。地牢中的那些人——通过闷闷的空气洛伊丝感觉到有很多人——他们在小声又急切地讨论着。此刻大脑已经很迟钝的她没想弄清楚他们在讲什么，突然，一两个字眼让洛伊丝了解到，他们要使用鞭子折磨她迫使她承认，并化解她对别人使用的一切巫术。一股惊吓感袭满全身，她哭喊着哀求道：

"我请求你，先生，看在仁慈的上帝的分上，不要使用这么可怕的手段。我也许会说出任何话——不，如果我受到你们刚讨论的那样的折磨，我也许会埋怨你们。我只不过是一个普通的年轻女孩，也像其他女孩一样，没有那么勇敢，那么完美无缺。"

洛伊丝站在那儿，粗糙的手帕紧紧捂着一双止不住泪水的眼睛，沉重的铁链缠绕着她纤细的脚踝，她双手绞在一起，仿佛想止住剧烈的动作。看到她这样，有一两个人的心被触动了。

"看！"人群中有一个人喊道，"她哭了，有人说女巫是不会哭的。"

但是其他人却很嘲笑这个说法，还提醒说话的人，洛伊丝自己的家人当初是如何指证洛伊丝的罪行的。

他们再次强迫洛伊丝承认自己是女巫。这些指控，所有人都认同（他们是这么说的），都已证明是批判洛伊丝的，也都已当面读给她听了，里面所有的证词都在指证她。他们告诉洛伊丝，考虑到她来自一个虔诚的家庭，塞勒姆的法官和部长决定，如果她肯认罪、愿意赔偿并提交悔过书的话可以免去死刑；但是她如果不认罪，那么她以及一起的其他几位女孩都会判定为使用巫术，将在下周四早上（周四为塞勒姆的集市日）在塞勒姆的菜市场被处以绞刑。说完这些话，他们沉默地等待着洛伊丝的回答。过了一两分钟，洛伊丝再次坐到床上，事实上她非常虚弱。她问道："能把这个手帕从我眼睛上拿下来吗，先生？它勒得我眼睛疼。"

原来眼睛被手帕紧紧蒙住，现在手帕松开了，她可以看到东西了。可怜的她看着周围一张张严厉的面孔，都在冷冷地等待着她的回答。她开始说：

"先生们，我宁愿带着一颗安静的良心死去，也不愿靠一个谎言保住性命。我不是女巫。你们说我是女巫的那一刻我几乎不知道你们是什么意思。我一生中做过许多错事，但我认为上帝会看在救世主的分上原谅我。"

"你这种邪恶的人不配讲上帝的名字。"塔普先生说，他对洛伊丝不认罪的决心很愤怒，几乎控制不住要去打她。洛伊丝感受到了他的心思，胆怯地缩了缩。然后哈索恩法官庄严地宣读了洛伊丝·巴克莱的合法罪案，判定对这名女巫处以绞刑。洛伊丝低声念叨些什么别人听不清楚，但是听起来仿佛是在祈祷自己年纪尚轻，没有朋友，乞求得到同情与怜悯。随后，所有人离开，洛伊丝一个人陷入各种各样的恐惧中，对孤独、讨厌的地牢的恐惧，还有走向死亡的陌生恐惧感。

监狱的高墙外，对女巫们的恐惧感愈演愈烈，与巫术作斗争的兴奋感也在成倍递增。还有许多男男女女也都受到了指控，不管他们是什么身份，性格特点如何。另一方面，据称被鬼附身的受害者，以及被恶意传授巫术的人数超过五十个。这些指控里掺杂有多少恶意的、区别对待的、明显的个人怨恨，没有人能够判断。这些可怕的统计数据告诉我们，五十五人承认罪行免于死罪，一百五十人入狱，两百多人被控告，二十多人死亡，其中有一位牧师我一直叫他诺兰，大家私下里认为他遭到了牧师同行的嫉恨。一位老人讽刺这一指控，并在对他的审判中拒绝答辩，最后因藐视法庭依法被压死。甚至狗都被指控使用巫术，接受法律的惩罚，记录在死刑的惩罚类别中。一个年轻人想到一个办法帮助母亲逃脱监禁，和母亲一起骑马逃跑了，把母亲藏在蓝莓沼泽地不远处的一大片草地里面，在那里他为母亲盖了一间简陋的小屋作为藏身之所，给母亲准备食物和衣服，安抚她，劝她待到这股幻想风过去后再回去。她的一只胳膊在破釜沉舟的越狱过程中骨折了，可见那些没逃出来的人肯定更惨。

但是没有人去尝试解救洛伊丝。格蕾丝也欣然选择和大家一起忽略了她。巫术给整个家族带来的污点，是几代人清清白白生活也洗刷不了的。另外，要明白格蕾丝是和同时代的大部分人一样，她坚信存在着巫术的罪行。被抛弃的可怜洛伊丝自己也相信巫术的存在，这无疑加剧了她的恐惧，一个话多的监狱看守告诉她，现在几乎每一间牢房里面都住满了女巫；如果还有更多的女巫来，他就不得不把她们跟洛伊丝关在一起了。洛伊丝知道自己不是女巫，但是她非常相信别的罪犯是真的女巫，相信她们和思想邪恶的人一起放弃自己的灵魂并将灵魂交与撒旦。看守员的话让她恐惧到颤栗，她请求看守员，如果可能的话帮她选一下同伴。但是，她的意识正以某种方式脱离她的大脑，直到看守员离开，她都没有找到合适的词语来表达自己的要求。

仅有一个人还渴望见到洛伊丝，如果可以他还愿意做洛伊丝的朋友——梅纳西，可怜、疯了的梅纳西。但是他说话如此荒唐离谱，以至于只有他妈妈才能让他的疯癫状态逃开公众的眼睛。出于这个目的，他母亲给他服了安眠药，他睡得太久而且在罂粟茶的影响下比较呆滞，他母亲用绳子把他绑在他睡的那张笨重而古老的床上。每次这么做时他母亲都很心痛，因为这么做就等于承认自己的孩子疯了——而这孩子之前让她那么自豪。

那天晚上，格蕾丝·希克森站在洛伊丝的牢房外边，戴着头巾，外衣一直遮到眼睛下面。洛伊丝仍然坐在那里，悠闲地玩着一小截绳子，那是那天早上从一个法官口袋里掉出来的。舅妈站在她旁边沉默了一两分钟，她才发现舅妈的存在。突然，她抬头哭了一会儿，向后退缩，远离黑暗中的人。渐渐地，仿佛是洛伊丝的哭声使得格蕾丝的舌头舒缓了些，她开腔了：

"洛伊丝·巴克莱，我做过什么害你的事情吗？"格蕾丝没意识到自己的"仁慈"经常戳痛她们家门口那些过路人的心，洛伊丝现在也不记得这些来反驳她了。相反的，洛伊丝内心充满感激，这个不那么斤斤计较的姑娘觉得，自己过去肯定有很多事情都是舅妈帮忙做的，在监狱这种荒凉的地方，她像对朋友那样微微伸出双臂，回答道：

"哦，不，不，你非常好！非常善良！"

但是格蕾丝站着不动。

"我从来没害过你，尽管我还没弄清楚你为什么来我们家。"

"母亲临去世前让我来的。"洛伊丝呻吟道，手捂着脸。天越来越暗了，她的舅妈一直站在那里沉默着。

"我对你做过什么错事吗？"过了一段时间，她问道。

"不，不，从来没有过，直到普鲁登丝说——哦，舅妈，你认为我是女巫吗?"现在洛伊丝站起来了,抓住格蕾丝的外衣,想要看清她的脸。格蕾丝向后躲,拉开与洛伊丝的距离,这个女孩让她恐惧,但她必须试着安慰她。

"比我聪明、比我虔诚的人都说你是女巫。但是,哦,洛伊丝,洛伊丝!梅纳西是我第一个孩子。把他从恶魔手里放出来吧,那个人的名字我不敢在这个可怕的地方说,这里充满了放弃洗礼、放弃希望的人。看在我以前对你仁慈的分上,把梅纳西从可怕的状态中解救出来吧!"

"你以基督的名义求我,"洛伊丝说道,"我可以说出那个神圣的名字——噢,舅妈!事实上,神圣的真理就是我不是女巫,但是我却要死了——被绞死!舅妈,不要让他们杀我!我还这么年轻,而且我从来没有对任何人做过任何我知道的坏事。"

"嘘!非常遗憾!今天下午我还用粗壮的绳子绑了我的第一个孩子,防止他伤害自己或伤害我们——他如此疯狂。洛伊丝·巴克莱,看这里!"格蕾丝跪在侄女脚边,双手握在一起好像在祈祷,"我是一个骄傲的女人,上帝原谅我!我从来没有想过要跪下来拯救儿子。现在我跪在你面前,请求你放过我的孩子们,尤其是我的儿子梅纳西,请你收回你施在他们身上的法术。洛伊丝,听我说,我将为你向万能的上帝祈祷,他们也许会怜悯你。"

"我做不到,我从来没对你们做过任何错事,怎么取消它?怎么办得到?"洛伊丝握紧双手,坚信自己没做过任何无益的事。

格蕾丝缓慢而僵硬地站了起来,表情严肃,远离这个被链条困住的女孩,站在牢房最远的角落,靠近门那里,准备一旦诅咒完女巫,她就赶紧逃跑,这个女巫不愿意撤销或者不能撤销她犯下的罪恶。格蕾丝举起右手,保持着高举姿势,认为洛伊丝犯下致命的罪,在最后这一小时还希望获得怜悯,所以注定要永远被诅咒。当初她以一个孤儿和陌生人的身份来这时,他们都接纳了她。最后,格蕾丝命令她在宣判席上跟自己见面,对他们这些身体和灵魂受到致命伤害的人做出交代。

听到这最后的召唤,洛伊丝站了起来,就像一个人听到了自己的最后判决却说不出什么话来辩驳一样,因为她明白所有的话都是徒劳。但是当舅妈说到宣判席时,她抬起了头,舅妈说完后,她也举起右手,仿佛是为宣判席的见面作出郑重的承诺,回答道:

"舅妈！我会在那里与你见面。到时候，你会明白，在这次致命的事件中我是无辜的。愿上帝保佑你们！"

她平静的声音激怒了格蕾丝，只见她身形一动，从地上抓起一把灰尘扔向了洛伊丝，并哭喊道：

"女巫！女巫！为你自己祈求怜悯吧——我不需要你的祈祷。女巫的祈祷只会产生相反的作用，真想啐你一口，藐视你！"于是她离开了。

洛伊丝一整晚都坐在那里呻吟。"上帝给我安慰！上帝给我力量！"这是她唯一记得说的话。她只有这个想法，再没有其他想法了，所有的恐惧和想法在她心里都死了。当看守员第二天早上来送早餐时，说她"变傻了"，她看起来好像不认识看守员，她来回摇晃自己，轻声喃喃细语，时不时莫名其妙地微笑。

但是上帝在周三下午那天给她安慰和力量给得太迟了，他们把另一个"女巫"推进她的牢房，嘴里说着粗野的话语，命令两个人待在一起。新来的人被推倒在地上；而洛伊丝没觉察到任何异样，只看到一个年老、衣衫褴褛的女人无助地躺在地上，脸贴地，然后抬起头来。一瞧，居然是纳特！她脏兮兮的，确实很脏，身上被砸的都是泥，还有被石头击中后的淤紫，被抽打过的鞭痕，外面暴徒的做法已经让她神志不清了。洛伊丝把她抱在怀里，用围裙轻轻地擦拭那张苍老而布满皱纹的棕色的脸，她痛心地哭了，但不是为自己哭，是为纳特而哭。她照料了老纳特几个小时——处理她身上的伤；可怜的印第安女人身体上的感官慢慢恢复知觉，看到洛伊丝又让她产生了对明天的无限恐惧。到那时，面对所有愤怒的人，她要和洛伊丝一起被拉出去处死。洛伊丝从脑海里寻找一些话来安慰老妇人。

进入午夜，整个牢房很安静，门外的看守员听见洛伊丝在讲话，好像在给一个年幼的孩子讲述一个奇妙而悲伤的故事，一个人因为我们死在了十字架上。只要她不停说着，纳特的恐惧感就没那么大了，但是只要她累了停下片刻，纳特就会再次哭起来，仿佛是她小时候住在浓密森林里，有野兽紧追她那样。所以洛伊丝继续讲下去，讲着所有她能够记起来的祝福的话，让天上的朋友都来安慰这个无助的印第安妇人。安慰她的同时，也安慰了洛伊丝自己；鼓励她的时候，洛伊丝自己也受到鼓舞。

　　早晨到了，死亡的召唤也要到了。走进牢房的人发现洛伊丝还在睡着，她的脸靠在沉睡的老妇人身上，老妇人的头枕在她的膝盖上。看起来她还没弄清自己在哪里，什么时候醒的，"傻傻的"表情再次出现在了她苍白的脸上。她似乎知道，出于各种原因，不管冒什么风险，她都得保护这个可怜的印第安女人。看到四月天的亮光，她微微笑了笑，用胳膊抱住纳特，试图让这个印第安女人保持安静，讲神圣的《诗篇》的片段中一些舒缓的话来分散她的注意力，让她平静下来。纳特紧紧地抓住洛伊丝，因为她们越来越靠近架子，下面愤怒的人群开始呵斥大喊。洛伊丝加倍努力使纳特冷静下来，鼓励她，自己却显然没有意识到任何耻辱，没有意识到喊叫声、石头、泥块，直接朝她一个人涌过来。但是当那些人把纳特从她胳膊中带走，让她第一个出来受刑时，她好像立刻恢复了恐惧。她疯狂地凝视着周围，伸出双臂，好像是朝向远处还没看见她的某人，用所有人都可以听到的饱含激动的嗓音哭喊了一声"妈妈！"之后，洛伊丝女巫的身体一下摇摆着抛向空中。每个人都站在原地，屏气凝神，突然很惊讶，好像一种犯了致命罪的恐惧感降落到了他们身上。

　　这份寂静和沉默被一个疯狂的人打破了，他用双手接住了洛伊丝的尸体，疯狂地亲吻她的嘴唇。然后，好像人们所相信的事情是真实的——他是恶魔控制的，他跳下来，冲过人群，跑到城市外的浓密森林里，从此梅纳西不再被认为是一个基督徒。

　　秋季之前，塞勒姆的人们从可怕的错觉中清醒了，当时霍尔德内斯船长和拉尔夫·卢西来找洛伊丝，要把她带回和平的巴福德的家，巴福德是英格兰一个令人愉快的村庄。然而，这里的人们把他们带到了长满草的坟堆，洛伊丝就长眠在那里，已经被误解她的人们处以死刑。离开塞勒姆时，拉尔夫·卢西怀着沉重的心情除掉了脚上的尘土。因为怀念洛伊丝，他一生都过着单身生活。

　　很多年以后，霍尔德内斯船长找到他，想要告诉他一些消息，他认为这位艾冯河畔的坟墓管理员会对这些消息感兴趣。霍尔德内斯船长告诉他，几年前的一七一三年，神圣的教会会议推翻了将塞勒姆的女巫逐出教会的判决，在仁慈的主教的领导下，那些人为了伸张正义而聚集在一起，谦卑地请求仁慈的上帝宽恕一切罪责和错误。主教知道那些无知的人和已经不在世的人值得同情。他还提到普鲁登丝·希克森——她现在已经是一个成熟的女人了——在整个教堂面前讲了一段最感人和痛苦的话，表达了她自己的悲伤和悔恨。她当初提供了一些虚假和错误的证词，其中特别提到了自己的表姐洛伊丝·巴克莱。对于这所有的情况，拉尔夫·卢西仅仅回答道：

"他们的悔改也无法让她死而复生。"

接着霍尔德内斯船长拿出一张纸，朗读下面谦卑而庄严的悔恨宣言，其中签名处那部分，格蕾丝·希克森的签名也在其中：

"我们（下面有署名），在一六九二年，被邀请作为塞勒姆法庭的陪审员，审理一些疑似对各式各样的人施加巫术行为的嫌疑犯。我们承认我们自己也不理解、不能承受黑暗力量的神秘错觉和撒旦的力量，仅凭我们自己掌握的信息以及从其他人那里得来的信息，使得不利于被告的证据占了上风。进一步考虑，因为恐惧我们没有充分了解每个人的生活（见《申命记》第 17 章第 6 节），因为恐惧我们自己和无知的其他人在不知不觉中成为机器，给我们自己和耶和华的子民带来伤害无辜生命的罪责。耶和华在《圣经》中说，他不会原谅（见《列王记》第 24 章第 4 节），我们猜想，那只是他暂时的判断。因此，我们要对所有人（特别是那次苦难的幸存者）表达我们沉痛的歉意，因为我们曾根据那样的证据去谴责别人。特此声明，我们害怕被欺骗，害怕错误，为此我们内心非常慌乱和苦恼，因此看在上帝的分上，我们为自己的错误谦卑地请求宽恕，请求上帝不要把罪责归咎于我们自己身上，也不要归咎于其他人；我们还祈祷，这一悲剧的幸存者们能相信我们的坦率和正直，因为在当时那种强大的错觉之下，我们不了解、也未曾体悟到这些事情的实质。

"真心地请求所有受到伤害的人能够原谅我们的冒犯。在此声明，我们之中没有人在整个世界范围内再次做过这样的事情。祈祷你们能接纳我们，原谅我们的罪行，保佑耶和华的产业，万物苍生都需要他。带头人：托马斯·菲斯克等。"

拉尔夫·卢西对这份宣言不置可否，他甚至比以前更沮丧了：

"他们所有人的悔过对我的洛伊丝来说都没用了，悔过不能让她死而复生。"

霍尔德内斯船长又说,那天消息传得非常快,传遍整个英格兰。当时会议室里非常拥挤,一位满头白发的老人从自己那一贯被崇拜的位置站了起来,把一份忏悔书递到讲坛,这份书面忏悔他自己读过两三次,承认自己在塞勒姆女巫事件中犯下了严重的错误,祈求获得上帝及其子民的原谅。末尾他恳求在场所有人跟他一起祈祷,祈祷他过去的行为不要招致对他的国家、他的家庭以及他自己的最大限度的不满。那个老年人,不是别人,正是法官休厄尔,他一直站着直到他的忏悔书被读完,"善良而仁慈的上帝将很高兴来拯救新英格兰和我,还有我的家人。"接着大家才知道,过去的几年里,为了保证自己内心有悔过和悲伤的感觉,每年休厄尔都会抽出一天自我反省并做祈祷,为自己在那些审判中所做的错事而忏悔,并承诺只要自己活着一天,就要保持这个庄严的纪念日,来表达自己深深的羞耻之心。

拉尔夫·卢西颤抖着说道:

"所有这些都无法把我的洛伊丝带回来了,也不能将我年轻时代的希望还给我了。"

但是——霍尔德内斯摇摇头(他能说什么呢,这些事情很明显是事实,他又如何争辩呢?)——拉尔夫·卢西补充道,"是哪一天,你知道吗,那个法官定下的纪念日?"

"四月二十九日。"

"只要我和那个忏悔的法官还活着一天,那么每年到这一天,我都会在这里,英格兰的巴福德,和法官一起做祈祷,他的罪责也许是可以消除掉的,不再留在记忆里了。洛伊丝也会希望如此的。"

(吴建国　陈仁雯　朱晴晴　陆新娟　译　吴建国　校)

灰色的女人

第一章

内卡河畔有一座磨坊,许多人都爱来这儿喝咖啡,在德国,这可谓一件风靡全国的时髦事。磨坊的位置并没有什么特别吸引人的地方,它位于海德堡一侧的曼海姆(地势平坦,毫无情调)。滔滔不绝的河水推动着水轮,哗哗作响;磨坊的附属建筑连同周边的住宅俨然围成一个密闭的昏暗方院。溯流而上,有一座栽满柳树的花园,园中凉亭密布,花坛也未经悉心打理,只是鲜花和攀缘植物种类繁多,异常丰茂,环绕凉亭竞相簇拥,盘根交错。每座凉亭里都有一方固定好的白色木桌和可以轻便挪动的同色木椅。

十九世纪四十年代那几年里,我常和朋友去那儿喝咖啡,许多人都是那儿的熟客了。我甚至还记得,有一回那位很有派头的老磨坊主笑着出来迎接我们时,穿着一件精纺面料的外套,用他那独特的明锐的目光扫过磨坊外的家禽。这里的家禽应有尽有,充足的饲料撒满了院子,但这还不够。他拿过袋子,大捧大捧地把玉米撒向那群跑到脚跟前的公鸡母鸡,它们早就望眼欲穿了。他习惯性地做着手里的事,一边聊天,一边打电话催他女儿和女仆们把咖啡拿来,紧接着把我们安顿在凉亭里,又转去其他亭子照顾宾客了。他从这里走的时候吹起了口哨,这位受人尊敬的、洋溢着幸福的有钱人,此刻竟轻声吹出了我所听过的最悲伤的曲调。

"这座磨坊,或者更确切地说——这片土地,自巴列丁王朝起就为他的家族所有。之后,相邻的两处磨坊被法国人烧毁。所以要是想惹怒舍雷尔先生,你只管跟他提到法国入侵就好了[1]。"然而,舍雷尔先生此时正沉浸在悲伤的曲调里,他走下台阶,穿过花园,直奔磨坊的院子去了。看来,我错过激怒他的机会了。

我们刚用完咖啡、姜饼[2]和肉桂蛋糕,雨点突然接踵而至,洒落在浓密的叶子上,随后雨势越来越大,穿透新嫩的叶片,仿佛要把它们撕得粉碎。花园里的人慌乱地或寻求避难所,或寻找停留在外面的马车,磨坊主则撑着一把深红色雨伞,加紧脚步挨个送走客人。他的女儿和一两个女佣也撑着伞紧随其后。"快进屋子来,快进来!夏季风暴就要来了,洪水在一两个小时后会把这全淹了的,恐怕我们要等着河水来疏通河道了,来,快过来!"

我们跟他回到家,先是经过厨房,那样光泽的铜锡器皿我还是第一次见到呢,所有的木质厨具里里外外都洗得干干净净,焕然一新,红色的瓷砖地板一尘不染,不过两分钟后,这里就到处布满污水和泥印了。厨房里已经挤满了人,好心的磨坊主依旧在招呼更多的人躲进他的大红伞下,连那些狗也被妥当地安置在桌子底下。

他的女儿用德语跟他交流着什么,他冲她微笑着摇了摇头。大家都笑了。

"她说了什么?"我问。

"她让他待会儿把鸭子也赶进来,不过要是那样我们可真要窒息了。雷雨天气、炉子,还有这些需要蒸干的衣服……我看真得走了,不过离开之前,咱们最好先进屋探望一下舍雷尔夫人。"

于是,我的朋友便询问房主的女儿是否能够进内室看看她的母亲,征得同意后,我们走进一个类似会客厅的房间。从这里的窗口远眺内卡河,河流短小而清亮,一切尽收眼底。屋子的地板涂着光漆显得锃亮,挂在墙上的狭长镜子反射着河流永恒的律动,当然还有镶嵌了传统铜饰品的白色陶瓷炉,以及披了层乌特勒支[3]天鹅绒的沙发。沙发前有

---

[1] 德法之间矛盾由来已久。自1700起,德法先后经历了西班牙王位继承战争、奥地利王位继承战争和七年战争。拿破仑执政后,两国时战时和。
[2] 一种德式咖啡蛋糕。
[3] 乌特勒支(utrecht),位于荷兰中部。

一张桌子，桌下垫着精纺地毯，还有一只插着手工花的花瓶。最后，在凹室的床上，我们看到了这位老好人卧床不起的瘫痪妻子，她正忙着编织家具套子。我和她寒暄起屋里的摆设。女人安静地坐着，接着，我朋友用那种我半懂不懂的语言挑起了一个轻松愉快的话题。这时，我的目光被房间黑暗角落里的一幅画作吸引了，我挪到那幅画跟前，细细观摩起来。

画上是一位容貌惊艳的年轻姑娘，显然是中产阶层身份，从她面部的线条可以看出画家的细腻笔触，仿佛只要她眉宇紧蹙，画家的眼神就会定格在她身上似的。这幅画不是一流之作，但算得上一幅好的肖像画；至少它激起了我强烈的描述欲。从穿着判断，我猜测这幅画创作于上世纪下半叶，这一点在之后得到了证实。

谈话中有一小段间隙。

"你打算问舍雷尔夫人她是谁吗？"

朋友向夫人重复了我的问题，并得到一长串德语回答。然后，她转过头翻译给我听：

"这位是我丈夫的姑妈。"朋友站在我身边，和我一起好奇地打量肖像。"你们瞧画中《圣经》翻开那页上的名字，'安娜·舍雷尔，一七七八。'"舍雷尔夫人告诉我们，家族里有个神秘的传说，这位姑娘的皮肤曾经白皙如百合，一度焕发出玫瑰般动人的光彩，但在一次惊吓后，她失去了所有光彩，从那以后人们便叫她——"灰色的女人"。从她的描述中可以揣测，这个安娜·舍雷尔生前似乎曾处于某种恐怖的阴影下，但她并不了解其中细节，便让我去问问她丈夫。她认为他手上有一些画中人留下的信件，这些信件是她写给自己女儿的，雷舍尔夫人婚后不久，这个女儿就在这所房子里离开人世了。"如果你有兴趣了解来龙去脉，我们可以问问舍雷尔先生。"

"哦，那太好了！拜托您了！"我说道。就在这时，房屋主人进来询问我们的情况，并告诉我们回去的马车已经安排好，这场大雨看来是不会减弱了。于是，向他表示感谢后，朋友转达了我的请求。

"啊！"他惊呼，脸色瞬息改变，"安娜姑妈有段悲伤的故事，这都要怪那个可恶的法国人，她女儿也是毁于此——她叫乌尔苏拉，是我表姐，那时我还是个孩子。不错，表姐乌尔苏拉正是他的女儿。父债子偿。这位小姐想了解整件事的来龙去脉吗？那么这里有些记载，是安娜姑妈满怀歉意写给她女儿的，要她取消订婚——而事实是，她阻止表姐乌尔苏拉嫁给她爱的男人。这样一来她就再也找不到合适的伴侣了。另外我还听说，我父亲倒是很乐意娶她。"他一头扎进在老式书桌的抽屉里四处翻寻，而后他转过身来，拿出一捆黄色的手稿递给我朋友说道，"拿着，把它带回去吧，要是你能辨认出这些潦草的德语书写体就尽管留着它，闲暇时拿出来读一读，等你全部看完了再还给我，就这样定了。"

如此一来我们得到信件的手稿，在随之而至的冬天漫长的夜晚里，翻译这封信成了我们的工作，我们还对一部分进行缩写。这封信一开始就提到了她不明原因地反对女儿婚姻所造成的伤痛。但我想，即使慷慨的磨坊主没有提供线索，我们大概也能够从这些情绪激昂的、破碎的句子猜想出某些场景——这位母亲和女儿之间可能存在着第三人，可能早在这位母亲提笔前就已经发生了些什么。

* * *

"您不爱您的孩子，妈妈，您根本不在乎！她的心都快碎了！"噢，上帝！乌尔苏拉，我的小心头肉，你的哭诉在我耳边回响，仿佛就快充斥我的双耳将我埋葬。你那沾满泪痕的小脸啊，你是我的一切啊，孩子！心是不会碎的，即使生活窘迫艰难。我不会替你做决定，我会告诉你一切，但你也要为自己的选择负责。可能我错了，我还不够聪明。我想，也许我一直都不聪明，但我的直觉常常主宰着我。直觉告诉我，你和你的亨利永远不能结婚。然而，可能是我错了——我多想让我的孩子幸福啊。你读了这封信之后要是仍感到困惑，就把它交给老好人施里斯海姆牧师。现在我才能告诉你这一切，我的孩子，我无法面对你啊，你的质疑会让我无地自容。该是告诉你的时候了。

如你所知，我父亲在内卡河畔有一座磨坊，刚刚重逢的叔叔舍雷尔现在就住在那里。你还记得去年我们在那儿的奇特经历吧，当我告诉他我是他妹妹安娜时，他简直难以置信，他一直以为我早就死了。于是我不得不让你去那幅颇有年头的画作底下，指出我的肖像和你之间的特征有多相像。说的时候,我百般思索,最后对他说出了那幅画作的时间。之后的对话就轻松多了——我们宛如一对快乐的玩伴,谈论房间里家具的摆放,父亲的习惯,还有那棵砍掉了的樱桃树。从前这棵树正好遮住我卧室窗口的阳光,我哥哥总会从窗台跳上这棵大树顶端的粗枝,那扇窗子刚好够他通过。我坐在窗台上,等着接过他那盛满果子的帽子,有时候也会担心他吃太多生病。

最终,弗里茨相信我是妹妹安娜,他甚至相信我死而复生了,你还记得他是怎样叫来他妻子吗?他告诉她我没死,但回来的时候我却变成现在这副模样了。她不大相信,冷眼瞥了瞥我,充满怀疑。直到我说自己很富有,不需要寻求朋友的帮助之后,这位我曾经熟识的芭贝特·米勒便不再盘问我,继而转向她丈夫,质问他为什么我会消失这么久,让这一大家子——父亲、兄弟,以及家里每一个爱我的人——让他们都以为我已经死了。然后你叔叔说(你记得吗),他不在乎我说些什么,他说只要我是他的安娜,只要我重回这个家,只要在他暮年,这个孩提时的玩伴能够重回他身边就足够了。我感谢他的信任,我本来该对那段过往有所交代,不过现在可以结束这个话题了。但她,我的嫂子并不欢迎我,因此,我没能按计划住进海德堡。我本想住在哥哥家附近的。不过,当他发誓说如果我死了,他会像父亲一样照顾我的乌尔苏拉时,我已经很欣慰了。

也许我该这样说,芭贝特·米勒,正是我一切苦痛生活的源头。她本是海德堡一位面包师的女儿——人们夸赞她的美貌,事实也的确如此,就像你们看到我的画像会赞美我一样。芭贝特·米勒视我为敌。她渴望得到大家的欣赏,却一直得不到,而我却收获了许多爱——我的祖父、弗里茨、老仆人卡琴,磨坊的大学徒卡尔——不过我倒不大愿意成为焦点,也不愿意在海德堡置办货物时被人们当作"美丽的磨坊女"那样直勾勾盯着,暴露在大众的之下。

那段时光多么和谐快乐!我那勇敢的老父亲虽然对磨坊的学徒们严厉有加,对女士却一直温文尔雅,十分宽容。卡琴常帮衬我做家务,无论我们做什么,父亲都很高兴。年龄最大的卡尔是父亲最中意的徒弟,看得出,父亲希望他能娶我,事实上这也是卡尔所期望的。他是个粗人,言语粗鲁,不过他并非没有激情,可能只是因为和我在一起的缘故吧——因此我担心我们的相处会让他感到痛苦。接着,你叔叔弗里茨结婚了,芭贝特成了磨坊的女主人。其实并非我不愿放弃自己的地位。父亲待这一大家子总是那么友好,我却经常担心自己没法维系好这个大家族(卡琴下面还有一堆男仆和一个女仆,每晚十一点,大家会一起共进晚餐)。然而有一次,芭贝特正在挑卡琴刺儿,我对她责备这样一位忠诚的仆人感到不满。后来,芭贝特愈发大胆地怂恿卡尔向我示爱。我有一次听她嚷道,总会把我赶到该去的地方的。父亲正在一天天老去,他没能察觉出我每天的忧心忡忡。而卡尔越是积极主动,我就越是讨厌他。虽然他本性不坏,我却没有想过现在就结婚,也受不了任何人和我谈婚论嫁。

接下来我受邀去卡尔斯鲁厄市拜访一位学生时代的挚友,芭贝特巴不得我赶紧离开。我并没想过要离开家,我只是很喜欢苏菲·鲁普雷希特。不过我在陌生人面前一向很害羞,这次不知怎么倒是克服了,直到弗里茨和我父亲开始向我打听鲁普雷希特家族的身份和地位。于是他们了解到,她的父亲生前曾在大公爵法院任职,地位不高,死后留下一个寡妇——一位贵妇人,还有两个女儿,大女儿就是我的朋友苏菲。鲁普雷希特夫人虽然不富有,但举止优雅,受人尊敬。弄清这些后,父亲没有反对我前行,芭贝特则想着法儿地促成此次出行,甚至我亲爱的弗里茨都在为我说话。只有卡琴不赞成——卡琴和卡尔。卡尔的反对更强烈,这反倒坚定了我去卡尔斯鲁厄的决心。我本可以不去,但当他自以为是地跑来质问我去看望一位无名小辈有什么好处时,我妥协了,我选择听从苏菲的召唤,任芭贝特驱赶。我还记得,芭贝特检查我的衣服时,一会儿挑剔说这件礼服过时,一会儿又说那件太普通,我们要拜访的是一位贵妇人之类。我暗自苦恼,然后她用父亲给我的钱买了出席场合的必需品,如此一来每个人都觉得她十分友好,大概她自己都这样认为了。是我大意了。

最后,我告别了内卡河畔的磨坊,开始了漫长的旅程,与我同行的还有弗里茨。鲁普雷希特家的房子位于主街道后面一个狭窄的广场里,三楼,平时上街需要穿过一道门廊。和我们的磨坊相比,这儿简直就像个蜗牛壳。然而由此带来的一种全新、庄严的气息让我感到快乐,之前的不舒适荡然无存了。我发觉鲁普雷希特夫人太过死板无趣了,和她相处没有片刻轻松，苏菲倒还是和学生时代一样：善良、温柔，急于表达对我的钦佩和尊重。小妹妹给我们腾出房间，我们正要好好庆祝这早年友谊的首次重生呢。对鲁普雷希特夫人而言，生活的头等大事就是保住她的社会地位。不过她丈夫死后，她的手段也大不如前了，即使她想着法子弄些节目出来，仍是没得到多少共鸣。这和我父亲家中的情况刚好相反。我意识到鲁普雷希特夫人对我的到访并不欢迎，大概是因为要多添一副碗筷了吧，事实上苏菲为这次到访已经恳求母亲一年甚至更久了，夫人虽然终于松了口，却仍旧没给我们安排隆重的欢迎仪式。

卡尔斯鲁厄市的生活和家里有很大不同。在这里，一天的时光更加漫长，清晨的咖啡和浓汤更清淡，煮牛肉添的材料不多，礼服也更加别致，晚宴则一如往日。不过，我们可能还不适应这样的聚会，晚会气氛依旧很沉闷。我们围圈而坐，聊着天，门口的几个男人神采飞扬地交谈着。这时，一位绅士打破了这一切，只见他用胳膊夹住帽子，双脚并拢，用我们在舞蹈学校常说的第一脚位的姿势来到一位女士的面前，深深鞠了一躬。这些礼仪我还是第一次见到，不禁笑出声来。鲁普雷希特夫人看在眼里，第二天早上她十分严肃地对我说，这些宫廷礼仪或法国时尚你在德国可能没见过，但你没理由嘲笑他们。所以从那以后我尽量不当众笑出声来。那次到访是在八九年，那一年，人们正沉浸在巴黎上演的故事里，在卡尔斯鲁厄市里，谈论法国时尚比探讨政治更时髦，鲁普雷希特夫人尤其如此。她花费大把精力去研究法国人，这些和我们的习惯又相当不同了。弗里茨几乎记不住法国名，而我在拜访苏菲一家时也显得格外费力，因为她母亲更喜欢大家称呼她"太太"而不是"夫人"[1]。

一天晚宴上，我挨着苏菲坐下，希望用餐后回家路上可以好好聊聊，然而，这在鲁普雷希特夫人的礼仪规范里是明确禁止的，除非谈话十分必要，否则在社交场合下家族成员禁止交谈。我就这么坐着，不夸张地说，连哈欠都不敢打一下。这时进来两位先生，从主人用极为正式的礼仪将其引荐给女主人这一点可以判断，其中的一位显然是生人。不过，我从未见过如此英俊优雅的男人。即便他头发上涂了粉，不过从他

---

[1] 此处原文为德语，指已婚女性。鲁普雷希特夫人喜欢大家用法语称呼她为"太太"，而不是德语。

的肤色也能轻易判断出头发原色也一定很美。他的容貌精致得像个女人，脸两侧各有一颗小"美人痣"——那时候我们如此称呼脸上的斑点，其中一颗在嘴角左下方，另一颗顺着右眼角方向延伸。他身着蓝色和银白色相间的服饰。我沦陷在对这位年轻俊美男子的赞赏之中，以至于如果此时房屋的女主人向我引荐这位加百列大天使，让他和我交谈的话，我一定大吃一惊！她称呼他图雷尔先生。他开始用法语跟我交谈，不过即使我全部听得懂，也不能保证回答得完全准确。于是他又说起德语，那是另一种听上去会让人为之陶醉的柔和咬舌音。不过晚宴结束前，他那种做作的温柔、娇嗔的礼节以及对我的恭维使我有些厌倦了，所有人都回过身来看我们。鲁普雷希特夫人似乎很高兴看到这一幕。她希望苏菲或者是我营造出这种氛围，当然要是苏菲就更好了，可惜她女儿不及她的这位朋友。离开的时候，我听到鲁普雷希特夫人和图雷尔先生正激动地交流，这位法国绅士明天将要拜访我们了。

我不知道自己更多的是兴奋还是惊恐，这意味着整晚我都要踩着高跷，如履薄冰。但当鲁普雷希特夫人告诉我他会来的时候，为了取悦她，我依然显得很高兴，他很乐意加入我的社交圈。苏菲看上去似乎更加高兴和欣慰，她看得出来，我对这位风度翩翩的绅士表现出浓厚的兴趣。第二天，大家都在为他的到访精心布置，不让我在客厅跑来跑去，直到门外楼梯上传来他向鲁普雷希特夫人问候的声音。最后，他们让我穿上星期日礼服，自己也换上了宴会的服饰。

他离开后，鲁普雷希特夫人为我庆祝此次"战绩"。的确，他几乎不怎么跟其他人聊天，除非纯粹出于礼节，另外他几乎整晚都在为我们演唱新歌，他说，这些都是巴黎时下盛行的。鲁普雷希特夫人告诉我，她整个上午都在搜集关于图雷尔先生的信息。他是个房主，在孚日山上有一座小城堡，自己在那儿也有土地，除此之外，他还有一大笔独立的收入。总之，通过全面了解，他是个不错的对象。她笃定我在听过他的殷实家产后断然不会拒绝，我相信即使换做苏菲也没得选择，即使他是个长相丑陋的老头。

接下来事情接踵而至，我有点儿晕晕乎乎，那段记忆也变得模糊不清了——我到底爱不爱他。他是全心全意爱着我的，他那种对爱的宣誓甚至让我感到恐惧，周围的人却为之倾倒，他们说他是最迷人的男人，而我是最幸运的女孩。但和他一起的时候我从未感到安心过,他不在时我又开始想念,每次只有他离开,我才会觉得轻松。为了追求我,他延长了在卡尔斯鲁厄市访友的时间。他的车上总是载满礼物,我不愿接受,鲁普雷希特夫人却认为我这是在欲拒还迎。这些礼物中不乏价值不菲的旧珠宝,显然出自他的家族,迫于周围压力,我并不欣然地接受了这些礼物。

那些日子里,我们没有像现在这样,频繁给远方朋友写信,我也不愿意在家信中提及他。不过,当我从鲁普雷希特夫人那里得知,她已经写信告诉我父亲我的辉煌战果并邀请他出席我的订婚仪式时,我震惊了。我突然意识到事态已经不受控制。鲁普雷希特夫人以一种严厉甚至冒犯的口吻质问我,如果不打算嫁给图雷尔先生,为什么对他的到访、他的礼物、他变着法的求爱方式,不仅不反感,甚至欲拒还迎。这些都是事实,我没有表现出反感,虽然我不愿嫁给他,至少,不会这么快嫁给他。我只能抬起头,默默承受这场暴雨般的数落,如果我不想在大家眼中变成一个卖弄风情的无情女子的话,这恐怕是唯一的应对方式了。

后来我听说,家里为我的订婚闹得很不愉快,嫂子出面摆平了这场风波。我父亲,尤其是弗里茨,他们原本是要把我带回磨坊,计划让我回到那里订婚而后结婚,但鲁普雷希特夫人和图雷尔先生对这一切同样迫切。芭贝特不希望磨坊再生什么事端,另外我想,她大概也不希望我的婚礼现场比她更华丽吧。

父亲和弗里茨参加了我的订婚仪式,他们在卡尔斯鲁厄的旅店里待了两周,一直住到我结婚前。图雷尔先生告诉我,在此之间他需要回去处理业务,因此不能陪着他们了。我听了很开心,我没指望他会陪父亲和哥哥,而他对他们的态度倒很友善,温柔得体,甚至我都没有享受过那种待遇。从父亲和鲁普雷希特夫人到小艾琳娜,他把我身边的人都赞美了一番,但他有点儿瞧不上我父亲主张的老旧的教堂仪式。我想弗里茨的赞美中一定带着嘲讽,看得出,我未来丈夫的态度发生了明显的转变,他那套文雅的说辞一定惹恼了我哥哥。不过,一切资金的支配极度自由,甚至超出预期,这着实令我父亲大吃一惊。弗里茨挑了挑眉毛,吹起口哨,不在意的只有我。我沉醉在这场梦境里,有点儿凄凉。

我陷入了自己编织的怯懦软弱的网,无法自拔。这两周里,我前所未有地依赖家人，像是握住了救命稻草，不肯松手。在我摆脱曾经的束缚后，他们的声音，他们的样子对我来说都是那么的亲切和熟悉。我可以由着自己的性子说话，不用担心再被鲁普雷希特夫人纠正，或是在图雷尔先生的嗔怪下尽量谈吐优雅。一天，我对父亲说，我不想结婚了，我宁愿回到那可爱的老磨坊去，但他认为我这么说是玩忽职守，仿佛我做了伪证一般。如果我在订婚结束后再说这样的话，有资格说我的恐怕只有我未来的夫婿了。之后，我父亲问了些严肃的问题，但我的回答似乎对自己并没有好处。

"难道这个男人犯了错或有罪吗，他不应该享受上帝的祝福于是被夺走自己的婚姻吗？无论他怎样做，你都感到厌恶或反感吗？"

面对这一切质问我能说些什么呢？我结结巴巴地说，我想是我不够爱他。但在我父亲看来，我的不情愿只是一个傻姑娘的胡思乱想罢了，事已至此，回头是不可能的了。

最后，鲁普雷希特夫人费尽周折，为我们赢得特许，婚礼在宫廷礼拜堂举行。她一定是想尽最大能力让我们感受到幸福，不仅在婚礼的当天，更在永恒的回忆之中。

我们结婚了。在卡尔斯鲁厄度过两天欢宴之后，在我们所有上流社会的新朋友面前，我和父亲永远说了再见。我恳求我的丈夫在前往孚日山脉的老城堡时顺路去趟海德堡，然而，在这副温和的表相下，他对我的态度竟如此决绝！我毫无防备。这是他第一次拒绝我，我不敢再要求什么了。"从今以后，安娜，"他说道，"你将迎来全新的生活，虽然你有权和喜欢的人交往，但社交倾谈太多可不好，我不允许你这么做。"这么官方的谈话让我感到害怕，我不敢再邀请父亲和弗里茨来看我了。但当离别的苦痛袭来，我之前的谨慎顷刻崩溃，我请求他们不久之后一定记得回来。但他们摇摇头说，国内还有生意要张罗，两地的生活也迥然不同，并且，我现在已经是法国女人了。父亲最后还是没忍住，他对我说："如果我的女儿不幸福，我要她记住，即使上帝的门不向着她，父亲的家永远欢迎她。"那一刹，我的眼泪呼之欲出："哦，现在就带我走吧，我的父亲！哦，我的父亲！"我能感觉此刻我丈夫就在身边，虽然我没看到他，我感受到有他存在的空气中透露出的轻蔑。他握着我的手，让我大哭出来，安慰我，如果离别不可避免，那么短暂的辞别是最好的方法了。

由于路况不佳,加上方向难以辨认,我们用了两天时间才抵达位于孚日山脉的城堡。不过没有什么能够比陪伴我整个旅程更显真诚了,看上去他正在尝试用各种办法弥补我,试图将我从从前的生活中解救出来,似乎现在我才完全懂得婚姻的意义。然而我想,在这趟乏味的旅程中,我并不是一个令人愉快的伴侣,我对父亲和哥哥的愧疚激起了图雷尔先生的嫉妒,他显得有些不快,开始冷落我,我的心都快碎了。我们到达莱罗谢尔的时候早已不似先前那般心情愉快了,周围的一切压抑得让人窒息。从一侧望去,整座城堡宛如一座阴冷的新生建筑,怀着某种目的仓促破土而出,在它周围看不见任何树木或灌木丛。附近除了成堆的垃圾和遍布的杂草青苔,就只有修建城堡时残留下的废弃石块了。另一侧的巨型石块是此地名称的由来[1]。古堡紧挨着巨石矗立,古老的壁垣亲历了几个世纪的洗礼,早已与环境融为一体。

整座城堡并不宏伟奢华,但却十分牢固,风景如画,我曾一度幻想要是能住在这儿就好了。我可不愿意匆匆忙忙地搬进那新建的半装修公寓里,那里有着错综复杂的廊道和难以捉摸的门厅,虽然和谐地贯穿了整座建筑风格迥异的两部分,但我至今也没能完全弄清楚它们的确切位置。图雷尔先生单独安排了一个套间让我正式入住,仿佛这就是我的领地了。他又为这一切仓促的准备向我道歉,但他向我承诺,要不了几周,在我提出任何想法甚至是开始抱怨之前,他会让这里变得足够奢华,包我满意。

然而,在一个阴沉沉的秋日夜晚,透过满屋的镜子,我观察着自己的脸和身体,却发现镜子里除了没能照亮大部分半装修客厅的微弱烛光所营造的昏暗背影外,什么也没有。我紧紧拽住图雷尔先生,恳求搬去他结婚前住的屋子,他好像生气了,尽管笑意依旧,却态度决绝,让我放弃搬进其他房间的念头。我在沉默中颤抖着,思量着这些昏暗镜子后该隐藏着怎样令人疯狂的人物和形象。这是我的闺房,稍微有点沉闷,卧室里的家具虽豪华却破旧,我把这里用作起居室,并且锁上了所有通向闺房、客厅和廊道的门——除了那一扇,图雷尔先生从自己的公寓进

---

[1] 上文提及地名"莱罗谢尔"原文为法语"Les Roches",直译即为"岩石"。

入城堡总要通过那扇门。尽管他不太愿意表露不满，但我对卧室的偏好惹恼了他。他总是诱导我搬回客厅，我却越来越排斥那里，因为除了一条通往外界的长长的廊道以外，那儿与其他房间完全隔绝，这就意味着我房间的门要完全大开着了。

这条通道被沉重的大门和门帘阻断，我听不见房子其他地方的丁点儿动静；当然，除非明确的召见，仆人们也听不到我的任何活动或哭泣。在我从前的成长环境里，大家整日都生活在彼此的视线中，即使不会听到鼓舞人心的话语或静静的陪伴，也从未想到过孤立竟如此可怕。然而更糟糕的是，图雷尔先生，这位脚下土地的所有人，冒险家，一天的大部分时候几乎都在户外，有时一出门就是两三天。他不让家仆和我往来，对此我并不觉得骄傲，在那些沉闷得几近独处的日子里，我本能地期待能够听到他们哪怕只一句同情，期待他们和我德国的仆人一样友善。但我不喜欢他们，哪一个也不喜欢。说不上原因，他们中有些很礼貌，但礼貌里透着对我的排斥；另一些人则很粗鲁，他们看我的眼神不大像女主人，倒像是房子的入侵者。不过就这两种态度而言，我宁愿自己是后者。

有个男仆属于后者。我对他非常畏惧，他在我面前总表现出粗鲁的鄙夷，而图雷尔先生每每提及他时却夸赞他是最可贵忠诚的仆人。事实上我觉得，在某些事情上图雷尔先生反而受这个名叫勒菲弗的仆人控制，这让我无法理解。他对我的态度有时像对待某些珍贵的玩具或布偶，他珍惜、培养、宠爱甚至沉迷其中。我很快就发现我自己或者其他人似乎太渺小了，根本无力改变这个男人的意志——尽管他在初次见面时显得女子气，在特定场合会表现出慵懒和随意。我学会了察言观色，去挖掘其中强烈的内在感受，去了解是什么让他的灰色眼眸闪出微光，让他双唇紧闭，让他精致的脸颊变得灰白。

但在我昔日的家里，一切都是那么公开透明，对于没有经验的我来说，想要解开如今这些人的秘密根本无能为力。我想我已经拥有鲁普雷希特夫人所期待并且为我精心设计的美好婚姻了：住进了一座城堡，仆人成群，表面上待我如女主人般，我想图雷尔先生也以他的方式爱着我，我敢说（他经常这样夸我）他爱慕着我的美貌，但这份爱里也充斥着嫉妒、怀疑；对于那些我想要的东西，除非与他的想法如出一辙，否则他便无动于衷。如果他允许我说的话，我觉得自己那时可能也喜欢上他了。但我自孩提时代就很胆小，不久以后我开始担心他会对我不满（暴雨雷电般炽烈的感情与他的爱相碰撞，我担心任何细微的因素都会引起他的不满：回答时的犹豫，谈话间不当的用词，或提及我父亲时的一声叹息），我克制住自己幽默的秉性去爱这个学识渊博的俊美男人，对他是如此地纵容和忠诚。

但当我的确爱着他却难以取悦他时，你可以想象到我由于害怕而频频出错的场景。为了避免他情绪失控，我只能私底下避免和他相处。我注意到，图雷尔先生对我越是不悦，勒菲弗就越窃喜；当我再度受宠，勒菲弗有时会突然让我难堪，他会用那双充满恶意的眼神冷冷瞟我，有时还当着图雷尔先生的面说些极其亵渎的话。

哦，我差点儿忘记说了，早先我在莱罗谢尔生活的时候不喜欢这种沉闷宏伟的客厅，图雷尔先生对此表现出傲慢放纵的怜爱：他给巴黎的女帽设计师（同时也是我新婚婚纱的设计师）写信，希望她能够为我寻觅一位懂穿着品位又举止文雅的中年女仆，这样我就有女伴了。

第二章

于是，诺曼女人阿芒特从巴黎女制帽工匠那边到了莱罗谢尔，成为了我的陪侍。她的身材高挑，长相俊俏，虽已过不惑之年，倒也只是看着有几分憔悴罢了。第一次见面时我就很喜欢她，她并不粗鲁，但对要遵循的礼节也不甚了解。不过，她带来的率真的亲切感是我来到这座城堡以后在遇见的所有人中久违的。我曾可笑地认为亲切感这种东西在这个国度根本就不存在呢。图雷尔先生把她留在我的闺房里随时听候差遣。他还规定了她的职责，严格意义上说这本应该是我的权力。但我那时太年轻又没有经验，反倒暗自庆幸无需管理这些琐事。

我敢说图雷尔先生说的都是真的——几个星期过去了，作为一位贵妇人、城堡里的女主人，我开始为自己和一个女侍者走得太近而感到难过。但你知道，若从出身的阶级看，我们的差距并不大：阿芒特是诺曼农民的女儿，我的父亲则是德国磨坊主，除此之外，我很孤独！看来取悦我的丈夫实在不易。之前，他也会偶尔写信给其他人，希望他们可以成为我的同伴，但现在，他只会嫉妒我和她在一起时的无拘无束，气恼我因为听了她的原创音乐和有趣谚语而频频发笑，而我和他在一起时总会过度恐惧，从没笑过。

有时，沉甸甸的马车从颠簸的道路上疾驰而过，总会为我们载来远道而来的客人。偶尔大家也会提议说，等公事稳定些就去巴黎好了。如果忽略图雷尔先生多变的脾气、毫无头绪的愤怒和狂热爱好的话，这些琐事便是我头十二个月生活中的全部乐趣。

我在同阿芒特的交往中得到快乐与慰藉，原因之一可能在于我惧怕他们每一个人（我认为我害怕这些人远胜于其他存在），而她却谁都不怕。她会默默地为勒菲弗刮胡须，他则愈发尊重她；她有本事把问题摊在图雷尔先生面前，谦虚地指出发现的问题，又顾及他的主人身份，懂得掌握分寸。她和其他人相处的时候很精明，和我在一起却很温柔，在那个时刻更是如此，因为她知道，我就快当妈妈了。那时候我还没有告诉图雷尔先生——当单身女性被赋予了奇妙而神秘有趣的新生时，她已经不仅仅希望自己得到幸福了。

十月的晚些时候，又一个秋天到了。我已经逐渐融入这里，建筑新建部分的墙面再也不会给人光秃秃的凄凉感了。按照图雷尔先生的想法，建筑物碎屑已经被清理得干干净净，取而代之的是一个小花圃，我开始在其中栽种一些以前家中的植物。阿芒特和我一起把家具搬进了房间，按我们喜欢的方式进行布置，为了让我开心，我丈夫也会不时安置一些物品。我渐渐成为了驯服的困兽，成为了这座宏伟建筑的一部分，而我所居住的城堡到底什么样子，我还没去探索过。诚如我再次提到，那是在十月，日子短暂却美好。图雷尔先生说要动身去监管远方的一处地产，一处他平时经常去的地方。他带上勒菲弗随行，也许还有其他仆人，一切如往常一样。他的缺席让我的情绪有点儿小波动，然而另一种新鲜的感觉取而代之，他是我未出生孩子的父亲。我尝试用这个全新的身份去定位他，我试图让自己相信，他的嫉妒和暴虐源自对我炽热的爱恋。至于我的人际交往方面，他限制我和我亲爱的父亲见面，这使我彻底孤立无援。

事实是，我已经觉察出这看似奢华生活背后的矛盾，陷入深深的悲伤之中。我知道，除了我的丈夫和阿芒特，没有人关心我。显而易见，身为他的妻子，一个女暴发户，我在这几个邻居的面前根本不受欢迎。至于这些仆人——女仆们冷酷无情又很鲁莽，表面上对我都很尊重，私下里更多的是嘲讽；而这些男仆的情绪里潜伏着凶残，有时甚至当着图雷尔先生的面也毫不遮掩。必须承认的是，丈夫的管理太过严苛甚至有些残酷。他是爱我的，我告诉自己，但说这话时连我自己都充满了怀疑。他对我的爱时断时续捉摸不定，如果说是在取悦我，倒不如说更像是在取悦他自己。我意识到，但凡是他定好的事情，就没有半点儿商量的余地。我读懂了那两片薄而精致嘴唇里的顽固。我知道，他生气时白皙的皮肤会变成死人般的惨白，浅蓝色的眸子里凝聚着残酷的怒火。

我对任何人的爱都会成为图雷尔先生憎恶他们的原因。因此，在一个漫长而沉闷的午后，就是之前提及的他离开的那天，我一个人自怨自艾，时不时审视我们之间尚且未知的全新关系，继而又感叹自己这样做多么不道德，便又开始痛哭流涕。噢，我永远忘不掉那个漫长的十月的夜晚！阿芒特时而走到我身边，不断地鼓励我要打起精神来——她和我讨论服饰，聊巴黎，聊一些我几乎不知道的东西。她不停地用皎洁的眼神观察我，友善的黑色眼睛里流露出极大的兴趣，尽管她的话似乎并不走心。最后，她加了些柴火，拉上沉重的丝质窗帘。我总想让这帘子大开着，我想看到天上苍白的月亮，就像从前见到的那样——那是同一轮明月——从海德堡的凯泽斯图尔升起。但这一幕总让我流泪，于是阿芒特拉上了帘子。她在这件事上强硬的态度，就像护士在看护一个孩子。

"现在，夫人一定需要一只小猫咪陪伴她啦，"她说，"我去马尔通那儿取杯咖啡。"我还记得这句，我一下子清醒过来，我不希望自己被认为需要靠一只小猫咪来取悦。可能是我太任性，但她的话——简直像是在哄一个孩子———下惹恼了我。我告诉她，我低迷的情绪不是无迹可循——它们并非凭空出现，也不可能仅仅因为和猫咪嬉戏而凭空消失。于是，尽管没有对她和盘托出，我还是对她说了一些。在我说话的时候，我开始怀疑她对我内心压抑已久的事情已经早有耳闻，如此一来，猫咪的插曲更像是她经过深思熟虑的结果。我对她说，我已经很久没见过父亲了，他年事已高，有太多不确定会发生——也许我再也见不到他了——也几乎听不到任何关于他和我哥哥的消息。结婚前，我未曾预料到这种分离竟然如此彻底和决绝，我还对她说起我的家和婚前的生活，我没能成为一个大家闺秀，以及他人的关心对我来说有多么可贵。

阿芒特饶有兴趣地听着，也跟我交流了关于她的一些故事和悲惨境遇。接着，她想起之前的计划，起身去给我取咖啡，这本该在一小时前做好。但是，由于我丈夫并不在场，而我虽然很想但很少去关注这些，或者说不敢去发号施令。

现在她回来了，带来了咖啡和一块极大的蛋糕。

"快瞧！"她叫着放下它们，"看看我的战利品。夫人一定要吃啊！吃掉他们就会一直开心啦！除此之外，我还有一个小新闻能让夫人开心！"她告诉我，大厨房的餐桌上有一捆信件，是今天下午斯特拉斯堡来的邮递员送来的。在和她的谈话中我得知，她本来迫不及待拆开了那捆包裹的绳子，刚好看到一封也许是来自德国的信件，这时一位男仆恰好进来了，一开始她还拿着信，后来她把信件弄到了地上，他一边捡信，一边数落她拆开了信绳，把信件弄得杂乱无章。她便还了一句，她说这些信中有一封是寄给她女主人的。可是他却数落得更凶了，说即使有也不关她的事，当然也不关他的。在他主人外出期间，这些信都必须严格按规定送到他的私人客厅里——尽管这个客厅刚好就在我丈夫的更衣室边上，我却从未涉足半步。

我请求阿芒特帮我搞到那封信。不行，她回答。事实上，这么做简直就是在那群仆人面前拿自己的生命开玩笑：就在一个月前，雅克因为瓦朗坦的玩笑话而刺伤了他。我从未这般思念过瓦朗坦——这个年轻俊美的男孩曾帮我把木头搬进客厅！这个可怜的家伙！现在，面对他的是死亡和寒冷！他们对村民说他自杀了，事实上，没有人比他们心里更清楚是怎么回事了！噢！我无须畏惧。雅克不见了，没有人知道他在哪里。但对于这类人，责骂或强制恐怕会带来危险。先生明天就该到家了，真相不会太远！

但我意识到，要是没有那封信，我根本无法支撑到明天。那封信也许正是要告诉我父亲此刻病危的消息——也许他正在弥留之际哭唤他的女儿呢！总之，各种幻想和假设无休止地缠绕着我，阿芒特说什么都没有用。即使她说毕竟她的读写能力不是太好，弄错也是有可能的——她只是瞥了一眼地址而已。杯中的咖啡渐渐冷却，食物也变得索然无味，我紧攥双手。至于那封信,我一刻也不想再等下去了。然而阿芒特自始至终都保持泰然自若,起初她还在理性分析,接着变成斥责,最后,可能有些疲倦了。她对我说,如果我答应她做一顿可口晚餐的话,等仆人们都睡去了,她会想办法让我俩潜入图雷尔先生的房间,找到那封信的。于是我们说好,等到一切就绪了,一起去查看信件。可能那里面根本不是坏消息呢!然而不知为何,我们却像胆小鬼一般,不敢当大家的面,居然偷偷摸摸做着一切。

这些就是我的晚餐了——山鹑肉、面包、一些水果以及冰激凌。那一餐我记忆太深刻了!蛋糕一丝也没动就被丢进了自助餐里,冷咖啡径直倒出窗外,这样一来就不会显得古怪,仆人们也不会因为我不吃东西而生气了。我巴不得他们一个个都能早点睡去,我甚至和一个男仆说他不需要等在这里收拾碟盘,快去休息吧。过了很久,屋子安静下来,阿芒特还是提醒我,再等等。行动定在了十一点以后。薄纱掩面般的光晕里,我们将蹑手蹑脚地穿过通道,潜入我丈夫的房间,偷走那属于我的信——当然,如果它确实存在的话。事实上随着我们探讨不断深入,阿芒特已经越来越不确定了。

我的故事要从这座城堡的构造说起。这座城堡巍然高耸于大山一侧突出岩石之巅,曾一度作为某种势力的堡垒。后来,这座古老的建筑又增添了新的部分(一定是太想摹仿莱茵河畔那座城堡了)。这些新建筑位于岩石一侧的绝壁上,山势从这里陡然骤落,从这里放眼望去,法兰西大平原尽收眼底,景色可谓蔚然大观。城堡的平面图看上去刚好是矩形的三条边,我的公寓位于这座新建筑短边的末端,壮丽的风景一览无遗。城堡的前半部分年代久远,并且远低于平行地面。办公区域和众多公共空间都汇聚于此,但我对这里的了解并不多。城堡后半部分(以我公寓所属新建筑作为中心而言)有许多房间,由于山坡阻断了大部分阳光,加上沉甸甸的松树枝桠搭拢着遮住了部分窗户,这些屋子常年笼罩在黑森森的阴郁氛围之中。然而也是在这里——岩石表层高高凸起的地方,正如我刚才说到的,我的丈夫打理出一处花园,在闲暇时间里,他还是个出色的花匠。

由于我的卧室位于新建筑的一角,恰好傍山而居,因此,我只要用手支着一侧窗台,就可以轻松跳进花园,不让自己受伤,而这些呈直角的窗子看上去至少深了一百英尺。顺着这个方向一直走下去就到了城堡古老的部分。事实上,古堡的这两部分从前是有房间贯通其中的,之后我丈夫对它进行重建,这些房间现在都属于图雷尔了。他的卧室通往我的房间,更衣室独立在外。这就是我知道的一切了。所有的仆人,以及他自己,要是他们发现我想单独出去,像我刚来时出于好奇想四处转转,看看我这个名义上的女主人所住城堡的全貌,他们总有本事和借口把我找回来。图雷尔先生从不鼓励我独自外出,无论是乘车或者散步,他总是说在此动荡时期路上不大安全。有时候我会设想,既然抵达城堡的唯一路径就是穿过他的那些房间,那么这块花圃大概正是他有意修砌的吧,为的是让我的所有活动都在他眼皮底下进行。

现在让我们回到那个夜晚。正如我所说,我知道打开图雷尔先生私人房间的门就到更衣室了。更衣室独立于卧室之外,又朝向我在角落的房间大开,然而通过其他门也可以进入这些房间。门的另一端连通走廊,廊道窗明几净,直通内院。至于这条廊道,我记不清讨论了些什么了。我们穿过更衣室,潜入我丈夫的房间,却发现通往书房的门已经紧紧锁上了。无可奈何之下,我们只能折回走廊寻找其他入口。现在回想起来,那些房间里有一两件东西我还是第一次见到。

我还记得空气中弥漫着甜蜜的香水味,梳妆台上摆放着装饰用的银色香水瓶,还有沐浴更衣的全套装备。那些东西甚至比为我准备的更奢华,但房间的面积略小于我。事实上,新建筑延伸到我丈夫更衣室的入口就戛然而止了。嵌入墙壁的窗框约八九英尺深,甚至连房间的隔离墙也有三英尺厚,不过所有的门和窗子都披上了厚重的帷帐。我想,即使置身于这些屋子中的任何一间也绝不会听到外界的动静吧。我们返回住处,又折回到走廊,不知为何,我内心的担忧驱之不散。为了防止另一面的仆人们跟随我们,发现我们在这个除我丈夫之外还无他人涉足的地方,我们熄灭了蜡烛。不知何故,我总觉得除了阿芒特,这里所有的人都在窥探着我。我的一举一动,全都束缚于外界的窥探和不言自明的限制中。

楼上的房间透出光亮。我们停下脚步,阿芒特打算再次返回,我却磨磨蹭蹭不愿离开。如果没找到丈夫书房中那未开封的父亲来信,后果会怎样?平时胆小的是我,现在我却责怪起阿芒特不同往常的胆怯来。

但事实上，阿芒特自有她不愿前往的理由，那个可怕的地方是我从未见过的。我催促她前行，自己也决心向前，我们赶到那里才发现门上了锁，不过钥匙插在上面，我们顺利打开房门进了去，信件就摊在桌上，白色的矩形外封使我眼前一亮，我迫不及待打开它，急切渴望从文字中捕获那份来自远方安宁的家的爱。

阿芒特手中的蜡烛突然被风吹灭，我们陷入一片黑暗。阿芒特提议，兴许该带着信返回住处，于是我们尽可能在黑暗中摸索然后折返，我最期待的那封却落下了！我请求阿芒特回住处去取些我放在那儿的火绒和火石，再弄些光亮来，于是她离开了，房间里只剩下我一人。而对于这个屋子，我唯一能辨别的只有它的大小以及几件大家具———张盖着深色布的大桌子，屋子中间有张写字台，靠墙的位置摆放了些大件，这是我能看到的全部。我的手挨着桌上的信件，面朝窗户站着，由于山腰处高耸的树木遮住了光亮，下沉的月亮光晕也很暗淡，苍白的紫黑色椭圆形看上去并不比昏暗的屋子好多少。在蜡烛熄灭前的瞬间我记住了多少，待我渐渐适应黑暗后又看清了多少，我不记得了，但即便是现在，那个恐怖的屋子以及它独特的不可磨灭的黑影，依旧会出现在我的梦里。就在阿芒特离开还不到一分钟的时间里，我感到窗前被另一层阴影笼罩，我听见外面有轻微的动静——静悄悄但坚定地移动，直到它完全飘过，窗子稍稍恢复光亮。

漫长的一小时，我死死盯着入口，完全陷入恐惧之中，想逃离是毫无疑问的，要不是我担心任何迅猛动作会被他们发现，本该在听到动静的第一时间飞奔而出的。我还担心开门的时候会发生危险，此刻所有的门紧闭，而我对它们并不熟悉。突然，我脑子里再次灵光乍现，我记起在通向我丈夫更衣室紧闭的门帘后有一处藏身之地！但我打消了念头，因为我可能还没躲进那里就已经尖叫或晕过去了。于是我悄悄蹲下来，爬到桌子下。和我设想的一样，厚重的大台布，深深搭落的边布，隐蔽性很好。我还没完全从惊恐中完全恢复过来，我试图安慰自己，这里相对安全，现在的重中之重是，千万不能因为恐惧晕倒而暴露了自己，我拼命挣扎，竟然有勇气不惜弄痛自己，剧痛会减少我的危险。你经常问我手上这道疤痕的原因，正是那一次，我在极度痛苦的情况下，毫不犹豫地咬下了自己手上的一块肉。感谢痛苦，麻木了我的恐惧。我要说，我刚刚隐蔽好，就听到窗子被抬起的声音，我听到他们一个接一个跨进门框站在我身边，那么近，我能感受到他们的脚步。

他们大笑着，说着悄悄话，我脑子里一片空白，完全听不懂他们在说些什么，但在这些声音中我听得出我丈夫的笑声——低沉的、嘶嘶的、轻蔑的笑声。他们在地板上拖着什么，我丈夫踢了踢那摊沉重的东西，它就在我身边，太近了，以至于我丈夫那一脚不仅踢在它身上，也踢到了我。我不知道为什么，我不知道那是一种怎样的心理，但总有种感觉，并非出自好奇，它促使我伸出手，非常温柔得，一点点靠近，在黑暗之中感受那摊被遗弃的躺在我身边的东西。我用手悄悄摸索，触碰到那只紧握着的冰冷尸体的手！

说来奇怪，我脑中顿时浮现栩栩如生的场景。直到那一刻，我几乎把阿芒特忘得一干二净。现在想来当时我应该近乎疯狂想着该怎样警告她不要回头，或者，我应该这样说，我尝试了，但我做的一切都是徒劳，因为这样一来第一个暴露的就是我自己。我只能希望她会听到些动静，这些人忙着弄出些光亮，他们嘟囔着咒骂房间陈设的杂乱无章，我担心他们想一把火烧掉这里。我听得到，就在门外，她的脚步声越来越近了，从我的藏身之处望去，门缝下方的光亮越加明显了。快到门口的时候，脚步突然停止了。屋子里面的男人——当时我以为只有两个，但后来发现实际有三个人——他们尽量不动，完全定在那里，想是和我一样屏住呼吸。她慢慢推开门，小心翼翼的，生怕闪烁的烛光再次熄灭。那一刻一切都静止了，接着他走到她面前（他脚蹬马靴，灯光下轮廓清晰可见），我听到我丈夫说：

"阿芒特，我可以问问是什么风把你吹进我的私人房间吗？"他站在她和男子尸体中间，那一堆可怕的东西简直要碰到我了！我缩到一边，我们挨得实在太近了。我不知道她是否看见了它，我给不了她任何的提醒，也没能悄悄暗示她该说些什么——事实上，如果可以，我知道说些什么对她来说会是最好的。

她的声音在说话时变化很大，沙哑、低沉，但当她说起此行目的实际是要寻找那封她坚信是属于我的来自德国的信件时，又是如此镇定。好样的，勇敢的阿芒特！对于我她只字未提。图雷尔先生的回答冷峻严酷，颇具亵渎和威胁：他不允许任何人窥探他的房屋，如果真如她所说，他会把这些信件拣好送过去，夫人有权得到它们，如果的确如此，把这些信都送过去也未尝不可。至于阿芒特，这次警告是第一次，也是最后一次。接着，他从她手中取走蜡烛，把她打发走，他的同伴们小心翼翼躲在布帷后面，这样尸体就完全隐藏在深深的阴影之中了。她离开后，我听到钥匙锁门的声音——如果说我刚才还想着逃跑的话，现在这种想法荡然无存。无论会发生什么，我只希望这一切快点儿结束，这种神经高度紧张的状态我已经不能再承受了。估计她已经走远听不到动静了，两个人的声音响起，开始斥责我丈夫，怒气冲冲地责问他为什么没有把她拘留下来，堵住她的嘴——甚至有个声音扬言要杀掉她，说看到她的目光落在男子尸体上，我听到的那个声音，此刻正兴冲冲地踢着尸体呢。

尽管他们的对话听上去地位平等，他们的语气里却透着畏惧。我确信我的丈夫地位最高，也许是头儿或者其他。他的回答像是在嘲笑他们，竟然在一个傻瓜身上花费精力，十有八九，这女人只会交代最简单的事实，被主人发现闯入禁地已经吓坏她了，能顺利离开回到女主人那儿，她已经万分感激了；而对于他来说，明天他可以很容易地解释为何会在深夜中返回这里。但此时他的同伴们开始咒骂我，说自从我们结婚后，他除了学会打理自己，让自己外表光鲜、香水味儿四溢以外，其他什么都没做。至于我，他们可以找来二十个比我更漂亮的，和他们更志同道合。他平静地回答他们，我适合他，这就够了。这段时间里，我看不到他们对尸体做了些什么，我想，他们大概忙着翻动尸体没工夫说话了；接着我又听到一声沉闷的声响，尸体无力抗拒地摔下来，争吵四起。他们嘲笑他，怒气冲冲的调侃，十分激烈，我丈夫被激怒了，我听到他冷笑鄙夷的回答和嘲弄的笑声。是的我听到了，可怜的死者被高高举起，他身上所有值钱的东西被扒了下来；我听到丈夫的笑声，正如他在卡尔斯鲁厄市鲁普雷希特夫人家小客厅那次机敏的演出一样。那一刻起我变得讨厌他、惧怕他。最后，他打算结束对话，冷酷果断地说道：

"现在，我的好伙伴们，我下面要说的这番话是要让你们明白，如果我怀疑我妻子知道了我的全部勾当，我会让她活到今天吗？还记得维多琳吧，正因为她莽莽撞撞地半开玩笑责备我，拒绝听从我的劝告谨言慎行，看看自己喜欢的东西，对其他的一概不闻不问，所以她如今已经上西天了，这可比去巴黎远多了。"

"但这次不同，据我们所知，维多琳夫人了解一切，她一贯爱唠叨的；但现在这位有可能已经知道很多，但她却只字不提，太狡猾了！将来有一天我们暴露了，宪兵从斯特拉斯赶来的话，这恐怕都要归功于你那漂亮的洋娃娃，她把你要得团团转。"

我猜这句话激怒了图雷尔先生，他的态度有点儿轻蔑冷漠，咬着牙起誓道："感受下我这锋利的匕首，亨利，要是我妻子敢说出去一个字，我不是傻子，我会在她招来宪兵之前让她闭上嘴。让这匕首遂我的心找到好去处吧！但凡她猜着一点，但凡她有丁点儿怀疑我不是'大地主'而是'车夫'[1]的首领，恐怕那一天她就要步维多琳的后尘开始她漫长的巴黎之旅了！"

"她现在一定在欺骗你，否则随便你说我不懂女人心——那些沉默的女人才是魔鬼！你离开的时候她肯定溜出来到处搜集我们的秘密，我们迟早会被她一网打尽！"

"呸！"我听到丈夫的声音，他即刻补充道，"她想去就随她去吧，但我会紧紧跟着她，现在什么都还没发生呢，别杞人忧天！"

此刻，他们差不多扒光了尸体上的衣服，话题接着转移到该怎么处理尸体上来。我得知死者叫普瓦西，是附近的一位绅士，之前我经常听到我丈夫和他一起打猎，但我从未见过他本人。听上去是他们抢劫古龙水商人的时候被他撞见了——在对古龙水商人施以"车夫"团伙惯用的极刑之后，为了迫使受害者说出财富的藏身之处，他们焙烧其双脚，目的是得到这笔钱。这位普瓦西先生正巧撞见这一切，他认出我丈夫，于是他们杀了他，夜幕降临后把他带了回来。我听见，这个我叫他丈夫的男人，他轻声戏谑地说起一位骑手是如何缚紧尸体，又是如何引起了路人的注意。事实上，他让这一切看上去像是在温柔地拯救病人。他喜欢运用双关的文字重复解答他们的问题，他戏谑并享受文字游戏，甚至不禁为自己的睿智鼓起掌来。

这段时间里，那个可怜无助的人，他的双臂就无力地垂在我丈夫讲究的靴子边上！是时，有人弯下腰（我的心跳停止了）从地板上拾起一

---

[1] 原文为法语 *chauffeurs*，法国大革命初期在莱茵河左岸一带流窜作案的一个强盗团伙。

封信，那是从普瓦西先生口袋里掉出来的。写这封信的人是他妻子，字里行间充满了爱意和嘘寒问暖的温情。他们大声朗读着，对每个句子都评头论足一番，比谁说得更下流。当他们读到普瓦西先生那可爱的孩子莫里斯、这个远离父母的孩子与妈妈重逢时，他们笑着对图雷尔先生说，将来他也能听到这个女人对他说这些傻话呢！那一刻，我对他的感觉只剩下恐惧，但他残忍的答案却让我对他的恨多于畏惧！不过现在他们已经厌倦这种野蛮的恶趣了。珠宝、手表、钱和文件都被一一检查了一遍，很显然，接下来尸体要在黎明之前悄悄地处理好。为了避免被路人认出，招来更多的人，尸体当然不能留在原地。

他们一直在讨论如何维持莱罗谢尔安定和谐的状态，这样就不会招致宪兵，好像这就是他们的使命。不过，他们在要不要通过廊道进入城堡以及该不该在草草的葬礼前饱餐一顿的问题上存在争议。我竖起耳朵，听得兴致勃勃，他们的对话让我的大脑陷入狂热的困顿，仿佛有种可怕的力量把它们深深刻进我的记忆中，一遍又一遍，任凭它们在我脑中大声回荡，沉闷，痛苦，无法控制。但他们到底说了些什么我全然不知，我是麻木的，除非我听到自己的名字，我想，可能出于某种自我保护的本能，我要赶快清醒。我多么紧张啊！我竖起耳朵，四肢由于太过紧张抽搐不止，我担心我控制不了它们了！我努力抓住他们说的每一个字，我不记得他们的最终决定，但我知道无论结果如何，我唯一的逃跑机会就要来了！

之前太过恐惧了，我本该把握时机在他回到卧室之前跑回去的，要是他发现我不在那就糟糕了。他说他的手被弄脏了（我颤栗了，那也许正是死者的血），现在要去清理一下。然而刻薄的嘲笑声让他改变了主意，他同屋内另外两个家伙一起离开了，却把尸体留在廊道！黑漆漆的廊道，只有我一个人，和一具僵硬的尸体！

如果有，那么现在是我的机会了，但我动不了——并非因为关节痉挛或是僵硬而动弹不得。是那个死人，此刻它离我如此之近！我快疯了！我陷入了幻想！我听到那只手臂渐渐移向我，举了起来，一瞬间仿佛在乞求，接着，垂落在一片死寂的绝望中。这狂想，如果这一切真是狂想的话——极度恐惧中我惊声尖叫，我奇怪的嗓音打破了刚刚的狂想魔咒。我逃向桌子的另一边，那是离尸体最远的地方，然而如果我能在紧要关头抓住那永远可怜无力的手臂又会怎样呢。我略带迟疑,慢慢直起身子,大脑晕眩不知所措,恹恹得颤抖,只能苦苦撑着桌子。我就要晕倒了。这时一个低沉的声音响起来——是阿芒特!那声音从门外传来,轻声道:"夫人!"我忠诚的仆人观察着这一切,她听到了我的尖叫,在目睹三个强盗顺着廊道下了楼、穿过院子走进城堡另一端的办公区后,悄悄摸到了我的门口。她的声音给了我力量,我径直走向它,仿佛行走在迷茫的荒原之中,这时我突然感受到那束出自住宅的微光,指引着我的心,指引我前行的方向。

那声音紧随着我,我却不知道它来自哪里,但我明白,要么跟随它,要么面对死亡。门被打开了,我不记得是谁开的,我紧紧抱住她的脖颈,抓到双手酸痛也不松开。她一言不发,只是用有力的手臂搂住我,我倚靠着回到房间,倒在床上,其他的什么都不记得了,一挨上床我便失去了知觉。我突然感到一阵恐惧,感到我丈夫此刻正站在我身边,我坚信他就在这间屋子里,就在隐蔽处,等我说出第一句话,只要吐露出丁点儿可怕的讯号,他就会杀了我!我不敢加快呼吸频率,我测算每一次的沉重呼吸,默数着次数和时间,一言不发,一动也不动,甚至眼睛都不敢睁开,就这么长时间笼罩在痛苦的感觉里。我听到房子里有人轻声私语,并非出自好奇或仅仅是消磨时间,而像是有意所为。我听到有人进出客厅,我依旧静静躺在那里,仿佛明知死亡不可避免,却期待等死的痛苦可以快点过去。我再次陷入晕眩,但就在这时,正陷入可怕的虚无之中时,我听到阿芒特的声音,紧贴着我,她说:"把它喝下去,夫人,我们即刻出发吧。一切都安排好了。"

她让我枕着手臂,托起我的脑袋,朝我喉咙里倒了点儿东西,她不停地说着什么,安静地估摸声响,那声音干涩而又严肃,不像她自己的。她告诉我,之前她也在伪装,她已经为我准备好一套她自己的衣服,我的食物也被她早早装进口袋。紧接着,她告诉了我一些小常识,却绝口不提我们需要即刻逃跑的可怕原因。我没有问她是从何而知,又了解多少,当时没有,之后也没有再提起。我实在承受不了这些事实。我们心照不宣地保守这可怕的秘密,但我想,那时候她一定就在隔壁的更衣室,已经听到一切。

事实上,我甚至不敢对她说话,担心在这个夜深人静的夜晚,在我们将要逃离的这座沾染鲜血的城堡里,将有异样的事情发生。她给我指引着方向——简单地指引着,没有原因——如同指引一个孩子,而我像孩子般顺从。她不断跑到门前听动静,时而也会跑到窗口,她看上去很焦躁。而我,我眼中只有她,我的目光丝毫不敢游离她半寸,夜色深沉,我什么也听不到,唯有她悄然的行动和我自己沉重的心跳声。最后她牵起我的手,在黑暗中穿过客厅,再次通过可怕的廊道,惨白的幽灵般的光亮穿过黑色的窗,在地板上印刻出诡异的形状。我紧紧挨着她,毫不怀疑,她是我在这场无以言表的恐惧之外唯一接触到的人。我们转向左边而不是右边,经过了我套房的起居室,我看到血红色的渡边,紧接着进入与古堡平行的主道,那是一处我从未涉足的秘境。

在她的指引下我们顺着通道进入地下室,在一扇开着的小门前,我终于嗅到了空气中刺骨的冷,这是那么久以来的第一次,我又感受到生命力量!这扇门通往酒窖,我们摸索到一扇看似窗口的出口处,很遗憾,焊接处不是玻璃,而是防护用的铁栏杆。显然阿芒特已经知道其中的两根是松的了,她轻松撼动了其中一根经常被卸下来的铁棒,然后帮助我和她一起回到了自由空旷的天空下。

我们悄悄潜到古堡的最后面,在转角处,她突然紧紧抓住我,紧接着我也听到远处传来的声响,那是铁锹重击在厚重泥土上的声音……那个夜晚太过安静了。

我们一句话都不说,此刻更是一言不发,身体的触碰也正是彼此最需要的鼓励。她选择偏离公路行进,我不认路,于是紧紧跟着。我们一次又一次迷路,我甚至弄伤了自己,她当然也好不到哪里去,但是身体上的伤痛对我来说已经很好了。最后,我们终于摸索到了平坦的大路上。

我对她一直充满信心,即使在她停下来判断下面该往哪里走时,我一句质疑都没有。然而现在,她第一次开口问我:"他第一次接你过来时,你们走了哪一边?"

我用手指了指,说不出话来。

我们沿着大路朝反方向前进,大约过了一小时到达了山腰,这么久以来,我们一刻也没敢休息,在天完全放亮前,我们要走得越远越好。我们四处张望,寻找休息和隐蔽的地方,现在终于可以小声说话了。阿芒特告诉我,她锁上了图雷尔和我房间的通道,还有,如梦中一样,她锁上后者和客厅之间的大门并带走了钥匙。

"他今晚太疲惫了,不会有时间去想你,他一定以为你早睡了。他们应该会先发现我失踪,不过恐怕直到现在他们才发现我们俩都逃跑了吧。"

我记得她最后的几句话让我止不住祷告。休息或者躲藏仿佛都是在浪费宝贵时间,但她此刻正忙着找藏身之处,根本顾不上搭理我。终于,我们放弃寻找,沿一条小路继续前行。山腰两侧险峻异常,金色熠熠的晨光中,我发现我们正沿着一条溪流,进入一处狭窄的山谷。前方约一英里的低地处有座村庄,淡蓝色的炊烟冉冉升起,就在它旁边,在视野所不能抵达之处,一座水车正缓缓提水。我们不放过每一棵大树或者灌木下隐蔽的机会,最后穿过磨坊,来到一座独拱桥下。这座拱桥无疑是连接村庄和磨坊的通道。

"这下可以了。"她说道,我们在空隙里匍匐爬行,在上方不远处粗糙石块上寻到一处凸起的地方坐了下来,完全蜷缩在桥身幽深潮湿的阴影之中。阿芒特坐在我上面一点的地方,她让我把头靠在她膝盖上,给我喂了些食物,之后自己也吃了一点,接着她摊开深色大斗篷,遮住我们身边的每一处浅色斑点。于是我们坐下来,颤抖着,颤栗着,这已经算是长途跋涉后的休息了,我们没有必要再往前走。就白天来说,按兵不动是确保安全的唯一策略。然而,这个潮湿的隐蔽处越来越黯淡,阳光根本无法穿透层层阻隔,我担心,可能还没到晚上自己就要病了。老天似乎对我们愈加发难,整天都在下雨,这条汇聚了千万条山谷溪流的支流,突然开始涨水形成洪流,水势不断冲击石块,发出令人晕眩的撞击声。

我不断地昏睡过去,又不断地从阵痛中醒来,从我们头顶传来阵阵马蹄声:有时候像是拖曳着笨重包裹的缓缓前行,有时候伴随着男人刺耳的叫声卡塔卡塔飞驰而过,水流声黯然逊色。末了,夜色降临,我们不得不蹚过及膝的溪水前往对岸。我们定在那儿,颤抖着,全身僵硬,似乎连阿芒特的勇气都快消耗殆尽了。

"不管以何种方法,我们必须找个避难所度过今夜。"她说。的确,无情的大雨就要来了。我一言不发,我明白我们最后一定会死于某种非命,我只希望在死前,不要再经受这些可怕男人的摧残。她踌躇了一分钟,决心立刻行动,我们顺着溪流抵达磨坊。此刻耳边熟悉的声音,空气中弥漫的麦香,被面粉蹭得发白的墙面——所有的这一切让我想家了!我突然觉得只要我努力从噩梦中醒来,我就又可以变成内卡河畔那个无忧无虑的小女孩。阿芒特敲着门,里面的人握住门柄,最后,一个年老虚弱的声音问是谁在那里,要找些什么。阿芒特说,有两个女子想寻一处避雨的地方,然而这位老妇人犹犹豫豫满腹怀疑,她断定说话的是个男子,我们不能进来。

但最后,她总算满意地同意让我们进屋来。她并非那种不近人情的女人,只是她的想法毕竟经过主人应允,这个磨坊主告诉她他不在的时候家里不允许有男子进入,她也不确定如果是两个女人是否可以。不过我们并非男子,也就没人说她违背主人的意愿了,并且这样的夜晚,哪怕是留一只狗在外过夜都应感到羞愧。阿芒特很聪明,她说,我们今晚留宿的事情对任何人都要保密,这样主人就不会怪她了。她急中生智想着如何守住秘密,还想着如何能不引起磨坊主以外他人的注意。此时老妇人的大火炉还没有热起来,房间依旧没能供暖,阿芒特帮我换下湿衣服,连同那件包裹我们的棕斗篷一起在地上铺摊开来。

一段时间里,这可怜的家伙一直喋喋不休说自己算不算违背了命令,这让我有点儿担心她能否保守住任何秘密。没过多久,她便踱步去打听主人行踪这些无关紧要的信息了。原来他去帮忙寻找他的房东了,一位住在上面城堡里的普瓦西先生,他前天出门狩猎后就再没有回来,他们都猜测他可能发生了意外,于是召集了邻居前往森林和山坡搜寻他的下落。

我们聊的可不止这些,她告诉我们她很乐意遇见这样的主人,这里仆人很多,工作量却很小,因为她的主人感到生活太过孤独和乏味,特别是她的儿子在战争中牺牲之后。接着她取来晚餐,很明显分配晚餐的人太吝啬了,假使她想过分些食物给我们,这么点儿恐怕也根本不够。幸运的是,我们此刻最需要的温暖回来了,在阿芒特的贴心照顾下,我们冻僵的身体开始回温。餐毕,老妇人昏昏欲睡,不过看样子她不太愿意在醒来之后看到我们两个还在屋内。事实上,她给了我们相当多的暗示,示意我们再一次露宿在阴冷荒凉的暴雨夜,但我们苦苦哀求她,只要能留下,即便有任何一处避难所都好。最后她有了主意,半高于这间厨房的地方有个阁楼,她领着我们爬上梯子,我们跟在后面。我们还能做什么呢?地面十分宽敞,房间里没有护栏和墙壁,也没有木板或栏杆,如果紧靠边缘,很容易掉进下面的厨房里。

事实上,这是个家用储物室或阁楼,里面堆满了东西:盒子、箱子、磨坊的编织袋,过冬储备的苹果和坚果,成捆的旧衣服,磨损的家具等等。我们刚爬上来,老妇人就拖走了梯子,她轻轻笑着,好像这样一来我们就没法捣乱了,她安全了。于是她再次坐回原处,边瞌睡着边等她的主人。我们收拾出一些床上用品,终于舒舒服服地倒在铺开的干衣服上了,但愿好好睡上一觉之后体力能够恢复,明天还要赶路呢。但我没有睡衣,从阿芒特的呼吸声中我听得出,她也清醒着。透过地板的缝隙可以观察下面的厨房,在我们先前坐着的对面靠近炉火的墙壁上有一盏灯,刚好照亮半个厨房。

第三章

夜渐渐深了,屋外的声响一直传到我们藏身之处,有人正愤怒地叩门。我从缝隙中看见老妇人起身给主人开门,那人进门的时候明显已经半醉了。而真正让我陷入恐慌的是,紧跟其后的竟然是勒菲弗!他明显很清醒,一如往常的狡猾。他们一边聊天一边走了进来,争执着什么,突然磨坊的主人停下来,咒骂她的老仆人竟然敢睡觉,在酒精的麻痹下,他甚至凶恶地把可怜的老人家推出厨房让她滚回床上去,然后接着和勒菲弗谈论普瓦西先生的失踪。看样子,勒菲弗已经和我丈夫的其他仆人出来一整天了,他们佯装帮忙找人,实际上却尽可能地蒙蔽普瓦西先生的仆人,误导他们的追踪线索。在听了勒菲弗一两个狡猾的问题后,我猜想他们甚至还有另一个目的,那就是找到我。

尽管磨坊主是普瓦西先生的租户,却似乎更像是图雷尔先生的同伙,在某种程度上,他显然意识到图雷尔和他仆人过着怎样的生活。尽管如此,我依旧认为他连他们一半的罪行都不了解,并且我明白他对他主人的命运非常感兴趣,他丝毫不会怀疑到勒菲弗的谋杀或犯罪计划上来。他一直自顾自地提出各种想法和观点，贪婪地盯着勒菲弗粗浓眉毛下闪着光亮的眼睛。显然，没有任何线索表明他主人的妻子是由于后者才逃离恐怖肮脏的贼窝的，尽管对于我们他未吐露一个字，但我肯定此刻他嗜血若渴，正等着事情发生转机，等着我们撞枪口呢！这时他起身准备离开，磨坊主歪歪倒倒地把送他出去，自己跌跌撞撞睡觉去了。我们也睡下了，睡得安稳而漫长。

第二天早上我醒来的时候发现，阿芒特正用单手支撑、半欠着身子，急切地、眼睛直勾勾地盯着下面的厨房。我也朝下望去，听到磨坊主和他的两个手下正激动地大声谈论老妇人，她并没像往常一样给炉子升火，为主人准备早餐。今晨晚些时候，人们发现她死在自己的床上。是主人昨天夜里的冲撞，还是自然死亡，谁知道呢？可能是因为磨坊主而受到良心谴责，她不是急切宣称自己是多么有价值，反复提起和她主人在一起生活是多么幸福吗？这些人可能半信半疑，不过他们可不想冒犯主人，都一致认为接下来急需举办葬礼。于是他们出去了，只剩下我们在阁楼里，这几乎是第一次我们独处的机会，我们终于可以畅所欲言，尽管还需要压低声音，时不时停下来听听动静。

阿芒特对这件事的看法比我更乐观些。她说，如果老妇人还活着的话，我们那天早晨就该离开了。悄然离开是我们所期望的，因为事实上，管家极有可能把我们俩和我们的藏身之处告诉主人，这些话迟早会传到我们最想要隐瞒的那些人的耳朵里。不过现在，在这个最需要休息的关键时刻，我们终于有时间也有地方休息了，这太至关重要了！剩余的食物和水果储备可以满足补给，现在我们唯一担心的是磨坊主或是其他人。万一有需求，他们随时可能会爬上来，不过即便如此，我们只需稍稍布置下盒子和箱子的摆放，这样一来就可以隐藏在其后的一处阴影里了。所有的这些让我的顾虑减轻了不少。不过，我们怎么逃离这里呢？我问她。梯子已经被移开了，这是唯一的退路。不过，阿芒特说她可以将绳子相互打结，这样我们就有足够长度的梯子了，我们差不多可以向下滑落十英尺。并且它还有一个好处就是便携，可以带着上路，如此一来就没有任何证据表明我们曾藏身在阁楼上了。

因此就在我们计划着逃跑的前两天里，阿芒特一刻都没有浪费，她在磨坊空无一人的时候检查了每一个盒子和箱子。在其中的一个盒子里，她发现一套旧西服，应该是磨坊主人那已故儿子的。她试了试它们合不合身，发现刚好合适时，她就把头发剪掉，让自己看上去像个男人，还让我帮她把浓黑的眉毛尽量剃光，把软木削成小块塞进脸颊，简直不可思议！她的脸型和声音在某种程度上改变了！

但是第二天，当她要求我也乔装自己时，所有沉甸甸的绝望又接踵而至。她用囤积的胡桃已经腐烂的壳给我的头发上色，她涂黑我的牙齿，甚至径直打破一颗门牙以便更好地伪装。但我仍然认为这一切不足以帮助我们逃脱我丈夫的魔掌。第三天，葬礼结束了，酒罢，客人一一作别，磨坊主因为喝了太多，被仆人们抬回床上。期间，他们在厨房停了一会，笑着说新管家可能要来了，接着关上门离开，却没有锁门！一切对我们都太有利了！

前两天夜里，阿芒特已经试过了，她可以灵巧地抛下梯子，等到落地后解开拴绳的钩子。她还整理出一堆不用的旧衣服，这样一来我们就更像旅行中的商人和他妻子了。她还用填充物把自己塞成一个驼背，让我也穿得很厚实，刚翻出来的一套男子衣服把她自己的衣服尤其是胸部遮得严严实实。最后，我们带着从家逃跑时口袋里仅剩的几法郎爬下梯子，松掉挂钩，消失在寒冷漆黑的夜色之中。

藏在阁楼的那几天我们曾经讨论过最佳逃亡路线，之后阿芒特告诉了我，在我们逃离莱罗谢尔时，她问我第一次被带过来时的路线的原因——避开那些强盗的追赶，因为通往德国的那个方向将是他们的首选！然而现在她认为是时候返回属于德国的那个地区了，在那里，我的德式法语不太会引人注意。我觉得阿芒特的口音很特别，一次我听到图雷尔先生嘲笑过她的诺曼方言[1]，但对于她说的折回德国的提议我很是赞同。我想，到了那儿我们就该安全了吧！唉！可我忘记了，在那个动荡的时期，整个欧洲都处在秩序混乱、无法可依的氛围之中！

我们有多么徘徊不定，不知将往何处去，那段日子我们是如何度过的，又是如何在众多危难之中有惊无险却依旧摆脱不了更多重重危险的考验，我现在无法告诉你这些。我只告诉你发生在前往法兰克福途中的两次冒险：第一次冒险对于一个无辜女人来说是足以致命的，最终却保

---

1 法语方言的一种。

证了我的安全；讲第二次冒险，我是要告诉你为什么我没有回到原来的家。当我们在磨坊的阁楼上时，我曾想到过回去，这是我第一次感到对于未来我有能力去探索。我无法告诉你在这些疑惑和迷茫中我有多么依恋阿芒特，有时候我会为她担心，因为她关乎我的个人安危，但是，不！并非如此！或者说，不仅如此，这并非最主要的原因。

有一次她说，她要像我一样拥抱自己的未来，然而我们谁都没敢多提之前和现在的处境有多危险，只是稍稍规划了未来的路该怎么走，但即便如此，也不会有太长远的念想。怎么可能有呢？我们连能不能看到每天的日落都没有把握。阿芒特对图雷尔这伙人的恶行的了解，或者说她能够推测出的比我多多了，当我们陷入看似平静安全的假象时，总能发现紧随身后的来自四面八方追踪的迹象。我记得那一次——我们在人迹罕至的地方不知倦怠地奔走了快三周，日复一日，不敢想我们去哪里，也无法理解这看似漫无目的的漂泊——我们发现了路边一处孤零零的兽医或是铁匠的屋子。我太累了，于是阿芒特终于开口说道，无论发生什么，今晚我们就留在这过夜吧。她随即走进屋子，大胆宣称自己是个外出找活干的裁缝，如果需要的话他可以做任何零工，只要给他和他妻子提供一晚的住宿和食物就行。

这种小伎俩她在之前就玩过一两次，效果不错。她父亲之前在鲁昂是个裁缝，小时候经常给他打下手，所以她了解裁缝的俚语和习惯，甚至法国人做生意时那种极具特色的口哨和叫唤声她都知道。铁匠的屋子和大多数人家一样，远离城镇，这里没有一家男装店，家庭主妇们有的是时间缝补衣服。但当大家听说不远处的一个流浪裁缝会做装饰时，自然而然都被吸引过来了。十一月初的午后，向晚的时候，阿芒特盘腿坐在铁匠家厨房靠近窗户的大桌子上，我坐在她身后缝制衣服的另一边，不时地被某个看似我丈夫的男人数落几句。她突然转过身来，只对我说了两个字——勇敢！我什么都没看见。坐在光线所无法抵达的地方，有那么一瞬间我很紧张，我赶紧给自己打气。那是一种我还不太熟悉的特别的耐力。

铁匠铺位于房子旁的小屋里，面对着道路，我听到他们的锤子停止了有规律的撬动，而她看到了原因——一位骑手来到铁铺，他从马上下来，把它牵进铺子换新马掌。锻造中的大片火光把骑手的脸照得清清楚楚楚，阿芒特非常确信随之而来的将会是什么！

这位骑手与铁匠简短交谈之后，跟着他来到我们的居所。

"嗨，我的妻子，给这位先生倒杯酒再拿些国王饼[1]来。"

"什么都可以的，夫人，让我在钉马掌的间隙吃点儿喝点儿就好，我赶时间呢，今晚之前必须赶到福尔巴。"

铁匠的妻子点亮了灯。其实阿芒特在五分钟前就提议了，我们真不知该如何庆幸！多亏她刚才没有那么快作出反应，我们得以坐在黄昏的暗影里，假装在缝缝补补，虽然几乎看不清了。灯具就在炉子上，靠近我丈夫，他在那里烤火，不一会转过身来，环顾房间，同样兴致勃勃地欣赏这些死气沉沉的家具。阿芒特在他前面盘腿而坐，弯下腰，自始至终轻声吹着口哨。他再次回到炉火旁，不耐烦地搓手，他已经把酒和国王饼一扫而光，想早点儿离开。

"我赶时间，我的好夫人，帮我催催你丈夫，要是他能再快一点儿，我付他双倍的钱。"

夫人出去传话了，他再次转身面朝我们，阿芒特接着哼曲子的第二部分，他也跟着哼了几秒钟，接着铁匠的妻子进来了，他又转向她，好像这样她会回答得更快一些。

"一刻钟，先生，再等上一刻钟，前马掌有个钉子松了，我丈夫正在换呢，否则下次再掉的话又要耽误您时间了。"

"话是不错，夫人，"他说道，"只是我现在时间紧迫，你要是知道原因，一定会原谅我的鲁莽。我曾经是个快乐的丈夫，如今却遭遇抛弃和背叛，我倾尽爱意追求我的妻子，但她却辜负我的信任，从家里逃了出去。毫无疑问，她去投奔情人了，还带走了所有能带的珠宝和财产。夫人可能已经对她有所耳闻或者曾经见过她，她逃走的时候身边有个从巴黎来的挥钱如土的女人，而我这个悲伤的人，我只能侥幸希望从她女侍者身上追回我的损失。"

"有可能吗？"善良的妻子松开手问道。

出于对对话的尊重，阿芒特放低了口哨声。

"不过，我正在追踪这帮邪恶的罪犯，我已经追踪到她们的行踪

---

[1] 法国传统糕点，是传统的宗教节日里为欢迎国王或国王占星师而制作的饼。

了。"(这张英俊的女子气的脸此刻看上去如恶魔般凶残。)"她们无法从我身边逃脱的,但是每一分钟对我都是痛苦,直到我再遇上我的妻子。夫人尚且有同情心,难道她就没有么?"

他的脸上不自然地露出僵硬的微笑,接着两人都去了铁铺,好像又是去催铁匠了。阿芒特的口哨声瞬间停止。

"忙你的就好,甚至连眼睑都不要翻一下,他一会儿就走,很快就好了。"

小心翼翼是十分必要的,此刻,我已经处在情绪崩溃的边缘了,虚弱地倚靠着阿芒特的脖子。我们接着保持之前的状态:她接着刚才的动作,边吹口哨边做女工,我也假装缝缝补补,我们伪装得很好。他差不多径直走回来取他落下的鞭子,而我,我感到又一次迎到那双目光敏锐快速的扫视,那目光捕捉到房间的每个角落,把一切牢记在心。

接着,我们听到他骑马离开的声音,光线昏暗下什么都看不清了,于是我停下工作,取而代之的是浑身颤抖和战栗。铁匠的妻子回来了,她本是极好的人,当阿芒特告诉她我又冷又疲惫后,她坚持要我停下工作坐到炉火边暖和一会,同时为了抓紧时间,她开始准备晚餐。由于招待我们以及那位先生的慷慨解囊的缘故,今天的晚餐比平常要丰盛许多。她让我尝了尝自己酿造的苹果酒汤,但我举不起杯子,尽管阿芒特给我示以警告,她频繁执意地劝酒很容易让我们的身份暴露,接下来不知道会发生些什么。为了掩护我的不安,阿芒特停下口哨声开始说话,此时铁匠进屋,见两人正聊在兴头上,他开始回忆起那位出手阔绰的英俊绅士。他所有的同情都是因他而起,他们夫妇二人都期望他能追到那个可恶的妻子并且让她受到罪有应得的惩罚。紧接着他们话锋一转,聊起那些司空见惯的安静单调的生活,似乎比拼着谁的版本更惊悚。有一个名为"车夫"的野蛮神秘的强盗团伙出没于通往莱茵河的道路上,施德汉纳斯是他们的头儿。那些故事让我感到刺骨的寒意,也熄灭了阿芒特唯一的一点说话气力,她的双眼疯狂瞪得滚圆,脸颊变得苍白,这是她第一次向我求助。新的召唤叫醒了我,我起身道,我们赶了太久的路,今天起得实在太早了。于是最后我和我丈夫得到允许回床上休息。我又补充说,我们会及时起来完成任务的。要想比他起得早,估计我们是要和鸟儿比赛了,铁匠说,那位善良的妇人急忙过来赞同我的提议。

要是他们再接着这个话题讨论下去的话，我想阿芒特就快晕倒了。

　　果然，一觉醒来，阿芒特好多了，于是我们起来及时完成了任务，和大家共享丰盛的早餐。接着不得不再次提出，我们只知道不能去福尔巴。的确，事实上，位于德国和我们之间的福尔巴肯定是他们追击的方向。两天多的时间里，我们兜兜转转，从通往福尔巴路上返回的途中，我怀疑起铁匠家旁边的一两个团伙。因为没事先问路，我们迷了路。一天夜里，我们来到一个小镇，小镇中心的主街道上有一栋高大的旅馆。我们发觉镇子比偏僻的乡下安全多了，没过几天我就和一位旅行中的珠宝商交易了一枚戒指。他很乐意以远低于实际价值的价格买到它，至于像阿芒特这样的穷裁缝从哪儿弄来的宝贝，他一点儿都没过问。我们决定整晚都待在旅馆里，搜集一些资料和信息以便今后路上使用。

　　仓促地讲过价后，我们住进了马厩之上横穿庭院的那间便宜的小卧室，在咖啡厅最昏暗的角落里用了晚餐。虽然急需食物，但为了防止在公共场所里被人认出来，我们还是不得不加快速度。就在我们吃饭的时候，一辆公共马车缓缓驶到了门房处，一批乘客下了车，他们中大多数人拥挤瑟缩着走进我们用餐的咖啡厅，因为咖啡厅入口处正对着门房，两边的门都朝向街道大敞着。在这些乘客之中，有一位年轻的金发女子和她的年老法国女仆为伴。这个可怜的女人扭了扭头，从混杂着难闻气味的公共休息室中逃离出来，她说着一口德式法语，要求侍者换一套私人房间。

　　于是我们了解到，她和她的女仆是从一辆双座四轮轿式马车上下来的，可怜的小姐，可能太过骄傲，她拒绝了所有旅伴的陪同，反而招来了他们的反感和嘲笑。这些道听途说的只言片语所存在的唯一意义并且也最终得到验证的一点是——阿芒特在我耳边低语，这位年轻小姐的发色明显和我的一模一样，她曾经在我们躲藏的阁楼上剪下一截，丢进了磨坊主厨房的炉火里。我们尽量在阴影中穿梭，渐渐离开喧闹快乐的来赴晚宴的旅伴们，穿过庭院，从马夫那里借来一盏灯，粗鲁地攀爬上了位于马厩上方的房间。房间没有门，梯子嵌入的洞便是入口了，窗户朝向院子，我们太过疲劳，很快便进入梦乡。突然，我被楼下马厩传来的嘈杂声吵醒了，我叫醒阿芒特，为了防止她半惊扰状态下会发出什么惊叹来，便用手捂住她的嘴。我听到我的丈夫此刻正在和马夫谈论他的马，那个声音正是他！我太确信了，阿芒特也是。我们不敢直起身子舒服地坐起来。大约五分钟后，他朝着问路的方向出发了，经过马厩的时候，悄悄地在我们窗子下偷听，然后穿过院子又进入旅馆。我们商量着如何是好，我们担心爬下梯子离开住处会引起他的察觉或怀疑，也许立即逃离才是我们最强烈的愿望。与此同时，马夫离开了马厩，门在外面上了锁。

"我们必须试着从窗户爬下去，事实上如果可以，这是最好的方式了。"阿芒特说道。

一番思量后我们意识到，如果没交房钱就偷偷溜走的话，我们很容易被引起怀疑，再加上徒步离开，很容易被他们追上。我们坐在床沿，哆哆嗦嗦地商量着。这时从院子里传来了欢快的笑声，旅伴们一个接一个回来了，楼上窗子的灯也接二连三地亮了起来，大家准备休息了。

我们爬上床，紧紧拥住对方，竖起耳朵不愿放过每一个声响，仿佛我们已经被跟踪了，随时会面对死亡。夜深人静的晚上，缱绻的死寂等待黎明的破晓，细碎的脚步声响起，有人正小心翼翼穿过院子，马厩的钥匙被拧开，人进来了，我们甚至可以感受到他的存在。一匹马受到点儿惊吓，不安地踱了踱步，呜呜地呻吟着。他朝着那匹马低声说着什么，牵着它走进院子。阿芒特悄悄直起身子打开窗，像猫咪一样地小心翼翼。她双眼盯着窗外，大气不敢出一下，我们听到面朝大街的那扇大门打开的声音，短暂的上马声，接而听到哒哒的马蹄声渐行渐远了。

阿芒特转过头来对我说："就是他，他走了！"说完，我们又躺了下来，浑身颤抖。

这下我们可以好好睡上一觉了，漫长的睡眠，我们醒来的时候已经很晚了，匆忙的脚步声和混乱的声响把我们吵醒。全世界似乎都在清醒中躁动。我们起身穿好衣服爬下楼梯，院子里人头攒动，我们环顾四周，确认他已经不在了才离开马厩。

突然，两三个人冲到我们跟前。

"你们听说过、或者知道那个可怜的小姐吗？噢！快来看！"于是我们完全顾不上自己，急忙起身，飞奔过院子，爬上旅馆主楼宽敞的大楼梯，那个年轻美丽的德国姑娘此刻就躺在那里，昨晚还那么高贵优雅的姑娘，如今脸色惨白，一动不动，她死了。她的法国女仆正站在一旁手足无措，号啕大哭。

"噢，夫人，如果您让我留下来陪您！噢，那个男爵又能说些什么呢？"她接着说。最初她以为她太疲劳了，睡得太晚，直到几分钟前刚刚发现，她竟然死了。小镇的外科医生此刻正在赶来的路上，旅馆的主人还有条不紊地忙着招待客人，他不时地小酌一杯白兰地并让客人们品尝。此刻他们都聚集在院子里，和正在院子里工作的仆人们一样。

最后，医生终于赶到了，所有人都退到了后面，话到嘴边又都咽了下去。

"你瞧！"房东说道，"这位女士是昨晚到的，这位勤奋的女仆陪着她，毫无疑问，她是位高贵的女士，她还要求我们提供一间私人卧室——"

"她是勒德夫人。"法国女仆说。

"她对晚餐和卧室并不满意，尽管疲惫不堪，她只是想着好好睡上一觉，而她的仆人竟然离开了她——"

"我曾请求留下来，毕竟对这间陌生的旅馆，我们一无所知，但她却不同意——我的女主人，她就是这样的女士。"

"我是和仆人们一起睡的，"旅馆主人补充道，"今天早上，我们以为夫人还没睡醒，但紧接着，八点、九点、十点，快到十一点的时候，我让她的仆人用钥匙打开门进去看看——"

"门关起来了，但没有上锁，她就是在这里被发现的——她死了吗，先生？——她的脸埋在枕头里，美丽的秀发四下散落，她从不让我帮她束起头发，说那样会让她头痛。多么美丽的头发啊！"女仆边说着边托起她的金色长发，让它们再度缓缓落下。

我记起阿芒特前天夜里说的话，蹑手蹑脚地爬到她身边。

与此同时，医生正在检查铺盖下的尸体，在此之前，房东没有让任何人弄乱他们。只见他从被子里抽出的手上沾满了鲜血，手里还握着一把短小而锋利的刀子，上面绑着一张纸条。

"这显然是一场谋杀！"他说道，"这位女士是被杀害的，匕首直戳心脏。"接着，他戴上眼镜，努力分辨那张布满血渍的纸张上模糊的文字，上面写着：

编号：1
车夫要复仇[1]

"我们走吧！"我对阿芒特说，"噢，让我们离开这个可怕的地方！"
"等一下，"她说，"只要几分钟，一切都会好的。"
一瞬间，所有声音都集中到前天夜里最后赶来的骑士身上。大伙说，他问了很多关于那位年轻女士的问题，他完全目空一切，从入口处一直问到咖啡厅。在我们离开屋子后，他们仍在谈论那个姑娘，他一定是在那时候径直走了进来，直到完全弄清楚那个姑娘的来历后才说由于生意的需要他会在黎明时候离开的。他还就此说服房东和马夫，要到了马厩和入口大门的钥匙。简言之，甚至早在官员们去叫医生之前，凶手的身份已经毫无疑问了，但是在场的所有人都被纸上的字震惊到了！"车夫"，他们是谁？没有人知道，甚至房间里潜伏的无意间听说此事的帮派也不知道，但他们暗自记下了新的复仇对象。
我在德国几乎从没听说过这个帮派，而且对于有关他们在卡尔斯鲁厄的一两个故事，我的兴趣也并没有比食人魔的传说多多少。但他们经常出没的地方还是让我毛骨悚然，没人能搜集到丁点儿的犯罪证据指证他们，检察官也只能躲在办公室里逃避责任。我能说些什么呢？无论阿芒特还是我，对谋杀睡梦中可怜小姐的事实真相了解并不多，我们也不敢多说一句，对于这一切，我们似乎一无所知。或者，我们的确已经被告知很多了，但那又怎么可能呢？我们的心理防线早崩溃了，焦虑、疲惫，特别是之前的一切都预示我们注定是悲剧的受害者。鲜血顺着铺盖流下，重重地砸在地板上。这一切都是因为，这具可怜的尸体，她在活着的时候被人错认成了我！
最后阿芒特请房东允许我们离开旅店，为了避免招来怨恨和怀疑，她表现得坦率而谦逊。事实上，怀疑另有所指，不过他很愿意让我们离开。几天之后在德国，我们横渡莱茵河，朝着法兰克福的方向行进，但我们仍然伪装自己，阿芒特仍忙她的买卖。
我们在路上遇到一位年轻人，是来自海德堡的流浪学徒工。我认识

---

[1] 原文为法语。

他，尽管我不知道他能不能认出我来。我故作漫不经心，向他打听老磨坊主的情况，他告诉我，老磨坊主已经死了。他长时间的沉默向我昭示了最残酷的事实，我惊呆了，半天说不出话来。我脸上的面具仿佛一层一层剥离下来。在此之前，我曾向阿芒特憧憬那特别的一天——就在我父亲的家里，舒适安逸生活正在向她招手，老人家对她多么友善。在那里，在那个远离法国那片可恶之地的和平居所，她会过上轻松安逸的生活。现在，我承诺的一切，甚至我自己憧憬过更多的美好都化为乌有了！我曾想把我所知道的一切向我最好最明智的朋友倾诉，以求获得心灵和良心的慰藉，我曾相信他的爱会永远替我保驾护航，现在，他永远离我而去了！

听到海德堡传来的消息，我伤痛欲绝，匆忙逃离房间。不久，阿芒特走过来安慰我："可怜的夫人。"她竭尽全力安慰我。接着她告诉我，由于我常常在莱罗谢尔和在那条沉闷寂寞的路途中介绍我的家庭，她也渐渐开始了解，而且可能不亚于我呢。她在我离开之后又打听了我的哥哥和他的妻子。当然，他们还住在磨坊里，但是那个男人说（我并不知道真相，但那时我十分坚信）芭贝特已经完全占了上风，我的哥哥，他的所闻所见都是通过他的妻子获得的。晚些时候，海德堡又流言四起，传言这位妻子和一位突然出现在磨坊附近高贵的法国绅士十分亲密——事实上，这位绅士娶了磨坊主的妹妹做妻子，据说后者十分忘恩负义。但这都不能解释芭贝特和那个男人的亲密关系，他们俩无时无刻不黏在一起。这位绅士离开后（据从海德堡来的人说），他们还一直保持联系。不过看上去她丈夫没觉得有什么不好。尽管如此，可以肯定的是，她丈夫已经精神恍惚了——父亲的死讯和妻子的骂名，已经让他无颜抬起头来。

"现在，"阿芒特说，"这一切都证明了图雷尔先生怀疑你会回到你生养的地方，他发现你不在，又坚信你终会回到那里，于是就借机安插你的嫂子作线人。夫人曾说过，你的嫂子不能忍受你的美貌。那些绯闻最初是从她那里传出来的，不要指望你还能从你嫂子那里得到一丁点儿好处。毫无疑问，我们在福尔巴遇见他的那次，他听说了那个可怜的德国小姐和她的法国侍女，还有她美丽的金发和肤色，因此他紧随其后谋杀了她！如果夫人还愿意听我一句，我的孩子，我希望你仍然信任我，"

阿芒特一改往日礼教般的说辞，用一种更为自然的、仿佛是与之共患难的战友交谈的口气说道（她知道自己拥有我所不具备的保护他人的能力），"我们就去法兰克福，至少在一段日子里，在那座人口庞大的城市里忘掉自己的身份。你说过，法兰克福是一座很棒的城市，我们可以继续扮演丈夫和妻子，租个小房子自立门户。我的身体愈发结实灵活，我可以用从父亲那学来的手艺去裁缝店工作。"

我想不到更好的主意了，于是我们决定出发。在法兰克福的一条僻巷里，我们找到两间位于六楼的屋子，房间已经装潢好了，有一间整日见不到光。屋子的天花板上挂着一盏昏暗的灯，不知是从那里还是那扇通往卧室的门，透进来房间的唯一光亮。卧室不大，但十分惬意，尽管如此，租下它还是超出了我们的预算，戒指换来的钱几乎快用完了。阿芒特只会说法语，像个异乡人，另外，高贵的德国人打心底里厌恶法国人。好在，一切比我们想象的好，甚至我分娩的时间也适当地延迟了。我从不去打扰别人，平时也遇不到什么人，而对德国文化的不甚了解也使阿芒特难以融入当地生活。

终于，我的孩子出生了——我可怜的失去父亲的孩子啊！如我所愿，她是个女孩，我曾经担心，如果他是个男孩，是否会多少继承他父亲老虎般的凶残天性，而现在，我的女孩只属于我了，也许不仅仅是我，她还属于阿芒特啊，真诚的阿芒特啊，她看上去比我还要开心和自豪。

我们请不起产婆，阿芒特就经常过来看我，每次她都能绘声绘色地说起一些八卦故事，以及她所亲历的奇闻趣事。有一天，她说起一位伟大的女性，她为了养活女儿，一直在厨房里做帮工或是其他什么工作。多美丽的女人啊！还有她帅气的丈夫。但我们的话题渐渐又转移到那个阁楼上，痛苦再度袭来，是什么让那个阁楼如此隐秘，又是何故，勒德男爵招来恶毒的"车夫"团伙的复仇。就在没几个月前，男爵夫人去阿尔萨斯探亲，最后在途中的一间旅馆遇害。难道我没在公报[1]上看过吗？我没听说吗？为什么她被告知，在遥远的里昂贴满了以勒德男爵的名义重金悬赏杀妻凶手的布告！

1　创办于 1631 年的期刊，1915 年停刊，是法国历史上最古老的报纸。

然而没人能帮得了他，所有的证人都畏惧可怕的"车夫"。她听说，曾经有数百个人联合起来，他们中有富人也有穷人，有绅士也有农民，他们满城搜寻，发毒誓，说曾目击那些恶行；然而自从他们后来在"车夫"团伙的劫掠中幸免于难后，即使在法院外遇上那些家伙，他们也不敢再指证那些家伙的罪行了——因为，其中一个如果被定了罪，他数以百计的同伙们会来寻仇！

阿芒特把一切都告诉我。我们开始担心，如果被图雷尔先生或者勒菲弗，或者莱罗谢尔团伙里任何一个看到这些告示，他们就会知道之前遇害的可怜小姐是勒德男爵的夫人！而他们，会再度寻找我的下落！

整日忧心忡忡直接影响了我的健康和身体的康复。我们几乎没钱再去请医生了，至少，通过正规渠道已经请不起了。但阿芒特最终找到一个她曾经为其做工的年轻医生，请求他以同样的方式抵债。于是他跟着阿芒特来见他生病的妻子。尽管和我们一样，他非常穷，但他却十分温柔体贴。他在我的病情上花了大量时间和心血，一次他告诉阿芒特，由于我的身体曾经遭受过巨大创伤，要想完全恢复到之前的精神状态似乎不太可能了。之后我会再提到他的名字，渐渐地你就会更了解他的为人了。

无论如何，我的身体一天天强壮起来，渐渐能够做些简单的家务了，我也会抱着孩子一起去屋顶阁楼的窗口晒晒太阳，那是我唯一敢出来透透气的地方了。我常常把自己伪装成初次出发时那样，还不时地改变我的发色和肤色。然而成功从莱罗谢尔逃离后的整整数月里，我一直陷入深深的恐惧中，没想过自己有一天还能自由自在走在大街上，出现在众人的视野里。阿芒特和医生所做的一切劝告，于我都是徒劳，其他的一切我都可以温顺地妥协，除了这件事，我坚决不同意。我不会出去的！一天，阿芒特下班回家，她带来了很多消息，有些好消息，另一些则引起我们的顾虑。好消息是：她做短工时的主人将会把她和其他人送去法兰克福另一边的一套大房子里。那是一座私人的剧院，有许多新裙子和旧衣服需要置办和处理。直到演出结束，所有裁缝需要整日待在那儿。并且那里距城镇有些距离，没有人知道他们的工作何时才会结束，但工资确实可观。

另一件事——那天她又遇上买我戒指的珠宝商了，他还在继续旅行中。由于我丈夫送的那枚戒指十分特别,当时我们想到过,那也许会成为追踪我们的线索,但我们饥寒交迫,身无分文,又能做什么呢?她和那个法国人几乎同时认出对方,并且,那人的脸上闪现出一丝不同于以往的狡黠。阿芒特的猜测得到印证——他在道路的另一边偷偷跟踪她。不过阿芒特对这个镇子以及这种伸手不见五指的夜晚要熟悉得多,最后,她成功甩掉了那个人。

还好,第二天,阿芒特就要离开我们的住所了,她要给我定下条条框框的"规矩",她恳求我待在屋子里。很奇怪她为何如此恐惧,似乎忘记了我初次入住这间屋子时连门槛都不敢跨出一步了,更别说冒险下楼梯了。但,我可怜的、亲爱的阿芒特啊,她是那么忠诚,看上去像是在珍惜她的最后一夜,她一直碎碎念着死亡,多么糟糕的信号。她亲吻了你,是的!是你啊,我的女儿,我的宝贝!我抱着你逃离你父亲那座可怕的城堡——我是第一次这样称呼他,我必须在一切结束之后再这样叫他一次。阿芒特亲了你,小宝贝,她为你这个小家伙祈福,仿佛她永远不会离开。接着她离开了家,活着离开的。

两天,三天,日子一天天过去了。第三天夜里,我正在拴着的门口坐着,你枕着枕头,就睡在我旁边。楼梯传来了脚步声,我知道,那必定是来找我的,顶楼的屋子里就只有我们住着。我听到有人敲门。我屏住了呼吸,直到他开始说话,我才听出来,那是好医生福斯。于是我慢慢走到门口,附和着。

"只有你一个人吗?"我问。

"是的,"他依旧压低嗓音答道,"让我进去吧。"我让他进了屋子,他像我一样警觉地堵住门,上锁。接着,他走了过来,低声对我说起那个悲伤的故事:他从镇子另一头的医院赶来,那家医院他曾经去过。本来他应该早点儿通知我,但他担心有人跟踪。在此之前,他一直守在阿芒特临终的床前——原来,阿芒特有点儿不放心那个珠宝商,于是在刚任职的那天早上,她就离开家去镇子上处理一些工作上的差事,结果有人跟踪她,就潜伏在她返程途中偏僻的林间小路上。最后,那幢大房子里的游侠在林间发现了她,她被刺伤了,但还没死。人们再次发现匕首刺穿的那张致命的纸条,不过这一次,数字"1"下面划了线,看来凶手已经意识到他之前的错误了:

编号：1

车夫要复仇[1]

他们把她带回家，悉心照顾，直到她可以虚弱地开口说话。然而，噢！我亲爱的朋友和姐妹！即使她依然记得我（她身边的工匠们对此一无所知），她住在哪里，又有些什么伙伴，她一个字也没说。她的生命一点点在流逝，于是，他们只能送她去附近的医院，当然，她的身份也就大白于天下了。然而，我们太幸运了，为她诊断的正巧是我们认识的福斯医生，在等候神父的那段时间里，她把我的处境完完全全告诉了他，她是在忏悔时离开的。

福斯医生告诉我，因为担心有人监视和跟踪，于是那天深夜，他绕了很多路，在外面徘徊了很久。但我不相信他的话。无论如何，勒德男爵在听闻与他妻子死亡相似的谋杀案件后，四处调查，最后他们一无所获，那帮杀手依旧逍遥法外。这还是我后来从他那里知道的。

现在我很难告诉你是什么理由让我答应了福斯医生的请求，最初他只是我的恩人，而他用疼爱一点点俘获我，最终说服我成为他的妻子。他以妻子之名冠我，我默认了。虽然那时候，我们只是举行了形式上的宗教仪式，但我们都是路德教徒，而图雷尔先生则伪装成宗教改革的一派——那么根据德国法律（无论教规还是法规），和这个男人离婚就都不是难事了。

善良的医生悄悄地把我和孩子安置在他舒适的家里。尽管我脸上的颜料褪色时，他不希望我再伪装了，但我依旧隐藏在深阁，整日不见天日。的确，我的确不需要再伪装下去了——我的黄头发已经成了灰色，我的肤色也是苍白的灰色，再也不会有人认出我，那个十八个月前面容通透，有着一头靓丽秀发的年轻女子了！只有极少的人见过我。他们只知道我是福斯夫人——一个和福斯医生秘密结婚的年老女人。他们都叫我"灰色的女人"。

你跟着他姓，所以在这之前，你不知道自己还有其他的父亲——当

---

[1] 原文为法语。

然这种"父爱"你不需要。只有一次,那一次,熟悉的恐惧感再度袭来。我不记得什么原因了,那次我一反常态,走到房间的床前,大概是要去关窗或是打开。我打开窗口向外望去,一瞬间被图雷尔先生的目光深深吸引住了——他和从前一样放荡、年轻而优雅地走在对面街道上。他听到开窗的声音,抬头看我,我这个年老的灰色女人,他竟没认出来!!我们分开才不过三年,他的眼睛依旧像山猫一般敏锐而可怕。

福斯先生回来的时候,我把一切告诉他,他试图鼓励我,然而,再遇见图雷尔先生的冲击和恐惧击垮了我,之后的几个月里,我病了很长时间。

我再见他的时候,他已经死了。勒德男爵搜集了他们的罪证,最后,他和勒菲弗还是被抓住了。福斯医生听说了他们被逮捕的消息以及他们的罪行和死讯,但在我面前只字未提。直到一天,他让我证明我爱他,顺从他,信任他。接着,他带我乘马车开始漫长的旅途,我不知道目的地在哪里,但从那以后,我们再也没提起那一天。我被带到一座监狱,走进密不透风的院子,那里高高悬挂着死者最后的长袍,象征着已经完成的死刑,他们是图雷尔先生以及另外两三个我在莱罗谢尔见过的人。

在那之后,福斯医生曾试图说服我回归到正常的生活模式中来,多出去走动,然而我尽管嘴上答应,曾经的恐惧却一直不曾散去。最后,看一直没有成效,他也就放弃了。

其他的你都知道了。失去了亲爱的丈夫和父亲我们有多么痛苦——我将永远这么称呼他。孩子,如今真相大白,你也该考虑到他了。

为什么会这样,你问。对于这个问题,我的孩子,你只知道你的爱人叫勒布伦,是一位法国艺术家,因为担心被嗜血的共和党人当成贵族迫害而改名,但昨天他告诉了我他的真实名字——他叫莫里斯·德·普瓦西。

(吴建国　张悦　陆新娟　译　吴建国　审校)